KB006247

우리 동네, 사이코

NEIGHBOURHOOD PSYCHO

요조 장편소설

우리 동네, 사이코

NEIGHBOURHOOD PSYCHO

요조 장편소설

초판 1쇄 찍은 날 | 2023년 4월 24일
초판 1쇄 펴낸 날 | 2023년 5월 15일

지은이 | 요조
펴낸이 | 권태완 우천제

펴낸곳 | (주)케이더블유북스
등록번호 | 제25100-2015-43호
등록일자 | 2015. 5. 4

주소 | 서울특별시 구로구 디지털로31길 38-9 에이스테크노타워 1차 401호
전화 | 02-867-4626 팩스 | 02-866-4627
E-mail | yewonbooks@naver.com

ⓒ 요조, 2023

ISBN 979-11-404-6589-7 03810

neighbourhood
psycho

YEWONBOOKS ROMANCE STORY

우리 동네, 사이코

NEIGHBOURHOOD PSYCHO

요조 장편소설

CONTENTS

prologue

프롤로그.

경아는 꽤나 진지한 얼굴로 주변에 혹시 누가 엿듣고 있지는 않나 살피더니 아주 작은 소리로 속삭이듯 말했다.

"평소에는 바보처럼 있다가 누군가 도움이 필요한 상황이 닥치면 그때 짠, 하고 나타나서 나쁜 놈들을 휘리릭 물리친대."

"거짓말."

믿을 수 없다는 표정으로 열네 살의 리윤은 눈살을 찌푸렸다. 그 안에는 다소 겁을 먹은 듯한 표정도 숨겨져 있었다.

"진짜라니까."

답답하다는 듯 경아는 리윤에게로 더욱 바짝 다가앉았다. 그리고는 최근에 들은 그 남자아이의 기이한 행동에 대해 털어놓기 시작했다.

"며칠 전에 저 앞에 편의점 뒤에서 동수랑 현우가 아이스크림 먹고 있었는데 어떤 형들이 나타나서 아이스크림이랑 돈이랑 뺏으려고 했대. 근데 그때 사이준이 갑자기 나타나서는 그 형들을 한 방에 물리쳤다잖아. 한 대 맞고 어떤 오빠는 그 자리에서 오줌까지 싸면서 울었대."

"말도 안 돼, 나이가 몇인데 오줌을 싸?"

"야, 그만큼 무서웠다는 거지."

여전히 믿을 수 없다는 얼굴로 리윤은 눈만 데구르르 굴릴 뿐이었다.

"아, 진짜 안 믿네. 저번에 놀이터에서 맞았다는 오빠 있지?"

리윤은 입을 꾸욱 다물고 고개를 끄덕였다. 사이준에 대한 건 경아에게 전부 전해 듣고 있어서 대부분은 알고 있었다.

"그 오빠가 사이준 때문에 이사까지 갔잖아."

"왜?"

"무서우니까 그렇지. 만화에 나오는 왕자님처럼 멋지게 생겼어도 한번 화나면 그렇게 무섭대. 사이준한테 한 번이라도 맞은 애들은 우리 동네에서 절대 고개 들고 안 다닌대, 또 사이준 만나서 맞을까 봐."

"그건 깡패 아니야?"

"아니지, 나쁜 짓하는 애들한테만 그러니까 정의의 사도지."

두 손을 모으며 경이로운 눈빛으로 하늘을 올려다보면서 경아는 말을 이었다.

"너무너무 멋있지 않아?"

"잘 모르겠어."

하지만 사이준이 근사하게 생겼다는 건 부정하지 않았다.

"그래도 난 믿을 수 없어. 그래 봤자 중학생인데 그렇게 싸움을 잘한다는 게 말이 돼?"

리윤은 마음을 다잡듯이 고개까지 끄덕이며 단호하게 말했다. 반하면 안 된다, 반하면 안 된다, 그렇게 속으로 주문을 외웠던 것 같기도 했다.

"야, 너는 지금까지 뭘 들었냐?"

그때였다. 두 사람을 에워싼 공기가 일순간 차갑게 식더니 휘익, 하고는 짧은 바람이 불어왔다. 리윤은 마른침을 꼴깍 삼키며 천천히 고개를 들었다. 그리고 방금 전 믿을 수 없는 이야기의 주인 공인 사이준이 영화처럼 바람을 가르며 마치 발아래 구름을 타고 있는 것처럼 날아가듯이 두 사람 곁을 지나갔다. 아이들은 두 눈이 동그래져서 입을 꾹 다물었다.

"사이준이다."

동네에서 가장 잘생기고, 공부도 제일 잘하고, 그리고 본 적은 없지만 들은 걸로는 싸움도 가장 잘하는 사이준은 그저 모두가 우러러 보는 아이였다. 리윤은 어젯밤 꿈에도 나왔던 이준을 보면서 그가 정말 사실일까 싶어서 허공에 손을 뻗어 만지려고 했다. 그 손을 경아가 재빨리 낚아채듯이 잡았다.

"너 뭐 해?"

"어?"

사이준만 보면 몽롱해지는 리윤이었다. 꿈을 꾸는 것처럼, 사이준과 꿈속에 있는 것처럼 자꾸만 멍해진다.

"이쪽 본다!"

눈을 감았다 뜨면서 정신을 차리고 리윤은 다시 이준이 있는 쪽으로 고개를 돌렸다. 경아의 말처럼 이준은 힐끔 두 사람을 쳐다 보더니 걸음을 돌려 다가오기 시작했다.

"온다, 온다!"

꼴깍, 하고 경아가 침 삼키는 소리가 크게 들렸다. 리윤은 그저 지금의 상황이 언젠가 봤던 것 같은 착각이 들었다. 그때도 이준은 바닥에 쪼그려 앉아서 놀고 있는 리윤에게 웃으며 다가왔었다.

"뭐 해?"

이준이 다정하게 물었다. 경아는 여전히 얼어붙은 듯한 얼굴로 눈만 끔벅이며 대답하지 못했다.

"놀아."

리윤이 눈을 깜박이며 말했다.

"재미있어?"

"아니."

고개를 저으며 리윤은 이준을 응시했다. 사실 조금 전까지 재미 비슷한 게 있었던 것 같기도 했다. 하지만 왠지 아니라고 말해야 할 것 같았다.

"그럼 다른 거 하고 놀자."

"뭐?"

이준의 입술 끝이 스르륵 올라갔다. 이준은 리윤에게 손을 내밀며 한 번 더 싱긋 웃었다. 무언가에 홀린 것처럼 리윤은 말없이 그의 손을 잡고 일어났다. 그리고 이준은 리윤의 손을 잡고 바람을 가르며 햇살 속으로 달리기 시작했다.

앞에서 달리는 이준의 머리칼은 황금빛으로 빛이 났다. 바람을 타고 딸기 향이 느껴졌다. 그에게서 나는 것 같았다. 이준의 손에 모든 걸 맡긴 채로 리윤은 스르르 눈을 감았다. 꿈속을 달리는 것처럼 리윤은 미소를 지으며 손을 들어 바람을 느꼈다. 바람보다 이준의 손이 주는 따스한 체온이 더 강하게 느껴졌다.

콩닥콩닥, 심장이 뛰었다. 바람을 만지던 손을 거둬들여 왼쪽 가슴으로 가져갔다. 콩닥콩닥이 쿵쿵쿵쿵으로 변했다. 얼굴이 화르르 달아오르기 시작했다. 이번엔 열기가 온몸으로 퍼져 나가는 듯했다.

"오빠!"

앞에서 달리는 이준을 불렀다. 이준은 뒤를 돌아보며 리윤을 바라봤다.

"나 심장이 뛰어!"

"응?"

"나 심장이 뛴다고!"

햇살이 가려진 그의 얼굴이 제대로 보이지 않았지만 리윤은 그가 분명 들었다고 생각했다. 그리고 웃었다고도 믿었다. 첫사랑이 시작되어 버렸다.

하지만,

어둠이 내려앉은 골목 끝에서 리윤은 쪼그려 앉은 채 이를 악물고 울음을 참아 내고 있었다. 올 거라고, 꼭 올 거라고 믿으며 리윤은 골목 끝을 하염없이 바라봤다. 기다리고 있으라는 말 한 마디에 벌써 해는 뉘엿뉘엿 져 버렸고 배는 너무 고파서 눈앞이 핑핑 돌 지경이었다. 하지만 그것보다 오지 않는 골목을 바라보며 하염없이 길게 목을 빼고 있는 자신이 너무도 초라하고 한심해 보인다는 걸 깨닫는 게 무서웠다.

일곱 살 어린 아이도 아니고 열네 살이나 됐는데 왜 그렇게 바보처럼 속았을까.

동네 흔한 남자아이의 장난일 뿐이었는데 그걸 왜 믿었을까.

"바보 같다, 공리윤."

끝내 참았던 눈물이 뺨을 타고 흘러내렸다. 이준이 오지 않을 거라는 걸 머리로는 알고 있는데 마음은 아직 받아들일 준비가 안 된 건지 좀처럼 다리를 펴고 일어나지 못했다. 한숨을 길게 뱉어 내며 마음을 다잡았다.

"후우."

하지만 골목 끝에서 이준이 아니라 엄마의 애타는 얼굴을 보자 결국 참았던 눈물이 터져 버렸다. 툭, 하고 터진 눈물은 금세 막아 낼 수 없을 정도가 돼 버렸다. 꾸역꾸역 밀어냈던 설움도 같이 터졌다.

"엄마……."

"리윤아!"

망할 첫사랑은 무슨.

"임마가 얼마나 찾았는데! 다친 데는 없어?"

얼굴을 부여잡고 안도의 숨을 내쉬는 엄마에게 리윤은 꺼억꺼억, 숨넘어갈 것 같은 목소리로 말했다.

"사이코……, 사이코였어……."

사이준은 멋진 놈이 아니라 그냥 사이코였다.

"응? 뭐라고?"

"사이코라고!"

리윤은 당한 게 분하고 억울해서, 그리고 무엇보다 몇 시간이나마 저 혼자 신나게 꿈을 꾼 게 쪽팔려서 악을 써 가며 울어 젖혔다. 열네 살 봄날의 짧아도 너무 짧았던 첫사랑은 그렇게 하루아침에 끝나 버렸다.

1. 사이코가 돌아왔다.

비 내리는 수요일을 누가 아름답다 했는가. 리윤은 팔다리가 끊어질 것 같아 앓는 소리를 하며 의자에 털썩 앉았다.

"진짜 이 정도면 월급 줘야 되는 거 아니야?"

"무슨 월급? 설마 여기서 일하는 거?"

믿을 수 없다는 듯이 콧방귀를 끼며 엄마의 뒤통수를 노려봤다. 시선을 느꼈는지 유 여사는 얼른 화제를 바꿨다.

"비가 와서 그런가 삭신이 쑤시네."

테이블에 놓인 믹스커피를 들어 홀짝홀짝 마시면서 엄마 유명자 여사님은 가게 밖을 목을 길게 빼고 내다볼 뿐이었다.

"내일도 오려나?"

"예보 안 봤어?"

"안 봤지."

지나가는 비라고 하기에는 제법 빗줄기가 굵다.

"이런 날은 파전에 소주 한잔해야 되는 건데."

"안 돼."

"명희 부를까?"

"이모 내일까지 마감이야."

"성희나 불러서 한잔해야겠다."

유 여사는 바지 주머니에 있는 핸드폰을 꺼내려고 슬쩍 몸을 일으켰지만 금세 리윤에 의해 저지당했다.

"엄마."

"응?"

"비오는 수요일에 머리에 빨간 꽃 꽂고 동네를 미친년처럼 뛰어다니는 딸을 보고 싶어?"

"아니."

"그럼 우리 내리는 비나 조용히 감상하자."

"그래, 그러는 게 좋겠다."

리윤의 살벌한 눈빛에 유 여사는 얼른 꼬리를 내리고 얌전히 자리에 다시 앉았다. 하염없이 내리는 비를 보면서 두 여자는 동시에 크게 한숨을 내쉬었다.

"하아."

유 여사의 한숨 소리에 리윤이 먼저 물었다.

"외로워?"

외로운지 물었지만 사실 그것보다는 쓸쓸하고 그리울 거라는 걸 알고 있었다. 슬픔에서 벗어나는 데 정해진 기간이 있는 건 아니라고 해도 어쨌든 1년은 짧아도 너무 짧았다.

"응?"

"방금 한숨 쉬었잖아."

"심심해서 쉬었다, 왜."

엄마의 한숨 소리에도 가슴이 덜컥 내려앉는 리윤은 여전히 슬픔을 극복하는 중이었고 여전히 엄마를 걱정하며 슬픔을 애써 외면하는 중이었다. 사실 극복이라는 말은 어울리지 않았다. 여전히 남의 일인 것처럼, 내게는 일어나지 않는 일인 것처럼 외면하는 중이었다.

유 여사와 리윤은 아무렇지 않을 수가 없었다. 채 1년이 되지 않은 아빠의 갑작스러운 죽음은 리윤과 유 여사에게는 아직도 충격이고 믿을 수 없는 현실이었다. 하지만 서로 내색하지 못하고 참아내고 있었다. 한번 무너지면 그때부터는 감당할 수 없을 것만 같았다. 그래서 억지로, 아무렇지 않은 척하며 버텨 내는 중이었다.

"야, 오늘은 솔직히 한잔해야 되는 거 아니야? 딱 한 잔만 하자, 우리."

리윤은 눈을 흘기면서도 속으로 안주는 그럼 뭘로 할까 고민했다. 엄마의 깊어진 주름 앞에서는 더 이상 냉정해질 수가 없었다. 1년이 채 안 되는 시간 동안 엄마는 너무 많이 늙고 너무 많이 야위었다.

"부추전?"

"좋지!"

리윤이 의자를 밀고 일어나 주방으로 들어가는 동안 유 여사는 이미 셋째 동생 성희에게 전화를 걸고 있었다. 가능한 술은 마시지 못하게 하고 있지만 오늘처럼 추적추적 비가 내리는 날은 어쩔 수가 없다. 가만히 있으면 울컥하고 뜨거운 게 속에서 올라올 텐데 그럴 바에야 차라리 사람들을 불러서 와자지껄 떠들고 노는 게 훨씬 나았다.

"오징어도 넣어!"

"어."

"청양고추도 팍팍 넣고!"

"그냥 해물파전을 하라고 해."

눈을 흘기는 리윤에게 유 여사는 애교스럽게 입꼬리를 올리며 미소 지었다.

"딸아, 맛있게 해 줘."

"알았어."

주방으로 들어오지는 않고 유 여사는 이런저런 주문이 많았다. 밀가루 반죽을 하다 홀을 슬쩍 내다본 리윤은 창밖을 하염없이 바라보고 있는 엄마의 뒤통수에 그만 눈시울이 붉어졌다.

얼마나 그리울까.

비 오는 날이면 꼭 막걸리에 파전을 먹어야 한다면서 엄마는 아빠가 퇴근하기 전 부지런히 반죽을 하고 술상을 차렸다. 아빠는 현관문을 열기도 전에 밖에서부터 나는 전 냄새에 얼굴 가득 미소를 지으며 들어오고는 했었다. 서둘러 손을 씻고 식탁에 앉아 부모님은 오붓하게 막걸리를 나눠 마시며 내리는 비를 감상했고, 그 모습을 리윤은 익숙하다는 듯 쳐다봤었다. 또 마시느냐며 타박을 했지만 금방 두 사람 사이에 껴서 애교를 부리며 외동딸 노릇을 톡톡히 했었다. 그 안에는 분명 행복이 깃들어 있었다.

"이모 온대?"

리윤은 재빨리 눈물을 참으며 가슴이 들썩이게 숨을 뱉어 냈다.

"어, 뛰어온대."

지금은 온 가족이 엄마를 위로하기 위해 똘똘 뭉쳐 있는 상황이었다. 그날은 가족 모두에게 상처로 남았지만 그중 유 여사가 가장 크게, 그리고 가장 깊이 상처 입었을 테니까. 그래서 유 여사 앞에서는 다들 괜찮은 척, 아무렇지 않은 척 평소와 다름없이 웃고 떠들면서 지내느라 바빴다. 하지만 그럴수록 리윤의 상처는 곪아 간다는 걸 아무도 알아채지 못했다.

"어머, 어서 와요."

유 여사가 하이톤으로 누군가에게 인사를 했다.

"점심 먹으려고?"

"네."

"지금 먹으면 저녁이지, 점심이 너무 늦었네."

"그렇게 됐습니다."

"뭐 줄까요?"

메뉴를 고르는 손님을 리윤이 주방에서 고개를 길게 빼고 내다봤다. 키가 큰 남자는 목젖까지만 보이고 얼굴은 보이지 않았다. 그냥 유 여사가 아는 사람인가보다 하면서 서둘러 반죽을 했다.

"김밥 포장 되죠?"

"그럼요."

"김밥 두 줄만 해 주세요."

"하나는 작게 썰어 줄까요?"

"네?"

"아이가 먹을 거 아니에요?"

유 여사는 누가 먹을지 다 알고 있는 것처럼 얘기해서 주방에 있던 리윤을 궁금하게 만들었다.

"네."

"그럼 하나는 작게 해서 줄게요. 우리 집 김밥이 다 내가 직접

한 거라 아이 먹기에 좋아요. 재료도 다 신선하고 좋은 것만 쓰고."

"아, 네."

주방으로 들어오면서도 유 여사의 수다는 끊이지 않았다.

"다섯 살 정도 되어 보이던데?"

"아, 네."

역시 너무 많은 걸 알고 있었다.

"아직 애기인데 김밥도 먹고 기특하네."

"네."

대체 누구인데 그저 네, 라고 대답만 하고 있는 걸까 싶어서 리윤은 김밥을 말기 시작한 유 여사 옆으로 가서 턱 끝으로 홀을 가리키며 물었다.

"그러고 보니까 우리 리윤이랑은 잘 알겠네."

'누군데?'

입모양으로 다시 한 번 누구인지를 물었지만 유 여사는 그저 김밥을 말며 자기 하고 싶은 말만 하느라 바빴다.

"둘이 알지? 우리 리윤이가 요즘 나 돕는다고 잘 다니던 회사 때려치우고 여기서 일하고 있거든."

그냥 눈으로 확인하는 게 빠르겠다 싶어서 리윤은 주방 밖으로 고개를 기울여 밖에 있는 손님에게로 시선을 돌렸다. 비스듬히 기울인 리윤의 얼굴을 홀에 있던 남자가 빤히, 마치 기다렸다는 듯이 놀라지 않고 쳐다봤다.

"안녕."

남자는 무표정한 얼굴로 그다지 반갑지 않다는 듯이 인사를 건

냈다.

"누구⋯⋯."

하지만 말을 끝마치기도 전에 팔짱을 끼고 서서 자신을 내려다보고 있는 남자가 누군지 생각나고 말았다.

"사이준?"

싸가지 사이코 사이준이 도도한 눈빛으로 리윤을 보고 있었다.

"오랜만이다."

키가 더 크고 얼굴이 더 잘생겨지고 눈빛이 더 살벌하게 빛났지만 그는 분명히 사이코, 사이준이었다.

한 손에는 우산을 들고 다른 손에는 김밥이 든 검정 비닐봉지를 든 채로 이준은 집으로 터덜터덜 걸어갔다. 오늘은 아무래도 저녁을 못 할 것 같아 김밥으로 대신해야 할 듯해서 생각이 난 김에 미리 다녀오는 길이었다. 그래도 멀지 않은 곳에, 사장님 말대로 신선하고 좋은 재료로만 썼다는 김밥집이 있어서 다행이긴 했다.

하지만 뭔가 속을 다 아는 것 같은 사장님의 다급한 친숙함이 사실은 조금 불편했다. 그리고 그곳에서 공리윤을 보게 될 줄은 미처 몰랐었다. 어쩐지 사장님을 처음 볼 때부터 어딘가 낯이 익은 느낌이 들었었다.

"애매하네."

왠지 앞으로 자주 갈 것 같은 곳이지만 공리윤이 있다는 건 조금 걸렸다. 공리윤은 그다지 반가운 것 같지는 않았다. 그렇게까지 노골적으로 싫은 내색을 하는 걸 보면 공리윤도 마찬가지인 듯했다.

솔직히 예기치 않은 곳에서 만난 건 좀 놀라운 일이었다. 이 동네로 이사를 오기로 했을 때부터 가장 먼저 떠오른 사람 중 한 명이었다. 아직 살고 있을 거라는 기대는 없었다. 당연히 이사를 갔을 거라고 생각했는데 공리윤은 어릴 적 그 모습으로 여전히 이 동네에서 살고 있었다. 공리윤과 인사만 나눴을 뿐인데도 어릴 적 있었던 추억들이 하나둘 갑작스레 생각나기 시작했다. 뭉근하게 떨리는 가슴의 진동이 싫지만은 않은 것도 같다.

Rrrrrrrr.

3층 건물 앞 다다랐을 때, 주머니 속 넣어 둔 핸드폰이 울렸다. 이준은 건물 앞에서 핸드폰을 꺼내 받았다.

"네."

—이사는 잘 했어?

출판사 편집장이자 오랜 친구 영현이었다.

"잘 했지."

—정리는 다 한 거야?

"그건 살면서 하는 거지."

—그래, 살다 정리가 안 되면 또 이사하는 거고. 이제 랑이도 다섯 살인데 자꾸 옮기는 건 안 좋아.

"애도 안 키워 본 게 어디서 충고야?"

—원래 간접 경험이 더 무서운 거야. 그나저나 어릴 때 살던 동네인데 감회가 어때?

영현의 말에 이준은 뒤를 돌아 주변을 스윽 둘러봤다. 기억 속의 모습과는 많이 달라졌지만 그냥 공기가 익숙하고 편안했다. 그때 멀리서 랑이의 어린이집 버스가 보였다.

"언제 저녁이나 먹으러 와."

―오늘 가려고 했는데?

"오늘 저녁은 이미 해결했다."

―가면 안 돼?

"랑이 왔다, 끊는다."

전화를 끊으면서 이준은 버스 안 어딘가에서 자신을 보고 있을 랑을 향해 하루 중 가장 환한 미소를 지었다. 그리고 얼마 안 돼 이준의 바로 앞에서 버스가 정차하고 사랑스러운 랑이가 선생님 손을 잡고 폴짝 뛰어내렸다.

"아빠!"

이준은 그런 랑이를 얼른 우산 속으로 들어오게 해서 한 팔로 가뿐히 안아 올렸다. 선생님께 간단히 고개를 숙여 인사를 전하고 이준은 랑이와 눈을 맞췄다.

"오늘 어땠어?"

"재미있었어."

"친구도 많이 사귀고?"

"응. 한서가 그림도 그려 줬어."

"한서? 남자야?"

"응."

"뭐야, 벌써 남자 친구 생겼어?"

"응."

귀엽게 입술을 앙 다물며 대답하는 랑이였다. 이준은 랑에게 눈을 흘겼다.

"아빠보다 멋있어?"

당연히 아니, 라고 단번에 대답할 줄 알았는데 랑이는 뜸을 들이며 고심했다. 장난으로 물었는데 대답 못 하고 고민하는 딸을 보자 진심으로 서운했다.

"사랑."

"응?"

"아빠 진짜 서운해."

"왜?"

"너 방금 뜸 들였잖아. 아빠가 더 멋있다고 1초도 망설이지 않고 대답했어야지."

"아빠가 솔직하라고 했잖아."

랑은 꽤나 또렷한 발음으로 말했다. 또래의 아이들처럼 보채거나 어리광을 부리지 않았다. 그게 기특하기도 하고 짠하기도 하고, 랑이를 보면 모르고 살던 감정들이 하나둘 깨어나는 기분이 있다.

"그래서?"

"솔직히 한서가 진짜 잘생겼거든."

이준은 눈을 질끈 감고 천천히 심호흡을 했다. 랑이의 손이 이준의 가슴에 닿았다.

"아빠."

"왜?"

"여기가 아파?"

"어."

"미안해. 그래도 나는 거짓말은 못 하겠어. 내가 며칠만 더 생각해 보고 대답해 줄게."

아무래도 앉혀 놓고 단단히 일러야 할 듯했다. 이준은 풀이 죽은 모습으로 랑이를 안고 건물 안으로 들어갔다.

유 여사와 막내 이모는 일찌감치 가게 일을 접고 집으로 2차를 하러 들어갔고, 결국 가게는 리윤이 마지막 손님까지 받은 후 9시가 넘어서 문을 닫았다. 마무리를 다 하고 식당 청소까지 끝내니 손가락 하나 움직일 기운도 남아 있지 않았다. 다행히 비는 그친 후였다.

리윤은 가게 근처 편의점에서 숙면을 위한 맥주 두 캔과 오징어를 사야 했다. 유 여사에게는 그렇게 술을 마시지 말라고 잔소리를 했지만 역시 하루 일의 마무리는 맥주만큼 좋은 게 없었다.

맥주를 사서 봉지를 앞뒤로 흔들며 걸어가는데 한 건물의 불이 위에서부터 차례로 켜지더니 이준이 쓰레기봉투를 들고 나왔다. 밖으로 나오자마자 이준은 담배부터 꺼내 물었다. 후, 하고 연기를 내뿜음과 동시에 그가 고개를 돌려 리윤을 쳐다봤다. 인사를 해야 하나 말아야 하나를 고민할 틈도 없이 이준의 입술이 스윽, 하고 올라가는 게 보였다. 그 미소는 지극히 사악했고 옛 추억을 불어오기 충분했다.

"저 사이코……."

아무래도 반가운 척 인사는 못 하겠다. 리윤은 못 본 척 시선을 자연스럽게 돌리며 이준의 앞을 지나쳐 걸어갔다. 하지만,

"뭐야, 왜 인사 안 해?"

이준이 아는 척을 했다. 리윤은 입술을 일그러뜨리며 속으로 욕을 했다. 그리고는 못 들은 척 꿋꿋하게 앞으로 걸어갔다.

"공리윤."

이준은 큰소리로 리윤의 이름을 불렀다. 아랫입술을 지그시 깨물며 리윤은 앞만 보며 걸었다.

"야, 공리윤!"

이준은 아예 동네가 떠나가라 이름을 불러 댔다.

"왜! 왜! 왜 부르는 건데!"

"들었으면서 못 들은 척한 거네?"

능청스럽게 웃으며 이준은 담뱃불을 꺼서 쓰레기봉투에 넣었다. 씩씩거리며 리윤은 이준의 앞으로 갔다.

"어쩌라고?"

"안녕."

"뭐?"

"오랜만에 만났는데 인사는 해야지."

이준이 리윤에게 손을 내밀었다. 리윤은 이준의 하얀 손을 내려다보며 멍하게 서 있었다. 그때도 그랬다. 이준이 손을 내밀었고 리윤은 그 손을 고민 없이 잡았었다. 몇 시간 만에 끝난 첫사랑이었지만 그 후유증은 꽤나 오래 갔었다. 어쩌면 이준에 대한 감정이 그날보다 훨씬 더 오래전부터 시작됐던 게 아닐까 싶었다. 하지만 그걸 인정하고 싶지 않았다.

"안 잡아."

"뭐?"

"이 손 다시는 안 잡는다고."

이준이 미간을 좁히며 리윤을 쳐다봤다. 리윤은 제법 차가운 얼굴로 이준을 마주했다.

"반갑지는 않지만 오다가다 보면 눈인사 정도는 할게."

아마도 이준이 어린 시절 그 사이준이라는 걸 아는 사람이 동네에 여럿 있을 거고, 그렇다면 리윤이 이준에게 인사도 하지 않고 모른 척 지나가면 분명 누군가는 리윤을 불러 물어볼 게 빤했다. 이 동네는 그렇게 오지랖 넓은 사람들이 아직도 여럿 살고 있는 곳이었다.

"눈인사?"

"사실 그것도 별로 내키지는 않아."

"왜?"

"뭐가 왜야?"

"나한테 왜 악감정이 있는 것처럼 느껴지지?"

"맞아, 악감정 있어."

무참히 짓밟힌 짝사랑에 대한 앙갚음이라고 해도 할 수 없고, 뒤끝 있고 속이 좁다고 해도 할 수 없었다. 그냥 사이준이 나타난 게 싫었다.

"그러니까 왜?"

"그냥 싫어."

"뭐?"

"싫다고."

그날 설레게 해 놓고 혼자 버려 두고 가서, 그날 그렇게 기다리게 하고 나타나지 않아서, 그날 이후로 아무 말도 없이 이 동네를 떠나 버려서.

"친하게는 지내지 말자."

냉정할 정도로 차갑게 말하고 그대로 리윤은 이준에게서 돌아섰다. 점점 멀어지는 리윤을 보면서 이준은 그저 고개를 갸웃거릴 뿐이었다.

"사이준!"

등 뒤에서 들려오는 소리에 걸어가던 리윤은 멈칫했고, 이준은 리윤에게서 시선을 뗐다.

"여기서 뭐 해?"

낮에 통화했던 영현이 양손에 화장지와 치킨을 들고 마구 흔들어대며 다가왔다. 이준은 인상을 구기며 영현에게 퉁명스럽게 말했다.

"오지 말라는데 왜 와?"

"그래도 우리 작가님이 이사를 했는데 내가 어떻게 안 오니? 와서 비가 새는 데는 없는지, 바람이 들어오는 데는 없는지 살피고 또 살펴야지."

영현은 애교스럽게 이준의 옆에서 말하며 이미 멀어진 리윤을 턱 끝으로 가리켰다.

"누구야?"

"누가?"

"방금까지 네가 뚫어져라 보고 있던 사람."

"그냥……, 동네 사람."

이준은 쓰레기봉투를 내려놓고 영현에게서 치킨을 받아 들었다.

"그냥이 아닌 것 같은데?"

"갈래?"

그만 물어보라는 뜻으로 이준이 매서운 눈으로 물었다.

"아니, 들어갈래."

영현은 재빨리 고개를 저으며 먼저 건물 안으로 쏘옥 들어갔다.

이준은 리윤이 사라진 곳을 한 번 더 스윽 돌아보고는 찝찝한 표정으로 계단을 올랐다.

집에 돌아오자 유 여사님은 이미 마감을 끝낸 둘째 이모네 집으로 자리를 또 옮긴 상태였다.

"무슨 아줌마들이 3차까지 술을 마시냐."

지저분하게 어질러진 거실을 치우며 리윤은 구시렁거렸다. 잔소리는 해도 밉지 않게 하는 건 그래도 엄마가 이모들 덕분에 지금까지 무너지지 않고 버텼다는 걸 알기 때문이었다. 유난히 금슬이 좋았던 아빠와 엄마였다.

얼마나 그립고 보고 싶겠는가.

장사라고는 한 번도 해 본 적 없는 엄마가 식당을 열고 김밥을 말기 시작한 건 어떻게든 살아가기 위해서 안간힘을 쓴 거라는 것도 리윤은 알고 있었다. 그래서 과감히 사표를 내고 엄마 옆에서 엄마를 지키며 살고 있는 거였다.

"밥은 먹은 거야, 뭐야."

거실을 다 치우고 주방 정리도 끝내고 리윤은 이모에게 문자를 넣고 TV 앞에 맥주 캔을 꺼내 놓고 앉았다.

Rrrrr.

[엄마 노래해. 오늘은 여기서 잘 거니까 문단속 잘하고 자.]

둘째이모에게서 문자가 왔다. 리윤은 그때서야 마음이 놓였다. 지금은 그저 모든 가족들이 똘똘 뭉쳐서 엄마만 지키고 있는 중이었다. 그래도 다행인 건 엄마 곁에 이모들이 있다는 거였다. 때로는 엄마의 자매들이 부럽기도 했다. 정작 딸에게는 형제, 자매

하나 해 주지 않아 놓고 당신은 자매에 둘러싸여 세상 무서울 것 없이 지내는 게 배 아프기도 했다.

[이모 잘 자.]

이모에게 문자를 보냈다. 그리고 뒤이어,

[이모들이 있어서 너무 감사해.]

오랜만에 이모에게 진심을 전했다. 문자를 받은 이모는 웃는 이모티콘을 보내왔다. 그걸 보면서 리윤은 씨익 웃었다.

TV를 보면서 맥주를 홀짝홀짝 마시다 보니 오늘은 다른 때보다 맥주가 더 달고 맛있었다. 왠지 두 캔으로는 끝낼 수 없을 것 같았다.

"사는 김에 더 살걸."

나갈까 말까를 고민하다 결국 리윤은 자리를 박차고 일어났다. 주섬주섬 겉옷을 챙겨 입고 슬리퍼를 신은 채 그녀는 현관문을 나섰다. 귀찮기는 했지만 맥주를 마시며 혼자 있을 수 있는 시간이 리윤에게는 너무도 귀했다. 아무 생각을 하지 않고, 아무것도 하지 않고 그저 멍하니 앉아 맥주를 홀짝이는 순간이 리윤에게는 위로가 됐다. 아픔을 어떻게 극복해야 하는지는 여전히 몰랐지만 그냥 그러고 나면 조금은 상처가 소독되는 느낌도 들었다. 엄마가 있을 때는 혼자 맥주를 마시는 것도, 혼자 멍하게 있는 것도 할 수가 없었다.

주머니에 양손을 찔러 넣고 편의점을 향해 빠른 걸음으로 걸어갔다. 집에서 가장 가까운, 하지만 꼭 사이준이 사는 곳을 지나야만 하는 편의점을 몇 미터 앞에 두고 리윤은 설마 하는 마음으로 고개를 들었다. 그리고 거짓말처럼 건물에서 막 나오던 사이준과 딱 마주치고 말았다.

"아 씨."

갑자기 술맛이 확 떨어졌다.

"노골적인데?"

그냥 못 본 척 지나쳐 주면 좋겠는데 이준은 기대를 저버렸다.

"내가 기억하지 못하는 무언가가 네 기억에는 있는 것 같다?"

리윤은 걸음을 빨리했지만 어느새 이준과 나란히 걷고 있었다.

"그게 뭔데?"

묻는 이준에게 리윤은 여전히 입을 굳게 닫고 앞만 보며 걸었다. 하지만 가고자 하는 방향이 같은지 이준은 리윤에게서 멀어지지 않았다. 그리고는 옆에서 끊임없이 말을 걸었다.

"얘기를 해 줘야 사과를 하든지 오해를 바로 잡든지 하지."

사이준만 보면 화가 나는 이유를 리윤은 딱 꼬집어 말 할 수가 없었다. 그날 그렇게 골목에 버려 두고 간 게 화가 난다고도, 어떻게 말 한 마디 없이 떠날 수 있었느냐는 말도 할 수가 없었다.

"뭐야?"

"그런 거 없어."

결국 혼자 속이 상해서 토라지고 신경질을 부리는 거였다. 어린 아이의 앙금이 커서까지 풀리지 않아서, 마침 그 상대가 눈앞에 나타나서 그냥 이런 식으로 존재감을 표출하는 거였다. 사실 그때의 일을 대놓고 말하는 것도 쪽팔렸다. 갑자기 사이준이 동네를 떠난 이후로 그때 혼자 남겨졌던 일이 겹치면서 서운하고 속상하고 그리고 원망스럽기도 했다.

하지만 그건 어디까지나 혼자만의 감정이라 사이준을 탓할 수도 없었다. 제대로 화를 낼 수도 없고 따질 수도 없는 일이라, 그래서 사이준을 보면 더 화가 나는 게 아닐까.

"있는 거 같은데?"

그래도 여전히 사이준에게 친절할 수가 없었다.

"그냥 내 성격이 모나서 그래."

편의점 앞에서 걸음을 멈추고 리윤은 이준에게 그렇게 말했다. 모가 난 건 맞는 거였다. 아빠가 돌아가신 후로 둥글었던 세상도 리윤에게는 모난 것처럼 느껴졌으니까.

"내 기억 속의 공리윤은 그런 성격이 아니었는데?"

이준이 절대 그럴 리 없다는 확신에 찬 표정으로 리윤을 보며 눈썹을 끌어올렸다.

"내가 기억 속에는 있어?"

리윤의 물음에 이준은 잠깐 생각하더니 입술을 끌어올려 웃었다.

"있어."

이준의 목소리가 작은 떨림이 되어 리윤의 가슴으로 들어왔다. 리윤은 재빨리 고개를 저으며 정신을 차리려고 했다.

"가, 난 여기 들어갈 거야."

막 돌아서려는 리윤을 이준이 잡았다.

"잠깐."

"왜?"

"잠깐만 있어."

그러고는 이준은 큰 도로 쪽으로 달려 나갔다. 뭔지 물을 틈도 없이 뛰어가는 그를 리윤은 그냥 멍하게 바라볼 수밖에 없었다.

"잠깐이라고 했으니까……"

리윤은 핸드폰을 꺼내 시간을 확인했다.

10:52분.

57분까지만 기다리겠다고 혼잣말로 중얼거리면서 리윤은 이준이 사라진 도로 쪽에서 시선을 떼지 못했다. 어린 시절 골목 끝을 바라보던 어린 리윤의 모습이 어른이 된 리윤의 머릿속에 그려졌다.

쪼그리고 앉아서 다리가 저린 줄도 모르고 이준이 오기를 정말 목이 빠져라 기다리고 기다렸었다. 조금만 있으면 웃는 얼굴로 나타나서 또다시 리윤의 손을 잡아 줄 것만 같았다. 그때는 언젠가 돌아올 거라고 믿었으니까 무섭지도, 화가 나지도 않았다. 하늘이 깜깜해지고 두려움이 서서히 리윤을 덮칠 때까지도 이준에 대한 의심은 하지 않았다.

동네를 오가는 사람들의 발소리가 점차 사라지고 짙은 어둠이 찾아와도 이준은 나타나지 않았다. 그냥 바보가 된 채로 리윤은 감각이 사라진 다리를 붙잡고 골목의 어둠 속에서 어깨를 움츠려야 했었다.

친구들이 사이준이라는 이름 때문에, 그리고 가끔씩 보이는 요상한 행동들 덕에 사이코라고 불렀지만 리윤에게만은 사이코가 아니었다. 동네에서 가장 잘생기고 가장 멋있는 첫사랑일 뿐이었다.

11:03분.

5분은 이미 지나 있었다. 또 바보가 되기는 싫었다.

"사이코."

리윤은 허탈하게 피식, 낮은 웃음을 내뱉으며 편의점으로 들어갔다. 맥주를 사서 나올 때까지도 도로를 향해 리윤은 미련 가득한 눈길을 보내는 건 어쩔 수 없었다.

2. 평범하게, 쿵.

가게가 문을 닫는 휴일 날은 밀린 일들을 처리하는 날이었다. 오늘은 일단 은행 업무를 보는 게 시급했다.

"처리되셨습니다."

리윤은 대출금 완납이 끝난 통장을 받아 드는데 기분이 이상했다. 시원해야 하는데 왜 이렇게 명치끝이 저려 오는 건지, 왈칵 눈물이 나려고 했다.

"고객님?"

통장을 받고도 한참이나 앉아 있는 리윤을 은행 직원이 조심스럽게 불렀다.

"네?"

"더 필요하신 것 있을까요?"

"아, 아니요, 감사합니다."

애써 입술 끝을 올리며 리윤은 통장을 가방에 넣고 자리에서 일어났다. 일을 처리하는 내내 친절했던 직원에게 감사하다는 인사를 전하고 은행 문을 열고 나왔다. 모처럼 미세먼지 없이 맑은 하늘이 청명하게 리윤의 머리 위에 드리워졌다.

「아빠가 갚으라고 준 건데 갚아야지.」

엄마가 아빠의 사망보험금이 든 통장을 건네며 했던 말이 리윤의 귓가에 여전히 맴돌았다.

「그래도…….」
「갖고 있으면 뭐 해, 그렇게라도 써 버려야 생각이 덜 나지.」

웃으면서 말했지만 유 여사의 눈은 툭 건드리면 눈물이 쏟아질 것처럼 일렁였다. 더는 말을 잇지 못하고 리윤은 그저 알았다는 대답만 했었다.

"후우."

리윤은 길게 숨을 내쉬면서 하늘을 올려다봤다. 맑은 날은 맑아서 보고 싶고, 비가 오면 비가 와서 그립고, 눈이 오면 눈이 와서 서럽게 보고 싶고 그랬다. 아빠의 죽음을 언제쯤이면 온전히 받아들일 수 있는 걸까.

"공리윤!"

누군가 부르는 소리에 리윤은 고개를 내렸다. 도로에 차를 대고 있는 유성이 보였다. 리윤은 쪼르르 뛰어가 유성의 차에 올랐다.

"왜 타?"

"불렀잖아."

"야, 그냥 반가우니까 부른 거지 언제 타라고 했냐? 나 볼일 있어서 가는 중이야, 얼른 내려."

막내 이모의 아들인 유성은 군대를 다녀와서 현재 공무원 시험 준비 중이었다.

"무슨 볼일?"

"소개팅."

"어?"

그러고 보니 옷차림새가 평소랑은 달랐다. 말쑥하게 차려입은 게 소개팅이 아니라 선을 보러 간다고 해도 될 정도였다.

"어때?"

"객관적으로?"

"어. 이상해?"

"너무 꾸몄어."

"이상하다는 거야?"

"소개팅에 목숨 건 남자 같잖아. 무심한 듯 시크하게, 몰라?"

"아, 몰라."

리윤은 유성의 목을 단단히 조이고 있는 넥타이를 풀어 줬다.

"이거라도 풀고 가."

"안 하는 게 나아?"

"어."

바짝 각을 세우듯이 빗은 머리칼도 손으로 대충 헝클어 자연스럽게 해 주고 리윤은 몸을 뒤로 빼서 요리조리 봤다.

"됐어."

백미러로 자신의 모습을 확인하면서 유성은 성가시다는 듯이 말했다.

"바빠 죽겠는데 왜 자꾸 소개팅을 해 준다는 건지 모르겠다."

"뭐가 바쁜데?"

"원래 백수가 제일 바쁜 거야. 괜찮아?"

"어, 봐 줄 만해. 유정이는?"

막내 이모의 딸이자 유성과는 이란성 쌍둥이인 유정은 리윤과 가장 친한 친구이기도 했다.

"회사 갔지."

"오늘 휴가라고 하지 않았어?"

"그래?"

한 집에 살고 있으면서 처음 듣는 소리라는 표정이다.

"다음 주였나?"

"그런가 보지. 이모는 어때?"

"뭐가?"

"그저께 술 엄청 드셨던데?"

"뭐 아무 일도 없는 것처럼 말짱해."

"너는?"

"나는 뭐?"

유성이 뭘 묻는지 알았지만 리윤은 끝까지 모른 척했다. 유성은 알았다는 듯이 피식 웃어넘겼다. 잘하고 오라고 기운을 넣어 주고 리윤은 차에서 내렸다.

"간다."

손을 흔들며 유성의 차가 보이지 않을 때까지 리윤은 자리를 지키고 있었다. 무기력하다고 할까 오늘은 무엇도 하고 싶지가 않았다. 그냥 볕이 좋은 커피숍 창가 자리에 앉아서 몇 시간이고 넋을 놓고 앉아 있고 싶어졌다.

리윤은 주변을 두리번거리며 커피숍을 찾았다. 그리고 가장 눈에 띄는, 하지만 사람들이 많지 않을 것 같은 커피숍으로 들어갔다. 카운터에서 커피를 주문하고 창가 자리를 찾아 가방을 벗어 놓고 앉았다. 손님이 얼마 없어서인지 주문한 커피는 금방 나왔다.

"감사합니다."

싱긋 웃으며 인사를 하고 리윤은 커피 잔을 들었다. 아무 생각 없이 거리를 지나가는 사람들을 무심한 눈으로 바라보면서 리윤은 울컥하고 올라오려는 감정을 지그시 억누르고 있었다. 아직도 하루에 몇 번씩, 아니면 며칠은 까맣게 잊고 지내다 어느 날 갑자기 툭, 하고 올라올 때가 있었다. 그러면 어떻게 해야 할지 몰라서 입을 틀어막고 아무도 없는 곳을 찾아 들어가고는 했다.

당황스럽고 겁이 났다. 그 감정을 쏟아내야 하는데 그저 주워 담기 바빴다. 더 정신을 놓고 있는 엄마를 챙겨야 했기에 그건 지금도 마찬가지였다. 지금처럼 불쑥 그 감정이 올라오려고 하면 리윤은 그냥 넋을 놔 버렸다. 멍하게 앉아서 시간이 흐르기만 기다렸다.

똑똑똑.

테이블을 두드리는 소리에 놀라서 리윤은 하마터면 들고 있던 커피 잔을 놓칠 뻔했다. 고개를 돌리자 이준이 서 있었다.

"무슨 생각을 그렇게 해?"

이준은 자연스럽게 의자를 끌어당겨 리윤의 맞은편에 앉았다.

"앉으라고 안 했는데?"

"혼자 온 거 같은데?"

아니라고 말하고 싶었지만 차마 거짓말은 할 수 없었다. 들고만 있었던 커피를 한 모금 마시고 리윤은 얼굴을 찡그렸다.

"식혀서 마시고 싶었으면 아이스를 시켰어야지."

"바쁜 거 아니야?"

이준은 어깨를 으쓱하며 대답했다.

"아니."

"여자랑 같이 있는 거 보고도 오해는 안 하나 봐?"

"누가?"

"와이프가."

이준은 슬쩍 고개를 숙이며 웃었다. 그렇게 속이 좁은 여자는 아니라는 뜻인가 싶어서 리윤은 공연히 짜증이 났다. 여우 같은 아내와 토끼 같은 자식까지 전부 둔 이준의 삶이 부러우면서도 얄미웠다. 금의환향이라도 한 것 같은 그의 여유로움이 리윤의 자격지심을 부추기는 듯했다.

그래, 어쩌면 그것 때문에 이준에게 쌀쌀맞게 굴었던 건지도 모르겠다.

"오늘은 가게 안 열어?"

"어."

"저녁으로 김밥 먹으려고 했는데."

여우 같은 아내가 저녁은 잘 안 하는 모양이다.

"우리 딸이 좋아하더라."

아이가 딸인가 보네.

"맛있으니까."

"그래, 맛있더라."

그렇게 말하고 이준은 뚫어져라 리윤을 쳐다봤다. 너무 빤히 보는 바람에 귓불이 뜨거워지기까지 했다.

"왜 그렇게 봐?"

"반가워서."

"갑자기?"

"환한 대낮에, 환한 곳에서는 처음 보는 거니까."

침을 목으로 넘기는 것조차 부담스럽게 이준은 리윤을 뚫어져라 쳐다봤다. 리윤은 괜히 센 척하느라 이준의 시선을 피하지 않았다. 하지만 점점 목구멍이 따끔거렸다. 무슨 말이라도 해야 할 것 같은 순간이었다.

"언제 결혼했어?"

지금까지 와이프가 어쩌고, 딸이 어쩌고 한 사람한테 언제 결혼했느냐는 왜 묻는 걸까. 그게 뭐가 중요하다고.

"결혼을 일찍 한 것 같아서……."

다행히 대충 얼버무린 후 리윤은 속으로 한숨을 내쉬었다.

"어, 일찍 했어."

그래도 이왕 물었는데 제대로 좀 얘기해 주지.

"엄청 사랑했나 보네."

혼잣말처럼 나직이 중얼거리며 리윤은 이내 시선을 아래로 돌려 버렸다. 리윤의 정수리를 이준은 뜻 모를 시선으로 내려다봤다.

"그만 보고 가던 길 가시지?"

고개를 들지도 않고 리윤은 그렇게 말했다. 정수리에서 느껴지는 이준의 시선에 어쩐지 숨통이 조여 오는 기분이었다. 묻지 말았어야 할 것을 물어본 것 같기도 하고, 어쨌든 고개를 들 수 없이 후회됐다. 태연한 척 고개를 들기에는 얼굴이 너무 화끈거렸다.

"연애, 해?"

심장이 쿵, 내려앉게, 아니 사실은 별것도 아닌 물음이었다. 지금 리윤의 나이에는 얼마든지 물어볼 수 있는 가장 평범한 질문.

"그런 거 할 여유 없어."

연애 같은 거 하지 않는다고 단순하게 대답하면 될 것을 이번에도 리윤은 공연히 잔뜩 삐친 것처럼 톡 쏘듯이 그렇게 말했다.

"궁금하네."

"뭐가?"

"지금의 공리윤."

위험한 눈빛으로 이준이 대답했다. 사실 위험하다는 건 순전히 리윤의 착각이었다. 지금도 리윤의 심장은 이준 때문에 빠르게 뛰고 있었다.

"가."

반가우면서도 눈앞에 있는 게 싫었다. 너무 빠르고 너무 맥락 없는 떨림이었다. 마치 며칠 전까지 온 마음을 다해 사랑했던 남자와 다시 만난 것 같은 그런 감정이었다. 어릴 때 알던 동네 오빠일 뿐이었다. 성인이 돼서 우연히 만났고 그냥 '오랜만이다, 반갑다.' 정도로만 인사하면 그만인 거였다.

그런데 대체 왜 이러는 걸까.

"나 이상해지려고 하니까 험한 꼴 보기 싫으면 그만 가라고."

"무슨 말이야?"

"나도 몰라."

"어?"

"그냥 가 주라."

리윤은 테이블에 쿵, 소리가 나게 머리를 박았다. 낮술을 한 것도 아닌데 몽롱했다. 그냥 제정신이 아닌 것 같았다. 횡설수설하고 감정도 제멋대로 오락가락이었다. 그래, 사이준 때문이 아니었다. 누구라도 건드리면 울 것 같은 상황에서 그저 앞에 있는 사람이 재수 없게 사이준이었을 뿐인 거다.

"그래, 갈게."

의자 밀리는 소리가 들리고 스윽, 하고 이준이 일어나는 느낌이 들었다.

"미안해."

이준이 걸음을 떼기 전에 리윤은 고개를 들어 사과했다.

"응?"

"내가 지금 상태가 좀 그래서 그래."

"언제 좋아지는데?"

"모르지."

"언젠지는 몰라도 좋아지면 술이나 한잔하자."

"그래도 돼?"

눈을 반짝이며 신이 나서 물은 게 아니라 심드렁하게 물었다.

"어?"

"나 좀 이상하지?"

"아니, 많이 이상해."

하여간 빈말은 어려서부터 하지 않았다.

"언제 괜찮아지는데?"

"몰라."

"괜찮아지는 날이 오겠지."

"위로야?"

"그렇다고 해 두자."

어깨를 으쓱하면서 이준은 미간을 찡그렸다. 장난기 가득했던 표정이 어릴 때와 비슷했다. 천진했던 얼굴에 진지함도 생겼고 여유로움과 멋도 더해졌다. 한마디로 사이준은 더 근사해졌다. 저렇게 생긴 남자는 일단 직업만 있다고 하면 어떤 여자도 마다하지 않은 것 같기는 하다. 그러니 벌써 결혼도 하고 아이도 있고 하는 거겠지.

"간다."

"어."

손을 들어 인사를 하고 이준은 커피숍을 나갔다. 리윤은 이준의 모습이 보이지 않을 때까지 손으로 턱을 괴고 앉아 바라봤다.

"누군 결혼도 하고 딸까지 낳았는데 난 뭐 하는 거냐."

도태된 기분이 휘몰아쳤다. 요즘은 하나의 감정이 아니라 여러 개의 알 수 없는 감정들이 하루에도 몇 번씩 몰려왔다. 이게 뭐지 하다 정신을 차리면 또다시 다른 감정에 휘청이는 자신을 발견하고는 했다. 가만히 아무것도 하지 않고 있는 듯하지만 리윤은 누구보다 이리저리 휘둘리며 흔들리는 중이었다. 그저 아무렇지 않은 척 이를 악물고 버티고 있을 뿐이었다.

Rrrrrrrrr.

리윤은 멍하게 정신을 놓고 있다가 호들갑스럽게 울려 대는 벨 소리에 다급히 정신을 불러들였다.

"오늘 쉬는 날 아니었어?"

―볼일 볼 거 보고 이제 들어가는 중이야. 너 어디야?

역시나 오늘 유정이 쉬는 날이 맞았다.

"나 카페에 있어."

─오케이, 딱 기다려.

"어디서? 여기서? 어디인지도 모르면서?"

─있어 봤자 동네 근처에 있겠지.

동네를 벗어나 본 지가 언제인지 기억도 나지 않았다. 가게랑 집, 들어오는 길에 편의점에 들르거나 이모 집에 가는 것 외에는 다른 동선이 없는 요즘이었다. 그래도 오늘은 은행도 가고 커피숍에 앉아 커피도 한 잔 하니까 무료한 일상이라고는 못 하지 않을까.

"여행 갈까?"

─좋지.

"바다 보러 갈까?"

─뭐 그것도 나쁘지는 않고.

"갑자기 왜 이렇게 사는 게 지루하지?"

─밥 먹었어?

"아니."

─그럼 배부터 채우고 말해.

"속이 확 뒤집어지게 매운 거 먹고 싶어."

─그 새로 생긴 빌라 건물에 해물찜 집 생겼더라, 거기 갈래?

"아니, 안 당겨."

─그럼 가만히 눈을 감고 속이 확 뒤집어지게 매우면서 입에 침이 쭉 나오는 게 뭔지 생각해 봐.

"알았어, 생각해 볼게."

전화를 끊고 유정의 말대로 눈을 감았다. 지금 이 순간 가장 먹

고 싶은 게 뭔지 생각을 하려는 찰나,

"뭐 해?"

이준의 목소리가, 아니 그보다는 그의 뜨거운 숨결이 훅, 하고 미간에서 느껴졌다. 놀라서 눈을 뜨는데 역시나 사이준의 얼굴이 바짝 다가와 있었다. 본능적으로 몸을 뒤로 빼면서 미간을 좁혔다.

"뭐야?"

스윽, 상체를 일으키며 이준이 눈을 흘겼다.

"아까 간 거 아니었어?"

너무 오버했나 싶어서, 사실은 벌겋게 달아오른 귓불을 들킬까 봐 짐짓 태연한 척하며 물었다.

"이거."

툭, 이준이 테이블에 검은 봉지 하나를 내려놨다.

"신기하게 아직도 있더라고."

"뭔데?"

봉지를 열기 전부터 손끝에 닿는 뜨거움과 코끝을 스치는 냄새로 봉지 안의 정체가 무엇인지 알 것 같았다.

"간다."

시뻘건 떡볶이가 든 봉지를 보면서 리윤은 갑자기 눈물이 핑 돌았다.

"울어?"

돌아서려던 이준은 빨개진 리윤의 눈을 보고는 당혹스러움에 걸음을 멈췄다. 분식집 앞을 지나는데 어려서 학교 끝나면 그 앞에 무릎을 꿇고 앉아 경이로운 눈으로 보던 리윤의 눈빛이 순간 떠올랐을 뿐이었다. 사서 검은 봉지를 들고 커피숍으로 빠른 걸음으로 걸어와 리윤이 여전히 그곳에 있는 걸 보고는…….

"호르몬 도나 봐."

"뭐? 뭐가 돌아?"

"그냥 그런 게 있어. 지금 딱 이런 게 먹고 싶었어, 그래, 이거였어."

"아픈 거야?"

"아니."

"그럼 아플 예정인가?"

"그럴지도."

이준은 스윽 손을 내밀어 리윤의 이마를 짚어 봤다. 열이 있는 것 같지는 않았다.

"열은 없는데?"

하지만 느닷없는 이준의 행동에 리윤은 그대로 얼어붙었다. 닿는 순간 심장이 멎어 버렸다. 자신이 지금 얼마나 대책 없는 짓을 하는지 전혀 모르는 것 같은 얼굴로 눈을 맞추고 있는 이준을 리윤은 입안 가득 고인 침을 목으로 넘기지도 못한 채 뻣뻣하게 굳어 있기만 했다.

"진짜 괜찮아?"

몇 박자는 늦게 그의 손을 쳐 내며 리윤은 시선을 돌렸다.

"괜히 오해 살 짓 하지 마."

"무슨 오해?"

"다른 여자 이마 짚고 있는 거 와이프가 보면 곱게는 안 넘어갈걸?"

이준은 가볍게 웃어넘기고는 리윤에게서 한 발짝 멀어졌다.

"계속 있을 거야?"

"어, 누구 만나기로 했어."

"그래, 그럼 난 간다."

손을 들어 보이고 이준은 다시 카페를 걸어 나갔다. 그가 완전히 카페 문을 열고 나가는 걸 확인한 후에야 리윤은 목까지 찼던 숨을 단숨에 토해 내듯 뱉었다.

"후우."

눈알이 튀어나올 뻔했다.

"잘했어, 공리윤. 진짜 잘했어."

제 머리를 손으로 쓸어내리면서 연신 잘했다고 스스로를 칭찬했다.

"뭘 그렇게 잘했는데?"

타이밍 좋게 유정이 들어와 자리에 날름 앉았다. 유정은 호기심이 가득한 눈으로 상체를 앞으로 기울였다.

"뭐야?"

"뭐가?"

"방금 내가 본 게 뭐냐고."

"뭐?"

짐짓 모른 척하면서 화제를 돌리려고 눈을 굴리는데 그 다음 말이 바로 떠오르지 않았다. 그러는 동안 유정은 앞에서 벗어날 수 없는 눈빛으로 레이저를 쏘고 있었다.

"봤어?"

"어."

"어디까지?"

"처음부터 끝까지."

앞으로 더 다가와 앉으며 유정이 눈을 흘기기 시작했다.

"그냥 말해라, 머리 굴리지 말고."

"넌 어떤 거 같아?"

"뭐가?"

"그러니까 방금 그게 뭐였을 거 같아?"

"지금 나한테 묻는 거야? 그런 식으로 빠져나가려고?"

리윤은 갑자기 숨을 후, 하고 내뱉으며 머리를 테이블에 쿵, 소리가 나게 박았다. 유정은 앞으로 기울였던 몸을 뒤로 빼고는 팔짱을 꼈다. 그리고는 앞에서 리윤이 하는 짓을 말없이 지켜봤다.

"나 미쳤나 봐."

"왜?"

유정은 시큰둥하게 리액션을 해 주면서 리윤이 말할 때를 기다렸다. 고개를 든 리윤은 이번에는 머리칼을 정신 사납게 두 손으로 헝클어 댔다.

"신짜 나 혼자 보기는 아깝다."

"그 순간 왜 귀가 빨개졌을까? 심장이 이놈의 가슴을 찢고 나오는 줄 알았다니까. 진짜 미치지 않고서야 그깟 터치 한 번에 이럴 수가 있어? 이건 말이 안 돼."

쿵, 한 번 더 리윤은 테이블에 머리를 박았다.

"그래, 내가 너무 오랫동안 굶어서 그럴 거야. 그래, 그거야."

"너는 한 번도 배부름을 느껴 본 적이 없어."

삐죽 눈만 치켜뜨고 보는 리윤의 머리를 어느새 가까이 다가온 유정이 다정한 손길로 쓰다듬었다.

"응?"

"너 아직 처녀잖아."

"야!"

"배고파. 얼른 털어놔."

한 번 더 숨을 고르듯 호흡을 내쉬고 리윤은 늘어지는 목소리로 말했다.

"사이준."

"뭐?"

"사이준이라고."

"그게 누군데?"

"사이코."

유정은 생각을 되짚는 듯이 눈을 굴리더니 이내 크게 떴다.

"그 사이코?"

"어."

"뭐야, 저렇게 훤칠한 놈이었어?"

"어."

"야, 완전 괜찮네. 난 진짜 사이코인 줄 알았잖아."

호들갑스럽게 떠들어 대는 유정 때문에 잠시 혼미해졌던 정신이 맑아졌다. 그래, 사이준의 손짓 하나에 심장이 덜컹거릴 리가 없다. 그래, 그냥 착각일 거다.

"드디어 우리 공리윤 양의 메마른 인생에도 꽃이 피는 건가?"

"메말라?"

"아니, '말라비틀어진'이 좋겠다."

리윤은 눈을 부라리며 유정을 노려봤지만 전혀 먹히지 않았다.

"근데 이건 뭐야?"

테이블에 놓인 검은 봉지를 유정이 손가락으로 뒤적거렸다.

"떡볶이야?"

"먹을래?"

"여기서?"

유정은 주위를 두리번거렸다.

"내가 설마 여기서 경우 없이 이걸 먹자고 하겠어? 이따 집에 가서 먹자고."

떡볶이를 한쪽으로 치워 놓고 유정은 자세를 고쳐 앉았다.

"자, 얘기는 끝내고 가야지."

"배고프다며?"

"잠깐 참아 볼게. 참을 수 있어."

"더 할 얘기도 없어."

리윤은 스르륵 의자에서 일어났다. 유정은 그럴 마음이 없다는 눈빛으로 일어난 리윤을 올려다보기만 할 뿐이었다.

"밥 사 줄게."

"사 주면서 얘기하려고?"

"할 얘기가 없다니까? 사이코가 다시 동네로 이사를 왔을 뿐이고 내 말라비틀어진 마음에 그저 옛 친구가, 친구도 아니지, 옛날에 알던 사람이 나타나서 잠깐, 아주 잠깐 마음이 그랬을 뿐이라고."

"그랬을? 그게 뭔데?"

아예 턱까지 괴고 앉아서 유정은 엉덩이를 떼지 않았다.

"나 오늘 아빠 보상금으로 남아 있는 대출 갚았어."

침울한 표정을 지으며 리윤은 고개를 푹 떨어뜨렸다. 유정은 금방 웃음기를 거두고 슬그머니 자리에서 일어났다. 죄지은 사람처럼 리윤의 눈치를 살피며 유정은 어찌할 줄을 몰랐다.

"가자, 배고프다며."

"아니야, 배 안 고파."

"난 고파."

"그래? 뭐 먹을래? 뭐 사 줄까?"

리윤이 고개를 들어 유정을 쳐다봤다.

"내가 사기로 했잖아."

"아니야, 그냥 밥이나 먹자고 했지 네가 사겠다고는 안 했어."

가끔, 정말 곤란할 때 써먹는 방법이었다. 방법이라고 하기는 그렇지만 유정은 이모부가 사고로 돌아가신 걸 아직도 가슴 아파했고 여전히 리윤이 힘들어한다고 여겼다. 리윤은 유정이 마음이 따뜻한 아이라는 걸 이럴 때마다 한 번씩 깨닫고는 했다.

"그래, 그럼 네가 사."

"응? 그래 뭐 내가 살게. 가자."

날름 유정의 팔짱을 끼고 리윤은 씨익 웃었다. 눈을 굴리며 유정은 뭔가 말린 것 같다는 생각을 그때서야 했다.

"나 방금 당한 거지?"

"진짜 아빠 보상금으로 오늘 대출금 남은 거 같았어."

"그게 속상한 거는 알겠는데……."

두 사람은 사이좋게 팔짱을 끼고 커피숍을 나왔다.

"나도 뭐라고 설명해야 할지 모르겠어. 후련하기도 하고 화가 나기도 하고 슬프기도 하고."

유정은 말없이 리윤의 말을 들어줬다. 그깟 밥 한번 사는 거야 아무렇지도 않았다. 제 감정을 정의하지 못하는 리윤이 얼마나 답답하고 혼란스러울지, 복잡하기만 한 그녀의 감정에 가슴이 아플 뿐이었다.

"고기 먹을까?"

"안 당겨."

"그럼 피자?"

"엄청 매운 거."

"닭발?"

"어!"

두 사람의 발길이 자연스럽게 동네 엄지네 닭발집으로 향했다. 엄마에게 이모들이 있듯이 리윤에게는 친구 같고 언니 같고 동생 같은 유정이 있어서 정말 다행이었다. 가족이 없었다면 여전히 비틀거리며 허우적거리고 있었을 거다.

겉으로 티가 나지는 않아도 유성도 얼마나 마음을 쓰는지 알고 있었다. 간혹 맛있는 걸 사 왔다며 불쑥 찾아오기도 했고 주말이면 늦잠 자는 이모를 깨워서 슬리퍼를 질질 끌고 와서 밥을 먹기도 했었다. 그게 유성의 마음이라는 걸 가족 모두가 알았다. 언젠가 유 여사는 우리 집 애들은 하나같이 다 반듯하고 예쁘다고 혼잣말처럼 말했던 적이 있었다. 그 우리 집 애들에 리윤을 비롯해 유정과 유성이 포함되어 있다는 걸 알았다.

"어디 가?"

등 뒤에서 들리는 소리에 리윤과 유정의 고개가 동시에 돌아갔다.

"어머, 안녕하세요."

유정은 조금 전에 봤던 이준을 기억해 내고 재빨리 환한 미소를 지으며 큰소리로 인사를 건넸다. 손에 뭔가를 들고 있는 이준이 두 사람에게 다가왔다.

"안녕하세요."

"저 리윤이 사촌이에요, 외사촌."

"아, 네."

"저희 닭발 먹으러 가는데 같이 가실래요?"

유정의 넉살이 언제 이렇게 좋았던가.

"집에서 기다리는 사람이 있어서요."

"아."

아쉽다는 듯이 입술을 삐죽거리며 유정이 리윤을 쳐다봤다.

"가, 그럼."

무표정한 얼굴로 리윤은 다시 고개를 돌렸다. 그리고는 유정의 손을 잡아끌었다.

"적당히 먹고 들어가."

"뭔 상관이래?"

"다 들리거든?"

"들으라고 한 소리거든?"

홋, 이준의 짧은 웃음소리가 들렸다. 리윤은 화가 난 것 같은 얼굴로 이준을 돌아봤다. 이준은 리윤에게 손을 흔들었다.

"저 사이코."

이번에는 이준에게 들리지 않도록 아주 작은 목소리로 말했다. 여전히 웃고 있는 이준을 보는데 공연히 화가 났다. 이유는 모르겠다.

"실망과 아쉬움이 교차하는 듯한 그 얼굴은 뭐야?"

옆에 있던 유정이 옆구리를 팔꿈치로 쿡 찌르며 물었다.

"뭐가?"

"아니야, 가자."

입술을 쑤욱 내밀고 리윤은 빠른 걸음으로 유정과 걸었다. 등에 닿은 시선이 불편했다. 어쩌면 이미 다른 곳으로 갔을지도 모르는데 여전히 이준의 시선이 느껴지는 것 같았다. 허리를 반듯하게 세우고 어깨도 쫙 폈다. 걸음걸이도 신경 써서 걸었다. 그냥 그러고 싶었다. 그냥…….

그런데 옆에서 부스럭거리는 검은 봉지가 시선을 잡아끌었다. 사이준이 사다 준 떡볶이를 너무도 곱게 들고 곱지 않은 말만 해대는 자신이 이중적으로 느껴졌다.

망할, 떡볶이.

3. 너무 이른 더위.

하루하루 흐르지 않을 것 같던 시간이 돌아서면 어느새 달이
바뀔 정도로 잘도 지나가고 있었다. 4월이구나 싶었던 게 엊그제
같은데 벌써 5월이 시작됐다. 김밥 재료 준비를 끝내고 커피 한 잔
을 마시기 위해 홀로 나온 리윤은 멍하니 거리를 내다보고 있는
엄마를 보고는 들리지 않게 한숨을 내쉬었다.

"엄마는 달달하게 한 잔?"

애써 밝게 말하며 리윤은 엄마를 돌려세웠다.

"어, 나는 달달한 믹스 두 개."

"이게 무슨 음료야? 왜 꼭 두 개씩 타서 마셔?"

툴툴대면서도 리윤의 손에는 이미 커피 믹스 두 봉지가 들려 있
었다. 믹스 커피는 입에도 대지 않았는데 엄마랑 같이 하루를 붙
어 있으면서 어느새 리윤도 믹스 커피를 즐기게 됐다. 그냥 피로
가 몰려올 때 달달한 커피만큼 힘이 나는 것도 없었다.

"뜨거워."

유 여사 앞에 김이 나는 머그잔을 놔 주면서 리윤은 마지막까
지 시선을 거두지 않았다. 언젠가부터 엄마가 어린애처럼 보호해

야 할 존재로 느껴졌다. 지켜 줘야 할 것만 같았고 돌봐 줘야 할 것만 같았다. 잠깐이라도 우울할 틈을 주지 않으려고 리윤의 신경은 온통 엄마에게 향해 있었다.

"여름 되면 우리 여행 가자."

"어디로?"

"추운 나라로."

"해외여행 가자고?"

"어."

"엄마 통 커졌네?"

"우리 딸 시집가기 전에 가 봐야지."

"언제 가는데?"

"언제 갈 건데?"

"누가 있어야 가지. 결혼은 뭐 나 혼자 해?"

"이것저것 따지지 말고 그냥 좋은 사람 생기면 가."

"그러니까 좋은 사람이 언제 생기느냐고. 매일 김밥 마느라 바빠 죽겠는데 좋은 사람은 무슨."

"김밥 그만 말아."

키득거리며 건성으로 대꾸하다가 리윤은 짐짓 심각한 표정을 지으며 유 여사를 바라봤다. 유 여사의 시선이 커피를 향해 내려가 있었다. 빙글빙글 머그잔 위를 손가락으로 매만지면서 유 여사는 한숨을 내쉬었다.

"이제 엄마 괜찮으니까 너 하고 싶은 거 해."

"내가 하고 싶은 게 뭔데?"

"그건 나도 모르지. 배우고 싶은 거 있으면 배우고 하고 싶은 일 있으면 하고. 엄마가 힘껏 밀어 줄게."

"엄마 어디 가?"

"응?"

"나 두고 어디 갈 거냐고."

"가기는 어디를 가?"

"그냥 평소처럼 해, 괜히 분위기 잡지 말고. 일부러라도 웃고 떠들고 그렇게 하라고."

"리윤아."

"그냥 이모들이랑 모여서 술도 마시고 고스톱도 치고 그래. 그렇게 하루하루 즐겁고 신나게, 아무 생각 없이 살다 보면…… 그러면 진짜 괜찮아질 거야."

"나는 괜찮아. 네가 걱정돼서 그렇지."

"나도 괜찮아. 엄마가 괜찮으면 나도 괜찮다고."

서로를 바라보는 두 사람의 눈빛이 잠시 흔들렸다. 무엇을 말하고 싶은지 말하지 않아도 알았다. 두 사람 다 위태롭게 버티는 중이었다. 누가 먼저 쓰러지나가 아니라 누가 먼저 진짜 괜찮아지나 간절히 기다리고 있는 것 같았다. 나는 괜찮아, 너만 괜찮아지면 돼, 라고 빤히 보이는 거짓말을 하면서 그렇게 서로 손 내밀 준비를 하고 있었다.

"엄마, 우리 여름휴가는 제주도로 가자."

"그래, 그러자."

"가서 바다 실컷 보고 회도 실컷 먹고 오자."

"회는 저기 거제 횟집이 잘하는데."

"거기 말고 바다 보면서 해녀들이 썰어 주는 걸로 먹고 오자고."

"알았어."

"약속했다?"

"어."

리윤은 눈물이 나오려는 걸 꾹 참고 웃는 얼굴로 커피를 마셨다. 엄마의 눈이 빨갛게 물들었지만 모른 척하며 연신 수다를 떨어 댔다.

"올여름은 진짜 더울 것 같다."

"그러게, 전기세 꽤 나오겠어."

"장사꾼 다 됐네, 우리 딸."

"그럼, 내가 만 김밥이 몇 줄인데? 전기세 벌려면 오늘도 부지런히 김밥 말아야겠다."

기지개를 쭉 펴면서 리윤은 자리에서 일어났다. 씩씩하게 허리 운동까지 야무지게 끝내고 리윤은 주방으로 들어갔다.

"천천히 마셔요."

주방으로 들어와 냉장고를 열면서 리윤은 입술을 세게 깨물었다. 눈물을 꾹 눌러 삼키고 입술을 살짝 벌려 심호흡을 하면서 그렇게 아무렇지 않은 척했다. 아마도 홀에 앉아 커피를 마시는 엄마도 리윤과 크게 다르지는 않을 거다. 모녀는 그렇게 또 한 번 서로에게 파이팅을 외쳐 줬다.

크게 바쁘지도 않았고, 그렇다고 앉아서 멍을 때릴 정도로 한가하지도 않은 딱 적당히 다리가 아픈 하루였다. 가게 문을 닫기 전에 엄마의 등을 떠밀어 억지로 들여보내고 리윤은 혼자만의 시간을 보내며 장사를 마무리했다. 홀을 쓰다가도 같은 곳을 여러 번 쓸었고, 의자를 테이블 위에 올렸다 내렸다를 반복했고, 주방으로 들어가서는 왜 들어왔는지 한참을 생각해야 했었다. 매일 밤은 아니지만, 전에 비하면 현저히 그 횟수가 줄어들기는 했지만 그래도 여전히 며칠에 한 번씩은 한숨을 내쉬면서 혼자만의 감정에 빠져들고는 했다.

"후우."

일부러 소리를 내 가며 심호흡을 하고 리윤은 가까스로 정신을 차리려고 애썼다. 지금도 아빠의 부재가 믿어지지 않았고, 가끔씩은 감당할 수 없을 정도로 큰 슬픔이 몰려와 휘청거리게 했지만 그게 매일은 아니었다. 그러고 보면 시간이 약이라는 옛말이 틀리지 않은 것 같다.

"오늘 하루도 잘 버텼다."

스스로를 칭찬하면서 리윤은 주방 불을 껐다. 주방 안을 휘이 둘러보고 홀로 나가려는 그때,

"닫은 거 아니지?"

이준이 나타났다.

"닫으려는 중이지."

"나 김밥 포장 좀 하자."

"닫으려는 중이었다고."

이준은 테이블 위에 올려 둔 의자를 내리더니 엉덩이를 붙이고 앉았다.

"두 줄만 포장해 줘."

"술 마셨어?"

"아니."

"그럼 귀 먹었어?"

"아니, 왜?"

"후우."

리윤은 아까와는 결이 다른 한숨을 길게 내쉬고 눈을 질끈 감았다.

"두 줄이면 돼?"

"어."

"어른 걸로?"

"어, 내가 먹을 거야."

주방으로 들어가면서 리윤은 혼잣말처럼 지껄였다.

"밥도 못 얻어먹고 다니는 거 보면 결혼이 막 좋은 것도 아닌 것 같다."

"뭐라고?"

못 들은 척하며 리윤은 냉장고를 열어 재료를 꺼냈다. 밥은 딱두 줄 쌀 수 있을 만큼 남았고 재료는 시금치와 당근이 없었다.

"시금치랑 당근이 없어."

"대충 싸."

"장사하는 사람한테 대충이 어디 있어?"

"그럼 있는 재료로 정성을 다해서 싸."

입술을 비틀어지게 씰룩거리며 리윤은 김밥 쌀 준비를 했다. 어느새 주방 앞으로 자리를 옮긴 이준은 목을 길게 빼고 안을 들여다보고 있었다.

"이 시간까지 밥도 못 먹고 뭐 했어?"

"시간이 이렇게 된 줄 몰랐어. 애 저녁 먹이고 씻기고 재우고. 하루가 지나고 보면 짧은데 그 안에 있으면 참 길다."

"뭐라는 거야?"

"배고프다고."

"가정적인가 봐."

생긴 것과는 정말 어울리지 않았다. 평소에 사이준을 떠올린 적은 없었지만 그래도 지금의 그가 한 여자의 남편이자 아이의 아빠가 되어 있을 거라고는 생각해 보지 않았다. 고개를 들어 그와 눈이 마주칠 때마다 친근하게 눈웃음을 짓는 것도 사실 너무 이상했다. 분명 어떤 식으로든 감정이 없었는데 다시 만난 요즘은 그를 볼 때마다 뭔가 혼란스럽다. 그렇다고 딱히 뭔가를 같이한 것도 아닌데 이게 대체 무슨 감정인지를 모르겠다.

"계속 여기서 살았어?"

"어?"

"한 번도 이사 안 가고?"

"어."

"벗어나고 싶지 않았어?"

"나 여기 잡혀 있는 거 아니야. 여기가 집이니까, 익숙하고 편안하니까 살고 있는 거야."

"그래, 이 동네가 나한테도 가장 편안한 곳이었으니까."

생각에 잠긴 것 같은 얼굴로 이준은 고개를 돌려 밖을 내다봤다. 그의 얼굴 위로 주방 불빛이 묘하게도 어둠을 만들어 냈다. 말없이 밖을 보고 있는 그를 힐끔거리며 리윤은 김밥을 마저 쌌다. 포장까지 끝내는 동안에도 이준은 입을 다물고 있었다.

"이건 돈 안 받을게."

"응?"

"재료도 몇 개 빠졌고 단골한테 주는 서비스라고 생각해."

"나 벌써 단골 된 거야?"

"두 번 이상 사면 다 단골이야."

훗, 이준이 짧게 웃었다.

"이 시간에 오면 공짜로 먹을 수 있는 건가?"

검은 비닐봉지를 받아 들면서 이준이 능청스럽게 말했다.

"이 시간에 오면 가게 문은 닫혀 있지."

꺼냈던 재료들을 다시금 냉장고에 넣고 몇 개 안 되는 그릇들은 설거지를 했다. 그러는 동안 이준은 가지 않고 리윤을 기다렸다. 먼저 가라고 할까 싶었지만 그냥 그러고 싶지 않았다. 같이 있고 싶어서는 아니었다.

가게 문을 닫고 리윤은 이준과 나란히 걷기 시작했다. 평소와 달리 느릿느릿 발걸음을 내딛으면서 무언가 할 말을 떠올렸다.

"라면은 안 먹어?"

"먹어야 돼?"

"김밥은 라면이랑 먹어야 맛있지."

"해 먹기 귀찮아서 김밥 사다 먹는 건데 라면을 끓이라고? 됐어."

"상당히 독립적이네?"

"뭐가?"

"보통은 끓여 달라고 하지 않나?"

라면 하나 끓여 달라고 하는 것도 미안할 정도로 아끼는 건가, 참 눈물겨운 사랑이다.

"어? 랑아."

이준은 정면을 향해 길게 목을 빼더니 이내 누군가를 부르며 빠른 걸음으로 달리듯 걸어갔다. 뭔가 싶어서 리윤은 천천히 걸으며 시선을 돌렸다. 그의 집 앞에 어린아이가 쪼그려 앉아 있었다. 이준은 아이 앞에 한쪽 무릎을 꿇고 앉아 아이와 눈을 맞추며 말했다.

"깼어?"

아이는 졸음이 가득한 얼굴로 고개를 끄덕였다.

"아빠 배고파서 김밥 사러 갔었어."

"그럴 거 같아서 기다렸어."

어느새 두 사람에게 가까이 다가간 리윤은 가만히 둘을 내려다보고 있었다. 불빛 아래에 있는 아이는 누가 봐도 이준의 아이구나 싶을 정도로 그를 많이도 닮았다.

"안 울었어?"

"어, 안 울었어."

"무섭지 않았어?"

"조금 무서웠어."

이준은 다정하게 웃으며 아이를 향해 두 팔을 벌렸다. 아이는 상체를 기울여 이준의 품에 포옥 안겼다. 아이를 안아 올리며 이준은 리윤을 쳐다봤다.

"사랑."

"응?"

"내 딸, 랑이야."

"아, 예쁜 이름이다. 안녕."

리윤은 손을 살짝 들어 아이에게 인사를 했다. 아이는 크고 검

은 눈을 깜박이며 리윤을 뚫어지게 보더니 안녕, 하고 짧게 인사
했다. 그리고는,

"커피 마시고 갈래요?"

갑작스러운 말에 리윤과 이준은 동시에 웃음을 터트렸다.

"너 진짜 귀엽다."

"아줌마는 예뻐요."

"아줌마?"

태어나서 처음 듣는 아줌마라는 단어에 리윤은 목부터 화끈해
졌다.

"다섯 살 아이의 눈에는 아줌마야."

"알아."

"잘 모르는 것 같은데?"

"알아도 직접 들으면 아직 아가씨한테는 상처가 되는 법이야."

품, 이준은 입술을 깨물며 웃음을 참았다. 화를 내기도 그렇고,
그렇다고 아무렇지 않은 척하기에는 이미 늦은 것 같아 리윤은 그
냥 어깨를 축 늘어뜨리고 말았다.

"커피는 다음에 마시자. 오늘은 너무 늦어서 실례야."

아이는 이준을 쳐다보며 그의 대답을 기다리는 듯했다.

"어, 오늘은 너무 늦었어. 그리고 아줌마는 지금 엄청 피곤해서
집에 가서 쉬고 싶을 거야."

아줌마를 유난히 강조하듯 말하는 이준이었지만 리윤은 그저
이를 악물며 억지웃음을 지었다.

"그럼 내일 오라고 해도 돼?"

"다음에 아줌마 시간 괜찮을 때 초대하자."

"어."

조금 실망한 듯 랑이는 고개를 숙이며 대답했다. 그 모습이 괜스레 짠하게 보여 리윤은 미안한 생각이 들었다.

"다음에 엄마한테 물어보고 와도 된다고 하면 초대해 줘."

리윤은 최대한 친절하고 예쁜 표정으로 생글생글 웃으며 아이와 눈을 맞춰 얘기했다.

"엄마 없는데?"

"어? 어디 가셨구나?"

"나는 원래 엄마 없어요."

순간 리윤의 얼굴에서 미소가 사라졌다. 너무도 덤덤하게 엄마가 없다고 말하는 아이에게 어떤 표정을 지어야 할지 난감해졌다.

"응?"

랑이의 말에 리윤은 당황했고 이준에게로 시선을 옮겼다. 이준은 안고 있는 아이를 사랑스러운 눈길로 바라보다 리윤을 봤다. 그리고는 정말 아무렇지 않게 소리 내지 않고 입술만 움직여 말했다.

"이혼."

이라고.

까만 천장에 뭐가 보이기라도 하는 것처럼 리윤은 벌써 몇 시간째 보고 또 보면서 결론 나지 않는 얘기를 생각하는 중이었다. 정말 이 시간까지 잠 못 이루면서 뒤척일 만한 얘기가 아니었다. 더구나 리윤과는 아무런 상관도 없는 일이었다. 그런데 왜 자꾸만 머릿속을 떠나지 않고 맴도는지 이유를 모르겠다.

"진짜 망할 놈의 잠이 안 오려니까 별 게 다 생각나고 난리다."

죄 없는 이불을 손으로 퍽퍽 소리가 나게 내리치며 정리를 하고 리윤은 다시금 눈을 감고 심호흡을 했다.

"그래, 난 잘 수 있다, 잘 수 있다. 다른 생각은 안 할 수 있다, 나는 잘 수 있다."

동그랗게 눈을 굴리며 커피 마시고 가라던 아이의 천진했던 눈빛이 이혼이라는 단어를 듣는 순간부터는 짠하게 느껴졌다. 이게 다 선입견이겠지만 아이는 그저 사람이 그리웠던 게 아닐까 싶어졌다. 그냥 못 이기는 척 들어가서 30분이라도 놀아 주고 나올 걸 그랬나 하는 후회가 들었다.

"이혼은 왜 한 거야……."

토끼보다 몇 배는 귀여운 자식을 두고 왜 이혼을 했을까.

대체 뭐가 문제였을까.

사이준한테 그럴 수밖에 없었던 하자가 있었던 걸까.

과연 그게 무엇일까.

목 뒤로 팔을 둘러 팔베개까지 하고는 아예 본격적으로 상상의 나래를 펼치는 리윤이었다.

"바람이라도 피웠나……. 하긴 그 정도 생겼으면 다른 여자한테 눈 돌아가지, 아니 다른 여자들이 그냥 두지를 않았겠지."

상상의 끝은 이준이 바람을 피웠고 그 바람에 이혼을 당한 거였다는 결론이었다.

"그런데 보통 유책 배우자한테 아이를 맡기지는 않지 않나?"

아랫입술을 잘근잘근 씹으며 리윤은 꽤나 심각하게 생각했다.

"그러니까 이혼하고 여기로 돌아온 거였구나……."

갑자기 부녀가 안쓰러워지기 시작했다. 한창 자라야 할 아이한테 김밥을 먹여 가며 하루하루를 버텨 내고 있었던 거였다. 김밥에 들어가는 재료가 전부 좋은 것들로 꼼꼼히 따져서 고른 거기는 하지만, 그래도 아이가 며칠에 한 번씩 김밥만 먹는 건 성장에 크게 도움이 되지 않을 것도 같았다.

"괜히 신경 쓰이……."

Rrrrrrrrr.

"엄마야!"

느닷없이 울려 대는 핸드폰 소리에 리윤은 몸까지 웅크리며 소스라치게 놀랐다. 곤히 자고 있을 엄마를 큰 소리로 불러 놓고 재빨리 제 입을 손으로 막았다. 그리고는 다른 손으로 침대 위를 더듬거려 핸드폰을 찾았다.

오늘이 쌍둥이 사촌들의 생일이라는 알람이었다. 작년에도 이 시간에 울려서 자다 깨게 해 놓고 변경을 하지 않아 올해도 또 한 번 놀라게 하고 말았다.

리윤은 유정과 유성에게 문자를 보냈다.

[생일 축하해, 쌍둥이들아! 올해는 작년보다 더 많이, 더 일찍 축하해. 날이 밝는 대로 나에게 근사한 생을 턱으로 저녁을 쏘기 바란다. 많이, 많이 축하해!]

늦는 것보다는 훨씬 나았다. 지금쯤 문자가 온 줄도 모르고 늘어지게 자고 있겠지만 아침에 일어나서 제일 먼저 도착한 문자를 보면 얼마나 좋을까, 생각하니 절로 뿌듯해졌다.

Rrrrrrrrr.

"뭐야, 안 잤어?"

—이 시간까지 축하를 해 주려고 안 잔 건 아닐 테고 뭐냐?

자다 깬 것 같지 않은 맑은 목소리로 유성이 말했다.

"너는 왜 안 잤어?"

―공부했지, 하기는 뭐 하냐?

"아, 맞다. 고생이 많다."

두 사람은 동시에 한숨을 포옥 내쉬었다.

"만나서 술 한잔하고 싶지만 너무 늦었지?"

―어.

"매정한 놈."

―내일 김밥 말려면 얼른 자라.

"내일 저녁에 우리 뭐 해?"

한껏 기대를 하며 리윤은 유성의 대답을 기다렸다.

―공부.

"아 씨."

―야, 오늘도 마시는데 내일도 마셔야 돼? 내일은 공부할 거니까 방해할 생각은 하지도 마라.

"응?"

―이따 가게로 갈게.

"맞네, 오늘이네. 그래그래, 오늘은 우리 실컷 놀아 보자. 이 누나가 오늘 제대로 솜씨를 발휘해 주겠어!"

―아무것도 하지 말고 그냥 시켜 먹어.

"왜? 설마 내 생각해 주는 거야?"

막 감동해서 코끝이 시큰해지려는 찰나.

―맛있는 거 먹고 싶어.

"재수 없는 놈."

―자라.

　통화를 끝내고 몸을 돌려 누웠다. 끊자마자 떠오르는 사이준 생각을 겨우겨우 떨쳐 내고 리윤은 잠이 들었다.

　랑이의 기상 시간은 이준이 일어나서 하루를 시작해야 하는 시간이었다. 늦잠을 잘 수도 없고 게으름을 피울 수도 없었다. 눈을 뜨면서부터 노는 아이를 중간중간 어린이집 갈 시간을 체크하며 씻기고, 먹이고, 같이 놀아 주고, 그러다 가방을 챙기고 하는 게 이준이 아침에 해야 할 일이었다.

　그렇게 늘 정신없이 바쁜 아침 시간을 보내고 나면 랑이가 등원할 시간이었다. 노란 버스에 탄 랑이에게 잘 다녀오라며 손을 흔들 때면 안쓰럽고 짠하고, 금세 친구들과 장난 치는 걸 보면 마음이 놓이기도 하면서 동시에 드디어 자유구나, 하는 복합적인 감정과 함께 후, 하고 숨을 내쉬었다. 도대체 2시간이란 짧은 시간 동안 느끼는 감정이 몇 가지인지 모르겠다.

　"흐음."

　크게 숨을 들이마시며 심호흡을 하고 이준은 맑은 하늘을 올려다봤다. 아침마다 참 맑기도 하다. 비가 올 기미는 보이지 않았다. 아이 옷을 적당히 잘 입혀 보낸 것 같아 괜스레 뿌듯했다.

　"커피나 한 잔 마시자."

　혼잣말하는 게 버릇이 된 이준은 머릿속으로 떠올린 말을 마치 옆에 누가 있는 것처럼 떠들면서 집으로 들어갔다. 현관문을 열고 들어가자마자 2시간 동안 어지럽힌 흔적이 마치 어린이집 아이들 전부를 초대해 논 것처럼 정신없었다. 뭘 하고 놀았는지도 기억나지 않는데 매일 아침마다 이러는 거 보면 놀라울 따름이었다.

커피 한 잔의 여유는 진즉에 날아가고 이준은 허리를 굽혀 바닥에 널브러진 것들을 하나둘 치우기 시작했다. 인형들을 모아 서랍장 위에 가지런히 올려 두고 블록도 커다란 통에 담았다. 언제 사 줬는지 기억도 나지 않는 주방 놀이 세트는 이미 찌그러지고 낙서투성이였지만 랑이의 사랑을 독차지하는 것 중 하나라 버릴 수도 없었다.

거실부터 정리하고 아이 방으로 들어가 마저 치우는 사이 아까운 시간은 이미 1시간이나 훌쩍 지나고 있었다. 정리를 끝낸 후에는 빨래할 것들을 챙겨서 세탁실에 넣어 뒀다. 세탁기를 돌리려다가 랑이가 오면 목욕 후 저녁에 돌려야겠다 싶어 그는 가뿐히 몸을 돌려 나왔다. 아파트가 아닌 주택에 살아서 좋은 점은 아무 때나 세탁기를 돌릴 있다는 거였다.

주방에서 아침 먹은 것들을 설거지하고 아이가 먹은 자리에 쪼그리고 앉아 바닥을 닦아 냈다. 어느새 홀쭉해진 물티슈는 거의 이틀에 한 통씩은 쓰는 것 같다. 뽑아서 쓸 때마다 아깝지만 그래도 아이 몸에 닿는 거니 걸레를 쓸 수는 없었다. 총각일 때는 몰랐던, 아이 아빠가 된 후에 알게 된 것들이 가끔은 입이 떡어 벌어질 만큼 많아진 걸 보면 사이준은 이미 애 아빠가 확실했다.

"물티슈도 주문해야겠다."

이준은 주문해야 될 것들을 그 자리에서 바로 핸드폰 메모장에 적어 뒀다. 그래야 나중에 당황하는 일이 적었다. 전에는 갑자기 떠오른 글에 대한 것들만 메모했는데 랑이를 낳은 후부터, 좀 더 정확히는 아이를 혼자 키우기 시작하면서부터 랑이에 관련된 것들이 훨씬 더 많아지고 있었다.

"아, 맞다, 물통."

메모장을 끄려다 생각난 물통을 메모해 놓고 그제서야 이준은 허리를 펴고 일어났다. 거의 2시간 가까이 집안일을 하고서야 이준은 커피 한 잔의 여유를 즐길 수 있었다. 커피를 마시며 언뜻 고개를 돌리니 어느새 점심을 먹어야 할 시간이었다. 몇 시인지 확인한 순간 갑자기 배가 고파졌다. 예전에는 느지막이 일어나서 점심을 먹는 게 일상이었는데 지금은 아이 챙기느라 일찍 일어남에도 아침을 먹을 시간이 없었다.

"참 시간이 빠르면서도 느리게 간다."

혼자서 무언가를 하려고 하면 어느새 랑이 올 시간이 되고, 랑이가 온 순간부터는 이상하게도 시간이 그렇게 느리게 갈 수가 없었다. 그렇다고 랑이와 보내는 시간이 지루하지는 않았다. 뭔가를 많이 하면서도, 뭔가를 전혀 하지 않은 것 같은, 아무튼 설명할 수 없는 하루하루였다.

Rrrrrrrr.

갑작스레 울리는 핸드폰 소리에 이준은 설핏 놀랐다. 이미 배고픔에 커피는 맛이 없었다. 커피 잔을 내려놓고 그는 핸드폰을 들었다.

—작가님.

"네."

—뭐 하십니까?

"뭘 먹을까 생각하는 중입니다."

—그래? 초밥 어때?

초밥을 듣는 순간 절로 김밥이 떠오르는 건 왜일까.

"어딘데?"

─네 마음 속.

영현은 과한 애교를 부리며 콧소리를 냈다.

"혼자 먹어라."

─뭐가 먹고 싶은데?

다급하게 본래의 목소리를 내며 영현이 물었다.

"그냥 밥."

─알겠어, 내가 금방 갈게.

통화를 끊고 식은 커피를 버리려고 주방으로 들어가는데,

딩동.

초인종이 울렸다. 아침부터 누구지, 하면서 이준은 커피 잔을 개수대에 놓고 현관으로 나갔다.

"누구세요?"

─나.

방금 전화를 끊은 영현이었다. 미간을 좁히며 문을 여는데 영현이 활짝 웃으며 안으로 폴짝 들어왔다.

"뭐야, 앞에서 전화한 거야?"

"어."

"없으면 어쩌려고?"

"랑이 보내고 이제 겨우 허리 펴고 있을 시간 아니야?"

CCTV라도 설치해 놓은 것처럼 정확했다.

"근데 왜 빈손이야?"

재킷을 벗어 소파 위로 던져 놓고 영현은 소매를 걷었다.

"직접 하겠다는 건 아니지?"

"아무한테도 쉽게 보여 주지 않은 건데 너한테 특별히 보여 줄게."

"뭘?"

"내 요리."

이준은 눈을 질끈 감았다 뜨면서 손으로 이마를 짚었다.

"보여 주지 마."

그러고는 거실 서랍을 뒤지기 시작했다.

"김치찌개나 먹자."

"김치찌개 먹고 싶어? 그까짓 것 눈 감고도 한다. 집에 김치 있지?"

영현은 냉장고를 열고 안에서 김치 통을 찾았다.

"하지 마라."

"너는 들어가서 글이나 써. 이번에는 좀 일찍 좀 보내 줘, 괜히 편집하는 애들 애태우지 말고."

김치 통을 옆에 놓고 주방을 뒤지더니 칼과 도마를 찾아냈다. 그러고는 냄비를 찾아 당당하게 가스레인지 위에 올려놨다. 도마 위에 김치를 한 포기 꺼내 썰면서 영현은 자신감을 드러냈다.

"내가 안 해서 그렇지 하면 기가 막히게 한다."

"과도로?"

"응?"

"그거 과일 깎는 칼이야."

꽤나 앙증맞은 칼을 들고 김치를 썰던 영현은 멍하니 손에 쥐고 있는 것을 바라봤다. 그러다 어깨를 한번 으쓱하고는 마저 썰었다.

"과일 맛이 나서 더 맛있을 거야."

영현이 말도 안 되는 말을 계속 지껄여 댔다. 어느새 이준은 팔짱을 낀 채로 영현의 옆을 지키고 있었다.

"이번에 푸른섬에서 신작 나오는 거 알지?"

"어."

"하반기에 네 거 나온다고 급하게 내보내는 것 같더라. 그래 봤자 안 되지, 어디 사이준한테 감히."

"김현인데?"

"야, 아무리 김현이라고 해도 우리는 사이준이 있어. 왜 이래?"

"김현이랑 작품하려고 몇 달을 쫓아다닌 게 누군데?"

"됐어, 나도 더럽고 치사해서 안 해."

"안 하는 게 아니라 못 하는 거지."

"나 칼 들고 있다."

"그거 과도다."

영현은 어렵게 김치 한 포기를 다 썰고는 그대로 냄비로 옮기려나 싱크대와 바닥에 김치 국물을 줄줄 흘렸다. 이준은 말없이 식탁 위에 있던 물티슈를 집어 바닥을 닦기 시작했다. 벌써부터 피곤해졌다.

차라리 밖이라고 할 것을, 차라리 먹었다고 할 것을.

"하아."

"배 많이 고프구나. 잠깐만 기다려, 다 했어."

쌀도 안 씻고 겨우 김치를 냄비에 넣기만 했는데 다 했단다. 아무래도 오늘 점심은 사 먹어야겠다.

"있잖아, 우리 좀 파격적으로 가면 어떨까?"

"뭘?"

"아니, 이번에 김현이 19금을 달고 나온다더라고."

"그래서?"

"야, 사이준이 못해서 안 하는 거야? 하기 싫으니까 안 하는 거잖아. 그러니까 이번에는 그냥 눈 한번 딱 감고……."

"가."

"응?"

"가라고."

"작가님."

"네, 사장님."

"우리 이번에는 독자님들을 위해서 재능기부 좀 제대로 합시다."

"싫습니다."

"아니, 그러지 말고……."

"싫어."

영현은 김치 국물이 묻은 손으로 제 머리를 벅벅 긁어 댔다.

"대체 왜 싫다는 거야? 잘 쓰잖아. 죽이게 쓰잖아."

"내용이랑 상관없이 막 벗고 막 하는 거 딱 질색이야."

"그러니까 내용이랑 상관있게 막 벗고 막 하면 되잖아. 요즘 젊은 사람들은 자극적인 걸 좋아한다고. 한번 빡! 나오고 해야 호기심을 자극하지!"

손을 휘저으며 목소리를 높이는 영현 때문에 이준은 이미 뒤로 뒷걸음질을 쳐서 거리를 뒀다.

"호기심을 불러일으킬 뭔가가 있어야 홍보를 해도 먹힌다고. 글만 잘 쓴다고 되는 게 아니란 말이야. 자극적인 거, 그게 요즘 젊은 친구들이 원하는 거란 말이야. 쓸 수 있는데 왜 안 쓴다는 거야? 독자들이 원하는데 왜 안 쓰는 거냐고!"

"누구야?"

"뭐가?"

"이영현을 돌게 하는 사람."

"윤정인."

"윤 실장이 왜?"

"그만 두겠대."

"왜?"

"자아를 찾고 싶대."

영현은 고개를 푹 숙이며 길게 한숨을 내쉬었다.

"손이나 닦아, 배고파 죽겠어."

"김치찌개는?"

"괜히 아까운 김치 죽이지 말고 나가서 먹자. 그건 내가 알아서 할게."

"고맙다, 친구야."

터덜터덜 주방을 나가 영현은 욕실로 향했다. 이준은 좀 전에 영현이 내쉰 한숨보다 더 깊고 길게 숨을 뱉어 내고 바닥에 쭈그리고 앉아 김치찌개가 되지 못한 김치의 눈물을 닦아 냈다.

"아악! 이거 뭐야!"

옷에 묻은 김치 국물을 발견한 영현이 소리를 질렀지만 이준은 동요하지 않고 마저 정리를 끝냈다.

아침부터 갑자기 밀려든 김밥 단체 주문으로 혼이 쏙 빠진 리윤은 점심시간이 지나자 가게 밖으로 나와 기지개를 켜며 겨우 한숨 돌릴 수 있었다. 어깨는 나무토막처럼 뻣뻣하게 경직됐고 허리는 80 넘은 할머니처럼 좀처럼 펴지지 않았다.

"아, 진짜 이러다 허리 굳는 거 아닌가 모르겠네."

주먹으로 허리를 툭툭 치면서 리윤은 파란 하늘을 올려다봤다. 저도 모르게 한숨을 포옥 내쉬었다.

"가게 그만할까?"

언제 나왔는지 엄마가 허리에 손을 짚고 원을 그리듯 돌리며 말했다.

"갑자기 왜?"

"그냥."

"뭔데?"

"뭐가?"

"힘들어서 그래?"

유 여사는 표정을 읽을 수 없는 얼굴로 리윤을 돌아봤다.

"한창 인생을 즐겨야 할 나이에 여기 처박혀 있으니까 그렇지."

"누구? 나?"

"엄마 이제 괜찮아."

"알아."

"근데?"

"내가 안 괜찮아."

생각하는 시간이 생기는 게 싫었다. 차라리 몸이 힘들어서 아무런 생각도, 걱정도 하지 않고 그대로 쓰러지듯 잠들어서 다음 날 일어나 또 힘들게 하루를 보내는 게 좋았다. 그렇게 꾸역꾸역 버티다 보면 지금보다는 덜 힘들지 않을까 싶었다.

"엄마가 괜찮다고 해도 내가 괜찮다는 생각이 들 때까지는 아니야."

"뭐가?"

"엄마까지 잃을 수 없어. 지금 나한테는 엄마가 전부야."

"아으, 징그러워."

유 여사는 진저리치듯이 몸을 부르르 떨더니 눈을 흘기며 가게 안으로 들어가 버렸다. 하지만 엄마의 붉어지는 눈동자를 리윤은 이미 봐 버렸다. 리윤은 재빨리 따라 들어가며 뒤에서 유 여사의 허리를 끌어안았다.

"절대 안 떨어질 거야."

"남자도 만나고 해."

"남자 만날 시간이 어디 있어?"

"그러니까 김밥 그만 말고 나가라고."

"맞다, 저녁에 여기서 우리끼리 생파할 거야. 오늘은 일찍 들어가서 이모들이랑 놀아."

"뭐 먹으려고?"

"글쎄."

허리에 두르고 있는 손을 풀어내고 유 여사는 의자에 앉았다.

"시켜 먹어, 하지 말고."

"알아서 할게."

"엄마가 시켜 주고 갈까?"

"됐어."

"기분이다, 오늘 술은 내가 쏜다."

급자기 자리에서 벌떡 일어난 유 여사가 말릴 틈도 없이 그대로 가게를 나갔다. 고개를 길게 빼고 보니 유 여사가 마트 안으로 쏘옥 들어갔다.

"못 말린다, 진짜."

고개를 절레절레 저으며 리윤은 정수기에서 물을 한 잔 따라 마셨다. 점심을 대충 먹었는데도 배는 여전히 고프지 않았다. 저녁에 술을 마시려면 속이 든든해야 하는데 딱히 먹고 싶다는 생각이 들지 않았다.

"이러면 곤란한데⋯⋯."

"뭐가?"

"엄마!"

느닷없이 나타난 이준 때문에 리윤은 들고 있던 물컵까지 흔들 정도로 소스라치게 놀라고 말았다.

"놀랐잖아."

"죄지은 것도 아닐 텐데 뭘 그렇게 놀라?"

이준은 능글맞게 웃으며 의자를 당겨 앉았다.

"소리를 좀 내면서 다녀."

"어떻게?"

"하여간 어려서부터 그랬어, 소리 없이 스르륵 나타나고 눈 깜짝할 사이에 사라지고."

"내가?"

전혀 모르겠다는 투로 손가락으로 자신을 가리키며 재차 묻는 이준을 리윤은 살벌하게 노려봤다. 기분 나쁜 기억이 스멀스멀 떠올랐지만 리윤은 눈을 한 번 질끈 감았다 뜨는 걸로 그 기억을 떨쳐 냈다.

"뭐 줘?"

"아니."

"그럼 왜 왔어?"

"오면 안 돼?"

"안 될 건 없지만 그렇다고 심심하다고 아무나 막 놀러 오는 데도 아니지."

"내가 왜 아무냐야?"

"그렇다고 특별한 누군가는 아니지 않아?"

"특별한 것까지는 아니지만 누군가는 맞지 않나?"

의미심장한 무언가가 있는 것처럼 이준이 실실 웃으며 리윤을 쳐다봤다. 리윤은 잠깐 주춤하다 이준이 앉은 맞은편 의자를 당겨 앉았다.

"왜 그러는 거야?"

이준의 얼굴을 빤히 보면서 그에게 물었다.

"뭐가?"

"왜 자꾸 알짱거려?"

"내가?"

"왜 날 건드려?"

"언제?"

"나한테 관심 있어?"

대놓고 직접적으로 물었다. 그가 어떤 대답을 꺼내 놓을지 궁금했다. 그렇다고 괜한 기대를 하는 건 아니었다.

"어."

"뭐?"

"관심 있다고."

이렇게 대답할 줄은 미처 예상하지 못했다. 리윤은 당황해서는 눈만 끔벅거렸다.

"관심 있어, 공리윤한테."

맞은편에 앉은 이준은 상체를 리윤에게로 바짝 끌어당겨 앉았다. 두 눈을 빤히 들여다보면서 그는 심술궂은 미소를 지으며 말했다.

"공리윤."

"왜? 뭐?"

괜히 말투가 곱지 않았다. 리윤은 속으로 호흡을 조절하며 다시금 물었다.

"뭐가 알고 싶은데?"

"알고 싶은 게 아니라 관심이 있다고."

"갑자기 관심이 왜 생겼는데?"

"요즘 가장 많이 마주치는 여자 사람이라서?"

여자 사람, 그 말에 비위가 상했다. 여자라서도 아니고 여자 사람이라서라니, 대체 뭘 기대하고 있었던 걸까. 참 한결같은 사람이다. 아니, 참 아둔하고 어리석다. 어려서부터 성인이 된 지금까지 자신은 이 남자에게 왜 자꾸만 무언가를 기대하고 있는 걸까. 질린다, 진짜.

"김밥 살 거 아니면 가."

의자를 밀고 일어나는데 리윤은 손가락 끝으로 바람이 솔솔 빠져나가는 기분이었다. 홀에 이준을 두고 리윤은 주방으로 들어갔다. 냉장고를 열어 채소를 꺼내서는 씻은 걸 또 씻었다. 홀을 스윽 돌아보니 이준은 이미 가게를 나가고 없었다. 가고 나니까 괜히 서운하다. 눈앞에서 알짱거리면 짜증나고 안 보이면 더 짜증이 난다.

일하기 싫은 걸 사람들이 알았는지 마감 시간이 되기도 전부터 손님이 뚝 끊겼다. 리윤은 둘째 이모가 온 김에 유 여사를 데리고 들어가라며 등을 떠밀었다. 막내 이모가 쌍둥이 낳느라 목숨 걸고 고생한 자신을 위해서 집에서 파티를 한다고 했으니 유 여사는 아마도 오늘 집에 들어오지는 않을 테고, 리윤도 쌍둥이 사촌들과 코가 삐뚤어지게 마실 작정이었다.

"골뱅이 좀 무치고 어묵탕이나 끓이면 되겠다."

유정이 회사 근처에서 족발을 포장해 온다고 했으니 안주는 충분했다. 술은 낮에 유 여사가 아예 박스로 배달을 해 놔서 밤새 마시고도 남을 거다.

Rrrrrrrr.

앞치마 주머니 속에 넣어 둔 핸드폰이 조용한 가게 안을 시끄럽게 울려 댔다. 리윤은 주방에서 갖고 나올 것들을 머릿속으로 정리하며 핸드폰을 꺼내 받았다.

—시작했어?

유정이었다.

"뭘?"

—아직 시작 안 했어?

"이제 가게 문 닫았다. 넌 어딘데?"

오지도 않고 재촉하는 걸 보니 오늘 아무래도 길고 진하게 놀 듯했다.

—나 지금 버스 탔어.

"얼른 와, 유성이도 아직이야. 맞다, 족발은? 샀어?"

―당연히 샀지. 4시에 전화로 예약해 놓고 끝나자마자 달려가서 바로 픽업했지. 나 너무너무 배고파. 족발 말고 또 뭐 있어?

"너 좋아하는 골뱅이랑 너 좋아하는 어묵탕. 더 할까? 뭐 먹고 싶은 거 있어?"

―아니야, 그 정도면 충분해. 나 날아갈게, 기다려.

"날아오지 말고 얌전하게 버스에 앉아서 와."

큭큭 소리와 함께 유정은 전화를 끊었다. 핸드폰을 바지 뒷주머니에 찔러 넣고 리윤은 손바닥을 슥슥 비비며 주방으로 들어갔다. 냄비 두 개를 꺼내 물을 받아 가스레인지 위에 올려놓고 냉장고에서 채소들을 꺼냈다. 김밥집을 하면서 두 가지 요리를 동시에 하는 건 이제 식은 죽 먹기였다.

사실 어려서부터도 곧잘 먹고 싶은 걸 해 먹기는 했었다. 하나밖에 없는 외동딸이었지만 집안일을 하는 거에 대해서 부모님은 상당히 관대한 편이었다. 그러다 점점 빨래도 하고 가끔은 밥도 했다. 부모님이 모임에 나가시는 날이면 먹을 걸 해 놓고 나가시는 게 아니라 먹고 싶은 걸 알아서 해 먹으라며 쿨하게 나가고는 하셨다.

그 덕분이라고 해야 하나, 지금 김밥집 주방을 맡아서 하는 게 그렇게 막막하거나 힘들지는 않았다. 물론 전문적으로 하는 분들에 비하면 턱없이 부족하겠지만 동네 장사니까 다들 어느 정도는 이해해 주는 편이었다.

"야근이야?"

"엄마야!"

갑자기 등 뒤에서 들려온 굵직한 남자 목소리에 딴생각을 하며 재료 손질을 하던 리윤은 들고 있던 칼을 번쩍 들며 소스라치게 놀랐다.

"놀랐어?"

돌아보니 이준이었다.

"그럼 놀라지 안 놀라?"

버럭 소리를 지르며 리윤은 눈을 부라렸다.

"미안. 아무리 그래도 그건 좀 내리지?"

"뭐?"

여전히 신경질적인 목소리로 리윤은 거칠게 숨을 내쉬었다. 이준은 턱 끝으로 리윤이 들고 있는 칼을 가리켰다. 그때서야 리윤은 형광등 불빛에 번쩍이는 칼을 보고는 슬그머니 아래로 내렸다.

"이 시간까지 뭐 해? 내일 장사 준비?"

"아니."

여전히 두근거리고 있는 가슴을 진정시키려고 크게 숨을 내뱉고는 리윤은 이준에게서 등을 돌려 오이를 썰었다.

"김밥 사려고?"

"아니."

"그럼?"

"그냥 문이 열려서."

"여기가 되게 편한가 봐, 간판 불도 껐는데 막 들어오는 거 보면."

"네가 있으니까."

장난처럼 그 말을 하고 이준은 아예 테이블로 가서 의자를 빼앉았다. 아무렇지 않게 맞받아쳐야 하는데 그때부터 심장이 정신 사납게 뛰기 시작했다. 그 어떤 의도와 의지도 없었다. 그냥 제멋대로 뛰는 거였다.

"언제 들어가려고? 여자가 너무 늦은 시간까지 밖에 있는 거 안 좋아."

"뭐야, 아저씨처럼."

다행스럽게도 목소리까지 그 떨림이 이어지진 않았다.

"애는 어쩌고 이 시간에 나와서 돌아다녀?"

"오늘 없어."

"왜?"

물어 놓고 아차 싶었다. 내일은 주말이니까 어쩌면 제 엄마 집으로 갔을지도…….

"할머니 집에서 잔다고 짐 싸서 갔어."

엄마를 만나러 간 건 아니었다.

"가끔 한 번씩 가서 자고 오고 그래."

"어디 사셔?"

"일산."

어릴 때 같은 동네에서 살았던 탓에 또렷하게는 아니어도 어렴풋이는 기억이 났다. 엄마랑은 그래도 꽤 왕래하며 지냈던 것 같았다.

"건강하시지?"

"그럼."

뭔가 의무적으로 물었다. 어른이니까 그냥 안부를 챙겨야 할 것 같았다. 그리고는 한동안 두 사람 사이에 아무런 대화가 이어지지 않았다. 리윤은 오이를 썰고 무를 썰며 부지런히 안주들을 준비했고 이준은 그냥 멍하니 앉은 채로 주방에서 움직이고 있는 리윤을 바라볼 뿐이었다. 그의 시선이 느껴졌지만 무슨 말을 해야 할지 몰랐다. 괜히 말을 더듬을 것도 같고, 아무튼 오늘 이상한 밤이었다. 사이준이 있어서가 아니라 그냥 오늘이 유난히, 유독 그런 밤이었다.

어묵탕이 보글보글 끓고, 소면도 삶아졌고 골뱅이 양념도 했다. 그리고,

"리윤아!"

문을 열고 유정이 들어왔다. 두 손 가득 족발을 들고.

"어? 안녕하세요."

유정은 그때까지도 가게를 지키고 있던 이준에게 반달눈을 해 보이며 아주 환하고 명랑하게 인사를 했다.

"저 리윤이 사촌이에요. 기억하시죠?"

"아, 네. 안녕하세요."

"설마 오늘 축하해 주시려고 오신 거예요?"

"네?"

"우와, 너무 감사해요. 어쩐지 내가 오늘 족발을 아주 넉넉하게 사고 싶더라고요. 진짜 감사해요."

"네?"

"앉으세요, 유성이도, 아, 제 쌍둥이 오빠도 올 거예요. 아시죠, 쌍둥이는 생일이 같다는 거."

"아, 네."

유정이 말할 틈을 주지 않고 제 할 말만 다다다 해 버리니까 천하의 사이준도 어안이 벙벙한 모양이었다. 제대로 말을 하지 못하고 그저 네, 라는 대답만 하고 있었다. 그 모습이 왜 그렇게 웃긴지, 주방에 있던 리윤은 혼자 소리 없이 웃어 버렸다.

"야, 유성이는 언제 온대?"

"몰라, 전화 없었어. 올 때 되면 오겠지."

"그럼 이것 좀 테이블에 세팅해 주세요. 저는 잠깐 손 좀 닦고 우리 리윤이를 도와서 음식 장만은 아니고 차린 음식 내올게요."

들고 있던 족발을 이준에게 들려 주고 유정은 총총총 주방 안으로 들어왔다. 생일이라 그런지 유정이 꽤나 흥분한 듯했다. 평소에도 차분하거나 얌전한 스타일은 아니었지만 그래도 이렇게까지는 아니었다.

"좋아?"

유정에게 리윤이 물었다.

"뭐가?"

"생일이라 좋으냐고."

"어, 너무 좋아. 너도 좋지?"

"나는 뭐가?"

유정의 시선이 홀에서 족발을 꺼내고 있는 이준에게로 향했다. 그때서야 리윤은 이준이 같은 공간에 있고 같이 생일파티를 하게 될 거라는 걸 깨달았다.

"미쳤나 봐."

"사랑이 원래 그런 거야."

"뭐?"

"가라고 할 생각 하지 마. 오늘 나 생일이다."

"야, 김유정."

유정은 손가락을 들어 리윤의 입술에 갖다 대고는 그대로 꾹 눌렀다. 아무 말도 하지 말라는 뜻으로 눈에 힘도 잔뜩 줬다.

"난 생일이 진짜 너무너무 좋아."

"어련하시겠냐."

고개를 절레절레 젓는데 두 번째 생일자가 등장했다. 가게로 들어온 유성은 멈칫해서 이준을 뚫어져라 쳐다봤다.

"안 들어오고 뭐 해?"

"누구?"

"아직 누군지 소속이 분명하지 않아서 소개를 못 하겠다. 두 분이 알아서 인사 나누세요."

그렇게 말하고는 갖고 나간 걸 테이블에 올려놓고 다시 주방으로 쏘옥 들어왔다. 그리고는 주방에서 팔짱을 끼고 두 남자를 쳐다봤다.

"안녕하세요, 사이준입니다."

이준이 먼저 손을 내밀어 악수를 청했다. 역시나 까칠한 유성은 그가 내민 손을 잡지 않고 사이준이 누구고, 왜 여기에 있는 건지 설명하라는 눈빛으로 서 있기만 했다. 이준은 내민 손을 거둬들이며 유성이 궁금해하는 것에 대해 대답했다. 그걸 알아듣는 이준도 참 신기하기는 했다.

"리윤이랑 한 동네 살았던, 그리고 지금도 같은 동네에 살고 있는 사람입니다."

"아, 네. 김유성입니다."

그때서야 유성이 손을 내밀었다. 이준은 악수를 하며 유성의 찜찜함 가득한 시선을 오롯이 받아냈다.

"제가 껴도 되나 모르겠네요."

"지금 가면 더 이상하죠."

유정이 재빨리 대답했다.

"그런가요?"

"생일인 사람이 굳이 사이준 씨의 축하를 받고 싶다는데 이대로 가신다고요? 그건 너무 매정하고 몰인정한 거죠."

맛있게 무친 골뱅이를 테이블로 가져가며 유정은 생긋 웃었다.

"자, 얼른 시작하자. 리윤아, 얼른 나와."

얼떨결에 이준은 유성과 마주 보며 앉았다. 어색할 틈도 없이 유정이 분위기를 이끌었다. 음식이 차려지고 주방에 있던 리윤이 이준의 옆자리에 앉자 생일파티가 시작됐다.

네 사람은 가게 불을 끄고 케이크에 불을 붙이고 노래를 불렀다. 한 번도 생각해 본 적 없는 이상한 조합이었지만 괜스레 가슴이 두근거리는, 그런 묘한 밤이었다.

먹고, 마시고, 웃고, 아무런 걱정 없이 떠들 수 있는 사람들이 곁에 있어서 참 다행스러운 밤이었다.

"야, 그때 너 되게 촌스러웠어."

유정의 말에 리윤은 처음 듣는 소리라는 듯 두 눈을 동그랗게 떴다.

"누가? 내가?"

"그래, 너. 아무리 어릴 때라고 해도 나는 진짜 머리에 그 큰 리본을 왜 꽂고 다니는지 이해가 안 되더라. 자기가 무슨 공주인 줄 알고."

"공주는 공주였지."

이번엔 유성까지 거들기 시작했다.

"맞아, 쟤 완전 공주병이었어."

쌍둥이의 합동 공격에 리윤은 기가 막혀서 입을 떠억 벌리고만 있었다.

"이모부가 애를 너무 떠받들어서 키웠다니까."

"그러셨지."

순간 유정과 유성은 서로를 쳐다보며 아차, 하는 표정을 지었다. 이 분위기에서 이모부 얘기는 꺼내는 게 아니었다.

"맞아, 우리 아빠가 나를 심하게 애정하기는 했지."

"잔이 비었다."

유정은 서둘러 리윤의 빈 잔에 술을 따라 줬다.

"자자, 우리 한 번 더 건배하자."

유정이 잔을 들었다.

"짠."

리윤이 소리를 내며 활짝 웃어 보이고는 고개를 뒤로 젖혀 시원하게 술잔을 비워 냈다. 그걸 가만히 지켜보다 세 사람도 잔을 비웠다.

"오늘 유난히 술이 맛있다."

"그럼 누구 생일인데 술이 안 맛있겠어?"

여전히 건드리면 안 되는, 아직은 쉽게 건드릴 수 없는 상처였다. 애써 괜찮은 척하는 리윤이 걱정스러웠지만 유정은 그저 겁이 났다. 상처가 터질까 봐, 만약 그렇게 되면 어떻게 해야 되는지 알수가 없었다. 누가 가르쳐 주지도 않았고, 경험해 본 적도 없었다. 감히 리윤의 아픔을 짐작조차 할 수 없었다.

왁자지껄 웃으며 술을 마시고 다 같이 차분해지던 순간, 리윤은 길고도 깊게 숨을 내뱉었다.

"나는 지금도 꿈같아."

엄마에게 이모들이 있는 것처럼 리윤에게는 유정과 유성이 있었다. 아프고 힘들었을 때 누가 먼저라고 할 것도 없이 곁으로 와 준 사람들이었다. 한 동네에 모여 살면서 하루가 멀다 하고 만나고 있지만 그들이 왜 그러는지 알고 있었다. 엄마에게 혼자 있을 시간을 주지 않기 위해서였다.

워낙에 금슬이 좋았던 부부였다. 오랫동안 아파서가 아니라 마음의 준비를 할 시간도 주지 않았었다. 너무도 급작스러운 일이었고 누구도 한 번도 상상하지 않았던 일이었다. 그래서 지금도 가끔은 현실로 느껴지지 않았다. 이모들은 지금도 엄마를 혼자 두지 않았다. 혹시라도 안 좋은 생각을 할까 봐, 혼자 울까 봐 절대로 혼자 있게 하지를 않았다.

그리고 유정과 유성은 리윤을 챙겼다. 시간이 날 때마다 전화를 하고 주말이면 집으로 찾아왔다. 이 동네로 이사하자고 했을 때도 누구도 반대하는 사람이 없었다고 했다. 직장이 멀어졌지만 누구도 불평하는 사람이 없다고 했다.

"아직도 안 믿겨. 아니, 믿을 수가 없어."

이미 술에 취한 리윤이 제 감정을 꺼내 놓기 시작했다.

"우리 리윤이 많이 취했네."

유정이 아기 달래듯 부드러운 말투로 말했다.

"아니, 나 하나도 안 취했어."

"그래, 취하고도 취했다고 하는 사람은 세상에 없으니까. 실컷 마셔, 그리고 하고 싶은 말 다 해."

"내가 다 하면 안 되지, 오늘 생일은 쌍둥이들이니까 너희들이 하고 싶은 거 다 해."

"그래도 생일인 건 안 잊었네? 고맙다."

"나도 고맙다."

"뭐가?"

"나랑 놀아 줘서. 내 술주정 다 받아 주고, 내가 억지 쓸 때도 다 들어 주고. 너희들 없었으면……."

리윤은 말을 끝맺지 못하고 고개를 툭 떨어뜨렸다. 유정과 유성은 그저 가만히 그런 리윤을 바라보고만 있었다. 그만하라는 말도, 그만 마시라는 말도 하지 않았다. 그저 이렇게라도 속에 있는 것들을 쏟아 내라고 하는 듯했다.

"언제쯤이면 괜찮아질까?"

리윤의 눈물이 테이블 위로 뚝, 떨어졌다. 리윤은 손등으로 재빨리 닦아 냈다.

"괜찮아지시 않을 거야."

"무섭다."

"근데 시간이 지나면 익숙해지는 법을 알게 될 거야. 그러면 인정하고 받아들이고 넌 네 삶을 살아갈 수 있지 않을까."

유성이 담담하게 말했다.

"그럴까?"

"어, 그럴 거야."

"그랬으면 좋겠다."

그렇게 말하고 리윤은 고개를 번쩍 들어 옆에 있는 이준을 쳐다봤다.

"사이준."

갑자기 혼잣말처럼 이준의 이름을 불렀다.

"어."

눈을 맞추고 있는 리윤이 순간 안쓰러웠다. 혀가 꼬여서는 술주정을 하는데도 귀엽기만 했다. 그녀에게 무슨 일이 있었는지 세세히 알지는 못해도 웃으면서도 눈은 슬프게 울고 있어야 하는 아픈 상처가 있다는 건 알 수 있었다.

"사이준."

"왜?"

이준은 웃는 얼굴로 리윤을 바라봤다.

"사이준."

"말해."

왜 여기서 김밥을 말고 있었던 건지, 왜 여기서 활짝 웃고 있는데도 행복해 보이지 않았던 건지 알 것 같았다.

"사이코."

"응?"

"사이코야, 너는."

쿵, 그대로 리윤은 이준의 가슴에 얼굴을 묻었다. 조금 이른 듯한 더위가 찾아온 밤, 네 사람은, 아니 세 사람은 술에 취해 이준의 가슴에 안겨 그대로 잠이 든 리윤을 그저 멍하니 쳐다보고 있었다.

"어머, 얘가 벌써 취했네."

그렇게 말하면서도 유정은 리윤을 이준의 품에서 떼어 놓지 않았다. 대신 유성이 벌떡 일어나 이준에게 안겨 있는 리윤을 재빨리 떼어 놨다.

"야, 정신 차려."

유성은 이준을 경계하는 듯한 눈빛을 해 보이며 리윤의 어깨를 흔들었다.

"나쁜 놈. 사이코."

벌떡 일어난 리윤이 갑자기 이준에게 삿대질을 해 댔다.

"내가 왜 나쁜 놈이야?"

웃음기를 머금고 이준이 리윤에게 물었다.

"나 버려 두고 갔으니까."

"응?"

"기다리라고 하고 그냥 가 버렸으니까."

"무슨 말이야?"

"내가 얼마나 기다렸는데……. 그 무서운 골목길에서 얼마나 기다렸는데……."

그렇게 말하고는 아이처럼 엉엉 소리까지 내며 울어 댔다.

"내가 얼마나 좋아했는데, 내가 진짜 진짜 좋아했는데……."

그러고는 리윤은 다시 고개를 푹 숙인 채 그대로 잠이 들어 버렸다. 멀뚱멀뚱 서로의 얼굴만 보던 세 사람은 어색하게 시선을 돌렸다.

"그만 치우자."

유성의 말에 유정이 일어나 상을 치우기 시작했다. 외동이라 외로울 것 같았는데 전혀 그렇지 않았다. 누구보다 끈끈한 사촌들이 리윤의 곁을 아주 든든하게 지키고 있었다. 그들의 모습을 보면서 이준은 흐뭇하게 웃었다.

그리고 그의 심장이 뻐근하게 저려오기 시작했다. 그는 고개를 슬쩍 갸웃거리다 말았다.

4. 다시 두근두근.

새벽에 속이 부대끼고 머리가 깨질 듯이 아파서 리윤은 일어날 수밖에 없었다. 겨우 눈을 뜨니 집이었다. 리윤은 눈만 뜨고 어젯밤 일들을 차례로 떠올렸다. 넷이 생일 축하 노래를 불렀고, 술을 마셨고, 유정이 연애하고 싶다는 얘기를 하며 웃었고⋯⋯, 그 뒤로도 웃고 떠들었던 기억이 났다. 그리고 울었던 것 같다.

"아, 머리야."

머릿속에 딱따구리 열 마리가 들어앉아 어딘지도 모를 곳을 부리로 마구 쪼아 대는 느낌이었다. 그야말로 머리가 깨질 듯이 아팠다. 손가락을 세워 머리 이곳저곳을 꾹꾹 눌렀다.

"진짜 얼마나 마신 거야."

혼잣말을 하며 아직 어둠이 가시지 않은 방 안을 둘러봤다. 바닥에는 유정이 널브러진 채로 잠들어 있었다.

"그래도 집은 찾아왔네."

눈을 반쯤 뜬 상태로 리윤은 한 손으로 머리를 짚고 겨우 침대를 빠져나왔다. 뒤꿈치를 들고 조심조심 방문을 열고 밖으로 나와 안방부터 열어 봤다. 역시나 엄마는 방에 없었다. 엄마도 이모 집에서 취해 잠들었구나 싶어서 안도가 됐다. 술을 마시는 건 걱정되면서도 지금은 그저 엄마가 슬프지 않았으면 하는 마음이 컸다.

리윤은 주방으로 들어가 냉수 한 컵을 벌컥벌컥 마셨다. 울렁거리던 속은 차가운 게 들어오자 놀랐는지 울렁거림이 좀 잦아드는 듯싶었다. 정수기에서 물 한 잔을 받고 거실로 나와 소파에 쓰러지듯 앉았다.

"하아, 진짜 간만에 필름 끊기게 마셨네."

두 번째 잔은 느릿느릿 놀란 속을 달래 가며 마셨다. 푸르스름한 빛이 내려앉은 바깥을 내다보면서 리윤은 정신을 차리려고 애썼다. 그러다 문득 사이준이 생각났다.

"맞다, 같이 마셨는데……."

가만히 생각해 보면 사이준은 미치도록 퍼마시는 않았던 것 같다. 입을 다문 채 세 사람이 하는 얘기를 들었고 간간이 웃었던 것도 같았다.

"잘 들어갔겠지?"

리윤은 다리를 소파 위로 끌어 올려 가부좌를 틀고 앉았다. 꾸부정했던 허리를 바로 세우고 밤새 굳어진 목도 길게 뺀 채 원을 그리듯 돌려 근육을 풀었다. 너무 일찍 잠이 깼지만 그 덕에 조용히 머릿속을 정리할 수 있었다. 여전히 머리가 아프고 속도 스멀스멀 울렁거림이 올라왔다. 그래도 기분은 나쁘지 않았다. 뭔가 옷을 한 겹 벗은 것처럼 가벼운 느낌마저 들었다. 정신없이 떠들고, 웃고, 그러면서 취했던 밤이 리윤에게는 위로가 된 듯했다.

"콩나물국이나 끓여 먹어야겠다."

아무것도 넣지 않고 새우젓으로 간을 맞춘 하얀 콩나물국이 불현듯 떠올랐다. 조금만 더 있다가 아침 준비를 해야겠다 싶어서 리윤은 소파 위에서 한동안 엉덩이를 떼지 않았다.

"후우."

아주 천천히 세상이 밝아지고 있었다. 새벽에 깨어 있는 것도 오랜만이었다. 이런 고요한 순간이 고팠던 모양이다. 어지럽던 머릿속이 반듯하게 제자리를 찾기 시작했고 마음까지 차분해지는 것 같았다.

세상이 깨는 순간을 함께하며 조용히 있던 리윤은 문득 핸드폰을 찾았다. 주머니를 찾아 손을 더듬거렸지만 잠옷을 입고 있어서 주머니는 없었다. 방 어딘가에 있겠지 싶어서 찾는 걸 그만두려 했지만 몸은 이미 방을 향해 살금살금 소리 내지 않고 다가가고 있었다. 방문을 조용히 열고 잠든 유정을 지나쳐서 침대 위에 있는 베개를 들췄다. 역시나 얌전히 베개 아래에 핸드폰이 있었다.

"예쁜 것."

잠든 유정에게 고개를 끄덕여 주고 핸드폰을 조심스럽게 들고 밖으로 다시금 나왔다. 가끔은 아날로그가 좋으면서도 핸드폰만은 외면할 수가 없었다. 손에 세상을 쥐고 소파에 앉은 리윤은 문자가 들어온 걸 확인했다.

[내가 많이 미안했어.]

모르는 번호였다. 시간을 확인하니 1시간도 채 지나지 않았다. 리윤처럼 새벽에 깬 사람이 뜻 모를 사과를 하고 있었다.

"누구지? 잘못 보낸 건가?"

이른 시간부터 사과를 하는 걸 보면 뭔가 큰 잘못을 했나 보다 하면서 리윤은 끙, 소리와 함께 자리에서 일어났다. 주방으로 들어가 냉장고 안에 있는 콩나물을 꺼내 국을 끓이고 하얀 쌀을 씻어서 밥도 했다. 그리고는 커피 한 잔을 내려 거실로 나왔다.

[일어나는 대로 와, 콩나물국 끓여 놨어.]

유성에게 문자를 보내 놓고 진하게 내린 커피를 마시며 마저 잠을 깨웠다. 몸은 꽤나 묵직했지만 기분은 나쁘지 않았다. 엄마 걱정도 되지 않았다. 엄마나 이모들에게서 아무런 연락이 없다는 건 다들 즐겁게 마시고 놀고 잠들었다는 뜻이었다. 모녀가 비슷한 방법으로 다른 곳에서 행복했으면 그걸로 만족했다.

사람 사는 게 다 거기서 거기지 뭐 별거 있겠나 싶었다. 그냥 이렇게 하루하루 비슷하면서도 새로운 순간을 보내다 보면 어느새 몇 달이 지나고 몇 년이 흘러서 웃으며 추억하는 순간이 오지 않을까 싶었다. 아픈 건 흐릿해지고 그리움은 또렷해지면서 그렇게 살아가는 거겠지.

삐삐삐삐.

현관문 비밀번호 누르는 소리가 들리더니 머리에 까치집을 지은 유성이 터덜터덜 안으로 안으로 들어왔다.

"길에서 잔 거 아니지?"

유성은 소파에 그대로 털썩 쓰러졌다.

"아으, 죽겠다."

"우리 얼마나 마셨어?"

"몰라."

"너 설마 가게에서 잤어?"

"아니."

"집에서 온 거야? 이모랑 엄마는 아직 안 일어났어?"

"몰라."

겨우 몸을 일으켜 세우더니 유성은 리윤의 손에 있던 커피를 뺏어서 마셨다. 몇 모금을 마시고는 다시 누워 버렸다.

"자다가 천천히 오지 뭘 이렇게 빨리 왔냐?"

리윤이 흘리듯 말했는데 유성이 퉁명하게 맞받아쳤다.

"네가 오라며?"

"그거야 일어나면 오라는 거였지."

"아니, 지금 오라고 했어."

"그래?"

리윤은 고개를 갸웃거리며 문자를 그렇게 보냈었나 기억을 되짚었다. 그리고는 주방으로 가기 위해 몸을 돌렸다.

"같이 오라고도 했다."

"같이? 누구랑 같이?"

딩동.

"아침부터 누구지?"

"형님일 거야."

"형님? 무슨 형님?"

"기억 안 나냐?"

유성은 몸을 일으켜 멍하게 서 있는 리윤에게 혀를 끌끌 차 주고는 현관으로 나갔다. 그 순간 서늘한 바람이 등골을 스쳐 지나가는 느낌이 들었다. 아무것도 기억나지 않는 어젯밤이 그 짧은 시간 빨리 감기를 한 것처럼 사사삭 지나갔다.

"콩나물이랑 두부."

검은 봉지를 유성에게 내밀고는 이준이 스윽 안으로 들어왔다.

신발을 벗고 거실로 올라온 이준과 그에게 받은 검은 봉지를 들고 주방으로 들어간 유성, 모든 게 너무나 자연스러웠다.

"아침부터 웬일이야?"

여전히 멍한 표정으로 리윤이 이준에게 물었다. 이준은 눈썹을 삐죽 세우더니 이내 씨익 웃었다.

"뭐지, 그 사악해 보이는 웃음은?"

"뭐야, 콩나물 사 오라더니 끓여 놨네?"

주방에서 유성의 목소리가 들려왔지만 이준은 여전히 리윤에게서 시선을 떼지 않고 있었다. 이른 아침부터 온몸을 휘감는 듯한 이준의 시선을 받아 내고 있자니 리윤은 점점 얼굴에서 열이 나는 것처럼 화끈거렸다.

"내가 어젯밤 무슨 말을 했을까?"

혼잣말처럼 조용히 속삭이듯이 이준에게 물었다. 리윤에게 한 빌 가까이 다가온 이준이 역시나 나직이 말해 줬다.

"콩나물이랑 두부 사서 7시까지 와."

"어?"

"아침 초대."

"내가?"

"어, 1분 1초도 늦지 말고 오라고도 했어."

"내가 그렇게 말했다고?"

"둘이 먹다가 셋이 죽어도 모르는 기가 막히고 코가 막히는 콩나물국을 끓여 줄 테니까 무조건 와, 라고도 했어."

"……"

입을 쥐어뜯고 싶었다. 눈을 질끈 감고 그대로 잠이 들고도 싶었다. 어젯밤으로 시간을 되돌리고 싶었다. 하지만 전부 할 수 없는 일들이었다.

"잠깐."

리윤은 고개를 푹 숙인 채로 이준에게 한 손을 들었다. 그리고는 몸을 돌려 방으로 저벅저벅 걸어 들어갔다. 쾅, 소리와 함께 문이 닫히고 리윤은 그대로 이불을 뒤집어쓰고 누웠다. 들리지 않게, 하지만 내적 울분을 토해 내듯 포효했다. 발버둥을 치며 들리지 않는 소리를 지르는 리윤의 머리를 누군가가 괜찮다고 위로하듯 토닥였다. 이불을 내리고 보니 조금 전까지 잘 자고 있던 유정이었다.

"나 또 무슨 짓을 했니?"

"차마 난 말할 수가 없다."

"제일 약한 걸로 하나만."

골똘히 생각하던 유정은 말간 얼굴로 대답했다.

"얼마나 기다렸는데, 그 무서운 골목에서 얼마나 기다렸는데, 흑흑흑……."

"너 뭐 하냐?"

"네가 어젯밤에 한 걸 그대로 하는 거야. 차마 감정은 못 싣겠다."

그러더니 흠흠, 목을 가다듬고 나머지 말을 이어 했다.

"내가 얼마나 좋아했는데, 내가 진짜 진짜 좋아했는데, 흑흑흑……."

그러니까 술에 취해서 고백을 했다는 말이었다. 어린 시절 짝사랑했었다는 말을 서른을 바라보는 이 나이에 술에 취해서는 해 버렸다는 거였다.

"죽여 줄래?"

"미안, 그건 해 줄 수가 없어."

다시 이불을 쓰고 퍽퍽 소리가 나도록 침대를 주먹으로 내리쳤다. 리윤이 발광을 하는 동안 유정은 옆에서 리윤의 머리를 연신 쓰다듬어 줬다.

"뭐 해, 밥 먹자."

밖에서 유성이 부르는 소리에 리윤의 발광은 그쯤에서 멈춰야 했다.

2:2 미팅을 하는 것처럼 여자는 여자끼리 남자는 남자끼리 주욱 앉아서는 서로 마주 보며 어색한 아침 식사를 해야만 했다. 테이블 위에는 후루룩, 콩나물국을 목으로 넘기는 소리만 가득했다.

"야, 이거 진짜 시원하다."

불편한 침묵을 유성이 깨뜨렸다.

"더 줘?"

"어, 나 더 줘."

유성이 국그릇을 유정에게 내밀었다. 유정은 친절하게 턱 끝으로 냄비가 있는 곳을 가리켰다. 입술을 삐죽거리며 자리에서 일어난 유성이 냄비에서 국을 퍼 담았다.

"형님도 더 드릴까요?"

"형님?"

유정이 물었다.

"호형호제하기로 했어."

"언제부터?"

"어제부터."

"어젯밤 정말 많은 일이 있었구나."

리윤이 유정에게 그만 말하라는 뜻으로 눈을 부라렸다. 하지만 유정은 어깨를 으쓱하고는 숟가락을 들고 이준에게 물었다.

"어땠어요?"

이준이 고개를 들어 유정을 쳐다봤다.

"술김이기는 하지만 그래도 고백을 받았는데 기분이 어떠시냐고요."

"조용히 먹자, 사촌아."

"많이, 미안하죠."

덤덤한 말투로 이준이 그렇게 말했다. 리윤은 새벽에 온 문자가 떠올랐다. 혹시나 하는 마음으로 이준을 쳐다봤다.

"맛있다."

눈이 마주치자 이준은 눈웃음을 지으며 말했다. 그의 입꼬리가 슬로 모션으로 천천히 휘어져 올라가는 듯했다. 그림처럼 평화로운 그의 얼굴에 부드러운 햇살도 걸리는 듯하다.

아주 오랫동안 그의 시선이 머물렀다. 그동안 흘러간 수많은 시간들이 그렇게 오롯이 눈을 맞추고 있으니 그저 찰나처럼 느껴졌다. 늘 함께했고, 늘 곁에 있었던 것 같은 착각이 들었다. 바라보고 있으면 시간이 멈출 것만 같았다. 그리고 그 안에서 다른 꿈을 꿀 것만 같았다. 익숙한 주방, 익숙한 식탁, 하지만 전혀 익숙하지 않은 사이준이었다.

그런데 왠지 지금의 이 순간이 앞으로도 계속될 것만 같았다. 어쩐지 점점 익숙해져 갈 것만 같은 예감이 들었다.

아침을 먹고 유정과 유성은 집으로 돌아갔고 리윤은 장을 보기 위해 시장으로 향했다. 그리고 이준이 함께했다. 기분이 이상하게 하나로 정의되지 않았다. 뭔가 든든한 것 같기도 하고, 사람들의 시선이 신경 쓰이면서 불편하기도 했다.

"살 거 많아?"

"어?"

"살 게 많으냐고."

"아니. 가도 돼."

조금은 이른 시간, 시장 안은 북적대기보다는 여유롭고 한적했다.

"딱히 할 것도 없는데 뭐."

그렇게 말하고는 이준은 옆에서 보폭을 맞추며 걸었다. 그와 함께 걷는 시장이 오늘은 유난히 낯설기만 했다. 그리고 설렜다.

"장하네."

"뭐가?"

이준은 주머니에 손을 찔러 넣고 걸으며 리윤을 스윽 돌아봤다.

"열심히 사는 거."

"열심히 살아야 먹고 살지. 탱자탱자 놀아도 될 만큼 물려받은 재산이 많은 것도 아니고, 내일은 없다 할 정도로 어린 것도 아니니까."

"예쁘다."

흘리듯 말했지만 리윤은 분명히 들었다.

"어?"

그냥 못 들은 척할 걸 괜히 되물었다.

"예쁘다고."

이준은 기어이 한 번 더 말해 줬다. 시선을 발 아래로 내리고 리윤은 지그시 입술을 깨물었다. 벌겋게 달아오르는 귓불을 이준에게 들킬까 싶어서 속으로 괜찮다를 주문 외우듯 하면서 벌렁거리는 심장을 다독였다.

"맞다, 딸은?"

갑작스럽게 생각난 아이의 존재에 리윤은 소스라치게 놀라서 물었다.

"아직 안 일어날 시간이야? 괜찮아?"

"어제 할머니 집에 갔다고 했잖아."

"아."

말과 생각이 뇌를 거치지 않고 나왔다.

왜 이렇게 침착하지 못한 걸까.

지금까지 괜찮았던 심장이 난데없이 왜 두근거리기 시작하는 걸까.

"가게 한번 데리고 와, 김밥 싸 줄게."

"그래."

"귀엽더라."

"어, 나 안 닮았어."

문득 이준의 전처는 어떤 사람일까 궁금했다. 아이를 보면 꽤나 미인이었을 것 같았다. 하긴 이준도 빠지는 외모는 아니니까.

"똑똑해."

이준의 자식 자랑에 리윤은 낮게 웃음을 터트렸다. 아이 얘기를 할 때는 영락없는 애 아빠다운 모습이었다.

"가끔은 무섭기도 해."

"왜?"

"애가 너무 진지하거든."

"그럼 좀 무섭겠다."

"그리고 심하게 예리해."

"몇 살이랬지?"

"다섯 살."

"제일 예쁠 나이다. 말도 알아듣고 의사 표현도 확실하고 예쁜 짓도 많이 하고."

"어, 예뻐."

예쁘다고 말하는 그의 목소리가 어딘지 슬프게 들리는 듯했다. 아마도 한창 예쁜 짓을 할 아이를 혼자만 보고 있다는 게 서글픈 게 아닐까 싶었다.

"가게는 언제부터 한 거야?"

"얼마 안 됐어."

"네가 식당을 하고 있을 줄은 몰랐어."

"내 생각을 하기는 했어?"

"아니."

별 뜻 없이 한 질문이었지만 그의 아니라는 대답이 내심 서운한 리윤이었다. 사실 1년이면 두어 번 정도는 생각이 났었던 것 같다. 어릴 때는 생각이 나지 않았지만 어른이 되면서는 문득문득 생각이 났었다. 그래서 스스로 첫사랑이었다고 결론지었었다.

"아빠 돌아가시고 엄마까지 잃을까 봐 엄마 옆에 있으려고 시작했어."

"힘들었겠네."

"사실은 아직도 힘들어. 실감이 안 나기도 하고. 그래서 온 식구들이 서로를 지키는 중이야. 이모들은 엄마를 지키고, 유정이랑 유성이는 나를 지키고. 그리고 나는 엄마를 지키고."

리윤이 흐릿하게 웃어 보였다.

"기특하네."

"응?"

"잘하고 있다고."

이준의 손이 리윤의 머리를 덮었다. 그리고는 천천히 쓰다듬었다. 정수리가 뜨겁게 달아올랐다. 그 울림이 심장까지 내려왔다. 너무 뜨거워서일까, 핑 하고 눈물이 나려고 했다.

갑작스러운 취재로 춘천을 가던 이준은 랑이의 어린이집 번호로 전화가 걸려오자 덜컥 심장이 내려앉는 듯했다. 어린이집을 간 지 2시간밖에 지나지 않은 시간이었다. 그건 분명 문제가 있다는 뜻이었다.

"네."

─안녕하세요, 아버님.

"랑이한테 무슨 일 있습니까?"

─네, 랑이가 열이 좀 나서요.

"얼마나요? 언제부터요? 아침에는 괜찮았는데요."

통화를 하면서 이준은 차를 돌릴 곳을 찾아 두리번거렸다. 하지만 이미 고속도로를 탄 후라 중간에 차를 돌릴 데는 없었다.

─심하지는 않은데 랑이가 집에 가고 싶다고 하네요.

"랑이랑 통화할 수 있을까요?"

갓길에 잠시 차를 주차하고 이준은 랑이의 목소리가 들려오길 기다렸다. 아침까지도 말짱했는데 왜 갑자기 열이 나는 걸까.

—아빠.

힘이 빠진 목소리의 랑이였다.

"많이 아파?"

—아프지는 않은데 기분이 안 좋아.

"왜? 친구랑 싸웠어?"

—아니, 오늘은 그냥 놀고 싶지가 않아.

보통 다섯 살의 아이처럼 랑이는 보채지 않았다. 자신의 기분이나 상태를 아주 정확하게 전달했고 또 현재의 감정 상태를 확실하게 알았다.

—오늘은 집에서 쉬고 싶어.

"어쩌지, 아빠가 일이 있어서 지금 멀리 와 있어."

—나 혼자도 집에 있을 수 있어.

"그건 아는데 아무도 없는 집에 너 혼자 있는 건 아빠가 싫어. 그리고 선생님도 마음 편하게 그러라고 하시지는 않을 거야."

—그러면 방법을 생각해 봐.

"어?"

—난 지금 당장 집에 가고 싶어.

랑이의 고집이 나왔다. 평소에는 상당히 유순하고 이성적인 아이지만 가끔 한 번씩 그렇지 않을 때가 있었다. 아마도 오늘이 그런 날인 듯했다.

"알겠어, 아빠가 일단 생각을 해 보고 다시 전화할게."

통화를 끊고 이준은 어머니에게 전화를 걸었다. 하지만 어머니는 전화를 받지 않았고 아버지는 핸드폰이 아예 꺼져 있었다. 부모님을 제외하고는 딱히 연락할 곳이 없었다. 고속도로 한가운데서 랑이를 봐 줄 사람을 고작 핸드폰 하나에 의지해서 찾고 있다는 게 한심했다.

그때부터 차는 앞으로 달리고 있었지만 머릿속으로는 누가 있을까를 연신 생각해야만 했다. 우선 영현에게 전화를 걸었다.

"바빠?"

여보세요, 를 하기도 전에 대뜸 시간 여유부터 묻는 이준에게 영현은 오랜 친구답게 장난스럽게 시작하려던 마음을 거둬들였다.

―왜, 무슨 일이야?

"일까지는 아니고 시간 되면 1시간, 아니다 2시간 정도만 랑이좀 봐 줄 수 있을까 해서."

―지금은 내가 미팅이 있어서 안 되고……, 2시간 후면 봐 줄 수 있어.

"후우."

―아프대?

"아니, 집에 가고 싶다고 떼를 쓰는 모양이야."

―우리 착한 랑이가 왜 그럴까. 우리 직원한테라도 부탁해 볼까?

"아니야. 일단 알겠어, 끊자."

―어쩌려고?

"다른 사람한테 부탁해야지."

불현듯, 그냥 누가 있을까 머리를 굴리는데 리윤이 떠올랐다. 그는 재빨리 리윤에게 전화를 걸었다. 길게 고민할 필요도 없었다.

─여보세요.

"리윤아."

─누구세요?

"나 사이준인데……."

─사이준? 내 번호는 어떻게 알았어? 근데 웬일이야?

대답할 틈도 주지 않고 리윤은 연달아 질문을 해 댔다.

"시간 괜찮으면 나 부탁 하나만 해도 될까?"

─뭔데?

뜸들이지 않고 곧장 무슨 일인지부터 묻는 리윤이었다. 그래서 였을까. 이준은 앞뒤 잴 거 없이 랑이를 부탁했다.

─내가 데리러 갈게. 걱정하지 말고 일 봐.

라며 아주 쿨하게 대답했다. 설명을 구구절절 하지도 않았다. 그저 일이 있고 아이가 집에 오겠다고 떼를 쓴다는 말만 했을 뿐 이었다.

─어린이집 주소나 문자로 보내 줘. 수고해.

그렇게 말하고 리윤은 전화를 끊었다. 이준은 너무도 망설임 없 이 그러겠다고 해 주는 리윤이 더없이 고마웠다. 저장돼 있는 어 린이집 주소를 리윤에게 보내고 속도를 내 춘천으로 향했다. 2시 간 안에 인터뷰를 끝내고 서울로 돌아가려면 시간이 촉박했다.

"후우."

한숨을 몰아쉬는 그의 얼굴 위로 햇살이 흘러들어 왔다. 액셀 을 밟고 있는 발에는 분명히 힘이 들어가 있었는데 얼굴만은 어딘 지 편안한 듯했다. 마음이 놓였다. 당장 랑이를 봐 줄 사람을 구 해서였는지, 아니면 그 사람이 리윤이라서인지는 정확히 알 수 없었다.

　엄마에게 사정 얘기를 하고 리윤은 랑이를 데리러 어린이집으로 갔다. 가는 도중 생각해 보니 랑이와는 잠깐 인사만 나눈 게 다였다. 아이가 따라나서지 않으면 어쩌나 하는 걱정이 뒤늦게야 들었다. 무슨 배짱으로 알겠다고 한 건지는 리윤 자신도 알지 못했다.

　"잠깐만 기다리세요."

　어린이집에 도착해 랑이의 이름을 말하니 이미 이준이 전화를 해서 얘기를 해 놓은 모양이었다. 별다른 의심 없이 선생님이 랑이를 불러 주겠다며 안으로 들어갔다. 이상하게 그 기다리는 짧은 시간 동안 마음이 쿵쾅쿵쾅 뛰기 시작했다.

　"뭐지, 이 긴장감은?"

　손으로 왼쪽 가슴을 지그시 누르며 리윤은 입술을 모아 양옆으로 비틀었다. 쿵쿵쿵, 위층 계단에서 아이가 내려오는 소리가 들렸다. 리윤은 목을 길게 빼고 아이의 모습을 찾았다. 하얀 스타킹을 신은 작은 다리가 가장 먼저 눈에 들어왔다. 그리고는 까만 눈을 빛내며 아이가 모습을 드러냈다. 아이의 두 눈은 과연 누가 데리러 왔을까, 하는 기대감이 가득해 보였다.

　"아줌마!"

　랑이는 잡고 있던 선생님 손을 뿌리치고는 냅다 리윤에게 달려왔다. 얼떨결에 리윤도 달려오는 아이를 보며 저절로 다리를 굽히고 팔을 벌렸다. 그야말로 그 작은 아이가 품에 포옥 안겼다. 손톱만큼의 틈도 없이 꽉 안겼다. 처음 안아 보는 것 같지 않았다.

낯설지도 않았다. 처음부터 알고 지냈던 것 같았고 어제도, 그리고 오늘도 만났던 것처럼 그저 반갑고 좋았다. 잠시 떨어졌다가 만난 것 같은 그런 익숙함이 느껴졌다.

"랑아."

리윤은 잠시 아이를 품에서 떼어 냈다. 그리고 눈을 맞추며 다정하게 웃었다.

"집에 아빠 안 계시는 건 알지?"

"네."

"아빠 오실 때까지 나랑 있어야 돼. 괜찮아?"

"좋아요."

싱긋, 웃으며 랑이가 고개를 끄덕였다. 어떻게 이렇게 사랑스러울 수 있을까 싶었다. 아이의 두 눈은 흔히 하는 말로 별을 박아 놓은 것 같았다. 반짝반짝 빛이 났다. 너무 맑고 투명해서 아이의 속이 훤히 들여다보이는 듯했다. 그러다 문득 그 안에서 외롭게 웅크리고 있는 아이를 봐 버렸다. 어느새 손을 꼭 잡고, 마치 절대 놓지 않겠다는 듯이 단단히 움켜쥐고 있는 아이의 간절함이 느껴졌다.

"우리 갈까?"

"네."

선생님에게 인사를 하고 리윤은 랑의 손을 맞잡고 어린이집에서 나왔다. 아이는 밖으로 나오자마자 환하게 미소를 지으며 리윤을 올려다봤다.

"랑이 어디 아픈 건 아니지?"

"하나도 안 아파요."

아이의 검은 눈동자를 들여다보는데 묘하게 가슴이 저릿했다. 엄마가 없는 아이라 마음이 쓰이는 건지, 아니면 이준의 딸이라서 그런 건지는 알 수 없었다. 그냥 이 작은 아이가 좋았다.

"그럼 됐어."

"아줌마."

"아줌마?"

처음 들어 보는 아줌마라는 단어에 리윤은 움찔했다. 하지만 곧이어 어색하게나마 미소를 지으며 랑이를 내려다봤다.

"왜?"

"우리 아빠랑 친구예요?"

"어, 친구지."

"우리 아빠 좋아해요?"

"어? 아니야, 그냥 친구야."

"그럼 우리 아빠는 좋은 친구 아니에요?"

순수한 아이의 질문을 너무 왜곡해서 받았나, 싶어서 리윤은 또 다시 어색하게 웃으며 대답했다.

"맞아, 아빠는 좋은 친구야. 이 아줌마가 많이 좋아하는 좋은 친구야."

"다행이다."

"뭐가?"

"우리 아빠 좋아해서요."

"약간 오해의 소지가 다분히 있는 말이기는 하지만……. 그래, 참 다행이다."

"내가 이따가 아빠 오면 맛있는 거 커피 해 주라고 할게요."

"커피?"

"우리 아빠는 커피를 잘 내려요."

"내려?"

"커피는 내리는 거예요."

"그렇구나, 내리는 거구나. 우리 랑이는 누구를 닮아서 이렇게 똑똑해?"

"나는 아빠 닮아서 똑똑하기는 한데 원래도 그냥 똑똑해요."

"랑이는 랑이가 똑똑한 걸 알아?"

"알아요."

"어떻게?"

"친구들 보면 그냥 알아요."

어깨를 으쓱하면서 말하는 랑이는 확실히 똑똑하기는 한 것 같았다. 그러면서 치명적인 귀여움과 사랑스러움이 있는 아이였다.

가게로 돌아와 유 여사와 인사를 나눈 랑이는 일에 방해가 되지 않게 조용하면서도 얌전하게 있었다. 손님이 없을 때면 옆에서 종알종알 쉬지 않고 얘기를 하면서 두 사람을 연신 웃게 했다.

"아이 하나 있다고 웃을 일이 이렇게 생기다니 참 신기한 일이야."

유 여사 얼굴이 그 어느 때보다 밝았다.

"그러게."

"우리 랑이 뭐 먹고 싶은 거 없어? 아줌마가 해 줄게."

손님이 뜸해진 시간, 두 사람은 랑이를 보며 마주 앉았다.

"엄마, 나도 아줌만데 엄마까지 아줌마는 아니지 않아?"

"얘 그럼 이 나이에 할머니라고 하니?"

"당연히 할머니지."

"어머, 얘 좀 봐. 내가 어디로 봐서 할머니니?"

"할머니."

"응, 왜?"

좀 전까지 할머니 아니라고 펄쩍 뛰던 유 여사는 랑이의 할머니라는 소리에 즉각 웃는 얼굴로 대답했다. 그 모습을 보면서 리윤은 어이가 없어서 웃어 버렸다.

"할머니 나 김치랑 밥 먹고 싶어요."

"김치? 김치도 먹을 줄 알아?"

"조금 매운데 물하고 먹으면 먹을 수 있어요."

"랑이 배고프구나?"

"네."

"그래, 우리 얼른 밥 먹자."

유 여사는 주방으로 들어가 분주히 움직이기 시작했다. 랑이만 보느라 주방 근처에도 들어오지 않더니 갑자기 소매를 걷어붙이고 프라이팬을 꺼내 요리를 했다. 랑이와 함께 있는 몇 시간 동안 생기가 나는 것 같았다.

"랑이 오늘 가지 말고 저녁까지 아줌마랑 놀까?"

"그래도 돼요?"

"그러고 싶어?"

"네."

바로 네, 라고 대답하는 랑이를 보니 이 좁은 식당에만 있었는데도 지루하지 않았던 것 같아 마음이 놓였다.

"아줌마랑 가게 문 닫고 아이스크림 먹으러 가자."

아까 전화 온 이준에게 볼일 다 보고 천천히 오라고 했었다. 랑이도 잘 있고 덕분에 유 여사도 잘 지내고 있다는 말에 이준은 최대한 빨리 가겠다는 말을 하고 통화를 끝냈다.

"지금?"

"아니, 저녁에. 기다릴 수 있어?"

"기다릴 수 있어요. 랑이는 기다리는 거 엄청 잘해요."

랑이의 윤이 나는 머리칼을 쓸어내리며 리윤이 씨익 웃었다. 기다리는 걸 잘한다는 말이 내심 가슴에 박혔다.

"기다리게 해서 미안해."

"미안하다고 말했으니까 하나도 안 미안해도 돼요."

"응?"

"아줌마 좋아요."

"아줌마도 랑이가 너무너무 좋아."

유 여사는 김치를 물에 씻어서 들기름에 볶았다. 그리고 냉장고에 있던 고기를 꺼내 구웠다. 금방 진수성찬이 차려졌고 랑이는 눈을 크게 뜨고는 우와, 를 연달아 외치며 좋아라 했다.

아이의 숟가락에 고기를 올려 주고 김치를 올려 주면서 그저 사랑스럽게 바라보는 유 여사를 리윤이 쳐다보며 흐뭇해했다. 유 여사는 랑이 덕분에 오늘 하루를 또 무사히 버틸 수 있었다.

"엄청 맛있어요."

엄지손가락을 귀엽게 치켜세우고 랑이가 눈을 크게 뜨며 말했다.

"진짜?"

"진짜!"

진심이라는 듯 랑이는 고개까지 끄덕였다.

"랑이가 맛있게 먹어 줘서 아줌……, 할머니가 너무 좋다."

유 여사 입에서 할머니라는 소리가 나오자 리윤은 고개를 돌려 키득거렸다. 어쩌겠는가, 이 사랑스러운 아이가 맑고 큰 눈을 깜박이며 보고 있는데 할머니라고 안 할 수가 있을까.

"천천히 꼭꼭 씹어서 먹어."

크게 한 숟가락을 받아먹고는 랑이가 작은 입을 오물거렸다.

"아빠는 요리를 못해요."

"응?"

"그래도 먹어야 돼요. 안 그러면 아빠가 속상해하니까 한 그릇은 먹어요. 나는 그래서 아빠가 김밥 사다 줄 때가 좋아요."

"이 아가씨 효녀네."

유 여사의 눈에서는 그저 꿀이 뚝뚝 떨어졌다. 아이를 그렇게나 좋아했었나 싶어서 리윤은 낯설기만 했다. 그러나 다섯 살 아이치고는 말을 잘해도 너무 잘했다. 작은 입술을 오물거리며 말하는 랑이를 보고 있으면 저절로 미소가 지어지고 눈이 휘어졌다.

"할머니 김밥 맛있어요."

"그랬어?"

"네, 아빠도 그랬어요."

"근데 김밥은 나보다 우리 딸이 더 많이 싸는데?"

양심 바른 유 여사가 손가락을 들어 리윤을 가리켰다. 리윤은 고개를 빳빳이 들고 꽤나 으스댔다.

"근데 맛은 다 이 할머니가 내는 거야."

발끈했지만 차마 아니라고는 못 하겠다.

"할머니는 도시락도 잘 싸요?"

"응?"

랑이가 눈을 빛내며 유 여사의 대답을 기다렸다.

"랑이 도시락이 뭔 줄 알아?"

"알아요."

"뭔데?"

"엄마가 아침에 네모난 통에 싸 주는 거요. 그럼 어린이집에서 야외 활동 나갔을 때 친구들한테 막 자랑하는 거예요. 저번에 윤아는 하트 김밥 싸 오고 아준이는 달팽이 김밥 싸 왔어요."

기억을 더듬어 말하는 듯 랑이는 큰 눈을 이리저리 굴리며 열심히도 설명했다.

"그럼 랑이는 뭐 싸서 갔어?"

"나는 아빠가 도시락은 쌀 줄 몰라서 그냥 어린이집에서 싸 준 거 먹었어요."

유 여사의 시선이 리윤에게로 옮겨졌다. 아마도 랑이가 한 말에 뭔가 더 정보를 줄 게 없는지 묻는 것 같았다. 리윤은 한 번 어깨를 들썩이는 걸로 끝이었다.

"다음에 어린이집에서 또 도시락 싸 오라고 하면 할머니한테 말해. 그때는 이 할머니가 하트랑 뭐냐……, 사마귀?"

"달팽이."

"그래, 달팽이 그거 다 싸 줄게."

"진짜요?"

"그럼 할머니는 약속한 건 꼭 지키는 사람이야. 자, 새끼손가락을 여기 할머니 손가락에 걸어 봐."

유 여사는 랑이의 작은 손을 펴서 새끼손가락을 제 손가락에 걸었다. 보름달 같았던 랑이의 눈이 초승달이 되었다. 랑이와 마주 보며 두런두런 얘기를 나누고 있는 유 여사의 모습이 모처럼 평화로워 보였다.

"우리 랑이는 이름처럼 사랑이 가득한 아이구나."

"네."

"할머니가 랑이랑 사랑에 빠질 것 같다."

"나는 할머니 벌써 사랑해요."

두 팔을 벌려 유 여사가 랑이를 끌어안았다. 금방 사랑에 빠진 두 사람을 보면서 리윤은 어이없으면서도 안도했다. 아마도 랑이는 아빠와 단둘이 살면서 사람의 정이 그리웠던 것 같았다. 그리고 유 여사도 매일 같은 일상을 반복하다 보니 시들했는데 랑이의 등장으로 뭔가 활력소 비슷한 게 생긴 듯했다.

종일 좁은 식당에서 노느라 고생한 랑이 때문에 유 여사는 일찌감치 집으로 데리고 가라며 리윤의 등을 떠밀었다. 직접 데리고 들어가서 밥도 해 주고 씻겨 주고도 싶지만 첫날부터 그러면 랑이 아빠가 놀랄 수도 있다면서 자제하는 모습을 보였다. 내일 또 놀러오겠다는 약속을 하고서야 랑이는 김밥집을, 사실은 유 여사에게서 벗어날 수 있었다.

"랑이 안 힘들어?"

"아니요."

"아줌마가 안아 줄까?"

"아줌마는 일해서 힘들잖아요."

"우와, 우리 랑이는 진짜 마음이 깊구나."

"랑이는 마음이 따뜻해요."

"그래, 따뜻하고 너무 예뻐."

동그랗고 자그마한 아이의 머리를 쓰다듬는데 맞은편에서 이준이 저벅저벅 걸어오고 있었다.

"어? 랑아, 아빠다!"

리윤의 말에 랑이는 냅다 달려가 이준에게 안겼다. 폴짝 품으로 뛰어드는 랑이를 이준은 두 팔로 번쩍 안아 들었다.

"아빠 왜 이렇게 일찍 왔어?"

"일찍 왔다고? 뭐야, 랑이는 아빠 안 보고 싶었어?"

"보고 싶었어."

"근데 왜 일찍 온 게 아쉽다는 것처럼 들리지?"

"아쉬운 게 뭐야?"

"음……."

"아빠가 랑이가 너무 잘 놀고 아빠는 안 찾은 것 같아서 조금 삐치셨나 봐."

부녀에게로 가까이 다가온 리윤이 랑이가 알아들을 수 있도록 조곤조곤 말해 줬다. 이제야 알겠다는 듯이 랑이는 고개를 끄덕이더니 이내 이준의 목을 두 팔로 꽈악 끌어안았다.

"아빠 보고 싶었어."

"아빠도 우리 랑이 진짜 진짜 보고 싶었어."

꼭 부둥켜안고 영화 한 편을 찍고 있는 부녀를 보면서 리윤은 고개를 저으며 웃어 버렸다.

"누가 보면 이산가족 상봉하는 줄 알겠네. 근데 생각보다 일찍 왔네?"

"늦게 온 게 아니고?"

"천천히 오라고 했잖아."

"덕분에 일 다 보고 온 거야. 고맙다."

"그럼 다행이고."

"아빠, 아이스크림."

"그래, 아이스크림 먹으러 가자."

"나 걸어갈래."

"그럴래?"

이준의 품에서 내려온 랑이는 대뜸 리윤의 손을 잡았다. 그리고는 반대 손으로 이준의 손을 잡고 섰다.

"아줌마도 같이 가자고?"

"네."

아이의 단호한 눈빛에 리윤은 괜찮다는 말을 하지 못했다.

"신세는 다른 걸로 갚을 테니까 걱정 말고 가자."

눈을 반짝이며 올려다보는 랑이에게 환하게 웃어 주고 리윤은 씩씩하게 랑이와 맞잡은 손을 앞뒤로 흔들며 걷기 시작했다. 아이를 사이에 두고 나란히 걷는 세 사람의 모습이 마치 한 가족처럼 단란해 보였다.

아이를 가운데 두고 걷는 게 묘하게 두근거렸다. 이준과 랑이에게 리윤이 뭔가 대단하고 소중한 사람이 된 것처럼 느껴졌다. 이 기분이 영 싫지가 않았다. 아마도 이혼이라는 단어를 들은 후부터 마음이 동요되기 시작한 게 아닌가 싶었다. 휑했던 마음속으로 따스한 미풍이 불어오는 듯했다. 이렇게 빨리 누군가와 친해지는 것도 처음이지 싶었다. 마치 오래전부터 알고 지냈던 것처럼 스스럼없었다.

"저기!"

랑이의 자그마한 손가락 끝이 아이스크림 가게를 가리켰다. 걸음이 빨라지는 랑이를 따라 이준과 리윤도 걸음을 내디뎠다.

"근데 저녁 전에 아이스크림부터 먹여도 되는 거야?"

"할 수 없지 뭐."

이미 잔뜩 신이 난 랑이에게 실망감을 줄 수는 없었다. 세 사람은 나란히 아이스크림 가게로 들어갔다.

아이스크림을 골라 자리에 앉은 랑이는 발까지 동동 굴렸다. 곧이어 주문한 아이스크림이 나오고 랑이는 혀로 할짝할짝 아이스크림을 핥아 먹었다. 샛노란 아이스크림을 먹는 아이의 얼굴에서 환하게 빛이 나는 것 같았다. 이준의 옆에 아닌 리윤의 옆에 앉은 랑이는 찰싹 몸까지 밀착시키고 있었다.

"안 힘들었어?"

이준의 물음에 리윤은 고개를 저었다.

"안 힘들어?"

이준을 돌아보지 않고 랑이의 입가에 묻은 아이스크림을 냅킨으로 닦아 주며 리윤이 물었다.

"조금."

질문의 의도가 뭔지 금세 파악하고 이준이 옅게 웃으며 대답했다. 사랑스러운 아이지만 역시 혼자 아이를 키운다는 건 쉽지 않았다. 오늘처럼 갑자기 누군가가 필요한 날은 더 그랬다.

"고마워, 진짜."

리윤이 고개를 들었다. 그러고는 진심이 담긴 눈빛으로 이준에게 말했다.

"또 부탁할 일 있으면 언제든지 해."

오랜 친구가 있다는 건 좋은 일인 것 같았다. 언제부터 친구였는지는 정의하기가 그렇지만 어려서부터 한 동네에서 자랐으니 오래된 친구라고 해도 되지 않을까 싶었다. 떨어져서 서로의 안부를 모른 채 살았던 시간이 더 길기는 하지만 그래도 친구는 친구였다. 굳이 설명하지 않아도 순수했던 어린 시절의 기억만으로도 그 사람이 여전히 좋은 사람이라고 믿고 있다는 건 분명 좋은 일이었다.

"이 동네에 여전히 네가 있어서 좋다."

말로 위로하지 않아도 알 수 있었다. 그저 존재만으로도 의지가됐다. 리윤에게 이준도 그런 존재였으면 했다. 지금 위로가 필요한 사람은 누구보다 리윤일 테니까.

"언제 같이 밥 먹자."

리윤이 말없이 쳐다보기만 했다.

"다시 만나서 반갑고 오늘 일도 고맙고, 앞으로도 잘 부탁한다는 의미로."

"거창하네."

응, 이라는 대답 대신 리윤은 랑이를 한 번 더 살뜰하게 챙겼다.

얼마 전부터 다시 나가서 일을 해 보라는 유 여사의 말에 리윤은 이력서를 내 볼까 며칠째 고민 중이었다. 경력직으로 간다고 하면 이력서를 내 볼 곳은 몇 군데 있었지만 어쩐지 내키지 않았다. 그렇다고 딱히 이게 하고 싶다 하는 것도 없었다.

노트북을 열어 놓고 한참을 화면만 들여다보고 있었다. 간간이 한숨을 내쉬고 그러다 미간을 찡그리며 집중을 하기도 했다. 입맛에 딱 맞는 일은 없었다. 무엇이 하고 싶은지를 알아야 하는데 지금은 그저 아무 생각도 나지 않았다.

Rrrrrrrr.

핸드폰을 들어 이름을 확인하는데 액정에 찍힌 '김서인 선배'에 리윤은 눈이 커다래졌다.

"선배!"

마치 기다리고 있었다는 듯이 너무도 큰 목소리로 받고는 스스로도 슬쩍 놀랐다.

─잘 지냈어?

"잘 지냈죠? 선배는요? 잘 지내요?"

회사를 다니면서 개인적으로 가장 친하게 지냈던 서인 선배였다. 입사 초기에는 혼나기도 많이 혼났지만, 그래서 동기들과 험담도 엄청 해 댔지만 결국에는 다 잘되라는 뜻에서 했던 지적들이었다. 공과 사가 확실하고 업무적인 부분에 있어서는 진짜 칼 같은 사람이었다. 아무리 상사라고 해도 아닌 건 아니라고 면전에 대고 말하는 그야말로 능력자였다. 후배들에게는 워너비로 꼽히는 존재이기도 했다.

─궁금하기는 했어?

카랑카랑한 서인의 목소리가 리윤의 귀에 박히는 듯했다. 오랜만이라 그런지 가슴이 찡하게 좋았다.

"그럼요."

그동안 일부러 연락을 안 했던 것도 있지만 사실 최근에는 까맣게 잊고 살았다고 해도 과언이 아니었다. 그래도 어쩌다 한 번씩은 안부를 챙기면서 살았어야 했는데 무심했던 자신이 민망스러워지는 순간이었다.

―그럼요? 궁금한 걸 너무 속으로만 했나 보다?

몇 달 동안 문자 한 번 하지 않았다고 비꼬는 말에 리윤은 아랫입술을 잘근 씹으며 어정쩡한 웃음을 지었다.

―얼굴 좀 보자.

"지금?"

―나 아직 백수 아니거든? 일 끝나고 저녁에 어때?

"네네, 선배님이 부르시는데 언제라도 나가야죠."

며칠 전부터 괜히 누구라도 만나고 뭐라도 하고 싶었다. 엄마에게는 말하지 않았지만 회사를 그만둔 후부터 친구들과의 연락도 피했었다. 위로하는 그들의 마음을 의심해서가 아니라 그냥 위로받는 것 자체가 힘들었다. 분명 그들은 어렵게 생각하고 또 생각해서 꺼낸 말들일 텐데 그들의 위로를 받을 때마다 오히려 더 아팠다. 그렇게 피하니까 이제는 연락하고 지내는 친구가 많이 없어졌다.

―내가 그쪽으로 갈까, 아니면 네가 나올래?

"간만에 동네 좀 벗어나고 싶네요. 제가 갈게요."

그냥 문득 사람들이 그리워졌다. 제대로 차려입고 전문적인 것들을 논하면서 시끄러운 사람들 속에 있고 싶어졌다.

―그래, 그럼 7시에 보자.

"네."

전화를 끊고 몸을 일으켜 옷장을 열었다. 뭘 입을까 고민하며 옷들을 이리저리 뒤적이다 리윤은 한숨을 푸욱 내쉬었다. 그리고는 편한 청바지를 꺼내 입었다. 지금은 우선 나가서 김밥을 마는 게 먼저였다.

"뭐지, 왜 이렇게 가슴이 뛰지?"

설렘이 기분 나쁘지는 않았다. 두근거림보다는 편안함을 찾고 변화보다는 어제와 다름없는 일상을 바라는 요즘이었다. 약속 하나에 이렇게나 가슴이 뛸 일인지, 생각해 보면 씁쓸하기도 했다.

엄마에게 말해서 조금 이른 퇴근을 한 리윤은 집에 들러서 옷을 갈아입었다. 약속이 있다는 것만으로도 어제와 다른 하루인 것 같았다. 그동안 갑갑하긴 했었나 보다. 저녁 약속 하나에도 이렇게 마음이 들뜨는 걸 보면 너무 집과 가게만 오가면서 동네에 처박혀 산 게 아닐까 하는 생각이 들었다.

뭐 그게 사실이기는 했다. 누구도 그렇게 하라고 강요한 적은 없었지만 왠지 그래야만 할 것 같았다. 언제까지라고 정해지지도 않았다. 어느 날 갑자기 아빠를 잃은 것처럼 엄마도 잃을까 봐 겁이 났다. 엄마를 위해서라고는 했지만 어쩌면 자신을 위해서였던 것도 같다.

오랜만의 외출로 신이 난 리윤은 옷을 고르는 데도 꽤나 고심했다. 제대로 멋을 부리고 싶었다. 콧노래를 흥얼거리면서 신발을 찾아 신고 현관을 나서는 그녀의 몸짓이 제법 가볍기만 했다. 버스를 기다리는 중에도 리윤은 핸드폰을 들여다보며 얼굴에 살포시 미소를 짓기도 했다. 어두컴컴한 지하실에 갇혀 있다가 눈이 부시게 환한 세상으로 나온 그런 기분이었다. 누구도 지하실로 들어가서 나오지 말라며 등을 떠밀지도 문 앞을 지키고 있지도 않았지만 지금 이 순간 무언가로부터 해방된 것만 같았다. 슬그머니 이제 그만 내 인생을 살아 볼까 하는 생각이 고개를 삐죽 들기 시작했다.

정류장을 향해 들어오는 버스를 보며 리윤은 핸드폰을 가방에 넣고 일어났다. 그리고 생각은 그쯤에서 멈췄다.

북적이는 사람들 틈에 있는 것도 오늘은 짜증스럽지가 않았다. 상냥한 사람이 되어 부딪치며 사과하는 사람들에게 웃어 보이기까지 했다. 버스에서 내려 약속 장소로 걸어가면서도 마치 몇 년은 갇혀 지낸 사람처럼 주변을 두리번거리며 사람들을 구경했다. 일에 재미가 없어질 때라 미련 없이 회사를 그만뒀던 건데 지금은 하고 싶다는 생각이 들었다.

만약 지금 다시 일을 시작한다면 엄마는 어떻게 해야 할까.

엄마 혼자 가게를 꾸려 갈 수 있을까.

이제 다 괜찮은 걸까.

확실한 답은 없었다. 모든 질문에 고개를 갸웃거렸다.

"후우."

길게 한숨을 쉬고 리윤은 커피숍을 찾아 들어갔다. 약속한 시간보다 조금 일찍 도착한 탓에 선배는 아직이었다. 리윤은 자리를 잡고 앉았다. 가방을 옆자리에 벗어 놓고 안에서 핸드폰을 꺼내드는데 누군가 옆에 와서 섰다. 남자의 구두에 먼저 시선이 닿고 그다음 리윤은 천천히 고개를 들었다.

"뭐야?"

반짝이는 구두의 주인은 이준이었다. 의외의 장소에서 만난 이준을 리윤은 커다래진 눈으로 쳐다봤다.

"뭐가?"

싱글싱글 웃으며 이준은 어깨를 으쓱했다.

"왜 여기 있느냐고."

"왜 여기 있느냐고 묻는 너는 왜 여기 있는데?"

자연스럽게 이준이 리윤의 옆에 와서 앉았다. 리윤은 쓸데없이 주위를 두리번거리며 누군가를 찾았다.

"날 따라온 건 아닐 테고, 누구 만나기로 했어?"

"어."

"여기서?"

"어. 넌?"

"나도."

잠시 눈을 맞추고 두 사람은 아무런 말도 없었다. 예상하지 못한 장소에서 우연히 만난 것에 대해 이준은 반가워하고 있었고 리윤은 여전히 놀라고 있었다. 따지고 보면 그렇게 놀랄 일도 아니지만. 넓은 서울에서 아는 사람을 만나는 게 잦은 일은 아니어도 있을 수 없는 일도 아니었다. 괜한 의미 같은 걸 부여할 일은 결코 아니었다. 하지만······.

"저녁은?"

이준이 먼저 살갑게 물었다.

"아직. 이따가 먹겠지."

"가게는 어머니한테 맡기고 나온 거야?"

"어. 맡긴 게 아니고 원래 엄마 가게야."

알았다는 듯이 이준이 고개를 끄덕였다.

"아직 시간 안 됐어?"

이준은 리윤의 물음에 손목시계를 확인한 후 카페 안을 휘이 둘러봤다.

"시간은 됐는데 사람이 안 나타나네. 너는?"

"시간 다 돼 가니까 이제 오겠지."

"커피 마시면서 얘기 좀 하다가 저녁 먹고, 술도 마실 거야?"

"글쎄."

"나는 안 마실 거니까 10시에 보는 걸로 하자."

"왜?"

"혼자 들어가기 심심하잖아."

"괜찮아, 그냥 들어가."

말이 끝나기 무섭게 이준은 방금 카페 안으로 들어온 남자를 보며 손을 들어 보이고는 자리에서 일어났다.

"10시다."

제 할 말만 하고 이준은 자리를 떠났다. 아니라고 했지만 그때부터 리윤은 몇 번이나 핸드폰을 확인하면서 시간을 체크했나 모른다. 무슨 데이트 약속을 한 것 같은 기분이었다. 조금 전 외출할 때와는 또 다른 설렘이었다. 자꾸만 멋대로 뛰는 가슴을 리윤은 억지로 진정시켰다.

"후우."

숨을 몰아쉬면서 한 번 더 뛰는 가슴을 다독였다. 괜한 의미 부여를 할 것도 없고 기대할 것도 없는 일이라는 걸 빤히 알면서도 왜 이러는 건지 알 수가 없었다. 막 문을 열고 들어오는 서인 선배를 발견하고 리윤은 한 번 더 숨을 내쉬었다.

"선배!"

서인 선배가 리윤을 발견하고 빠른 걸음으로 다가왔다.

"어제 본 것처럼 별로 안 반갑네?"

눈을 슬쩍 흘기며 서인 선배가 자리에 앉았다.

"잘 지내셨죠?"

"늘 똑같지. 어머니는 안녕하시지?"

"네."

마음을 써 주면서도 그걸 결코 티 내지 않는 사람이었다. 항상 같은 자리에서 같은 마음으로 봐 줬고 믿어 줬다. 그냥 존재만으로도 든든한 선배였다.

"오랜만에 선배 보니까 좋다."

"그치, 나는 오랜만에 봐야 좋은 사람이지?"

뼈 있는 서인 선배의 말에 리윤은 부정하지 않고 눈을 내리며 웃었다.

간단히 커피를 마시고 곧바로 저녁을 먹자며 다른 장소로 이동한 두 사람은 진지한 얘기를 하는 중이었다.

"생각해 봐야겠지?"

"네."

"긍정적으로 생각해. 아예 그만둔 거 아니면 지금이 해야 될 때라는 것도 잊지 말고. 설마 결혼할 건 아니지?"

"결혼하면 못 해요?"

"할 거야?"

서인 선배는 눈이 커다래져서 물었다.

"언젠가는 하겠죠."

"나 진지하게 제안한 거야."

"네, 진지하게 긍정적으로 생각해 볼게요."

"단순히 친분으로 널 추천한 건 아니니까……."

"알아요, 그래서 무지 감동이고 고마워요."

회사를 그만둔다고 했을 때도 누구보다 안타까워했던 선배였다. 며칠 휴가로 안 되겠느냐는 말을 하기도 했다. 그때는 며칠로는 부족할 것만 같았다. 내려앉은 슬픔이 너무 커서 도저히 이겨 낼 수가 없었다. 하늘이 무너졌는데 어떻게 버틸 수 있을까. 단한 번도 부모님과 헤어질 수도 있다는 생각을 해 본 적이 없었다. 세 식구는 하나처럼 똘똘 뭉쳐 살았다. 서로가 서로에게 많은 사랑을 주고, 또 받으면서 그렇게 살았었다.

세상에 홀로 뚝 떨어진 사람들처럼 주변에 아무도 없는 것처럼 그랬다. 너무도 특별했고 너무도 절대적인 가족이었다. 하염없이 울고 있을 때 고개를 들었는데 금방이라도 쓰러질 것 같은 엄마가 보였었다. 잡아 줘야 했고 어깨를 내줘야만 했었다. 힘을 내서 엄마를 지켜야 했었다. 안 그러면 진짜 혼자가 될 것 같았다. 엄마를 위해서라고 공공연하게 말했지만 사실은 자신을 위해서였다.

"엄마는 일하라고 안 하셔?"

고기를 구우며 서인은 넌지시 물었다.

"하시죠."

"많이 좋아지신 것 같네."

빈 잔에 소주를 채워 주고 앞 접시에 잘 익은 고기를 놔 주면서 서인은 먹는 내내 리윤을 챙겼다.

"회사를 그만두고 나니까 선배가 왜 이렇게 좋죠?"

"뭐?"

"사실 더는 어렵지가 않아요."

"계급장 뗐으니까 뭐."

눈이 안 보이게 웃으면서 리윤은 소주잔을 들었다. 짠, 소리가 나게 부딪치며 두 사람은 허물없이 웃었다. 이런저런 사람 사는 얘기부터 연애 얘기까지 적절하게 안주로 곁들이며 리윤은 시간 가는 줄 모르고 먹고 마셨다.

Rrrrrrrr.

핸드폰 울리는 소리에 리윤은 가방을 뒤적거렸다. 어느새 익숙해져 버린 번호였다.

"왜?"

─10시 넘었다.

"그럼 들어가."

라고 말은 했지만 이미 마음속으로 이 자리를 그만 끝내고 일어나야겠다 싶었다.

─얼른 인사하고 나와.

"어딘데?"

─여기.

창밖으로 시선을 돌리자 길 건너편에서 사이준이 손을 흔들고 있었다. 이준을 발견한 순간 가슴이 뛰었다. 좋은 느낌의 두근거림, 낯설고 이상하다. 시선을 돌린 리윤은 핸드폰을 끊고 서인에게 말했다.

"선배, 나 그만……."

"애인?"

"네?"

설핏 서인이 미소를 지었다.

"그래, 얼추 다 먹었는데 그만 일어나자."

주섬주섬 일어날 준비를 하는 리윤에게 서인은 못 박듯이 한 번 더 말했다.

"다음 주 안으로 긍정적인 대답 줘야 돼."

"네."

"먼저 가."

잠깐 눈치를 보다가 리윤은 인사를 하고 먼저 자리를 떴다. 가게 문을 열고 나오는데 건너편에 있던 이준이 긴 다리로 성큼성큼 리윤에게로 걸어오고 있었다. 마치 영화 속 장면처럼 천천히 다가오는 그를 보는데 숨이 멎을 것 같은 착각이 들었다.

'이러면 반하는 건데…….'

시선을 돌리려고 했지만 이미 늦어 버렸다. 코앞까지 다가온 사이준이 씨익 입술 끝을 올려 웃었다.

"가자."

옆에 서는 사이준에게 리윤은 참았던 숨을 뱉어 내며 말했다.

"그렇게 웃지 마."

"응?"

"그렇게 웃지 말라고."

고개를 들어 이준의 눈을 똑바로 쳐다봤다. 어둑해진 밤, 이준의 눈동자는 별을 박아 놓은 듯 반짝였다. 그 눈을 리윤은 한참을 말없이 바라봤다. 끼이익, 느리게 달리던 차가 고장이라도 난 것처럼 불쾌한 잡음을 내면서 길 한복판에 멈춰 서 버렸다. 잠깐의 멈춤인지, 아니면 정비소에 들어갈 정도로 큰 고장인지는 잠깐 숨을 고르며 알아봐야 할 것 같았다.

"그럼 어떻게 웃어?"

그래, 술 때문이다. 술기운에 감정을 제대로 읽어 낼 수가 없는 거였다. 그냥 오늘은 좋아하는 선배를 만났고, 기분 좋게 술도 마셨고, 모처럼 홀가분해서였다.

"나 보면서 웃지 마."

그다음 말은 하지 않았다. 무슨 말이 하고 싶었는지 리윤 자신 조차도 알 수 없었지만 그래도 하지는 않았다.

5. 어른 여자의 직진.

　운전을 하는 이준을 리윤은 돌아보지 못했다. 왠지 고개를 돌리면 이번에는 덜컥, 심장이 멈출 것 같았다. 어쩐지 또 반할 것만 같은 타이밍이다. 휑해진 가슴으로 매일매일을 겨우 버티는 중인데 지금 이 순간에는 누가 웃으며 다가오면 그게 누구더라도 반할 것 같았다. 이미 마음으로 그럴 준비가 완벽하게 되어 있는, 기대고 싶고 안기고 싶은, 연애할 준비가 되어 있는 그런 상태였다. 그래, 지금은 그런 상태다. 그런데 그 틈을 사이준이 덥석 건드려 버린 거다.

　"왜 이혼했는지 물어도 돼?"

　갑작스러운 질문에 이준은 말없이 고개를 돌려 리윤을 쳐다봤다. 리윤은 의자에 엉덩이를 깊숙이 넣고 앞만 보며 앉아 있었다.

　"궁금해?"

　"어."

　"왜?"

　글쎄, 그게 왜 궁금한 걸까. 그건 아직 리윤도 정확히 알지 못했다.

"같이 사는 게 괴로워서."

나지막하게 웃으면서 이준은 그렇게 대답했다. 옆모습만으로는 그의 얼굴에 떠오른 감정을 전부 읽을 수는 없지만 기분이 좋지는 않겠구나 지레짐작했다. 그럼에도 리윤은 머릿속에 하나둘 떠오르기 시작한 질문들을 외면할 수가 없었다.

"그럼 연락은?"

"무슨 연락?"

"아니 뭐, 안부나……, 아이가 있으니까."

"안 해."

"왜?"

숨도 쉬지 않고 왜, 라고 대뜸 물어 놓고는 리윤은 아랫입술을 깨물었다.

"궁금해하지 않을 테니까."

"그런 게 어디 있어. 엄마가 어떻게 아이 안부를 궁금해하지 않아? 세상에 그런 엄마는 없어."

"모르잖아."

다소 퉁명스럽게 말해 버렸다. 리윤이 궁금해하지 않는 모진 엄마도 아닌데, 그저 보통의 엄마라면 당연히 그랬을 거란 생각으로 물었을 텐데 공연히 리윤에게 짜증을 내 버렸다. 여전히 정아라에 대한 미움이 고스란히 남아 있는 모양이다.

"보통의 엄마는 아니야. 그 사람 캐릭터가 그래."

"어."

더는 물으면 안 될 것 같아 리윤은 그대로 입을 다물었다. 궁금한 게 한두 가지가 아니었지만 이준의 반응으로 볼 때 그다지 떠올리고 싶지 않은 부분인 것 같았다. 헤어진 사람인데 당연히 그렇겠지, 싶으면서도 왠지 모르게 서운했다.

"결혼을 일찍 했어."

오히려 침묵을 깬 건 이준이었다.

"진짜 미친놈처럼 사랑했지."

하루 24시간이 모자라게 그 사람만 생각했고 그 사람이 세상이었고 우주였다. 그 사람이 없는 세상은 한 순간도 상상해 본 적이 없었다. 같이 밥을 먹고 같이 숨을 쉬고 같이 웃으면서, 그렇게 모든 것을 같이하는 게 당연한 거였고 앞으로도 그럴 거라고 믿어 의심치 않았다.

"내가 모자랐던 거지."

"뭐가?"

"그 사람도 같은 마음일 거라고 생각했거든. 물어볼 생각도 안하고 내 마음대로, 내 멋대로."

상처에서 벗어난 걸까, 아니면 리윤이 편해서일까. 한 번도 밖으로 꺼내 본 적 없는 속마음을 아무렇지 않게 풀어내고 있는 자신이 속으로 좀 놀라웠다.

"많이 사랑했구나."

뭔가 위로가 되는 말이 하고 싶었는데 막상 하려니 떠오르는 말은 없었다. 이럴 때는 어떤 말을 어떻게 해야 하는 건지 모르겠어서 리윤은 그냥 손가락만 꼼지락거리며 아주 무덤덤하게 읊조리듯 말했다. 그리고 왠지 모르게 섭섭했다. 이런 감정을 느낄 이유가 전혀 없는데도 그랬다.

한 감정이 드는 건 어쩔 수가 없었다.과거를 말하는 남자에게, 더

구나 지금은 아무것도 없다는 걸 어렴풋이 느끼고 있음에도 섭섭

그런데 왜 이런 감정이 드는 걸까.

"다른 사람 사랑한다고 가 버렸어."

"그랬구나."

기계적으로 고개를 끄덕이며 대답을 하다 숨이 턱 하고 목구멍에 걸렸다.

"뭐?"

그리고는 커다래진 눈으로 이준을 돌아보며 다시금 물었다.

"뭐라고 했다고?"

"다른 사람을 사랑한다고, 그러더라고. 랑이를 앞에 두고."

"미친 거 아니야?"

필터를 거르지 않은 말이 그대로 튀어나왔다. 기가 막히고 코가 막혀서 다음 말이 생각나지도 않았다.

"어떻게 아이까지 낳고 다른 사람 사랑한다는 말을 할 수가 있어?"

"그러게."

"그래서? 그냥 알았다고 하고 헤어졌어?"

"어."

"바보야? 그냥 헤어져 주면 어떡해?"

"그럼?"

"헤어질 때 헤어지더라도 뭘 잘못했는지 알게 해 줬어야지? 세상 어떤 엄마가 아이를 두고 그렇게 무책임하게 그만둬?"

"그런 엄마가 그 여자더라고."

"남의 애기 해?"

"핏대 올리며 욕하기엔 시간이 흘렀잖아."

이준은 핸들을 잡은 채로 무덤덤하게 말했다. 그래, 화가 나지 않을 만큼 시간이 흘러 버렸다. 아무것도 모르고 누워 있던 아기 랑이는 제 손으로 세수를 할 수 있는 나이가 됐고, 엄마라는 존 재를 스스로 지워 버리고 처음부터 엄마라는 사람이 없었던 것처 럼 생각하고 행동하는 어른스러운 애어른이 돼 버렸다.

"생각할수록 열받네. 어떻게 바람을 피울 수가 있어?"

"바람을 피운 건 아니야."

"다른 사람 사랑한다고 그랬다며?"

"다른 사람을 사랑하고 있었던 걸 내가 몰랐건 거지. 그때 나는 내 사랑밖에 안 보였거든."

"뭐? 그럼 다른 사람 있는 여자를 사랑했다는 거야?"

"어."

"무슨 말이야?"

"나는 사랑이었는데 그 사람은 사랑이 아니었던 거지."

씁쓸하게 웃는 이준이 바보처럼 보였다. 그렇게 잘나고 대단한 사이준이 어떻게 저런 바보 같은 미소를 지을 수 있는 건지 화가 났다.

"진짜 바보구나."

좋아한다는 고백을 하지 못한 건 어렸기 때문이었다. 그리고 사 이준은, 어린 나이였지만 그때의 사이준은 어린 리윤의 눈에 엄청 나게 큰 사람이었기 때문이었다. 공부도 잘했고, 잘생기고, 운동 도 잘하고, 친구도 많고, 어른들도 예뻐하는, 완벽한 사람이었다. 리윤의 기억에는 그랬다.

가끔씩 엉뚱한 짓을 하기도 했고, 누구도 생각지 못한 행동으로 놀라게 하기도 하고 이름도 사이준이라 사이코라는 별명이 붙었지만 리윤에게 이준은 분명 완벽한 사람이었다. 다섯 살 아이를 키우며 혼자 살고 있는 사이준을 단 한 번도 상상해 본 적은 없었다. 그 완벽했던 첫사랑이 이런 모습으로, 이런 사연을 갖고 나타날 줄은 몰랐다.

"내가?"

"아니, 내가."

"뭐?"

"저 앞에서 내려줘."

"조금 더 가야 돼."

"그냥 내려줘."

"왜?"

"같이 타고 가기 싫어졌어."

결국 리윤은 차에서 내렸다. 갓길에 한참을 서 있던 이준의 차는 리윤이 씩씩하게 걸어가는 걸 본 후에야 다시 출발했다. 쌩, 하고 지나가는 이준의 차를 보는데 또 울컥하고 화가 치솟았다.

"뭐야, 진짜!"

그러게 뭘까. 이 감정이, 이 화가 뭘 의미하는 걸까.

걸음을 멈추고 눈을 감은 채로 고개를 바닥으로 툭 떨어뜨렸다. 욱, 하고 올라온 화를 잠재워야 했다. 화를 낼 이유가 없었다. 기분 좋게 저녁을 먹고, 기분 좋게 차를 타고, 그대로 기분 좋게 집으로 돌아오면 그만인 하루였다. 그런데 대체 왜 엉망진창이 돼 버린 걸까.

"짜증 나."

누구에게 나는 건지도 모르겠다. 제 감정을 제대로 읽지 못하는 스스로에게 짜증이 나는 것 같기도 하다. 그냥 순간 울컥해 버렸다. 이준이 혼자가 돼서 아이를 키우고 있다는 걸 알고 있었는데 그의 입으로 이혼한 이유를 듣는 순간 욱하고 말았다. 바보 같은 사이준이, 멍청한 사이준이 짜증 났다.

터덜터덜 걸어 집으로 가는데 이준의 것으로 보이는 차 한 대가 헤드라이트 불빛을 켜고 있다가 사라졌다. 그게 이준의 차라는 걸 아는 순간 눈에 눈물이 고였던 것 같았다.

이상하게도 하루 종일 손님이 끊이지 않는 날이었다. 잠깐 한가한 것 같아서 엉덩이 좀 붙이고 앉으려고 하면 뒤이어 바로 손님이 들어와서 오전 내내 앉을 수가 없었다. 오후에는 그나마 여유로웠다. 3시가 넘어가면서부터는 진도 빠지고 손님도 더는 몰아치지 않았다.

"오늘 재료 금방 끝나겠는데?"

"저녁 장사 할 거 없으면 일찍 문 닫고 들어가서 쉬자."

"엄마 피곤하면 들어가."

"마무리는 하고 들어가야지."

"내가 하면 돼. 들어가."

유 여사는 망설임 없이 앞치마를 벗어 재꼈다. 뒤도 안 돌아보고 지갑을 챙겨 들고 나가는 엄마를 보면서 어이가 없어 헛웃음이 나왔지만 굳이 잡지는 않았다.

"우리 엄마지만 진짜 매정하네."

리윤은 믹스 커피 한 잔을 종이컵에 타서 의자를 빼 앉았다. 겨우 한숨을 돌리고 커피 한 모금을 마시는데 핸드폰이 울려 댔다.

[사이코]

어젯밤 잠이 안 와 뒤척이다가 사이준 번호를 저장하는데 사이준으로 할까 사이코로 할까를 거의 1시간이나 고민했었다. 별 의미 없는 고민이었지만 어쨌든 이틀 전 느꼈던 복잡 미묘했던 그 감정을 잊기에는 충분했다.

"왜?"

분명 다 잊었는데 괜히 퉁명스러운 목소리가 튀어나왔다.

—미안한 부탁 좀 해도 될까?

"뭔데?"

—랑이가 유치원에서 올 시간인데 내가 일이 꼬이는 바람에 아이를 받아 줄 사람이 필요해.

"몇 시에 오는데?"

별다른 토를 달지 않고 산뜻하게 그러겠다고 한 건 단순히, 정말 단순히 다급한 그의 목소리 때문이었다.

—4시 15분.

전에 랑이가 유치원 버스에서 내렸던 게 기억이 났다.

"집 앞에서 기다리면 돼?"

물으면서 리윤은 이미 의자를 밀고 일어나 앞치마를 벗고 있었다. 벽에 걸린 시계를 힐끔 보니 4시가 조금 넘은 시간이었고 지금 걸어가면 아이 올 시간과 딱 맞을 것 같다는 계산도 이미 끝낸 후였다.

—어, 내가 최대한 빨리 일 보고 갈게. 미안하다.

"됐어."

입술을 깨물었지만 자꾸만 이준에게 예쁘지 않은 투로 말하고 있었다.

"다음에 술이나 한 잔 사."

―어?

"오늘 신세 진 거 술로 갚으라고."

―훗, 그래. 술도 사고 고기도 살게.

가게 문을 열고 밖으로 나온 리윤의 얼굴에 미소가 슬며시 번졌다. 무슨 감정인지는 정확히 말할 수 없지만 어쨌거나 기분이 좋아지기는 했다. 당장은 복잡한 생각 따위는 하고 싶지 않았다.

리윤은 혹시 몰라 지갑을 챙겨 가게를 나왔다. 외출중이라는 팻말을 내걸까 했다가 어차피 손님이 올 시간은 아니라 그만뒀다. 오늘 엄마를 일찍 들어가게 한 게 잘했다 싶었다. 왠지 엄마에게 이런저런 변명 아닌 변명들을 늘어놔야 할 것만 같았다. 이유는 모르겠지만 그냥 그래야 할 것 같았다.

이준의 집 앞에 거의 다다랐을 때 노란 유치원 버스 한 대가 리윤의 옆을 스쳐 지나갔다. 직감적으로 랑이가 탄 버스구나 싶어서 리윤은 재빨리 걸어갔다. 버스가 정차하고 버스 문이 열렸다. 그리고는 앞치마를 두른 선생님이 먼저 내려 리윤에게 상냥한 미소와 함께 물었다.

"오늘 랑이 맞아 주신다는 분인가요?"

"네, 맞아요."

"안녕하세요."

부담스러울 정도로 환하게 웃으며 몇 옥타브를 올라간 카랑카랑한 목소리로 인사를 했다. 얼떨결에 리윤은 고개를 푹 숙여 인사를 했다.

"자, 우리 랑이 내리자. 오늘은 예쁜 이모가 랑이 데리러 오셨네?"

"예쁜……."

혼잣말을 속삭이며 그때서야 제 옷차림을 위에서 아래로 훑어 내렸다. 앞치만 훌러덩 벗어 던진 탓에 잇옷에는 군데군데 물기에 젖어 있었고 바지는 후줄근하고 신발은 또……. 망했다. 하필이면 주방에서 신던 앞이 막힌 고무 슬리퍼를 그대로 신고 나왔다. 누가 봐도 식당에서 설거지하는 아줌마 꼴이었다. 입술을 깨물며 자책하고 있는데 랑이가 앞에 와서 섰다. 큰 눈을 동그랗게 뜨며 올려다보는 아이에게 리윤은 어색하고 과장되게 입술을 끌어올려 웃었다.

"안녕."

"안녕하세요."

두 손을 배에 가지런히 포개고 허리를 굽혀 랑이가 인사를 했다.

"어, 어."

오늘은 어쩐지 랑이가 멀게 느껴졌다.

"그럼 저희는 가 보겠습니다. 랑이 안녕."

노란 버스가 홀연히 떠나고 식당 아줌마와 인형 같은 유치원생 하나가 멀뚱멀뚱 서로를 마주 보고 있었다.

"어디로 가요?"

아이의 기분이 안 좋은 건지 잘 웃지도 않았다.

"어?"

"나 어디에서 있어요?"

아이의 눈이 참 검고 크다. 볼 때마다 아이의 눈동자를 들여다

보게 된다.

"너 눈 진짜 예쁘다."

"알아요."

"알아? 어떻게 알아?"

"거울 봐요."

"아, 스스로 아는 거구나."

뭔지는 모르겠지만 사이준 딸이 확실한 것 같다.

"아빠 오실 때까지 우리 가게에서 기다릴래?"

"언제 오시는데요?"

"금방 오실 거야."

"네."

랑이가 손을 내밀었다. 리윤은 응? 하며 아이의 손을 내려다보다 무슨 뜻인지 깨닫고 덥석 잡았다. 한 걸음 걸어가는데,

"아줌마."

언니도 아니고, 그렇다고 이모도 아니고 아줌마라며 참으로 담백한 목소리로 랑이가 리윤을 불렀다. 혹시 지나가는 사람이 아줌마라는 소리를 들은 게 아닐까 싶어 괜히 주변을 작게나마 두리번거렸다. 분명히 지난번에도 아줌마라고 했었는데 적응이 안 된다.

"응?"

"어른이 밖에서 걷고 아이가 안에서 걷는 거예요."

랑이의 말에 리윤은 이번에도 무슨 말인가 하는 표정을 해 보였다. 그러자 랑이는 후우, 한숨을 내쉬고는 리윤의 오른쪽에서 왼쪽으로 자리를 옮겼다.

"나는 아직 어려서 위험하니까."

"아."

"아줌마는 공부를 많이 해야겠다."

"얘, 나도 공부는 할 만큼 했어."

작은 머리를 끄덕이며 랑이는 앞을 보고 걸었다.

"오늘은 뭐 하고 놀았어?"

"블럭도 갖고 놀고 책도 읽고……, 매일 똑같죠 뭐."

세상을 다 아는 것 같은 말투로 말하는 랑이였다. 아이답지 않게 말하는 랑이가 귀여워서 리윤은 피식 웃었다.

"별로였어?"

"오늘은 재미가 없었어요."

"왜 그랬을까?"

"그냥 혼자 있고 싶은 날이었어요. 이런 날은 집에 있고 싶은데 그러면 아빠가 일을 못 하니까."

"우리 랑이는 진짜 생각이 깊구나. 하기 싫은 것도 하는 게 인생이야. 그건 어른이나 아이나 똑같아."

"알아요."

두 사람은 동시에 후우, 하고 한숨을 내쉬었다. 랑이가 리윤을 올려다보며 큰 눈을 끔벅거렸다.

"왜?"

"아줌마랑은 얘기가 잘 통해요."

"그래?"

"네."

싱긋 웃는 랑이의 미소에 리윤은 심장이 녹아내릴 것 같았다.

아이를 보며 웃는데 코끝이 찡했다. 뭔지 모를 감정이 스치고 지나갔다.

"랑아."

"네?"

"내가 랑이한테 반한 거 같아."

"왜요?"

"랑이랑 이렇게 손잡고 걷는 게 너무 좋아."

"나도 좋아요."

랑이는 리윤과 잡은 손에 힘을 줬다. 작은 손에 힘이 들어가는 게 귀여워서 리윤은 아프지 않도록 부드럽게 그러쥐었다.

"우리 앞으로 더 친하게 지내 보자."

랑이는 걸음을 멈추고 리윤을 돌아봤다. 그리고는 손을 내밀었다.

"뭐 하자고?"

"악수. 원래 친구하면 악수하는 거예요."

"아, 그렇구나."

리윤은 랑이의 작은 손을 맞잡고 가볍게 흔들었다. 진짜 친구가된 것처럼 든든했다. 이 작은 꼬마를 보며 이준은 얼마나 든든하고 행복할까 하는 생각이 들었다. 이름처럼 사랑스러운 아이였다. 가끔 다섯 살이 아니라 열다섯 살로 느껴지기는 했지만 랑이의 사랑스러움이 좋았다.

손님이 일찍 끊길 줄 알았는데 랑이와 함께 돌아오고 얼마 후부터 손님이 제법 있었다. 손님들 발길이 끊긴 시간은 평소보다 빠른 7시가 조금 안 된 시간이었지만 좁은 가게에서 움직이지도 못

하고 놀던 랑이가 안쓰러워 리윤은 몇 번이나 랑이에게 미안하다, 괜찮니? 하고 물으며 신경을 썼었다.

"근데 너 한글 알아?"

주방 마무리까지 다 끝낸 리윤이 랑이의 앞에 앉으며 물었다.

"알아요."

"다섯 살인데 벌써 안다고?"

"어려운 글자는 모르는 것도 있는데 아는 게 훨씬 많아요."

"우와, 랑이 대단하다."

엄지손가락을 들며 리윤이 감탄했다. 랑이는 한껏 어깨를 들어올리며 제법 자랑스러운 표정을 해 보였다.

"랑이는 진짜 똑똑한가 보다. 아줌마는 초등학교 들어가서 한글 알았는데."

"그럼 책은 어떻게 읽었어요?"

"안 읽었는데?"

믿을 수 없다는 듯이 랑이의 눈이 커졌다. 아이는 연신 눈을 깜박이며 어서 진실을 말하는 눈빛을 해 보였다. 괜히 겸연쩍어져서는 리윤은 마른침을 삼키며 시선을 돌렸다. 그리고는 재빨리 다른 주제로 말을 돌렸다.

"우리 맛있는 거 먹으러 갈까?"

"돈가스!"

랑이는 천진한 표정으로 손까지 번쩍 들며 돈가스를 외쳤다.

"돈가스 먹고 싶어?"

"네."

"이 동네에서 엄청 맛있는 돈가스 집 있거든? 거기 비밀인데 랑이한테만 알려 줄게."

"진짜요?"

"어, 절대 아무한테도 말하면 안 돼."

"왜요?"

"소문 나면 손님이 너무 많아져서 돈가스 먹기가 힘들어지거든."

"아."

큰 깨달음을 얻은 듯이 랑이는 고개를 끄덕거렸다. 이럴 때 보면 영락없는 다섯 살 아이였다.

Rrrrrrrr.

막 일어서려는데 핸드폰이 울렸다.

"랑이 아빠다."

랑이는 어깨를 축 늘어뜨리고 금세 실망한 표정을 지었다.

"여보세요."

―아직 가게야?

"어."

―거의 다 왔어, 조금만 기다려.

"우리 맛있는 거 먹으러 가려고 하는 중인데?"

―뭐?

"돈가스."

―알았어, 아무튼 기다려, 다 왔어.

전화를 끊고 랑이에게 물었다.

"왜?"

"돈가스 먹으러 가고 싶은데……."

"갈 거야."

"진짜요?"

"어, 가기로 약속했잖아."

"아빠가 못 가게 하면 어떡해요?"

"아빠가? 못 가게 안 할 거 같은데?"

"왜요?"

"랑이랑 내가 먼저 약속한 거니까. 약속은 원래 먼저 한 게 더 중요한 거거든."

랑이는 얼굴이 환해지도록 웃으며 두 손을 모았다.

"맞아, 우리가 먼저 약속한 거니까!"

"아빠도 같이 갈 건지 물어보자."

"응!"

테이블 아래 랑이의 자그마한 발이 앞뒤로 움직이며 아이가 얼마나 신났는지를 대신 보여 줬다.

돈가스를 먹으러 갈 거라는 말에 이준은 그 어떤 말도 없이 쿨하게 따라나섰다. 랑이는 그야말로 기분이 하늘을 날 것처럼 좋아져서는 밥을 먹으러 가는 내내 종알종알 쉬지 않고 말했다. 금방 기분이 좋아졌다가 나빠졌다가 하는 걸 보면 아이는 아이였다.

"이거 다 먹을 수 있어?"

어른 남자 손바닥 두 개를 합친 것보다 더 큰 돈가스가 리윤과 이준 앞에 각각 놓였다. 휘둥그레진 눈을 한 건 랑이도 마찬가지였다.

"남으면 싸 가면 되지."

"그럼 하나만 시켜서 나눠 먹지……."

"나는 다 먹거든?"

"이걸?"

대답 대신 리윤은 포크와 나이프를 손에 들고 서걱서걱 썰기 시작했다. 작은 크기로 썰어서 랑이의 앞 접시에 놔주고, 사실 랑이에게 나눠 줬지만 크게 티가 나지는 않았다. 한 입 크기로 썰어 입에 넣었다. 금세 두 여자의 눈이 둥글게 휘었다.

"맛있다!"

"맛있지? 먹고 더 먹어."

"네!"

입이 터져라 맛있게 먹는 두 여자를 보면서 이준은 어이가 없으면서도 좋았다. 랑이가 지금처럼 환하게 웃는 것도, 시끄럽게 쉬지 않고 말하는 것도, 입이 터질 것처럼 복스럽게 먹는 것도 처음이었다. 다섯 살이 되도록 어른아이 같다는 생각만 했었는데 오늘처럼 또래의 아이로 보이는 것도 처음이라 신기했다.

"안 먹어?"

"먹어."

"우리 랑이 많이 먹어."

"네."

랑이를 낳고 처음으로 느껴지는 감정이었다. 이렇게 셋이 가족이라면……, 말도 안 되는 생각에 이준은 얼른 고개를 저었다.

"뭐 해?"

"어? 아니야, 먹자."

"우린 이미 먹고 있거든?"

"나 이거 다 먹고 더 먹을 거야."

"당연히 더 먹어야지. 걱정하지 마, 이만큼은 랑이 거야."

포크와 입을 쉬지 않고 움직이며 먹는 랑이를 이준은 애정 넘치는 눈길로 바라봤다. 테이블 아래로 리윤이 이준의 발을 툭 쳤다. 이준이 고개를 들어 쳐다보자,

'얼른 먹어.'

라며 짧게 소리 내지 않고 말했다. 어릴 때도 리윤은 다른 사람을 챙길 줄 알았다. 맑고 순수한 아이였다. 기다리라고 하면 기다리고, 가라고 하면 가고, 다른 사람의 말을 의심할 줄도 몰랐다. 나중에 장난이었다는 걸 알고 나면 가볍게 눈을 흘길 뿐 별다른 말을 하지 않았다. 바보처럼 예쁜 아이였었다.

"여기 진짜 진짜 맛있어요."

입가에 소스를 다 묻히고 먹는 랑이였다. 이준은 냅킨을 한 장 뽑아서 랑이의 입가를 닦아 줬다.

"아줌마도 닦아 줘."

"응?"

리윤은 서둘러 손으로 입술 주변을 닦았다.

"됐어?"

"아빠가 닦아 줘."

"야, 아줌마는 어른이야, 안 닦아 줘도……."

테이블 위로 이준이 상체를 기울여 리윤의 입가를 닦아 줬다. 찰나의 일이었다. 거부할 수도 없이 순식간에 일어난 일. 그리고 이준의 얼굴이, 그의 눈동자가 너무도 바짝 다가왔다. 리윤은 그대로 숨을 참았다. 눈을 깜박이지도 못한 채 그저 멍하니 다가온 이준의 얼굴만 쳐다봤다.

쿵쿵쿵,

심장이 미친 듯이 뛰기 시작했다.

그의 손가락이 입술 주변을 닦아 주는데 그의 눈길은 리윤의 눈동자에 박혀 있었다. 시간이 멈춘 것 같은 착각이 들 지경이었다. 심장이 전쟁이 난 것처럼 펄떡이고 온몸은 마비된 것 같았다. 움직일 수도 없었고 시선을 돌릴 수도 없었다. 그냥 이대로 숨이 멎어 죽을 것만 같았다.

"아줌마."

"응?"

대답을 하기는 했는데 한 건지도 분간이 가지 않았다.

"아줌마 얼굴이 사과보다 더 빨개요."

"어?"

"아줌마 우리 아빠한테 반했어요?"

"어. 어? 뭐라고?"

얼음이었다가 땡, 하고 몸이 풀렸다. 그리고 동시에 집 나갔던 정신도 되돌아왔다.

"반하면 원래 그래요. 얼굴도 빨개지고 눈도 막 깜박이고."

"아니야, 무슨 말이야. 그런 거 아니야. 절대 아니야."

"뭘 그렇게까지 부정해?"

"어?"

"그렇게 부정하니까 진짜 같잖아."

랑이 옆에서 생글생글 웃으며 입술 끝을 올리고 있는 이준이 그 때서야 비로소 눈에 들어왔다. 짓궂고 사악하고 못된 사이준이 큼지막하게 돈가스를 썰어 입에 넣었다. 저 능글맞은 미소 때문이었다. 다 알면서 짐짓 모른 척하는 얄미운 미소 때문이었다.

"그런 거 같다."

리윤은 포크와 나이프로 돈가스를 썰면서 대수롭지 않다는 듯이 말했다.

"반한 거 맞는 거 같아."

반대편에 앉은 이준의 입가에서 미소가 싹 사라졌다. 멍한 표정으로 있는 건 이제 사이준이었다.

"아줌마가 랑이 아빠한테 반했어."

한 번 더 못을 박듯이 리윤은 말했다. 그리고 눈을 들어 이준을 바라봤다. 아무 말도 못 하고 자신을 쳐다보고 있는 이준에게 리윤은 싱긋 웃어 보였다.

작은 폭탄 하나를 부녀에게 던져 주고 집으로 돌아온 리윤은 소파에 누워서 tv를 보고 있는 엄마를 보고는 살짝 아랫입술을 깨물었다. 돈가스를 하나 포장해서 올 걸 하는 생각이 왜 엄마를 보고 나서야 드는 걸까.

"밥은?"

"먹었어. 엄마는?"

"대충."

"이모네 안 갔어?"

양말을 벗으며 리윤은 소파 앞에 털썩 앉았다.

"어."

"왜? 그럼 들어와서 뭐 했는데?"

"한숨 자고, 사과 하나 먹고, 텔레비전도 보고."

"일찍 들어올 걸 그랬네."

"뭐 먹었어?"

"응?"

"저녁, 뭐 먹었느냐고."

tv에 시선을 고정한 채로 무심하게 툭, 물었다. 하지만 듣는 리윤은 괜히 뜨끔했다. 엄마를 빼고 남자와 신나게 데이트를 하고 온 느낌이라고나 할까. 어쨌든 뭔가 떳떳하지 못하다는 생각이 들었다.

"그냥 대충 먹었어."

그래서 거짓말이 튀어나왔다.

"아 피곤하다."

괜히 과장된 몸짓으로 자리에서 일어나며 유 여사의 눈치를 살핀 리윤은 후다닥 제 방으로 들어왔다. 문에 기대서는 후, 한숨을 쉬고 무심결에 나온 거짓말에 대해 생각했다. 굳이 거짓말을 할 이유가 없는데, 거짓말을 하겠다고 마음먹었던 것도 아닌데 왜 그 상황에서 그랬던 건지 알 수가 없었다.

연애를 하라고 부추긴 건 엄마였다. 그래서 이제 해 볼까 하는 마음이 든 건데, 분명 엄마가 알면 좋아할 일인데 마음 깊은 곳에서는 걱정이 들었다. 랑이의 존재가 시작도 하기 전부터 부정당하는 것 같아서 랑이에게 미안해졌다. 사실 그 부정은 리윤 스스로가 하고 있었다.

"아, 몰라, 몰라."

정신없이 머리를 흔들어 대고 리윤은 그대로 침대 위로 쓰러지듯 누웠다. 이불에 얼굴을 묻고 그대로 깊은 숨을 내쉬었다. 뜨거운 김이 얼굴에 사르르 번졌다. 걱정은 됐지만 기분은 좋았다. 얼마 만에 느끼는 감정인지 모르겠다.

사이준이 이 동네에 나타났을 때부터 이미 심장은 옛 감정을 흔들어 깨우기 시작했다. 그리고 그가 아이를 키우며 혼자 산다는 걸 알았을 때, 그때부터였던 것 같다. 마음이 흔들렸다. 흔들리다 틈이 생겼고, 틈이 생겼구나, 하고 알아차리기도 전에 활짝 열려 버렸다. 어쩌면 사이준에게 아내가 있다고 했어도 그랬을 것 같다. 멀리서 보며 어린 시절 감정을 꺼내 놓고 하나둘 그리워하고 애틋해하면서 그렇게 혼자 제 감정에 취하지 않았을까 싶다.

Rrrrrrrrr.

엎드린 채로 주머니를 뒤져서 핸드폰을 꺼냈다. 그리고는 누군지 확인도 안 하고 그대로 전화를 받았다.

"여버서여."

입술을 이불에 묻고 있어서인지 발음이 제대로 나오지 않았다.

─뭐 하는 거야?

이준의 목소리에 리윤은 그대로 펄떡 일어났다. 갑자기 튕기듯 일어나는 바람에 순간적으로 허리에 찌릿한 통증이 몰려왔다.

"아!"

─왜?

"아니야."

─어디야? 집에 간 거 아니야?

"맞아."

허리를 손으로 짚으면서 리윤은 반듯하게 자세를 고쳐 앉았다.

"무슨 일 있어?"

—무슨 일은 너한테 있는 거 아니야?

"나? 아무 일 없는데?"

—후우.

"담배 피워?"

—아니.

"내 말이 되게 무거웠나 보네?"

—꽤.

"다행이다."

기분 좋게 입술 끝을 올리며 리윤은 다시 침대에 누웠다.

"이게 이성으로 좋아하는 건지, 아니면 랑이 아빠한테 보이는 호감인지는 나도 아직 잘 모르겠어. 근데 분명한 건 나는 사랑이, 그리고 사랑이 아빠 사이준이 싫지 않다는 거야. 이 감정이 뭔지 더 명확해질 때까지 쉬지 않고 알아볼 거야. 이젠 뭐 겁날 거 없는 어른이니까."

한 번 열린 마음은 거칠 것이 없었다. 툭, 하고 무너져 버린 댐처럼 굳이 생각을 정리하지 않아도 알아서 솔직한 감정이 담긴 말이 쏟아져 나왔다.

"사실 나는 지금 뭐라도 해야 되거든."

살기 위해서, 버티기 위해서는 끊임없이 생각하고 움직여야만 했다. 그 타이밍에 사이준이 나타난 거고, 이건 사이준 입장에서 재수가 좋다고 해야 하는 건지 나쁘다고 해야 하는 건지 그건 모르겠다.

"지금 내 감정이 그렇다는 거니까 같이 뭘 어떻게 해야 하나 그런 걱정은 하지 마. 아직까지는 바라는 건 없어."

―애 딸린 남자 좋아하려면 그 정도 각오로는 안 될걸?

"그래?"

―어, 보통 각오로는 안 돼.

"그럼 각오는 좀 더 다져 볼게."

눈을 굴리다 리윤은 이준에게 말했다.

"한 가지는 해 줘야겠다."

―뭔데?

"나 혼자 두고 도망가는 짓은 하지 마."

하지만 이준은 어떤 대답도 하지 않고 그저 잘 자라는 말만 하고 전화를 끊어 버렸다. 끊긴 핸드폰을 내려다보며 리윤은 한숨을 내쉬었다. 지금 이준이 어떤 표정을 하고 있는지, 그의 머릿속에 어떤 생각들이 들어 있는 건지 알고 싶었다.

혼자만의 짝사랑을 시작한 건데 섣부르게 고백부터 한 건 아닌지, 그것도 잘 모르겠다. 이준이 부담스러워서 앞으로는 얼굴도 보여 주지 않으면 어쩌나 하는 걱정도 들었다. 하지만 이미 저지른 일이었다. 이제 와서 장난이었다고 말할 수도 없었다. 술도 취하지 않았고 말짱한 정신에 그랬으니까 해도 믿지 않을 게 분명했다. 그리고 굳이 그렇게 거짓말로 둘러대고 싶지도 않았다.

"그때처럼 지금도 짝사랑이면 어쩌냐."

뒤늦게 첫사랑을 시작한 소녀처럼 마음이 찌르르한 게 아팠다.

6. 겁 없는 여자 vs 겁 많은 남자.

　선전 포고 하듯이 일단 말을 해 놨지만 머릿속이 복잡한 건 리윤도 마찬가지였다. 제 감정을 제대로 읽기 시작한 거지 그다음은 어떻게 해야겠다는 생각 자체가 없었다. 특히 엄마를 볼 때마다 가슴 한편이 따끔한 게 뭔가 잘못하고 있는 것 같은 느낌이 들면서 슬금슬금 눈치를 보게 됐다.

　"말해."

　시금치를 다듬으면서 유 여사가 넌지시 말했다.

　"뭘?"

　"할 말 있는 거 아니야?"

　"나? 그런 거 없는데?"

　일단은 잡아떼고 봐야지. 그리고 지금 뭘 하겠다고 하는 것도 아니고 그저 좋아한다는 걸 인정한 것뿐인데, 더구나 상대의 마음이 어떤 건지는 알지도 못하는데 괜히 떠벌리는 건 시기상조 같았다.

　"생기면 말해."

　"왜 뭘 알고 있는 것처럼 그래?"

슬그머니 올라가는 유 여사의 입술 끝에서 뭔가가 있을 것만 같았다.

"그러니까 내가 알아야 되는 게 생기면 말하라고."

혹시 눈치를 챈 게 아닐까 싶었다. 워낙에 좋은 건 숨기지 못하는 성격이라 얼굴에 다 드러나는 편이었다. 이번에도 그런 게 아닐까 싶어서 리윤은 얼른 표정부터 숨겼다.

"엄마."

리윤은 유 여사 맞은편에 의자를 빼서 앉으며 자연스럽게 시금치를 손에 들었다.

"응?"

"엄마는 장사하는 거 재미있어?"

"돈 벌려고 하는 거지 재미로 해?"

"그래도 재미가 있어야 하지. 재미없으면 다른 거 할까?"

시금치에만 고정하고 있던 유 여사의 시선이 리윤에게로 옮겨 갔다.

"아니, 재미가 없다고 하니까."

"재미까지는 아니어도 심심하지 않아서 좋아."

멍하니 눈을 뜨고 하루를 맞는 것보다는 훨씬 나았다. 하나밖에 없는 딸에게는 너무도 미안했지만, 그래서 한창 제 일 해야 할 딸을 위해 하루라도 빨리 등을 떠밀어야 한다는 걸 알지만 지금은 숨 쉬는 게 괴로워서 눈 감고 모르는 척을 하는 중이었다.

당분간만, 올해까지만 이렇게 살자 스스로에게 그렇게 약속했다. 자신이 이렇게까지 나약한 사람이라는 걸 뼈저리게 느끼며 살아가고 있었다. 리윤에게 든든한 버팀목이 돼 줘야 하는데 오히려 온몸을 기댄 채 눈을 감고 있으니 엄마로서 자격이 없었다. 알지만 어쩔 수가 없었다.

"올해까지만 해."

"뭘?"

"김밥 마는 거, 올해까지만 하라고."

"내년에는 닫자고?"

"아니, 그때는 내가 맡아서 해야지."

"나는?"

"너는 네 갈 길 가야지."

"내 갈 길이 뭔데?"

여덟 살 아이처럼 천진한 눈빛으로 묻는 리윤에게 유 여사는 제법 진지한 표정을 지어 보였지만 별다른 말은 하지 않았다.

"갑자기 왜 그래?"

"시한을 정해야지 나도 정신을 차릴 것 같아서. 지금은 내가 엄마답지 못하잖아. 그렇다고 언제까지 이렇게 살 수는 없는 거고, 올해 안으로는 정신 차리겠지. 아니, 차려야지. 아니, 차릴 거야."

하루에도 몇 번씩 스스로 다짐하는 말이었다. 시금치를 다듬다가도, 손님에게 안녕히 가시라는 인사를 할 때도, 동생들과 어울려 술잔을 기울일 때도, 그리고 잠이 드는 그 순간에도 잊지 않고 하고 있었다. 그 끝에는 항상 절절한 그리움에 왈칵 눈물이 솟지만 그마저도 꾸욱 억누르면서 어금니를 세게 물고는 했다.

적어도 올해까지는 휘청거려도 되지 않을까, 그렇게 위로하면서 버티는 중이었다. 하고 싶은 일 전부 접고 엄마 곁을 지키는 예쁘고 착한 딸을 위해서라도 두 다리에 힘 꽉 주고 쓰러지지 않으려고 애쓰고 있었다. 어쩌다 꿈에라도 나오는 날이면 그날은 무너지고 말았지만 그래도 여전히 어금니를 물고 턱에 힘을 주고 있었다. 웃으려고, 아무렇지 않은 척하려고, 괜찮은 척하려고 발악하는 중이었다.

"사람 불안하게 그러지 마."

"뭐가 불안해?"

"울어도 돼. 아빠 보고 싶다고 울어도 된다고. 엄마가 울어야 나도 울지."

"안 울어."

"왜?"

"너 우는 거 꼴 보기 싫어서."

눈을 흘기며 유 여사는 다듬은 시금치를 들고 자리에서 일어났다. 눈물 한 방울 흘릴 줄 알았는데 유 여사는 말짱한 얼굴이었다. 분명 대사는 슬펐는데 이상하다.

"엄마."

주방에 들어간 유 여사를 리윤은 홀에 앉은 채로 불렀다.

"왜?"

"이혼남이랑 사귀면 안 되나?"

머리를 굴리다 그냥 직접적으로 대놓고 물었다.

"누가?"

하지만 누가라는 물음에 리윤은 뒷머리를 긁적이며 얼버무렸다.

"아니, 드라마에서."

"드라마에서는 다 되지. 이혼남도 되고 나이 먹은 놈도 되고 사람 죽인 놈도 되고."

"사람 죽인 놈이랑 동급이야?"

한층 커진 목소리로 리윤이 물었다.

"여자 부모 입장에서는 다 똑같은 놈이지. 그래도 이혼남이 나은가?"

"훨씬 낫지."

"왜, 이혼남이 너 좋대?"

"누가?"

물어 놓고 리윤은 눈만 깜박이며 유 여사의 다음 말을 기다렸다. 하지만 주방으로 들어간 유 여사는 그 뒷말을 잊은 건지 아무런 말도 하지 않았다. 리윤은 괜히 놀라서 들썩이는 가슴을 손으로 쓸어내리며 마른침을 삼켰다. 도둑질하다가 걸린 것처럼 등골이 서늘해지면서 식은땀까지 흘렀다.

"이래서 죄짓고는 못 사나 보네."

"뭐라고?"

"어? 아니야. 우엉 졸여야 되지?"

리윤은 재빨리 화제를 바꿨다. 이쯤에서 화제를 바꾸지 않으면 안 될 것만 같았다.

김밥 재료가 끝이 나고 리윤은 유 여사를 집으로 들여보냈다. 이제 해 봤자 가게 뒷정리만 하고 남은 김밥 세 줄을 파는 게 전부인데 굳이 엄마까지 가게에 있을 필요는 없었다. 그리고 종일 오전에 했던 엄마의 말과 그때의 표정이 마음에 걸렸다.

심란한 마음으로 정리를 하고 있는데 가게 문을 열고 이준이 들어왔다.

"아직 닫은 거 아니지?"

"어."

하루 만에 뭔가 둘 사이의 공기가 어색해졌다. 당당하게 감정을 내뱉었던 리윤마저 어색함에 공연히 방금 전에 닦았던 싱크대 위를 행주질만 연거푸 해 댔다.

"김밥?"

"어."

"잠깐 기다려."

리윤은 혹시나 싶어서 냉장고에 넣어 뒀던 재료 몇 가지를 꺼냈다. 꼭 랑이를 먹여야지 했던 건 아니지만 꺼내고 보니 재료가 딱 랑이를 위한 거였다.

"랑이는?"

"집에."

"혼자 있이도 돼?"

"어, 잘 있어."

"기특하네."

"영원한 친구 있잖아."

"누구……?"

"뽀로로. 아무도 못 이겨, 걔는."

어른스러운 랑이는 왠지 만화는 보지 않을 것 같았는데 이럴 때는 영락없는 다섯 살 꼬마구나 싶었다.

"랑이 보고 싶다."

생글생글 웃는 얼굴이 갑자기 보고 싶어졌다. 볼록한 볼을 슬쩍 잡을 때의 그 느낌이 너무도 좋았다.

"김밥 사서 다른 데 갈 거는 아니지?"

"다른 데 어디?"

"아니, 집으로 바로 갈 거냐고."

"어."

"그럼 나도 같이 가면 안 돼?"

주방에서 들리는 리윤의 목소리에 이준은 미간을 찡그렸다. 리윤의 자그마한 머리가 삐죽 이준을 돌아봤다.

"안 돼?"

"우리 집에 가겠다고 한 거 맞아?"

"어."

너무도 당당하게 그렇다고 대답하는 리윤을 이준은 한숨을 내쉬면서 물끄러미 쳐다봤다. 대체 무슨 생각으로 저러는 건지 분간이 가지 않았다. 인간적으로 좋다고 한 건지, 아니면 그 이상이었던 건지…… 사실 바보가 아닌 이상 묻지 않아도 알 수 있었지만 그렇다고 확인도 하지 않은 채 이대로 어정쩡하게 지낼 수는 없었다.

"공리윤."

"왜?"

"좋아한다는 말, 그거 여자로서야?"

돌리지 않고 단도직입적으로 물었다. 리윤은 김밥을 다 싸서 다른 싸 둔 것과 함께 들고 나오면서 이준과 눈을 맞췄다. 그리고 명확하고 또렷한 목소리로 말했다.

"내가 남자 사이준을 좋아해."

말을 하면서 리윤은 다시 한 번 제 감정이 하는 말에 확신을 가졌다. 어쩌면 오래전 첫사랑을 시작했을 때부터 주욱 이 감정은 끊어지지 않았던 걸지도 모른다. 다른 남자들을 만나 사랑한다고 말했을 때도 그건 진심이었다. 하지만 그 사랑이 끝났을 때마다 크게 좌절하거나 죽을 만큼 힘들지 않았던 건 기다리고 있는 사랑이 있어서가 아니었을까.

"내가 좋아한다고."

이준의 앞에 김밥을 놓으면서 리윤은 한 번 더 말했다.

"후우."

이준은 대답 대신 땅이 꺼져라 한숨을 내쉬었다. 그리고는 제 머리를 한 손으로 쓸어 넘기며 고개를 숙였다.

"내 감정이야. 책임질 이유도 동조할 이유도 없어. 그걸 바라지만 그건 어디까지나 내 마음인 거야. 부담 갖지 마. 아니다, 부담은 좀 가져야겠다."

사랑이 아니라고, 오랜만에 만난 어린 시절 짝사랑에 대한 애틋함이 헷갈리는 거라고 해도 좋았다. 지금은 그렇게라도 다른 곳에 감정과 생각을 쏟아야 했다. 아무나도 아니고 사이준이라, 그래서 더 좋다.

"나 가도 돼?"

"어디를?"

"랑이 보러."

"아니, 안 돼."

단호한 표정으로 이준이 리윤을 막았다.

현관문을 열고 들어가자마자 리윤은 랑이의 이름을 크게 불렀다. tv를 보던 랑이가 반가운 목소리에 소파에서 폴짝 뛰어 내려와 리윤에게 쪼르르 달려와 안겼다.

"아줌마 나 보러 온 거예요?"

"어, 랑이가 너무 보고 싶어서 아빠한테 가겠다고 졸랐어."

이산가족 상봉이라도 하는 것처럼 둘이 얼굴을 마주 보며 눈을 떼지 못했다. 대체 언제부터 친했다고 저러는 걸까.

"오늘도 재미있게 놀았어?"

"오늘은 인준이랑 싸웠어요."

"왜?"

"인준이가 놀렸어."

"뭐라고?"

"못생겼다고. 그래서 내가 소리 질렀어요."

"인준이는 사람 보는 눈이 없구나. 나는 지금껏 본 다섯 살 중에 랑이처럼 예쁜 애는 본 적이 없어."

"진짜요?"

"내가 거짓말하는 거 본 적 있어?"

랑이는 고개를 세차게 저었다. 입술을 꾹 다물고 고개를 젓는 모습이 인형처럼 앙증맞고 귀여웠다.

"뭐 보고 있었어?"

"뽀로로."

"재미있겠다."

"같이 볼래요?"

"좋아."

랑이는 리윤에게 고사리 같은 손을 내밀어 잡고는 tv 있는 쪽으로 데리고 갔다. 이준은 여전히 현관 앞에 서서 멀뚱히 두 여자를 쳐다보고 있었다.

"나 신경 쓰지 말고 할 일 해요."

리윤이 현관 쪽을 힐끔 보며 말했다. 이준은 피식 웃고는 주방으로 들어가 싸 온 김밥을 접시에 담았다. 자연스럽게 밥상을 차리는 그를 보면서 리윤은 안쓰러운 웃음을 지었다. 그래도 포장해 온 그대로 주지 않고 접시에 담아내는 수고를 하는 그가 제법 아빠다워 보였다.

"랑이 배 안 고팠어?"

"고팠어요."

"잠깐, 물 좀 마시고."

"네."

주방으로 걸음을 옮긴 리윤은 천천히 집 안을 둘러봤다. 아이 키우는 집치고는 뭐가 없어도 너무 없었다.

"왜 이렇게 허전해?"

"뭐가?"

"랑이 장난감도 별로 없고 그냥 혼자 사는 남자 집 같잖아."

언젠가 갔었던 친구 집과는 달랐다. 아이 하나만 키워도 집 전체가 아이 물건으로 넘쳐 난다고 했었다.

"그래도 잘 놀아."

"당연히 잘 놀겠지. 근데 장난감이 많으면 더 잘 놀걸? 랑이 데리고 마트 좀 가야겠다."

"그러지 마."

숟가락을 챙기면서 이준은 무거운 목소리로 말했다. 그의 표정은 어딘지 더 묵직하게 가라앉은 느낌이었다.

"왜 그래?"

"뭐가?"

"소심하고 겁 많고 쓸데없이 생각이 많아 보이잖아. 사이준답지 않아."

"많은 게 변했으니까."

이제 더는 장난꾸러기로 살았던 사이준으로 살 수는 없었다. 나이도 먹었고 책임져야 할 아이도 있었다. 많은 일을 겪으면서 그는 주변에 견고한 벽을 쌓기 시작했고 그 안으로 스스로 들어가 눈만 빠끔히 내밀고 살게 됐다. 불편한 건 없었다. 일을 해서 돈을 벌고 그 돈으로 랑이가 원하는 걸 해 주면서 둘이 나름대로 행복했다. 지금의 행복을 굳이 망가뜨리고 싶지는 않았다.

그런데 여전히 변하지 않은 어린 시절과 똑같은 모습의 공리윤이 자꾸만 견고한 벽을 허물고 들어오려고 했다.

"뭐가 변했는데?"

어느새 식탁에 앉은 리윤이 눈을 굴리며 물었다.

"나."

"그래, 나이 들어서 옛날만큼 멋있지는 않다. 이제는 아저씨야."

뭐가 두려운 건지 리윤도 모르지 않았다. 리윤도 겁이 나는 건 마찬가지였다.

"내가 뭐 하자는 거 아니야. 그냥 내 마음이 그렇다는 걸 말해 준 거야. 뭘 하자고 할지도 모르지만, 사실 그건 아직 나도 잘 모르겠어. 그래도 뭘 하자고 하기 전에 내 마음이 어떻다는 정도는 알려 줘야 하는 거잖아."

"보통은 좋아하면 그 다음이 하고 싶어지거든."

"그렇겠지."

"네 나이가 마냥 좋아하기만 할 수 있는 나이는 아니야."

"알아."

"이것저것 따지고 재고, 그러고 나서 네 판단에 확실한 믿음이 생겼을 때……."

"그냥 하면 안 돼?"

리윤은 미간을 좁히며 말했다.

"마음이 움직이는 대로, 그냥 내가 하고 싶은 대로 그렇게 하면 안 돼? 지금까지 나, 연애 많이 했어. 할 때마다 재고 따지고, 그것도 다 했고. 그런데 재고 따지는 게 결국엔 다 내가 하고 싶은 것만 보고 보여 주고 하더라."

잘생긴 남자는 성격이 모났어도 얼굴이 저 정도면 괜찮다 하고 넘어갔었고, 성격은 나무랄 데 없는 남자는 사실 같이 다니기 부끄러웠지만 나한테 잘하니까 하고 넘어갔었고, 조건 같은 거 따지지 않고 사귀었던 남자도 끝나고 생각해 보면 결국은 내가 좋아하는 것만 따져서 그것만 보고 만났던 거였다.

"결혼 한 번 했고, 이혼했고, 아이가 있는 거? 그거 말고 내가 알아야 하는 게 또 있으면 지금 말해."

리윤은 심플하고 간단하게 상황을 정리하고 있었다. 그냥 좋다는 거였다. 그냥. 단순하게 좋아하는 감정이 생겼고 그래서 사귀고 싶어, 하고 말하던 지금보다는 어리고 순수했던 그 시절이 이준도 그리웠다. 그렇다고 랑이의 존재를 외면하고 싶지는 않았다. 자유롭게 연애를 하던 그 시절과는 비교도 할 수 없는 행복이 있었다. 그건 랑이 때문이었고, 랑이가 있기 때문에 가능한 거였다.

"혹시 전부인하고 재결합할 가능성 있어?"

이준은 생각지 못한 리윤의 물음에 결국 피식하고 웃음을 터트렸다.

"그것만 아니면 생각해 볼 수 있는 일이잖아. 내가 좋아한다고 고백했다고 해서 당장 나랑 사귀자는 것도 아니고……. 지금 같은 얘기 반복하고 있는 거 알지? 내가 내 마음 고백하는데 이렇게까지 구구절절 설명해야 돼? 왜 시작도 하기 전에 납작 엎드리는 느낌이 들지?"

"납작 엎드린 거 맞아?"

"어, 나 지금 눈치 엄청 보고 있어."

"변한 건 내가 아니라 너 같다."

"변했다고? 내가?"

"어, 당당하고 자신감 있고……."

이준은 말을 끝맺지 않고 김밥 끄트머리만 내려다봤다. 언제나 자신만만했던 사이준이 나약하게 어깨를 내려뜨리고 있는 게 리윤은 짜증 났다. 어린 시절과 달라진 거 없이 똑같은 사람은 별로 없겠지만 그래도 같은 사람인가 의심스러울 정도로 변하는 건 싫었다.

어릴 때 모습이 거의 사라졌다. 무엇이 그를 이렇게 만들었을까. 당당하고 당찼던 사이코 사이준의 모습은 어디 간 걸까. 동네에서 가장 잘생기고, 가장 멋있고, 가장 장난꾸러기였던 사이준은 대체 어디로 갔을까.

"또?"

"어?"

"자신감 있고, 그다음은 뭐냐고."

눈을 반짝이며 묻는 리윤에게 이준은 마음속에 떠오르는 말을 해 주고 싶었다. 무엇도 걸리지 않고, 무엇도 계산할 것 없이 그냥 내뱉고 싶었다.

예쁘다고, 근사하다고, 멋있다고.

"나도 김밥 먹고 가도 돼?"

"어."

"사랑, 우리 김밥 먹자."

tv를 보던 랑이는 입술을 길게 늘어뜨리며 소파에서 폴짝 내려와 식탁으로 뛰어왔다. 얼른 오라는 말을 기다리고 있었던 것처럼 내내 주방에 있는 이준과 리윤에게 신경을 곤두세우고 있었으리라. 주방으로 달려온 랑이는 리윤의 옆자리 의자를 두 손으로 빼더니 그 위에 사뿐히 올라앉았다. 언젠가부터 리윤에게 관심을 갖기 시작했고, 어느 순간부터 리윤을 많이 좋아하고 있었다.

"우리 랑이, 많이 먹어."

리윤은 랑이 앞에 있는 앞접시에 김밥을 하나씩 옮겨 줬다. 랑은 능숙한 젓가락질로 김밥을 집어 입으로 가져가서는 눈이 보이지 않게 웃으며 맛있게 먹었다. 랑을 보는 리윤과 리윤을 보는 이준의 시선이 뽀얀 식탁 등 아래에서 묘한 감정들로 뒤섞였다.

"우리 랑이는 젓가락질도 진짜 잘한다."

"내가 우리 유치원에서 제일 잘해요."

으스대는 랑이가 귀여웠다.

"김밥 다 먹고 우리 뽀로로 보자."

고개를 힘주어 끄덕이고는 랑이는 허겁지겁 김밥을 입에 밀어

넣었다. 그 모습이 사랑스러우면서도 짠했다. 아이에게 저녁을 제대로 해 주고 싶다는 생각도 들었다. 허전한 이 집에서 둘이 마주 앉아서 김밥을 먹는 걸 상상하니까 리윤은 가슴이 아팠다.

"아줌마가 다음에 맛있는 밥 해 줄게."

"아줌마는 요리사예요?"

"응?"

"김밥도 잘하고 밥도 하고. 그럼 요리사잖아요."

"요리사는 아닌데 그래도 하면 맛있기는 해."

"우와."

랑이가 눈까지 빛내며 리윤을 바라봤다. 이번에는 리윤의 어깨에 힘이 들어갔다.

"아빠는 뭐 좋아해?"

은근히 랑이에게 이준에 대해 묻는 리윤이었다.

"아빠는 김치 좋아해요."

"아, 김치 좋아하는구나."

리윤이 슬쩍 이준에게로 고개를 돌렸다. 이준은 어깨를 으쓱거리며 물었다.

"김치는 못하나?"

자존심이 상했지만 어쩔 수가 없었다. 그렇게 난이도가 있는 건 아직 무리였다. 사실 옆에서 돕기만 했지만 해 본 적은 없었다.

"우리 아빠는 라면도 좋아해요."

"그래? 그건 내가 전문이야. 아줌마 라면 진짜 잘 끓여."

"우와."

랑이의 두 번째 감탄사에 민망했지만 뻔뻔하게 어깨를 치켜세웠다. 랑이는 의자에서 폴짝 내려와 리윤의 손을 잡아끌었다. 거실로 나가면서 리윤은 이준을 쳐다봤다. 그가 다정한 눈빛으로 리윤을 바라보고 있었다. 리윤은 이렇게 이 집에서 같이 산다면 어떨까, 하는 상상을 그 순간 해 봤다. 상상만으로도 가슴이 뛰었다. 한참을 앞서간 상상이지만 이미 마음은 이성보다 몇 발자국은 앞서서 달려 나가고 있었다.

랑이는 한참이나 리윤과 놀다가 스르륵 잠이 들었다. 리윤은 잠든 랑이를 안아 침대에 눕히고 이불을 덮어 준 후 가슴을 토닥였다.

"잠들었어, 그만 나와."

"어."

리윤은 랑의 볼에 입을 맞추려다가 망설였다. 혹시라도 새근새근 잠든 아이가 깰까 봐 조심스러웠다.

"해도 돼."

"깰까 봐."

"아니, 더 잘 잘걸?"

이준에게서 랑이에게로 시선을 옮긴 리윤은 입술 대신 손으로 아이의 뺨을 어루만졌다. 그리고 나지막이 속삭였다.

"일어나서도 신이 날 정도로 진짜 진짜 좋은 꿈 꿔."

기도처럼 아이에게 그 말을 해 주는데 가슴이 뜨거워졌다. 눈시울이 시큰해지며 눈물까지 핑 돌았다. 정확히 알 수 없는 감정이었다. 뒷걸음질을 치며 조심스럽게 방에서 나온 리윤은 방금 전까지 문 앞에 있던 이준이 보이지 않아 집 안을 두리번거렸다.

그를 찾아다니다가 TV 옆에 있는 작은 액자에 시선이 꽂혔다.

리윤은 허리를 굽혀 액자를 들어 올렸다. 안에는 무릎을 굽힌 채 랑이와 시선을 맞춘 채 환하게 웃고 있는 이준이 있었다. 밝은 빛에 감싸인 두 사람은 보는 사람마저 행복하게 만들었다. 랑이는 보통의 아이처럼 해맑았고 아이를 보는 이준도 걱정이라고는 하나도 없는 얼굴이었다.

"닮았다."

"나 많이 닮았지?"

이준이 어느 틈엔가 리윤의 옆으로 다가왔다.

"잘 몰랐는데 사진으로 보니까 웃는 게 닮았어. 옆모습만 나왔는데도 둘이 닮은 걸 알겠어."

리윤에게서 액자를 받아 들며 이준이 입꼬리를 올렸다.

"생긴 것부터 하는 짓까지 나를 많이 닮았다고 그러더라."

"누가?"

"어머니가."

"원래 첫 딸은 아빠 닮는대. 그래야 잘 산다고 그러더라."

"누가?"

이번엔 이준이 리윤에게 물었다.

"우리 엄마가."

"그래, 가끔 보면 아저씨 닮은 거 같아."

"우리 아빠 기억나?"

"어렴풋이."

"고맙네, 우리 아빠를 기억해 주는 사람이 또 있어서."

리윤은 소파로 걸어가 핸드폰을 집어 들었다.

"가려고?"

"어."

"커피 한 잔 마시고 가."

조금 전까지 아무렇지도 않았는데 그때부터 심장이 두근거리기 시작했다. 랑이가 없는, 물론 방에서 자고 있기는 하지만, 늦은 시간에 이준이 사는 집에서 이준이 끓여 주는 커피를 마신다는 건……

"따뜻한 게 낫지?"

"어?"

"아이스로 줘?"

"아, 아니, 어."

혼자서 한 불순한 상상에 리윤은 당황해서 말까지 더듬었다.

"아이스로 달라는 거야?"

"어, 얼음 왕창 넣어서."

속에서 훅 하고 뜨거운 게 솟구치는 듯했다. 손부채질까지 해 가며 리윤은 달아오른 숨을 가라앉혔다.

"기다려, 얼음 왕창 넣어서 줄게."

이준이 피식하고 짧게 웃었다. 리윤이 무슨 생각을 하는지 다 보이는 것 같았다. 때가 묻지 않은 어린 시절 그 모습 그대로였다. 지금까지도 무슨 생각을 하는지 한 5초만 들여다보면 알 것 같았다. 그녀의 씰룩거리는 눈썹이, 그녀의 거짓 없이 투명한 눈이, 그녀의 시시각각 변하는 붉은 뺨이 다 말해 주는 듯했다. 어릴 때 잡아 봤던 말랑말랑 보드랍던 열네 살 리윤의 손의 감촉이 지금도 가끔 생생하게 기억날 때가 있었다.

"서 있지 말고 와서 앉아."

헛기침을 하며 리윤이 식탁 의자를 빼고 앉았다. 부드러운 공기가 맴돌던 집 안에 갑작스레 어색하면서도 숨 막힐 듯한 뜨거운 공기가 도는 것 같았다. 턱 아래까지 차오른 숨이 당장이라도 입 밖으로 훅, 하고 나올 것 같아 제대로 숨을 쉬기가 어려울 지경이 었다. 리윤은 살포시 고개를 돌리고 재빠르게 숨을 몰아쉬었다.

"긴장 돼?"

"어?"

미처 다 내뱉기도 전에 이준이 장난기 가득한 얼굴로 알은체를 했다.

"그럴 거 없어. 애 자는 집에서 나 좋다고 하는 여자한테 이상한 짓 할 만큼 미친놈 아니야."

"내가 좋다고 하는 건 접수했나 봐?"

정곡을 찌르자 이준은 모른 척하며 고개를 돌려 버렸다.

"마셔."

얼음이 동동 뜬 시원한 커피를 리윤 앞에 놔 주고 이준은 제 커 피를 잔에 담았다. 식탁 위에 오렌지빛 조명이 리윤 얼굴에 은은 한 그림자를 만들어 냈다. 목이 탔는지 벌컥벌컥 커피를 마시는 리윤을 보며 이준은 또 살며시 미소를 지었다.

자꾸만 리윤을 보면 웃음이 났다. 솔직히 생각만 해도 그랬다. 웃음 짓게 하고 생각나게 하고. 공리윤을 다시 만난 후로 세차게 고개를 젓는 게 한두 번이 아니었다. 하지만 그럴 때마다 누군가 그러면 안 된다고 브레이크를 거는 것 같았다. 생각을 해도 안 되 고 다른 감정을 품어도 안 된다고 쉬지 않고 말하는 듯했다.

"뭔가 다른 것 같아."

가만히 커피를 마시던 리윤이 입술을 떼며 말했다.

"뭐가?"

"지금, 같이 있는 이 순간 느낌이 다른 것 같다고. 아니, 달라."

확신에 찬 어조로 리윤은 그렇게 말하며 이준에게 시선을 던졌다. 그 시선을 오롯이 받아 내는 것만으로도 이준은 벅찼다. 다른 생각 같은 건 할 수가 없었다. 그냥 리윤의 시선에 붙잡힌 채로 머릿속에서 아무리 다른 소리가 방해를 해도 전혀 들리지 않았다. 커피를 마시고 가라고 한 건 리윤이 아니라 이준 자신에게 위험했다.

"데려다줄게."

"벌써 가라고?"

"가려고 했었잖아."

"커피 마시고 가라며."

수줍게 눈을 내리던 리윤은 사라졌다. 당당하게 다리까지 꼬아 가며 리윤이 느릿느릿 커피를 마셨다.

"겁나?"

리윤의 물음에 이준은 아무 말도 하지 않았다.

"나도 겁나. 그래도 할래."

"하기는 뭘 해."

"내 마음이 시키는 대로 할래."

그건 선전포고였다. 이준에게도, 그리고 리윤 자신에게도. 서로를 마주한 흔들리는 눈빛을 붙잡으며 리윤이 다시 한 번 이준에게 고백했다.

할머니 댁에 가는 토요일 오전, 랑이는 제 몸집만 한 가방을 챙겨 들고 김 여사 차에 날름 올라탔다. 안전벨트를 매 주는 김 여사를 보면서 랑이는 하고 싶은 말이 있는 얼굴을 해 보였다.

"우리 랑이 할머니한테 할 말 있는 것 같은데?"

"어떻게 알았어요?"

"할머니는 사랑 박사거든."

김 여사는 랑이가 먼저 말을 꺼내기를 기다리면서 천천히 차를 출발시켰다. 동네를 빠져나와 제법 한적한 도로를 달리자 랑이는 귀여운 목소리로 차분히 말했다.

"할머니."

"응?"

"우리 아빠한테 용기가 생겼으면 좋겠어요."

"그게 무슨 말일까?"

"아빠는 용기가 없어서 시작하는 법을 잊어버렸대요."

며칠 전 리윤이 다녀간 날, 이준은 긴 한숨과 함께 속마음을 내비쳤었다. 랑이가 잠이 든 줄 알고 그랬겠지만 사실 랑이는 얼마 지나지 않아 잠이 깨 버렸었다. 이준이 했던 말을 전부 이해할 수는 없었지만 그가 내쉬었던 한숨이 그날 밤 랑이를 쉽게 잠들지 못하게 했었다.

"랑이 아빠는 뭐가 시작하고 싶었는데?"

"몰라요."

슬쩍 돌아본 랑이의 옆모습이 꽤나 진지하고 어두워 보였다. 김 여사는 제 또래보다 어른스러운 랑이가 신경 쓰였다. 더불어 어린 딸과 단둘이 살면서 예전과 다르게 밖으로 나오려고 하지 않는 아들도 마음에 걸렸다.

"랑이 슬퍼?"

"네. 아빠가 웃었으면 좋겠어요."

"그래, 할머니도 아빠가 많이 웃었으면 좋겠다."

너무 어린 나이에 결혼이라는 걸 한다고 했을 때, 속으로 심장이 내려앉는 것 같았다. 하지만 스무 살이 된 이후로 네 인생은 네스스로 책임지며 살아야 한다고 가르쳤기에 그저 묵묵히 아들의 뜻을 따라 줬다. 아들이 후회할 거라는 걸 알았지만 절대 내색하지 않았다. 노파심일 거라고 밤마다 속을 달래고 다독였다. 하지만 얼마 가지 않아 걱정이 현실이 됐고 가슴은 무너져 내렸다. 랑이를 보면서, 일어서려 애쓰는 아들을 보며 또 한 번 아무렇지 않은 척 웃어 줘야 했다.

지금도 여전히 랑이는, 그리고 아들 이준은 아픈 손가락이었다. 못 보면 못 보는 대로, 보면 보는 대로 속상했다. 둘이 잘 살아내고 있는 게 기특하면서도 아직 한창 젊은 나이인데 랑이만 보며 사는 게 안쓰러웠다. 그리고 엄마 없이 자라는 랑이는 웃는 얼굴만 봐도 속이 아팠다. 다섯 살밖에 안 된 아이가 어른 같은 말을 하는 게 다 어른들의 잘못인 것만 같아서 미안하고 또 애처로웠다.

"근데 리윤이 이모하고 있으면 아빠가 많이 웃어요."

"리윤이 이모?"

"김밥 이모요."

재잘재잘 옆에서 리윤에 대해 떠들기 시작한 랑이는 금세 다섯 살 꼬맹이의 모습을 하고 있었다.

"돈가스도 엄청 맛있었어요."

"그래?"

"나는 이모가 좋아요."

"우리 랑이한테 좋아하는 이모가 생겼구나."

"이모도 랑이가 좋대요. 그리고 아빠도."

"응?"

"이모가 아빠 좋다고 했어요."

핸들을 잡은 김 여사의 얼굴에 알 수 없는 표정이 어렸다. 집에 도착할 때까지 랑이는 김밥 이모에 대해 쉬지 않고 떠들었다.

랑이가 할머니 집에 갔다는 걸 알고 리윤은 이준에게 술 한잔 하자며 불러냈다. 이준은 할 일이 있었지만 굳이 말하지 않았다. 내키지 않는 척, 제법 귀찮다는 표정을 지으며 거만하게 앞자리를 지키고 있는 이준에게 리윤은 아랑곳하지 않고 술잔을 부딪쳤다.

"짠."

고백 이후로 이준은 흥이 사라져 보였다. 왠지 괜찮지 않은 척, 심각한 척하는 것 같았지만 리윤은 크게 신경 쓰지 않았다. 그럴 수록 아무렇지 않은 척하며 더 웃고 더 떠들고 했다.

"랑이는 주말마다 할머니한테 가는 거야?"

"별일 없으면."

"왜 같이 안 살아?"

"나이가 몇인데 같이 살아?"

"그래도 힘들잖아."

"힘들다는 생각 별로 안 들어."

"하긴 랑이가 힘들게 하고 그러는 애는 아니니까."

랑이에 대해 많은 걸 아는 건 아니지만 지금까지 본 랑이는 어른스럽고 똑똑했다. 타인을 배려할 줄도 알고 제 감정을 애써 감출 줄도 알았다.

"그냥 아이처럼 굴면 좋을 텐데."

말을 하면서 이준을 쳐다봤다. 그의 표정이 어떻게 변하는지 알고 싶었다. 하지만 그는 술잔을 들어 마실 뿐 아무것도 짐작할 수 없게 했다.

"내가 묻는 거 싫어?"

"뭐가 알고 싶은데?"

"현재의 상황."

"어떤?"

"말하고 나니까 욕심이 생겼어."

그날 밤에도 그렇게 금방 커피만 마시고 오고 싶지는 않았다. 하지만 외면하고 망설이는 이준을 더 압박할 수는 없었다.

"그럴 거라고 했잖아."

고백하고 나면 상대방 마음이 알고 싶고, 그다음엔 그 마음이 갖고 싶고, 그다음으로는 혼자가 아닌 둘이 무언가가 하고 싶은 거였다. 그게 당연한 거고 사람 마음이 그랬다. 하지만 이준은 선뜻 그렇게 해 줄 수가 없었다.

"랑이 엄마는 어떤 사람이야?"

"글쎄."

예쁘고, 자기주장이 확실하고, 언제나 밝고 흥이 많은 사람이었다. 당차고 시원한 그 성격이 마음에 들었다. 좋아하는 건 좋다고 자신 있게 말했고 싫은 건 그 앞에서 바로 싫다고 할 줄 아는 사람이었다. 처음에는 비슷한 게 많아서 끌렸었다. 같이 있으면 즐거웠고 무엇이든 할 수 있을 것 같았다. 아니, 원하는 건 다 해 주고 싶었고 또 해 줘야만 했었다. 그게 전혀 부담스럽지 않았다. 웃는 그녀가 좋았다.

"다른 누구보다 자신이 가장 중요한 사람이야."

배려는 처음부터 없었다. 어쩌면 배려하지 않는 그 모습을 당당함이라 착각하고 있었던 건지도 모르겠다.

"그러니까 아이를 두고 떠났겠지."

"마음고생이 심했겠다."

"랑이 키우느라 내 마음 돌볼 시간은 없었어. 그나마 다행이라고 해야 하나?"

이준은 술잔을 비우고 다시 잔을 가득 채웠다. 그의 잔이 비워질 때마다 리윤은 덩달아 속이 허해지는 기분이었다.

"기특해."

"뭐가?"

"랑이 이쁘고 건강하게 잘 키워 냈잖아. 둘이서도 힘든 일인데 혼자서 애 키우는 건 엄청 힘든 일이었을 거야."

한창 젊은 시절, 어두컴컴한 터널에 갇힌 기분이지 않았을까 리윤은 감히 상상해 봤다. 암담했을 거고, 꽤나 비참했을 거다. 대체 뭐가 그렇게 잘나서 이 남자를, 그리고 그 예쁜 랑이를 두고 떠날 수 있었을까.

"사랑이 집에 있는데 사랑을 찾아 떠났어."

"응?"

"죽어도 그 남자랑 살고 싶다더라."

리윤은 너무 놀라서 아무런 말도 못 하고 그저 입만 떡 벌리고 있었다. 그 앞에서 이준은 태연하게 말을 이었다.

"내가 너무 좋다고 하니까, 그리고 자기도 싫지 않아서 했는데 막상 하고 나니까 재미가 없더래. 그러는 찰나에 진짜 사랑하는 남자가 나타났고 두 번 생각할 것도 없이 그 남자 따라가겠다고 하더라."

"미친년."

나직이, 하지만 이준이 들을 수 있도록 명확한 목소리로 말했다.

"그거 돌아이 아니야?"

"그런가?"

"어떻게 그런 여자한테 눈이 돌아? 눈 돈 사이준도 미친놈 아니야?"

버럭 소리를 지르는 리윤 때문에 사람들의 시선이 두 사람에게 몰렸다. 이준은 난처한 표정을 지으며 주변에 고개를 숙여 미안하다는 표시를 했고 혼자 열받은 리윤은 소주를 연거푸 두 잔 비워 냈다.

"진짜 생각할수록 열받네."

탁, 소리가 나게 소주잔을 내려놓고 리윤은 씩씩거리기 시작했다. 대신 화를 내주는 리윤이 이준은 귀여웠다.

"그런 여자는 엄마 자격 없어."

"관심도 없어."

"절대 랑이 보여 주지 마."

"보고 싶다고 하면……. 그때는 랑이한테 물어봐야지."

보여 주고 싶지 않지만 그건 어디까지나 랑이의 선택이니까 그것까지 막을 생각은 없었다. 하지만 아직도 '정아'라는 이름을 떠올리면 화가 났다. 여전히 상처는 아물지 않은 채였고 기억은 생생할 정도로 남아 있었다. 잠든 랑이를 보면 안쓰러움에 눈알이 뻐근해지고, 어쩌다 마트라도 갈 때면 다 큰 아이처럼 이것저것 카트에 담는 랑이가 짠했다. 그래서 더 화가 났고 그래서 더 용서가 안 됐다.

"랑이는 엄마 찾아?"

"아니, 말을 안 해. 그래서 더 마음이 쓰여. 아이처럼 울기도 하고 떼도 쓰고 좀 힘들게 하면 좋을 텐데 우리 랑이는 엄마라는 말을 아예 안 해."

"랑이가 좀 애어른 같기는 하지."

고개를 끄덕이며 스윽 옆을 돌아보는데 이준이 게슴츠레한 눈빛으로 리윤을 보고 있었다. 착각일 수도 있겠지만 어쨌든 보는 눈빛에서 야릇한 무언가가 느껴졌다.

"지금 내가 착각하는 거야, 아니면 의도가 다분히 들어 있는 거야?"

"뭐가?"

"날 보는 그 눈빛."

술이 사람을 달라지게 하는 건 분명히 있었다. 평소 같으면 할 수 없는 말과 행동이 술이라는 게 들어가면 달라지게 하는 힘이 있다. 술이 깬 다음 날 이불 속에서 악을 지르며 후회할지라도 지금은 술의 힘을 빌려 달라지고 싶었다.

"나 준비됐어."

"무슨 준비?"

"사이준한테 넘어갈 준비."

하지만 그렇다고 다음 날 완전히 모른 척할 자신까지는 없었다. 그런데 혼자서 너무 김칫국을 마시고······.

"가자."

이준이 리윤의 손을 잡았다. 데일 듯 뜨거운 그 손에 리윤은 숨을 훅 들이마셨다.

"나 안 쿨 해."

"알아."

리윤은 이준의 손을 잡고 자리에서 일어났다. 지금은 아무것도 생각나지 않았다. 그저 이준을 안고, 그에게 안기고 싶을 뿐이었다.

불이 켜진 현관에서부터 시작된 입맞춤이 거실을 지나 안방까지 이어졌다. 적당히 취했고 넘치게 달아올라 있었다. 서로를 찾는 손길이 너무도 다급했다. 머릿속엔 온통 한 가지만 생각났다.

오늘 아침에 속옷을 뭘 입었었지?

그런데 생각이 끝까지 가지 못했다. 아득해져 가는 정신을 가까스로 붙잡고 있을 뿐이었다. 발끝이 아릿하고 가슴은 터질 것처럼 뛰어 댔다. 뜨거운 이준의 손이 어느새 옷 속으로 들어와 가슴을 움켜쥐었다. 그는 노련했고 재빨랐다. 그를 따라 리윤도 빠르게 움직이는 게 전부였다.

"하아."

이준의 손길이 지나는 곳마다 뜨겁게 달아올랐다. 그의 몸에서 내뿜는 열기 때문인지, 아니면 리윤의 몸에서 나는 열기인지는 알수 없었다. 눈을 감은 채로 이준의 온기를 온몸으로 느끼고 있을 뿐이었다.

Rrrrrrrr.

희미하게 핸드폰 벨 소리가 들려왔다. 자꾸만 집중력을 떨어뜨리려고 했지만 이준은 크게 방해받지 않는 듯했다.

"전화 오는 거 아니야?"

하지만 리윤은 신경에 거슬렸다.

"받아."

이준은 그저 리윤에게만 집중하고 있었다.

Rrrrrrrr.

"랑이한테 온 걸지도 모르잖아."

기어이 어깨를 밀치며 몸을 옆으로 틀었다. 이준이 잔뜩 미간을 찡그린 채로 리윤을 노려봤다.

"랑이일지도 모른다고."

"랑이는 전화 안 해."

"그걸 어떻게 알아?"

"잘 시간이니까."

"아."

짧은 소리를 내고 리윤은 입술을 깨물며 어색하게 웃었다. 이준이 리윤의 양쪽 어깨를 손으로 붙잡아 제자리로 오게 했다. 그리고는 리윤의 위에서 내려와 벨 소리가 나던 거실로 나갔다. 핸드폰을 찾은 이준은 누구에게 전화가 왔었는지 확인하고는 그대로 전원을 꺼 버렸다. 그리고 소파 깊숙하게 핸드폰을 아예 감춰두고 다시 침실로 들어왔다. 어둠 속이었지만 그의 실루엣이 고스란히 보였다. 리윤은 뒤늦게 부끄러운 마음이 들어 슬며시 눈을 감아 버렸다.

이 집에 들어오기 전까지는, 아니 들어와서도 어느 정도는 그를 안고 싶은 마음이 강해서 부끄럽다는 생각을 하지 않았는데 숨을 고르고 나니 괜스레 창피했다. 그렇다고 후회가 되지는 않았다. 여전히 이준을 안고 싶고 그에게 안기고 싶었다.

"어때?"

어둠 속에서 이준이 물었다.

"뭐가?"

"여전히 원하느냐고."

리윤은 망설임 없이 고개를 끄덕거렸다. 어두웠지만 이준은 리윤의 대답을 본 것 같았다. 그가 서슴없이 침대 위 리윤에게로 다가왔다.

"이제 무르기 없어."

"왜 다른 사람처럼 느껴지지?"

웃으며 눈을 흘기자 이준은 고개를 갸웃거리며 장난스러운 표정을 지었다.

"나는 부드러운 남자가 좋은데."

"나는 좀 거칠어지는데?"

"얼마나?"

"글쎄?"

슬쩍 입술 끝을 올리며 이준이 보란 듯이 리윤에게로 다가왔다. 그가 내뱉는 숨결이 고스란히 느껴지고 말캉함이 느껴질 즈음, 리윤은 스르륵 눈을 감았다. 부드러운 이준의 입술이 리윤의 입술을 집어삼켰다. 거친 게 좋다던 그는 달콤하기만 했다. 숨 쉴 틈을 주면서 그가 리윤을 밀어붙였다.

어느새 리윤의 몸을 감싸던 시트를 걷고 그가 리윤의 몸을 매만졌다. 한껏 하늘로 솟은 가슴은 금세 이준의 손에 가려졌다. 그리고 묵직한 무언가가 리윤의 다리 사이로 파고들었다. 흠칫 놀랐지만 리윤은 이내 호흡을 가다듬었다.

꿈같은, 정말 꿈을 꾸고 있는 게 아닐까 하는 생각이 키스하는 중간중간 들 정도였다. 이런 날을 꿈꾸며 살았던 건 아니지만 왠지 꿈같아 믿기지 않았다. 사이준이었다. 어린 시절 동경의 대상이었던 첫사랑 사이준이……!

"아웃!"

이준이 리윤의 안으로 들어왔다. 동시에 리윤은 그의 어깨를 두 손으로 세게 움켜잡았다. 빠르지 않고 규칙적이면서 부드러운 그의 움직임에 어깨를 잡고 있던 리윤의 손이 스르르 풀려 버렸다. 하지만 금세 또 리윤은 이준을 붙잡았다. 손톱이 살을 파고들 정도로 힘을 주며 참느라 안간힘을 썼다.

"아!"

이준은 망설임이 없었다. 처음부터 속도를 내며 안으로 더 깊이 파고들었다. 그 아래에서 리윤은 겨우 정신을 차리고 있었다. 그와 같이 몸을 움직일수록 온몸을 자극하는 감각들이 되살아나기 시작했다. 생경했지만 짜릿했다. 아팠지만 그보다 더 해 줬으면 싶었다.

안으로 들어온 녀석은 더욱 존재감을 뽐내며 휘젓기 시작했다. 벽에 닿을 듯 끝까지 밀어붙이기도 하고 그러다 슬쩍 바람을 빼며 안달 나게도 했다. 정신을 차릴 수 없게 아찔했다. 숨을 쉬는 것도 잊어버릴 만큼 이준은 쉬지 않고 몰아붙였다. 그럴 때마다 리윤은 힘을 줘서 아랫부분을 꽉 조였다. 하지만 그럴 때마다 이준이 얼마나 더 짜릿함에 몸서리치는지 알 수 없었다.

"으윽!"

이준의 입에서도 참을 수 없는 쾌락의 비명이 터져 나왔다. 이준은 마치 살을 뚫고 나가기라도 하려는 듯이 리윤의 끝까지 닿았다 떨어지기를 반복했다. 흥건하게 땀이 나기 시작했지만 리윤의 손이 닿는 등은 서늘했다.

아이처럼 악착같이 매달리는 리윤을 좀 더 즐겁게 해 주고 싶다는 생각이 들었다. 그는 서서히 속도를 줄이며 리윤을 내려다봤다. 통증에 질끈 눈을 감고 있던 리윤이 슬쩍 눈을 떴다.

"괜찮아?"

이준의 다정한 음성에 리윤은 옅은 미소를 지으며 고개를 끄덕였다. 이준은 입술을 내려 리윤의 입술을 삼켰다. 입안을 이리저리 휘젓고 다니는 그의 혀가 또 다른 쾌락을 선사했다. 아랫부분은 이미 색다른 감각에 몸부림을 치는 중이었다. 한껏 벌리고 있던 다리를 오므려 이준의 허리를 감쌌다. 그기 더 깊이, 그리고 편하게 움직일 수 있도록 해 주며 리윤은 점차 이준과 합을 맞춰 가기 시작했다.

입안에서 돌아다니던 이준의 혀가 어느새 가슴을 물었다. 팽팽하게 선 유두를 입에 넣고 힘껏 빨아 댔다. 리윤은 참지 못하고 소리를 내지르며 고개를 뒤로 젖혔다. 하지만 이준을 밀어내지는 않았다. 그를 더욱 세게 끌어안으며 그가 더 깊이 들어올 수 있도록 했다. 이준은 힘 있게 안을 잠식해 갔다. 찢어질 듯한 고통이 어느새 짜릿하게 느껴졌다. 그의 분신이 벽에 닿을 때마다 온몸으로 뜨거운 피가 도는 것 같았다.

이준은 리윤의 다리를 손으로 벌리며 더 깊이 들어왔다. 안을 가득 채운 그의 분신이 마치 아랫배까지 올라온 것 같았다. 그렇게 이준이 빠르게 움직이기 시작했다. 더는 빠질 것 같은 느낌이 들지 않았다. 그의 움직임이 빨라질수록 리윤은 몸을 활처럼 휘며 이준을 필사적으로 붙잡고 매달렸다.

끝날 듯 끝나지 않는 격한 움직임이었다. 누구도 먼저 끝을 내려고 하지 않았다. 리윤은 거의 울 지경에 이르렀다. 피 맛이 느껴질 정도로 입술을 깨물며 버텼다. 하지만 아프지가 않았다. 끝내고 싶지도 않았다. 상반되는 감정이 혼란스러움도 없었다. 그냥 모든 게 좋았다. 안을 가득 채워 주는 것도, 아랫부분이 통증과 쾌락의 비명을 지르는 것도 마냥 좋기만 했다. 이대로 이준과의 섹스에 중독될 것 같은 예감이 들었다. 한 치의 빈틈도 없이 꽉 들어맞는 게 좋았다.

잠깐만 힘을 빼고 방심하면 이준이 더욱 세게 안으로 파고들었다. 벽에 닿을 듯 세게 부딪치며 안으로 들어온 녀석을 리윤은 밀어낼 수 없었다. 그럴수록 아랫부분에 힘을 주며 어떻게든 버텨냈다. 이준도 똑같이 느끼게 해 주고 싶어 리윤은 허리를 들어 녀석이 더 깊이 들어오도록 했다.

"아웃!"

점점 격해지는 이준의 움직임에 리윤도 거의 절정에 다다르기 시작했다. 그가 안으로 세게 밀고 들어올 때마다 이제 끝이구나 싶었지만 또 다음을 기대했다. 그렇게 끝나지 않는 사랑에 리윤의 머리칼이 땀으로 흥건하게 젖어 들어갔다.

이준은 리윤의 몸을 번쩍 들어 돌렸다. 순식간에 이준이 뒤로 가 리윤을 안았다. 어리둥절해할 틈도 없었다. 뒤에서부터 밀고 들어오며 녀석은 또 한 번 격하게 움직이기 시작했다. 이준은 손으로 부푼 리윤의 가슴을 움켜쥐었다. 마주 보고 있지 않으니 덜 부끄럽기는 했다. 리윤은 마음껏 소리를 내질렀다. 입술을 깨물며 참지 않았다. 위아래로 움직이며 두 사람은 한 몸처럼 움직였다.

그날 밤, 두 사람은 같은 움직임으로 서로를 찾아 끝없이 움직였다.

해도 뜨지 않은 이른 새벽, 리윤은 옆에서 느껴지는 따뜻한 온기에 눈도 뜨기 전에 정신부터 번쩍 들었다. 보지 않아도 옆에 알몸으로 누워 있는 사람이 이준이라는 건 의심할 것도 없었다.

"깼어?"

푸른 빛을 가르고 이준의 낮은 음성이 들려왔다.

"어."

다행히 목소리가 떨리거나 기어 들어가지 않았다.

"물 줄까?"

랑이와 있던 공간에 리윤이 들어와 있는 게 여간 이상한 게 아니었다. 어쩌다 랑이가 인형을 끌어안고 침대 속을 파고든 적은 있어도 누군가와 같이 누워 본 건 처음이었다. 그것도 공리윤이라니.

"아니."

잠이 다 달아나 버렸다. 그건 이준도 마찬가지인 듯했다. 순서가 바뀌기는 했지만 확실히 짚고 넘어가기는 해야 할 것 같았다.

"나는 촌스러운 사람이야."

"알아."

"내 감정에 책임을 져야 될 것 같아."

"책임?"

"우리…… 잤잖아."

이준이 비스듬히 리윤에게로 상체를 돌려 누웠다.

"말했잖아, 나 촌스러운 사람이라고. 어젯밤 일, 그거 같이 즐 겼으면 된 거라고 쿨하게 말해 주고 싶은데 난 그거 못 해. 내 마음은 아닌데 겉으로만 그런 척하는 거, 그거 닭살 돋아서 싫어."

"하고 싶은 말이 뭔데?"

"연애하자."

리윤은 이준과 눈을 맞추며 최대한 담백하게 말했다.

"싫으면 나하고 자는 것까지는 안 했겠지. 아무리 술을 마셔서 이성적 판단을 할 수 없었다고 해도, 설마 그냥 본능이었어? 술 취해서 막……."

눈을 댕그랗게 뜨고 다급하게 묻는 리윤에게 이준은 단호하게 대답했다.

"아니, 아니야."

"그럼?"

"자고 싶었어, 너랑."

"그게 다야?"

"너라서, 너니까, 공리윤이랑 자고 싶었어."

"그리고?"

기대에 찬 듯 눈을 빛내고 있는 리윤에게 이준은 솔직한 제 마음을 전부 드러내 놓고 말할 수가 없었다. 거칠 것 없고 겁날 것 없던 사이준은 어느새 겁쟁이가 되어 있었다.

"술 취한 네가 예뻤거든."

"흔들렸잖아. 아니다, 이미 진즉에 흔들리고 있었잖아. 아니야?"

이준은 쉽사리 대답을 하지 못했다.

"한 번만 솔직해지면 안 돼?"

"나도 뭐가 솔직한 건지 모르겠다."

이준은 팔을 들어 눈을 덮고는 긴 한숨을 토해 냈다. 그가 왜 솔직할 수 없는지, 왜 그러지 못하는지 이해했다. 하지만 그럼에도 서운한 건 어쩔 수 없었다. 사귀자고 말했지만 이준이 그다음을 묻는다면 대답해 줄 말은 없었다. 아마 가장 걱정하는 게 유여사일 거다. 여전히 아물지 않은 상처로 하루하루를 버티듯 살아가는 엄마, 그런 엄마를 불안하게 지키고 있는 리윤이었다.

그리고 그 모든 상황을 짐작하고 있는 것만으로도 두려움이 앞서는 이준이었다. 어른답지 못한 행동이었다. 만약 어젯밤으로 되돌아간다면……. 리윤은 여전히 사랑스럽고 그런 리윤을 외면하지는 못했을 거다.

"배고파."

당장 오늘 결론지을 수 있는 건 아니었다. 각자의 감정부터 되짚어 봐야 했다.

"해장국이나 먹으러 가자."

이준이 팔을 내리고 리윤을 흘깃 돌아봤다.

"왜? 뭐?"

"찝찝한 기분이 든다고 하면……."

"왜 찝찝해?"

"글쎄, 왜 찝찝할까."

감정을 들여다볼 틈도 없이 이미 소유욕 비슷한 게 생겨 버렸다. 겨우 한 번 잤다고 없던 게 생긴 건 아닐 거다. 그건 굳이 따져 보지 않아도 알고 있었다. 그저 인정하고 싶지 않았고, 인정할 수가 없어서 버틴 거였다. 그런데 결국 유치한 감정이 불쑥 튀어나와 버렸다. 그렇다고 결혼까지 해서 아이까지 있는 사람이 아직 미혼인 리윤에게 몇 명의 남자를 사귀어 봤느냐고 따질 수는 없었다. 그건 너무 속보이고 비겁해 보였다.

젠장.

"나가자."

이불을 걷고 이준이 먼저 침대에서 일어났다. 벗은 그의 몸을 똑바로 볼 자신이 없어서 리윤은 괜히 핸드폰을 찾는 척 몸을 돌렸다. 쿨한 척하고는 있었지만 미친 듯이 떨려서 파르르 떨리는 손끝을 내내 이불 속에 감춰 두고 있었다.

오랜만에 친구를 만나 친구 집에서 술 한잔하면서 놀다 들어온다는 리윤의 말에 어떻게 아는 친구냐, 다 큰 여자가 어디서 당당하게 외박을 하느냐고 따질 수는 없어서 일단 알았다고 허락을 했지만 유 여사는 쉽게 잠이 들 수 없었다.

하나뿐인 딸이라서 그럴까 여전히 아기 같기만 하고 어디 내놔도 걱정부터 앞섰다. 서른을 앞두고 있는 딸인데 아마 육십이 되도 같은 마음이 아닐까 싶었다.

언제 들어올까 기다리며 북엇국을 끓여 놓고 기다리지 않은 척 태연하게 tv 앞에 앉아 있던 유 여사는 도어락 누르는 소리에 괜히 소파에 누워 자는 척을 했다.

"뭐야, 왜 여기서 자?"

신발을 벗고 들어온 리윤이 유 여사를 발견하고는 미간을 찌푸렸다. 아마도 밤새 잠 못 자고 뒤척인 모양이었다.

"엄마."

리윤이 유 여사의 다리를 조심스럽게 흔들었다.

"으응, 왔어?"

곤하게 자다 깬 것처럼 눈을 비비며 유 여사가 일어났다.

"여기서 잔 건 아니지?"

"아니야, tv 보다가 깜빡 존 거야."

"어제 늦게 잤어? 왜 아침부터 졸아?"

"일찍 잤는데도 괜히 피곤하고 그러네. 이따 이모랑 찜질방이나 가야겠다."

스윽 리윤의 눈치를 살피고 유 여사는 기지개를 켜며 화장실로 들어갔다. 리윤이 말짱하게 들어온 걸 눈으로 확인하니 그때서야 긴장이 풀리는지 온몸이 나른해졌다. 개방적인 엄마인 척했지만 그것도 역시나 아빠가 있을 때나 유효했던 것 같다. 어린아이 같기만 한 리윤에게 좋은 짝이 생겼으면 하고 바랐다. 그러면 한시름 놓일 것 같았다. 그래야만 딸을 혼자 둬도 괜찮을 것 같았다.

"밥은?"

"먹고 왔어."

화장실에서 유 여사가 톤을 높여 묻는 말에 재빨리 대답한 리윤은 돌아서서 숨을 내쉬었다. 사람이 죄짓고는 못 산다고 하더니 틀린 말이 아니었다. 도둑질을 한 것도 아닌데 도둑이 제 발 저린 것처럼 공연히 심장이 뛰고 눈치가 보였다. 그렇다고 대놓고 혼전 순결을 요하는 부모님과 산 것도 아닌데 왜 이렇게 죄책감 비슷한 느낌이 드는 건지 알 수가 없었다.

"엄마, 나 좀 잘게."

"밤새 뭐 했는데 들어오자마자 잔다고 그래?"

"하기는 뭘 해, 그냥 수다 떨고 놀았지."

도둑이 제 발 저린다는 게 이런 걸까, 대수롭지 않게 물은 말에 얼굴이 벌겋게 달아올라서는 목소리가 커졌다. 리윤은 재빨리 방으로 들어와 문에 기댄 채로 후우, 하고 숨을 쉬었다. 숨을 고르고 침대에 벌러덩 드러누워서는 눈을 꼬옥 감았다가 번쩍 뜨기를 반복했다.

"후우."

진짜 제정신이 아니었다. 분명 귀신에 홀린 밤이었다. 그렇지 않고서는 어쩜 그렇게 다른 사람인 것처럼 뻔뻔할 수 있었을까. 제 감정에 충실해도 너무 충실했었다. 간밤에 행동들을 하나하나 되짚다 보니 자연스럽게 어젯밤 있었던 일들이 떠올랐다. 리윤은 부끄러움에 베개로 제 얼굴을 가려 버렸다.

"미쳤어, 미쳤어."

"누가?"

벌컥 방문이 열리고 유 여사가 얼굴을 삐죽 들이밀었다. 너무 놀라서 리윤은 용수철 퉁기듯 침대에서 몸을 벌떡 일으켜 앉았다.

"뭐 하는 거야?"

"뭐가?"

"무슨 일이 있었던 거 같은데?"

유 여사의 눈이 가늘어졌다. 리윤은 마른침을 꿀꺽 삼키고 다시 침대 위로 누우면서 태연한 척했다.

"엄마가 갑자기 문을 여니까 놀라서 그렇지. 왜?"

유 여사에게 얼굴이 보이지 않게 천장을 보면서 말했다. 속으로는 제발 하느님, 부처님, 온갖 신을 다 찾으며 빌었다.

"엄마 잠깐 나갔다 온다고."

"어디?"

"이모 만나러."

"어."

"밥은 알아서 챙겨 먹고."

"알았어요."

"진짜 별일 없는 거지?"

"네."

"수상한데……."

"졸려, 잘 거야."

홱 몸을 돌려 누우며 질끈 눈을 감았다. 몇 초 지나지 않아 유 여사가 방문을 닫았다. 후, 하고 단전부터 올라온 숨을 쏟아냈다.

"이래서 사람이 죄짓고는 못 산다고 했나 보네."

성인 남녀가 밤을 보냈다는 게 죄는 아니지만 부모에게는 결코 잘한 일이 될 수 없으니 죄라고 하는 게 맞겠다.

"몰라 몰라, 잠이나 자자."

불쑥불쑥 떠오르려는 생각들을 물리치고 리윤은 이불을 머리 끝까지 뒤집어썼다. 억지로 눈을 감고 생각이 나려고 할 때마다 고개를 저으며 잠을 청했다. 어느 순간 리윤은 저도 모르게 잠이 들었다.

얼마나 잤을까, 핸드폰 벨 소리에 어렴풋이 잠이 깨서는 침대 위를 더듬거려 핸드폰을 집었다.

"네."

—엄마는?

"이모?"

—잤어?

"어. 근데 엄마 이모 만나러 간다고 나갔는데?"

—그래? 작은언니 만나러 갔나?

"전화해 봐."

—안 받으니까 너한테 했지.

"진동으로 해 놨나 보지."

—알았어. 근데 넌 젊은 게 왜 이 좋은 날 잠을 자고 그러니? 쉬는 날이면 나가서 놀고 친구도 만나고 그래.

"알았어."

길어질 것 같은 잔소리에는 무조건 네네, 하는 게 답이었다. 서둘러 전화를 끊고 시간을 확인하니 1시간이 흘러 있었다. 짧은 시간에 깊고 달게도 잤다. 심리적으로나 육체적으로나 참 고단한 밤이었나 보다.

"으윽."

팔을 머리 위로 쭉 뻗어 기지개를 크게 켜고 몸을 이리저리 비틀어 뭉친 근육을 풀었다. 그리고는 핸드폰을 다시 들고 잠깐 고민하다가 이준에게 전화를 걸었다.

—어.

이제 여보세요나, 누구인지를 묻지 않고 어, 라고 받았다. 그 작은 변화에 리윤은 괜히 입술 끝이 간지러웠다.

"뭐 해?"

—그냥 있어.

"점심은?"

—아직 먹을 시간 아니야.

"그럼 점심 먹자."

—뭐?

"배고파."

짧게 이준의 웃음소리가 들렸다. 이렇게 하자, 이준은 그 어떤 결론도 내리지 않았지만 둘 사이는 이미 그 전과 달라지고 있었다. 전보다 더 가깝고, 전보다 더 애틋해졌다.

"아이스크림도 먹고 싶어."

—왜 당당하게 사 달라고 하는 것처럼 들리지?

"당당하게 사 달라고 말하는 거 맞아. 30분 후에 봐."

이준의 대답을 듣지도 않고 리윤은 일방적으로 전화를 끊었다. 끊긴 핸드폰을 보면서 이준이 어이없게 웃고 있을 거라는 확신 비슷한 게 들었다. 큰일이다. 점점 사이준이 더 좋아지고 있었다. 제 감정을 인정하고 난 순간부터 마라톤을 뛰던 두 다리가 100m 단거리를 전력 질주하기 시작했다.

점심을 먹기 위해 두 사람은 차를 타고 동네에서 조금 멀리 떨어진 곳으로 왔다. 멀리 가자고 한 사람은 없었지만 그냥 그래야 할 것 같았다. 그건 이준도, 그리고 리윤도 마찬가지였다.

"칼국수?"

"싫어해?"

"아니, 좋아해. 근데 왠지 칼국수랑은 안 어울려서."

"나도 좋아해."

드르륵, 문을 열고 들어가자 넓지 않은 식당 안은 손님들로 가득했다. 조금만 늦었으면 대기할 뻔했다. 하나 남은 테이블에 자리를 잡고 앉아서 두 사람은 칼국수 먼저 주문했다. 이준은 컵에 물을 따르고 리윤은 숟가락과 젓가락을 꺼내 이준 앞에 가지런히 놔 줬다. 냅킨을 깔고 그 위에 숟가락을 놓는 리윤을 이준은 신기하다는 듯이 쳐다봤다.

"왜?"

"그냥, 이상해서."

"뭐가 이상해?"

"숟가락을 놔 주는 너도, 내 앞에 다른 사람이 숟가락을 놔 주는 것도."

"설마 처음이야?"

"어."

"난 늘 하던 거라 익숙해. 가족끼리 먹을 때도 그렇고 친구들이랑 먹을 때도 했던 것 같아."

"남자한테 늘 이렇게 한다고?"

"남자가 아니라 그냥 밥 먹으러 오면 버릇처럼 하는 거라고. 은근히 질투 많이 하더라?"

리윤이 흘겨보자 이준은 시선을 돌리며 딴짓을 했다.

"질투심 많은 남자 피곤한데……."

연인들끼리 하는 농담을 이준에게 하면서 리윤은 이 순간을 즐기고 있었다. 마치 새롭게 연애를 시작하는 기분이었다. 어쩌면 오늘부터 시작, 이라고 말은 하지 않았지만 이미 연애를 시작하고 있는 건지도 모르겠다.

"소유욕도 엄청 강하지?"

"아니."

"아닌 게 아닌 것 같은데?"

"나온다."

고개를 돌리자 커다란 그릇을 들고 아주머니가 두 사람에게 다가오고 있었다. 칼국수 양이 어마어마했다.

"2인분 맞아요?"

"네, 맛있게 드세요."

쿨하게 인사를 하고는 아주머니가 빠른 걸음으로 테이블에서 멀어졌다. 이준은 앞접시를 가져다 한 국자 크게 덜어서는 리윤의 앞에 놔 줬다.

"이거 진짜 2인분이야?"

"맛있어서 다 먹어."

"그래도 너무 많은데? 다음에는 랑이랑 같이 오자."

"랑이가 먹으면 얼마나 먹는다고?"

"그래도 맵지도 않고 애들 먹기에 좋을 것 같아. 봐 봐, 애들이랑 같이 온 사람들도 꽤 있잖아."

주변을 돌아보는 리윤을 이준이 쳐다봤다. 맛있는 걸 먹으면서 랑이를 먼저 생각해 주는 사람은 가족이 아니고는 처음이었다. 하물며 랑이 엄마도 그렇지 않았다. 항상 자기가 먼저였다. 다행인 건 그걸 랑이가 알기 전에, 그만큼 크기 전에 떠났다는 거였다.

숟가락으로 국물을 떠먹은 리윤은 만족스러운 미소를 지었다.

"맛있다. 진짜 맛있어. 국물도 하나도 안 매워, 애들 먹기에 딱 좋아."

왜 자꾸 리윤을 보면서 단란한 가족을 떠올리는 걸까. 리윤과 랑이, 그렇게 셋이 가족이 된다면 더없이 행복할 것만 같다는 생각이 들었다. 진짜 이기적이고 나쁜 생각이다. 이래서 연애는 신중해야 했다.

"이거 먹고 랑이 데리러 가면 안 돼?"

"저녁에 데려다주신대."

"주말마다 가는 건 아니지?"

"거의 매주 가기는 해."

"하긴 한창 예쁠 때니까 하루라도 안 보면 보고 싶으실 거야."

"어."

"예뻐."

"어?"

"랑이 진짜 예쁘다고. 사랑스러운 아이야."

이준의 아이라서 그런 걸까, 랑이한테 자꾸만 정이 가고 마음이 쓰였다. 이름처럼 사랑이 많은 아이였다. 사랑받기에 충분한 아이였다.

"이름은 누가 지었어?"

"내가. 사랑 많은 아이였으면 했거든."

"잘 지었네. 진짜 보고만 있어도 좋은 아이야, 랑이는."

후루룩, 칼국수를 먹고는 만족스러운 미소를 짓는 리윤이었다. 깨작거리지 않고 먹는 게 꽤나 사랑스러웠다. 리윤은 어릴 때부터 보는 사람도 먹고 싶게 만들 정도로 아주 잘 먹는 아이였다. 가리는 것 없이 뭐든 잘 먹고, 거짓말을 하지 않았고, 감정이 얼굴에 고스란히 드러나고, 쉽게 화가 풀리는 그런 애였다. 놀리면 발끈해서 울기도 하고 금방이라도 터질 것처럼 볼이 빵빵해졌다. 그래서 일부러 더 약 올리고 그랬던 것 같다.

"이사 간 후로 내 생각한 적 있어?"

무슨 생각을 하는지 읽고 있는 것처럼 타이밍 좋게 묻는 리윤 때문에 이준은 속으로 놀랐지만 이번에도 역시나 아무렇지 않은 척했다.

"갑자기?"

"궁금해."

이준은 리윤을 빤히 쳐다봤다. 곰곰이 생각하는 척하지 않았고 그저 뚫어져라 바라볼 뿐이었다.

"했구나?"

"어."

"나 보고 싶었어?"

"어."

이번에는 뜸을 들이지 않고 바로 대답했다. 아주 솔직하게, 아주 간결하게.

"난 몇 번 울었어."

어깨를 한 번 들썩이더니 리윤이 그렇게 말했다.

"엄청 분했는데 또 엄청 보고 싶더라고. 그래서 아무도 모르게 이불 쓰고 울었어, 몇 번."

"너무 대놓고 고백하는 거 아니야?"

"어릴 땐데 뭐."

"그래도…… 떨리네."

"응?"

고개를 들어 이준을 봤을 때 이준은 고개를 숙이고 칼국수만 먹고 있었다. 그래서 그의 표정을 읽을 수가 없었다. 하지만 떨렸다는 말이 거짓말이 아니라는 건 알 수 있었다.

"그만 보고 먹어."

고개를 든 이준이 김치를 젓가락으로 집어 리윤의 그릇에 놔줬다. 마치 마음 한 자락을 나눠 주는 것 같았다. 이렇게 조금씩 나눠 주다 보면 언젠가는 전부를 주겠지, 싶은 생각이 들었다. 서두를 것 없었다. 조급해할 필요는 없었다. 오늘은 여기까지냐고 투정 부릴 것도 없었다. 이거면 충분했다.

"우리 커피도 마시러 가자."

"어."

입술을 길게 늘어뜨리면서 리윤은 시선을 내렸다. 그리고 맞은편에 앉은 이준도 같은 표정이었다. 후루룩거리는 소리만이 가득했다.

7. 닮아 가는, 아니 닮은…….

6월의 시작을 알리는 비가 시원하게 쏟아지던 저녁이었다. 아침부터 영 기운이 없어 보이던 유 여사는 저녁 장사가 어느 정도 마무리될 때쯤 먼저 들어가서 쉬겠다며 어깨를 축 늘어뜨린 채 퇴근했다. 걱정스러운 마음에 리윤은 작은이모에게 전화해서 엄마를 부탁했다. 유 여사는 내내 비 내리는 가게 밖을 멍하니 쳐다보면서 의욕 없어 하더니 결국 몸살이 나는 듯했다.

"안녕히 가세요."

리윤은 마지막 손님에게 김밥 두 줄을 싸 주고 오늘 장사를 마무리했다. 어쩐지 집에 간 유 여사가 신경 쓰였다. 지금쯤 유 여사는 작은이모와 막걸리 한 잔을 기울이고 있을 테지만 자꾸만 날카로운 바늘 끝이 신경을 건드리는 것처럼 계속해서 예민해졌다. 뚜렷한 이유는 없었다. 비가 내려서인지 그냥 그런 날이었다. 괜한 심란함에 행주질을 하는 손길이 부드럽지 못했다.

"후우."

가게 문을 열고 유정이 들어왔다.

"땅 꺼지겠다."

"지금 퇴근하는 거야?"

"어. 김밥 없어?"

"다 팔았지."

"뭐야, 맛집이야?"

"뭐 대충 그렇다고 할 수 있지."

손가락을 들어 브이를 해 보이며 리윤이 뻔뻔한 표정을 지어 보였다. 유정은 의자를 빼서 앉으며 입술을 비틀었다. 그 맞은편에 앉은 리윤이 별안간 테이블에 이마를 쿵, 소리가 나게 박았다.

"왜?"

"답답하고 싱숭생숭하고."

"그러니까 왜?"

"몰라."

"술 마실까?"

"딱히."

"노래방 갈까?"

"별로."

"걸을래?"

"귀찮아."

"그럼 어쩌라고?"

버럭 성질을 부리는 유정에게 리윤은 눈을 과장스럽게 반짝이며 애교를 부렸다.

"뭐냐, 그 부담스러운 눈빛은?"

"나 고기."

"뭐?"

"고기."

입술을 움직여 찰지게 욕을 해 주고 유정은 자리에서 일어났다. 리윤은 벌떡 일어나 가게 정리를 순식간에 끝냈다.

가게 문을 닫고 막 돌아서는데.

"둘이 뭐냐?"

초췌한 얼굴로 나타난 유성을 리윤과 유정이 안쓰러운 눈으로 바라봤다.

"너도 가자."

"어디?"

"얘가 고기 먹고 싶대."

유정이 리윤의 어깨에 손을 척, 하고 올려놨다.

"근데 넌 공부를 얼마나 했기에 얼굴이 그 지경이냐?"

"어떤 지경인데?"

"썩었어."

"아, 몰라. 공부는 더럽게 안 되고 시간은 겁나게 안 가고."

"그래, 다 먹고 살자고 하는 짓인데 너도 고기 먹자. 오늘은 이 누나가 쏜다."

결연에 찬 표정으로 유정은 한 팔에는 리윤을, 다른 팔에는 유성을 끌어안았다. 그리고는 두 사람을 데리고 걷기 시작했다.

"역시 사람은 돈을 벌어야 돼. 이거 봐, 우리 중에 얘가 제일 난 년이잖아."

"너도 벌잖아."

"나는 겨우 입에 풀칠하는 소상공업자고."

"풀칠이라도 하는 게 어디냐."

"너도 곧 하게 될 거야, 걱정하지 마."

청승맞은 둘의 대화를 가운데서 듣던 유정은 혀를 끌끌 찼다.

"맞다, 이준 형 병원 가더라?"

"병원? 왜?"

깜짝 놀란 리윤이 걸음까지 멈추고 다급하게 물었다.

"딸이 다쳤대."

그 말이 끝남과 동시에 리윤은 눈 깜짝할 사이에 뛰어갔다. 순식간에 멀어지는 리윤을 유정과 유성은 어리둥절한 표정으로 쳐다봤다.

"방금 뭐야?"

"몰라."

어느새 시야에서 사라진 리윤을 유정은 생각이 많아진 얼굴로 끈질기게 바라봤다.

일단 큰길로 달려 나와 이준에게 전화를 했다. 받지 않는 그에게 계속 전화를 하면서 택시를 잡아탔다. 그리고는 가장 가까운 대학 병원에 가 달라고 했다. 그렇게 세 번 정도 걸었을 때.

─어.

"어느 병원이야? 많이 다쳤어? 어디를 어떻게 다친 건데? 괜찮은 거지? 랑이 괜찮지?"

말을 하면 할수록 이상하게 심장이 빠르게 뛰었다. 핸드폰을 쥐고 있는 손끝이 떨리고 목소리가 떨렸다.

─경은대 병원이고, 턱 아래가 좀 찢어졌어. 꿰맬 정도는 아니고 지금 대기 중이야.

"왜? 어쩌다가? 아, 기사님, 경은대 병원으로 가 주세요."

—여기 오려고?

"가는 중이야."

—랑이 다친 건 어떻⋯⋯. 유성이 만났구나?

"어. 랑이 괜찮아? 많이 놀랐지? 무서워하지는 않아?"

—제발 하나씩 물어볼래? 너 때문에 머리가 더 아프다.

"미안."

후우, 하고 이준이 길게 숨을 내쉬었다. 그도 이제야 숨을 돌리는 모양이었다. 이준이 느꼈을 공포와 두려움이 리윤에게도 고스란히 전해지는 듯했다.

"괜찮아?"

—어, 괜찮아졌어.

"아니, 오빠⋯⋯ 괜찮으냐고."

사이준을 만난 후로 처음이었다, 그를 오빠라고 부른 건. 그를 처음 만났을 때부터 오빠라고 부르고 싶지 않았다. 옛날에 알던 그 동네 오빠와 동생의 모습으로는 싫었던 것 같다. 그 생각이 마음 깊은 곳에서부터 저도 모르는 사이에 자리를 잡고 있었던 건지도 모르겠다. 사이준을 만나기 전부터, 어쩌면 그와 헤어졌던 그 순간부터 사이준은 공리윤에게 그냥 아는 동네 오빠가 아니었던 게 아닐까 싶었다.

—괜찮았는데 네 목소리 들으니까 안 괜찮은 것 같다.

핸드폰을 사이에 두고 이준은 리윤의 목소리만으로도 위안을 받고 있었다. 안 되는 이유를 밤새 열 가지도 더 생각해 놨는데 겨우 목소리 한 번에 열 가지가 전부 사라져 버렸다. 언제라고 말할 수는 없지만, 어떤 일이라고 설명할 수는 없지만 그냥 리윤이었다. 공리윤 때문에 다시 심장이 뛰기 시작했다.

"거의 다 왔어, 기다려."

―리윤아.

"나는 기다리라고 하고 도망 안 가."

파르르 떨리던 리윤의 손끝이 어느새 동그랗게 말려 있었다. 붉은빛이 켜진 도로를 달리는 몇 분 동안 리윤은 속으로 다짐했다.

절대 도망가지 않겠다고, 누가 뭐라고 해도 사랑이라고, 이 사랑을 지킬 거라고.

신호 한 번 걸리지 않고 병원에 도착한 리윤은 곧장 택시에서 내려 응급실로 뛰어 들어갔다. 그리고 침대 위에 누워 있는 랑이를 발견했고 그 옆에서 아이의 손을 잡고 있는 이준을 봤다. 여전히 쿵쾅거리는 심장을 심호흡 몇 번으로 겨우 다독이고는 두 사람에게 빠른 걸음으로 다가갔다.

"랑아."

다정하게 아이의 이름을 부르자 말짱하게 누워 있던 랑이는 리윤을 보며 금세 눈물을 글썽였다. 입술을 삐죽거리며 울려고 시동을 거는 랑이를 리윤은 다가가서 두 팔로 끌어안고 다독였다.

"많이 아파?"

"엄청."

랑이는 리윤의 품에서 더욱 서러운 눈물을 쏟아냈다.

"사랑, 너 조금 전까지 안 아프다고 했잖아."

이준이 한 걸음 뒤로 물러나서 두 여자의 절절한 포옹을 못마땅하다는 눈길로 바라보고 있었다. 하지만 그 안에는 안도의 빛도 아른거렸다.

"어떻게 된 거야?"

"책상에 올라갔다가 떨어지면서 턱 아래가 찍힌 거 같아."

"큰일 날 뻔했네."

리윤의 품에서 나온 랑이는 잔뜩 겁먹은 눈으로 리윤을 쳐다봤다. 리윤은 그런 랑이 옆에 앉아 아이의 어깨를 감싸 안았다.

"꿰매야 해?"

"일단 봐야 된대."

"근데 왜 아직도 안 봐 주는 건데?"

"위급한 환자가 있어서 시간이 좀 걸린대."

"그럼 지금 랑이는 위급하지 않다는 거야?"

조금 전까지 평온했던 리윤의 목소리가 한층 격앙됐다. 침대에서 일어나려고 들썩이는 리윤을 이준이 어깨를 눌러 다시 앉혔다.

"어느 정도 지혈돼서 위급한 상황은 아니야. 그러니까 흥분하지 말고 기다려."

"그래도 아파하잖아."

"참을 수 있어요."

"랑아, 참지 마. 안 참아도 돼. 아프면 아프다고 말하고 울고 그러는 거야. 너는 울면서 떼써도 돼."

입술을 삐죽거리던 랑이가 결국은 목 놓아 울어 버렸다. 응급실에 있는 다른 사람들에게는 미안했지만 랑이의 울음에 리윤과 이준은 속으로 가슴을 쓸어내리며 다행이라고 생각할 수 있었다.

결국 다른 환자를 보던 의사가 와서 랑이의 상처를 보고는 여덟 바늘을 꿰매야 한다고 했고 그 말에 랑이는 자지러지게, 그 나이의 보통 아이처럼 울고불고 한바탕 난리를 쳤다. 하지만 정작 마취를 하고 꿰맬 때는 너무도 얌전해서 혹시 정신을 잃은 건 아닌가 몇 번이나 확인하게 했다.

길고 길었던 응급실에서의 시간이 지나고 집으로 돌아오는 차에서 랑이는 리윤의 무릎을 베고 잠이 들었다.

"아이 하나 키우는 게 보통 일이 아니구나. 아이가 아픈 것만큼 마음 졸이는 일도 없을 것 같아."

"엄마처럼 말하네."

백미러로 본 리윤은 병원에서 나와 오는 내내 랑이에게서 시선을 떼지 않고 있었다. 아이의 머리카락을 손으로 쓸어 넘기고, 아이를 보며 살며시 미소를 짓고, 그러다 한 번씩 안도하듯 숨을 내쉬기도 했다. 그가 바라던 아내의 모습이었다. 그저 셋이 단란하고 평범한 행복을 누리며 살고 싶었을 뿐이었다. 어디부터 잘못된 걸까 생각해 보면 랑이의 엄마 정아라를 만난 그 순간부터였던 것 같다. 하지만 만나지 않았다면 랑이는 없었을 테니까 후회하지는 않았다. 그저 아쉬울 뿐이었다.

"오빠가 왜 사이코였는지 알아?"

"사이코?"

"어릴 때 별명이었잖아. 설마 몰랐어?"

"그렇게 들리기는 했는데 잘못 들었나 했었지."

대답을 하면서도 이준은 심각하게 생각하지 않는다는 듯 그저 가볍게 어깨를 으쓱할 뿐이었다.

"사이코였어."

"이름이 사이준이니까."

"이름 때문만은 아니었을걸?"

리윤은 백미러로 이준과 눈이 마주치자 의미심장한 미소를 지었다.

"학교 가는 길에 나 꼬여서 문방구 앞에 있던 오락기로 신나게 게임했던 거 기억 나?"

"그랬었나?"

"어, 그래 놓고 혼자 학교 가 버리고."

분명 옆에 앉아서 같이 게임을 하고 있었는데 어느 순간 돌아보면 사이준은 없었다. 당황해서 주위를 둘러봐도 사이준의 모습은 보이지 않았다. 학교를 가던 애들도 더는 찾아볼 수 없었다. 결국 지각을 해 버렸고 놀란 리윤은 울면서 교실로 들어갔었다. 선생님에게 혼나고 집에 가서는 엄마에게 혼났다.

"지렁이 잡아서 놀다가 그거 내 옷 속에 집어넣고 도망갔던 일은 기억해?"

"내가?"

"어, 진짜 악마처럼 웃으면서."

"그거 가짜였을걸?"

"기억하네."

"네 반응이 너무 재미있었거든."

잡아먹을 것처럼 눈을 흘겨 주고 리윤은 다시 잠든 랑이에게로 시선을 돌렸다. 아이의 턱에 시선이 닿자 절로 미간이 찡그려졌다.

"거의 매일 복도에서 손 들고 있고, 선생님들한테 혼나면서도 뭐가 그렇게 좋은지 실실거리고, 체육 시간에는 날아다니고, 그런데 또 시험 보면 다 백 점만 맞고. 알아주는 장난꾸러기인데 공부도 잘해. 진짜 이해가 안 됐다니까. 어떤 애들은 귀신 들린 거 아니냐고 했었어. 아무튼 그러니까 사이코라는 별명이 붙지."

"그거 네가 붙인 별명 아니야?"

"아니야. 나 말고도 사이준이 사이코라고 생각하는 사람들이 있었다니까."

"그 나이에는 다 그렇게 장난치고 그랬어."

"지금도 그 장난꾸러기 사이준이었으면 좋겠어."

이준은 말없이 가만히 웃기만 했다.

"그냥 좋으면 좋다고 하고, 싫으면 싫다고 해. 겁이 나도 겉으로는 안 나는 척도 하고. 아니다, 그냥 겁내지 마. 이것저것 생각하고 따지고 하지 말고 이기적이고 당당하게 굴어. 그래야 어울려. 내가 아는 사이준은 그런 사람이니까 다른 사람인 척하지 마."

"무슨 말이 하고 싶어서 그래?"

"겁 많고 잘 속고 잘 울던 나는, 이제 겁 없고 잘 속지도 않고 잘 울지도 않으니까 걱정하지 말라는 말을 해 주고 싶어서."

"다 컸네."

"어, 다 커서 사랑도 하고 연애도 하고 결혼도 할 거야."

결혼……, 하고 싶어졌다. 욕심이 날로 커지고 있었다. 이준의 아내로, 랑이의 엄마로 살고 싶어졌다. 다른 건 생각나지 않았다. 지금은 그저 눈앞에 있는 이준과 랑이만 보였다. 그리고 마음에서 하는 말만 들렸다.

사랑한다고, 사랑하는 것 같다고 말하고 있었다.

잠든 랑이를 침대에 조심스럽게 눕히고 리윤은 한동안 그 곁을 떠나지 못했다. 그 모습을 이준은 방 밖에서 바라보며 착잡한 얼굴을 해 보였다.

"흉터 생기면 안 되는데……"

"턱 아래라 생겨도 안 보여."

이불을 한 번 더 꼼꼼하게 덮어 주고 리윤은 방에서 나왔다. 살짝 열어 두고 나오면서도 리윤은 걱정스러운 눈길을 보냈다.

"마취 깨면 아프다고 할 거야."

"어."

"여자는 턱 아래가 아니라 발뒤꿈치에도 흉터 같은 거 생기면 안 되는 거야."

"커피 마실래?"

"어, 한 잔 마시자."

"근데 집에는 연락한 거야?"

뭐라고 그러고 나와서 이 시간까지 있는 건지 뒤늦게 걱정이 됐다. 리윤은 식탁 의자에 털썩 앉으며 길게 한숨부터 내쉬었다.

"긴장이 이제야 풀린다."

"연락은 한 거냐고."

"어, 오늘 늦는다고 했어."

사실 유정이랑 저녁 먹고 늦을 거라고 했지 병원에 간다는 말은 하지 않았었다. 그리고 눈치 빠른 유정도 아마 알아서 둘러댔을 게 분명했다. 대신 내일 유정에게 시달릴 테지만 말이다.

"저녁은 먹은 거야?"

이준은 눈을 위로 뜨고는 한동안 생각하는 듯했다.

"그걸 그렇게 생각까지 해야 돼?"

"배는 안 고픈데 안 먹은 것 같다."

"놀라서 고픈 걸 잊은 거겠지."

리윤은 끙, 하고 일어나 냉장고 문부터 벌컥 열었다. 이제는 제 집처럼 편해 보였다.

"먹을 게 하나도 없는데?"

"장 볼 때가 돼서 그래."

"장 보면 뭐가 있는데?"

"계란도 있고 베이컨도 있고 라면도 있고."

"어머니가 반찬 해 주시는 거 아니야?"

"김치도 해 주시고 멸치도 볶아 주시고."

그러고 보니 본가에서 반찬을 가져온 지 한참 된 듯했다. 지난번 랑이를 데려다주시면서 반찬을 갖다주시지 않은 탓에 냉장고가 전보다 더 가난해진 것도 있었다.

"이거 마른김이지?"

냉동실을 뒤지던 리윤이 김을 꺼냈다. 언젠가 어머니가 지방에 다녀오시면서 사다 주신 거였다.

"아마 그럴 걸?"

"일단 이거라도 해 놔야겠다. 참기름은…… 이거 들기름인 것 같은데?"

초록색 병을 열어 코를 킁킁대더니 단박에 들기름일 걸 맞혔다.

"제법이네?"

"나 분식집 사장이야."

어깨를 으쓱하더니 이번에는 싱크대를 구석구석 뒤지기 시작했다. 그리고는 커다란 쟁반과 프라이팬을 꺼내고 빈 반찬통도 하나 꺼내서 싱크대 위에 올려놨다.

"솔은…… 없지?"

"어."

"숟가락으로 하지 뭐."

자그마한 밥그릇에 들기름을 적당히 붓더니 쟁반 위에 김을 놓고 그 위에 들기름을 바르고 소금도 적당히 뿌렸다. 그렇게 몇 번을 반복했다.

"그런 건 언제 해 봤어?"

"엄마가 시키면 했지. 아마 중학교 때부터 했을걸?"

"어머니가 상당히 현명하셨네."

"그때는 계모가 아닐까 의심하고 그랬는데 크고 보니까 배워서 남 주나 하는 생각이 들기는 하더라고. 어쨌든 이렇게 저렇게 써 먹을 수 있으니까."

태연하게 김을 재면서 리윤은 쉬지 않고 말했다. 이준은 식탁에 앉아 그런 리윤의 뒷모습을 바라보면서 얘기를 들었다. 평온하고 일상적인, 보통의 집에서 저녁을 준비하며 대화를 나누는 가족의 모습이었다.

"내가 먹고 싶은 건 내 스스로 만들어 먹을 수 있는 정도니까, 결혼하면 적어도 밥 때문에 무르자는 소리는 안 할 거야."

"할래?"

"뭘?"

"결혼."

김 위를 왔다 갔다 하던 숟가락이 잠시 멈췄다. 뒤를 돌아 이준의 얼굴을 보고 싶었지만 꾹 참았다. 대신 이준이 그런 것처럼 리윤도 대수롭지 않은 걸 말하듯이 그에게 물었다.

"무슨 의도로 하는 말이야?"

"지금 이 순간 너랑 나랑, 그리고 랑이랑 이 집에서 살면 참 행복하겠다 싶은 생각이 들었어."

"그랬다가 내가 덥석 하자고 달려들면 어쩌려고?"

"거기까지는 생각 안 해 봤어."

"그럼 생각하고 다시 물어."

"리윤아."

"우리 아직 연애다운 연애도 시작 안 했어."

"내가 연애라는 걸 하면 당연히 결혼까지 생각을 해야 돼. 지금 내 상황이……."

"알아. 그래도 남들처럼 연애하고 너무 좋으면 결혼까지 하자고."

측은지심이라고 해도 좋다. 어쭙잖은 동정심이라고 해도 할 수 없었다. 지금은 그저 사이준이 좋고, 그런 사이준과 함께하고 싶었다. 이 마음이 언제 변할지는 리윤 자신도 몰랐다. 영원할 거라고, 죽어도 함께할 거라며 헛소리를 할지도 모른다. 그래도, 그럼에도 지금은 사이준이었다.

아빠를 잃은 상실감에, 엄마에 대한 책임감에, 어딘가로 도망가고 싶은 마음에 그런 거라고 해도 아니라고 똑 부러지게 부정할 수는 없었다. 그 모든 게 다 사실일지도 모르겠다. 하지만 그 전부가 맞다고 해도 사이준 옆에 있고 싶다는 마음도 사실이었다.

"나는 지금 연애하자는 말이 먼저 듣고 싶어."

소금까지 야무지게 뿌린 김을 이제는 구울 차례였다. 앞뒤 노릇하게 구워서 갓 지은 밥에 싸서 먹으면 밥 한 공기는 뚝딱할 거다. 내일 랑이가 일어나서 아침으로 먹고 유치원에 갔으면 좋겠다.

아침부터 거울 앞에서 꽃단장을 하는 유 여사를 리윤은 잠이 덜 깬 얼굴로 마지못해 보고 있었다.

"입술이 너무 진하지?"

"어."

"그럼 이거 바를까?"

"어."

10분 전까지는 이 옷이 나을까, 저 옷이 나을까를 고민하더니 이제는 립스틱 색이 문제였다. 모처럼 보는 집안 어른들인데 너무 화려하면 남편 잃은 지 얼마나 됐다고 저러고 다니냐 할 거고, 그렇다고 너무 수수하면 혀를 끌끌 차며 안쓰러워할 거라며 유 여사는 옷도, 립스틱도 고르지 못하고 있었다.

"눈 화장 더 할까?"

"엄마."

"왜, 더 해?"

"아무도 신경 안 써."

"다 써."

"누가?"

"작은 집 할머니도 신경 쓰실 거고, 네 고모들도 그렇고 다 써, 다."

"그렇다고 그분들이 원하는 대로 다 맞출 수는 없어."

"알아."

"근데 왜 그래? 그냥 엄마가 하던 대로 해."

"그게 기억이 안 나."

사람들을 만나서 뭘 했었는지, 얘기를 할 때는 눈을 어떻게 떴었는지, 무슨 주제로 얘기를 해야 하는 건지, 웃어야 하는 건지 울어야 하는 건지 전부 다 기억이 나지 않았다. 1년의 시간이 통째로, 아니 그 이전의 시간들까지 다 날아간 듯했다. 아무렇지 않은 모습을 보이고 싶은데 그게 또 자신이 없었다. 아무렇지 않은 척해도 되는 건지, 아니면 붙잡고 엉엉 울어야 하는 건지 그것도 헷갈렸다.

"엄마가 바보가 됐나 봐."

눈 밑이 거뭇거뭇해졌다. 1년이라는 시간 동안 참 많이도 늙어 버렸다.

"되게 못생겼네."

"아니야, 엄마 예뻐."

"그래?"

"응, 내가 아는 오십 대 중에서 제일 예뻐."

"사십 대로는 안 보이고?"

거울 속 엄마에게 눈을 흘기다 리윤은 금세 어이없다는 듯이 고개를 저으며 보이지 않게 웃어 버렸다.

"너는 뭐 할 거야?"

"놀아야지."

"뭐 하고?"

"몰라. 나가 보면 뭐라도 놀 게 있겠지."

"유정이도 오늘 친구 결혼식 간다는 거 같던데?"

"내가 놀 사람이 유정이밖에 없어?"

"누구랑 놀 건데?"

유 여사의 눈빛이 묘하게 꿈틀거렸다. 리윤은 짐짓 못 본 척하며 몸을 돌려 방 밖으로 나갔다. 괜히 뒤통수가 따끔거리고 손가락 끝이 떨렸다. 부디 모든 사실을 털어놨을 때 유 여사가 너른 마음으로 받아들였으면 싶었다. 엄마는 그럴 거라고, 이기적이지만 리윤은 우선 제 마음대로 그렇게 믿기로 했다.

"리윤아!"

밖에서 부르는 소리에 한숨을 푹 내쉬고는 얼굴을 삐죽 내밀었다. 이번에는 구두를 양손에 들고 서 있었다.

"누가 보면 엄마 선보러 가는 줄 알겠어."

"선은 선이지. 이렇게 살고 있다고 보여 주는 거야. 어떤 게 나아? 이거? 아니면 이거? 이건 너무 높은가?"

흘리듯 말했지만 살고 있다는 걸 보여 준다는 유 여사의 말이 목구멍에 탁 걸려 버렸다. 아빠가 그렇게 된 후로 엄마는 가족들 모임에 일절 모습을 보여 주지 않았다. 그저 전화가 오면 아무렇지 않게 받으며 웃었지만 전화를 붙잡고 있는 엄마는 그저 얼른 끊었으면 하고 바라는 것처럼 보였다.

혈연관계로 묶여 있으니 괜찮다고 하기도, 그렇다고 너무 힘들다고 하기도 곤란했을 거다. 아빠 쪽 집안에서 연락이 오면 웃기는 했지만 여전히 슬퍼 보였고, 엄마 쪽 어른들에게 전화가 오면 웃지도 않고 마냥 슬퍼 보였다. 오늘 결혼식에 간다는 건 엄마로서 아마도 엄청난 결심을 한 게 아닐까 싶다.

"검은색."

"이게 나아? 너무 우중충하지 않아?"

"아니, 세련되고 고급스러워 보여."

작년인가 재작년 엄마 생일에 아빠가 선물했던 구두였다. 그때 엄마는 농담처럼 이렇게 예쁜 구두 신고 도망가면 어쩌냐고, 거실에서 이리 신고 저리 신으며 좋아라 했었다. 아빠는 도망가도 된다고, 금방 따라가서 붙잡을 거라고 했었다. 그 모습을 보면서 리윤은 닭살이라면서 몸을 부르르 떨었었다.

"맞다, 엄청 고급스러워 보인다."

"어, 그거 신어."

"아끼느라 신지도 못했는데 결국 남의 결혼식 가면서 신네."

구두에 겹쳐 보이는 그리운 얼굴을 향해 유 여사는 아련하게도 웃었다.

"몇 시에 들어올 거야?"

"나?"

어디를 갈지도 정하지 않았는데 몇 시에 들어올지는 당연히 몰랐다. 하지만 왠지 오늘은 늦게까지 놀면 안 될 것 같았다. 유 여사의 눈치를 살피며 리윤이 물었다.

"엄마는 밥만 먹고 올 거야?"

"아니, 끝나고 친구 만나기로 했어."

"친구? 누구?"

"있어, 옛날에 같이 계 모임 하던 아줌마."

"그럼 언제 들어올 건데?"

"내가 먼저 물었잖아."

"5시?"

"알았어."

6시라고 할 걸 그랬나 싶었지만 그건 그때 봐서 생각하자 싶어 다시금 방으로 쏘옥 들어가 핸드폰을 들었다.

[5시까지 뭐 하고 놀까?]

라고 이준에게 톡으로 물었다. 리윤은 답이 오기를 기다리면서 침대 위에 배를 깔고 누웠다.

[놀이동산.]

이라고 쓰여 있는 톡을 보고는 리윤은 몸을 일으켜 침대에 앉은 후 곧장 이준에게 전화를 걸었다.

"갑자기 무슨 놀이동산?"

—갑자기 놀이동산이 가고 싶대.

"랑이가?"

—어, 유치원에서 친구가 다녀왔다고 자랑했나 봐.

"그래? 그럼 랑이도 가야지!"

—왜 발끈하는 것처럼 들리지?

후훗, 이준의 웃는 소리가 들렸지만 딱히 부인하지는 않았다. 공연히 누군 했는데 랑이만 못 했다고 생각하면 속에서 화가 올라오는 기분이었다. 괜한 심술이라고나 할까.

"1시간 후에 출발하자."

—일 없어?

"있어도 없어. 준비 다 하면……. 아니다, 내가 준비하는 대로 갈게. 기다리고 있어."

비장한 표정으로 리윤은 전화를 끊고 옷장부터 열었다. 청바지와 움직이기 편한 셔츠를 꺼내 침대 위에 던져 놓고 서둘러 준비를 했다. 얼마 지나지 않아 유 여사가 먼저 결혼식장으로 출발하고 준비를 마친 리윤도 집을 나섰다.

창밖을 보면서 멍하게 있는 것 같았지만 랑이의 발끝은 다른 말을 하고 있었다. 까딱까딱 움직이는 게 제법 신이 나 있었다. 곁눈질로 그걸 보는 리윤의 마음도 아이처럼 즐거웠다. 왜 이 아이를 웃게 해 주고 싶은 건지 이유는 알 수 없었다. 분명 그 마음에는 이준에게 잘 보이고 싶은 것도 있었다.

하지만 그것보다는 다른 마음이 더 컸다. 랑이가 웃는 게, 그것도 눈이 안 보이도록 환하게 웃는 게 좋았다. 어깨가 축 처져 있으면 속이 상하고 신경이 쓰였다. 소리가 나게 웃고 재잘재잘 떠드는 걸 보면 절로 기운이 났다. 어느새 이 작은 아이에게 푹 빠진 게 아닐까.

"랑이 좋아?"

"네."

아이의 대답은 간결했다. 하지만 이내 랑이는 환하게 웃으며 고개를 끄덕였다.

"나도 너무 신나."

"놀이공원 가 봤어요?"

"가 봤지."

"언제요?"

"음…… 어릴 때도 가 봤고 커서도 가 봤고."

"커서는 누구랑 갔는데?"

앞자리에 앉아 운전을 하던 이준이 백미러로 리윤을 보며 불쑥 물었다. 이건 굳이 여자의 직감을 파고들지 않아도 알 수 있는 빤한 거였다.

"전부 다 말해?"

"전부 다?"

이준의 눈썹이 좀 전보다 더 삐죽하게 솟았다.

"대학 1학년 때 사귀던 남자랑도 갔었고, 3학년 때 잠깐 만났던 남자랑도 갔었고, 3학년 때 동아리에서 만났던 남자랑도 갔었고……."

"남자를 아주 많이, 그리고 짧게도 만났었네?"

"한창 때는."

"만나는 남자마다 놀이공원을 갔다고?"

"이상하게 나는 연애 시작하면 놀이공원이 가고 싶더라고."

핸들을 부여잡은 이준의 손등이 하얘졌다. 이런 사소한 거에 질투를 하는 그가 너무도 귀엽고 사랑스러웠다.

"우와, 아줌마 놀이공원 진짜 많이 갔다."

랑이의 부러움 가득한 눈빛에 리윤은 그때서야 아차 싶었다.

"어? 아니, 그게 아니라……."

"랑아."

"응?"

"랑이는 남자 친구랑 놀이공원 가고 그러면 안 돼."

"왜?"

"놀이공원은 아주 위험한 곳이야."

"아빠랑만 가야 돼?"

"어, 아빠랑만 가는 곳이야. 절대 남자 친구랑 가면 안 돼, 알았지?"

"응, 나는 아빠하고만 갈 거야."

눈을 동그랗게 뜨고 다부지게 작은 머리를 끄덕이며 다짐하는 랑이였다. 그리고 흡족하게 웃으며 이준은 리윤을 쳐다봤다. 뭔가 당한 것 같은 기분이었다.

놀이공원 주차장으로 들어가는 차 안에서 리윤은 이준을 보며 슬그머니 주먹을 들어 보였다.

"다 왔어요?"

"응, 여기서 내리면 절대 혼자 뛰거나 사라지면 안 돼."

"아줌마."

"왜?"

"나 아기 아니에요."

"응?"

"어른의 손을 꼭 잡고 어디 갈 때는 어디를 간다고 말하고 아무나 따라가지 않는다."

"우리 랑이는 다 아는구나……."

고개를 저으며 랑이는 스스로 벨트를 풀고 내릴 준비를 마쳤다. 차 문이 열리자 폴짝 뛰어내리는 랑이를 보면서 리윤은 기가 차서 웃음이 나왔다. 다섯 살밖에 안 된 아기가 한심하다는 듯이 고개를 젓다니, 정말 웃지 않을 수가 없었다.

"누구 딸인지."

차에서 내리며 혼잣말을 하는 리윤에게 랑이가 와서 손을 내밀었다. 그 손을 잡으면서 리윤은 이준을 쳐다봤다. 이준의 입꼬리가 올라간 걸 보니 그도 이 꼬마의 행동이 어지간히 어이없는 듯했다.

"똑 부러지지?"

"응, 너무 똑똑해."

랑이를 가운데에 두고 이준과 리윤은 마치 한 가족인 것처럼 나란히 손을 잡고 놀이공원 안으로 들어갔다. 아이가 아니라고 말했지만 랑이는 눈을 반짝반짝 빛내며 걸음걸음마다 아이의 순수함을 보여 줬다. 보는 것만으로도 너무 신이 나 보였다.

"우리 머리띠 하나씩 쓸까?"

"어?"

이준이 그러자고 대답하기도 전에 리윤은 이미 랑이와 인형과 소품이 즐비한 곳으로 달려가고 있었다. 짧은 다리로 리윤을 따라가서 이것저것 고르고 있는 랑이를 보자 괜한 미안함이 들었다.

얼마나 오고 싶었을까.

친구들이 얼마나 부러웠을까.

왜 진즉에 데리고 오지 못했을까.

자책이 들면서 괜히 눈시울이 붉어졌다. 제 나이의 아이처럼 랑이가 웃고 있었다. 제 또래의 아이처럼 아이가 흥분해 있었다. 그리고 그 옆에서 랑이를 웃게 하는 리윤이 있었다. 머리띠를 랑이에게 씌워 주고 랑이를 번쩍 안아 거울을 보여 주면서 아이와 눈을 맞추는 리윤은 가식이 없었다. 진심으로 아이를 대하고 있었다.

그런 리윤을 사랑해도 되는 건지, 미래를 꿈꿔도 되는 건지 자신이 없었다. 그럼에도 욕심이 났다. 지금 보이는 모습을 매일 보고 싶었다. 이기적이라고 해도, 사실 이기적이기는 했다. 랑이의 엄마가, 사이준의 아내가 공리윤이라면 좋겠다.

"이리 와 봐."

리윤이 이준에게 빨리 오라는 손짓을 했다. 그리고 그 아래 작은 랑이도 같이 손을 흔들고 있었다. 자신을 보며 똑같이 손짓하는 두 여자를 꼭 품에 안고 싶어졌다. 내 사람이라고, 누구도 건드릴 수 없는 내 여자들이라고 세상에 외치고 싶었다.

"어."

"이거 써 봐."

리윤이 이준의 머리에 동물 모양의 머리띠를 씌워 줬다.

"아빠 잘 어울린다."

랑이가 손뼉을 치며 좋아했다.

"우리 랑이는 이거. 나는 이거."

랑이의 머리에도, 리윤의 머리에도 머리띠가 씌워졌다. 귀여운 머리띠를 골라 쓰고 세 사람이 거울을 들여다봤다. 웃는 얼굴이 닮아 있는 세 사람이었다.

"우리도 저 가족처럼 쓰자."

"야, 이걸 어떻게 써?"

"왜 못 써. 저기 아빠도 썼잖아. 애를 위해서니까 잔말 말고 써. 자, 엄마도 쓰고. 어때?"

"좋아!"

아이가 펄쩍펄쩍 뛰며 좋아했다. 그리고 그 순간 리윤과 이준의 시선이 거울 속에서 맞닿았다. 남들의 눈에 세 사람은 누가 봐도 가족이었다. 리윤은 랑이의 엄마였고 랑이는 리윤의 사랑스러운 딸이었다.

"나 이거 살래요."

랑이가 리윤의 손을 잡았다. 리윤은 랑이를 내려다보면서 눈이 휘도록 환하게 웃었다. 그런 리윤의 어깨를 이준이 가만히 감싸 안았다.

놀이기구 하나 탈 때마다 줄이 기본 30분 이상이었다. 리윤과 이준은 랑이를 위해서 눈치를 살피며 각자 줄 서기에 바빴고 랑이는 회전목마부터 유아용 범퍼카까지 탈 수 있는 건 전부 탔다.

"우와, 진짜 팔다리가 떨어져 나갈 것 같아. 어떻게 뭘 든 것도 아니고 뭘 나른 것도 아닌데 이렇게 힘이 들 수 있을까."

차에 타자마자 리윤은 몸을 늘어뜨리고 제 팔과 다리를 연신 주무르고 두들겼다. 눈은 퀭하고 얼굴은 핼쑥했다. 몇 시간 만에 3년은 늙은 것 같았다.

"고기 먹자."

"쌈 쌀 기운도 없어."

"내가 싸 줄게."

"진짜? 서비스가 왜 이렇게 좋아?"

"아빠가 아줌마 좋아해서 그런 거예요."

"그래?"

"우리 아빠가 아줌마 엄청 많이 좋아해요."

"진짜?"

백미러 속 이준을 슬쩍 쳐다보자 그가 부정하지 않고 가만히 웃었다. 마음이 몽글몽글해지는 순간이었다.

"랑이는?"

"나도 아줌마가 엄청 좋아요."

"나도 우리 랑이가 많이 좋아."

리윤이 랑이를 끌어안고 얼굴을 비볐다. 랑이가 까르르 소리 내서 웃었다. 몸은 피곤하지만 마음만은 그득한 하루였다. 말하지 않아도 알 것 같은 서로의 진심을 본 하루이기도 했다. 지금처럼 이렇게 서두르지 않고 가족이 되면 좋을 것 같았다.

"고기 먹으러 가자."

"고기 좋아요!"

"나도!"

두 여자가 환호성을 질렀다. 랑이의 목소리가 점점 커지는 것 같아서 다행이었다. 활달해지고 꽤 수다스러워졌다.

차가 출발하고 얼마 지나지 않아 랑이는 잠에 빠져들었다. 평소 움직임의 몇 배는 움직였으니 얼마나 피곤했을까. 리윤은 옆에서 잠든 랑이를 애틋한 눈길로 바라봤다.

"너무 예뻐."

"어, 예쁜 아이야."

"좋겠다, 이렇게 예쁜 아이를 매일 볼 수 있어서. 미울 때도 있어?"

"미운 짓 할 때는 밉기도 하지."

"랑이는 미운 짓을 해도 예쁠 것 같아."

"다음에 미운 짓 할 때 부를게."

아침에 잠이 깨지 않아 쓸데없는 땡깡을 부릴 때도 있고, 별것도 아닌 일에 고집을 부릴 때도 있고, 하지 말라는 일을 할 때도 있었다. 하지만 대체로 말을 잘 듣는 편이었다. 아이가 참는 거라는 걸 알면서도 이준은 때로는 모른 척 넘어가기도 했었다. 그러고 돌아서면 또 짠했다. 그러지 말아야지 했지만 일상에 지쳐 또 그렇게 모른 척할 때가 종종 있었다.

"내가 겁이 없는 걸까?"

"무슨 겁?"

"이 아이의 엄마가 돼 주고 싶다는 생각, 그거 겁 없는 거 아니야?"

이준은 아무런 대답도 하지 못했다. 갖고 싶지만 가지면 안 될 것 같다는 생각이 머릿속에, 그리고 마음속에 존재했다. 그걸 무시하는 게 여전히 되지 않았다. 알면서도 겁이 나는 건 어쩔 수가 없었다.

"욕심이 생겼어."

'나도.'

"뻔뻔해질 거야."

'나야말로 뻔뻔해지고 싶다.'

"오늘은 고기 사 주고 내일은 회 사 줘."

"회 먹고 싶어?"

"어, 내일."

"그럼 오늘 먹어."

"아니, 내일 먹을 거야. 오빠가 뻔뻔해질 때까지 매일매일 나는 먹고 싶은 게 생길 거야. 그러니까 거덜 나기 싫으면 얼른 뻔뻔해지는 게 좋을 거야."

대답하지 못하는 이준에게 리윤은 대답을 강요하지 않았다. 그저 아픈 팔을 주먹으로 두드리며 가만히 눈을 감았다. 그리고 어느 틈엔가 스르르 잠이 들었다.

잠이 든 리윤과 랑이를 위해 이준은 차를 천천히 몰았다. 백미러로 잠든 두 사람을 흘깃거릴 때마다 묘하게 웃음이 새어 나왔다. 오른쪽으로 머리를 기울이고 자는 것도, 손가락 두 개가 들어갈 정도로 입을 벌리고 자는 것도, 쌔근쌔근 작게 코를 고는 것도 똑 닮아 있었다.

두 사람은 언제부터 저렇게 닮았던 걸까.

　동네 근처에 있는 고깃집에 도착해서도 이준은 두 사람을 깨우지 않고 가만히 주차장에 차를 대고 있었다. 그리고 그 고요함을 깨고 이준의 핸드폰이 진동 소리를 내며 울려 댔다.

　[정아랑]

　반갑지 않은 사람이 잔잔한 세 사람의 행복을 뒤흔들었다. 이준은 끊기지 않고 울려 대는 소리에 혹시라도 리윤이 깰까 봐 조심스럽게 차에서 내렸다. 그리고는 조금 떨어져서 전화를 받았다.

　"무슨 일이야?"

　—잘 지냈어?

　뻔뻔스럽다. 리윤이 말하던 뻔뻔하다는 게 과연 이런 거였을까. 그렇다면 죽어도 못 할 것 같았다.

　—나 한국 들어왔어.

　"그래서?"

　—번호가 그대로라서 놀랐어.

　아이가 외우고 있어서 바꿀 수가 없었다. 아이의 소지품에도 온통 이 번호를 적어 놔서 바꾸지 못했다. 정아라가 놀라라고, 정아라가 전화를 할까 봐 그런 건 절대 아니었다. 뒤늦게 후회가 몰려왔다.

　—랑이 보고 싶어, 당신도.

　리윤이 차에서 내렸다. 자신을 보며 예쁘게도 웃어 보였다. 그런 리윤을 보면서 이준도 웃어 줬다. 리윤은 뒤로 돌아 랑이에게 다가가 아이를 차에서 내려 줬다. 리윤의 손을 잡은 랑이가, 그리고 랑이의 손을 잡은 리윤이 이준에게로 다가왔다.

8. 반갑지 않은 손님.

이른 여름의 시작됐음을 알리기라도 하듯이 며칠 내내 비가 쏟아지더니 이제 한낮에는 에어컨을 찾을 만큼 더웠다.

"벌써 이렇게 더우면 어쩌라는 거야?"

손 부채질을 하면서 유 여사가 짜증스럽게 밖을 내다봤다. 오늘 따라 유난히 짜증이 많은 엄마를 리윤은 힐끔거리며 괜한 눈치를 봤다.

"올여름 전기세 어마어마하겠다."

"그걸 뭘 벌써부터 걱정해?"

"너는 안 더워?"

"참을 만해."

더워지기 시작하면서 머릿속을 뒤죽박죽 만들었던 몇 가지 고민들도 싹 정리가 돼 버렸다. 정리라고 하기는 뭐하지만 어쨌든 너무 덥고 지치니까 다른 생각들은 할 수가 없었다. 다시 일을 하자는 선배의 제안을 며칠 머리 싸매고 고민한 끝에 어느 날,

「조금만 더 쉴게요.」

─충분히 쉰 거 아니야? 대체 얼마나 더 놀려고 그러는 거야?

「아직은 더 쉬어야 될 것 같아요. 이러다 아무도 안 찾을 것 같을 때, 아니다, 그 전에 제가 먼저 선배 일 좀 하게 해 주세요, 할게요.」

─나 오래는 못 기다린다?

「네!」

─실컷 놀고 와, 돌아오면 누워서 잠 잘 시간도 없게 부려 먹을 테니까.

마음 넓은 선배의 아량에 한 번 더 고개 숙여 감사를 하고 일단은 매듭을 지어 버렸다. 끈적거리고 온몸을 녹초로 만들지만 그래도 머리는 말끔해진 것 같아서 짜증 나는 여름은 아니었다.

"어디 안 좋은 거 아니야?"

"왜?"

"컨디션 떨어져서 그런 거 아닌가 해서."

"그런가."

"안 좋으면 들어가서 쉬어."

대답 대신 유 여사는 올리고 있던 손을 테이블 위로 툭 떨어뜨렸다. 아픈 게 아닐까 하는 걱정이 들어 심장이 덜컥 내려앉았다.

"리윤아."

"응?"

"우리 가게 그만할까?"

"왜?"

"너 힘들잖아."

"나? 난 괜찮은데?"

"너 여기 처박혀서 김밥 마는 거, 엄마는 보기가 싫어."

유 여사의 뒷모습이 애잔하게 굽어 보였다. 슬프다고 울고, 재미있다고 웃는 유 여사가 더 나았다. 힘없이 어깨만 늘어뜨리고 있어도 별 생각이 다 나는데 겉으로 표현하지 않으면 오만가지 생각이 다 들었다.

"진짜 괜찮아?"

"뭐가?"

"아픈 거 아니야? 어디 안 좋으면 병원 가자고."

"아니야, 그냥 날이 더우니까 짜증 나서 그래."

"이모 오라고 할까?"

"일하는 애를 뭐 하려고."

"둘째 이모 말고."

"귀찮아."

유 여사가 귀찮다고 말하는 건 분명 어디 안 좋다는 거였다. 갑작스러운 유 여사 걱정으로 리윤은 뒷목이 서늘해지는 걸 느꼈다. 재빨리 앞치마 주머니에 넣어 둔 핸드폰을 꺼내 이모들에게 톡을 보냈다. 유 여사에게 안테나를 세우고 있는 이모들은 톡을 보자마자 득달같이 유 여사에게 번갈아 전화를 했다.

"일 안 해?"

이번엔 둘째 이모에게 전화가 온 모양이었다. 리윤은 주방에서 모른 척 양파를 까면서 귀는 홀 쪽으로 열어 두고 있었다.

"저녁에?"

—아니, 점심으로 먹자고.

"갑자기 장어는 왜?"

—더위 이기려면 미리미리 몸보신을 해 놔야지. 막내한테 내가

전화할 테니까 우리 장어나 먹으러 가자.

"그럼 저녁에 먹어, 점심에 장사해야 돼."

"이모가 점심 먹자고 해? 다녀와, 나 혼자 해도 돼."

리윤은 고개까지 끄덕이며 나가라고 엄마를 부추겼다. 잠깐 망설이는 듯하더니 유 여사는 마지못해 알겠다고 하고는 전화를 끊었다. 하지만 나가는 발걸음이 그다지 즐거워 보이지 않았다. 분명 달라졌다.

"이모."

유 여사가 나가는 걸 확인하자마자 리윤은 둘째 이모에게 전화를 걸었다.

—엄마 나갔어?

"어, 집에 가서 옷 갈아입고 간대."

—그냥 계절 탓이야. 엄마 나이에는 바람 냄새만 조금 달라져도 기분이 한없이 좋았다가 끝도 없이 가라앉았다가 그러는 거야.

"진짜 그럴까?"

—괜한 걱정 하지 말고 장사나 해. 혼자 하기 힘들면 유성이라도 가라고 할까?

"걔가 뭘 한다고? 괜찮아, 엄마나 즐겁게 해 줘."

—리윤아.

"네."

—엄마랑 너한테는 나도 있고 작은이모도 있고 이모부도 있고 유정이랑 유성이도 있어. 알지?

"어, 알아요."

—다 괜찮아질 거야. 그냥 우리 시간에 맡겨 놓자.

이모의 말이 위로가 됐다. 리윤은 씩씩하게 대답하고 전화를 끊었다. 크게 가슴을 들썩여 심호흡을 하고는 하던 일을 마저 했다.

진짜 날이 더워서인지 김밥을 찾는 손님도, 홀에서 식사를 하는 손님도 크게 줄었다. 아무래도 오늘은 상황을 봐 가면서 준비를 해야 할 듯했다.

랑이를 유치원까지 태워다 주고 출판사에 들렀다가 들어오는 길, 이준은 낯선 번호로 걸려오는 전화를 받기 위해 잠시 갓길에 차를 세웠다.

"네, 사이준입니다."

─나.

나, 라고 짧으면서도 당당하게 말하는 여자의 목소리에 이준은 귀에서 핸드폰을 뗐다. 역시나 모르는 번호였다. 미간을 찡그리며 누군지 물으려는데 그 순간 목소리의 주인공이 누군지 떠올랐다.

─어디야?

아라였다.

"무슨 일이야?"

─보고 싶다고 했잖아.

"그래서?"

─봐야지.

"왜?"

아라의 목소리만으로도 짜증이 치솟는 걸 보면 아직도 정아라에게 감정이 남아 있는 것 같았다. 누군가가 그랬다. 감정이 없으면 짜증은커녕 화도 안 나는 거라고. 생각이 나지는 않지만 지금처럼 마치 아무 일도 없었던 것처럼 전화를 걸어오면 화가 치솟았다.

―그러지 말고 주소 좀 보내 줘.

"찾아오려고?"

―밖에서 만나는 것보다는 집에서 보는 게 낫잖아.

"밖에서도 집에서도 나는 너 안 보고 싶어. 볼 이유가 없어."

―그러지 마. 당신도 보고 싶지만 랑이가 더 보고 싶어. 나 랑이 엄마야.

"그거 버리고 간 사람은 너야."

―알아.

"그럼 이런 전화 다시는 하지 마."

―아니, 주소 알려 줄 때까지 할 거야. 어차피 당신한테 나는 뻔뻔한 여자잖아. 계속 철판 깔고 나 하고 싶은 대로 할 거야. 그러니까 괜히 진 빼지 말고 얼굴 보여 줘.

한때는 정아라의 뻔뻔함이 솔직한 자신감이라고 착각했을 때가 있었다. 뭐든 자신에 차서 제 감정이나 기분에 솔직한 그런 사랑스러운 여자라고 믿었었다. 누구보다 예뻤고 누구보다 소중했었다. 정아라가 하자고 하는 일은 따지지 않고 했고, 하고 싶다는 일도 역시나 따지지 않고 할 수 있게 해 줬었다.

하지만 결혼이라는 걸 하게 되면서, 사실 랑이를 임신한 후부터 두 눈을 가리고 있던 콩깍지가 하나둘 벗겨지기 시작했었다. 끝까지 외면하고 싶었지만, 그래서 이를 악물고 고개를 돌렸지만 정아라는 잔인하게 먼저 이별을 고했었다.

「나 그 사람 사랑해. 하루를 살아도 그 사람이랑 살아 보고 싶어.」

그 말을 하면서도 정아라는 전혀 미안해하지 않았다. 너무도 당당하게 이혼을 요구했었다. 당장 해 달라고, 시간 끌지 말라며 미친 여자처럼 날뛰었었다. 누워서 배고프다고 우는 어린 랑이는 이미 보이지 않는 듯했다.

「헤어져, 빨리 서류 정리해 줘.」

당장 집에서 나가고 싶어서 미쳤었다. 사랑한다는 그 남자가 혼자 떠날까 봐, 정아라는 그것만 걱정했다. 아직 기지도 못하는 랑이는 안중에도 없었다.

어떻게 사람이 저럴 수 있을까.

어떻게 엄마라는 사람이 아이의 안위 따위는 신경도 안 쓸까.

숨이 금방이라도 넘어갈 것처럼 울어 대는 랑이는 보이지 않는 듯 발까지 동동 구르며 이혼을 요구하는 정아라는 사람이 아니었다. 그 순간 이 여자를 더는 랑이 곁에 둘 수 없다는 걸 깨달았다. 바로 다음 날 이혼 서류에 도장을 찍고 정아라는 짐을 싸서 집을 나갔다. 이혼은 허탈할 정도로 간단했다.

─나는 오늘이 좋아.

사람은 역시나 변하지 않는다. 얼마나 컸는지, 아픈 데는 없는지, 엄마를 찾지는 않는지 정아라는 한 번도 묻지 않았다. 그저 지금 자신이 랑이가 보고 싶을 뿐이었다. 그게 중요할 뿐이었다.

─오후에 갈 테니까 주소 보내 줘.

"랑이한테 물어보고 연락할게."

―뭘 물어봐?

화가 나는 게 아니라 헛웃음이 나왔다. 랑이에게 이런 사람을 엄마라고 보여 주고 싶지 않았다.

"연락할게."

이준은 먼저 전화를 끊어 버렸다. 후우, 하고 한숨이 나왔다. 머리가 지끈거리고 가슴이 답답했다. 정신건강에 절대적으로 해로운 여자였다.

Rrrrrrrr.

또다시 울리는 벨 소리에 이준은 인상부터 구겼다. 하지만 이번에는 이름을 보자마자 후우, 하고 숨부터 쉬어졌다.

―뭐 해?

"집에 가는 중이야."

―운전 중이야? 그럼 끊어.

"아니야, 잠깐 세웠어."

서둘러 끊으려는 리윤을 이준이 붙잡았다. 숨을 쉴 수 있게 해 주는 여자, 숨을 쉬고 싶게 만드는 여자였다. 언젠가부터 리윤은 그런 사람이었다. 리윤을 만나기 위해 그 동네로 이사를 한 게 아닐까 싶었을 정도였다.

"리윤아."

―응?

"보고 싶다."

창문을 열지도 않는데 뜨거운 바람이 훅, 하고 들어오는 듯했다. 머릿속이 뜨끈해지고 명치까지 뻐근해졌다. 리윤에게 이미 홀려 버렸다. 인정하지 않으려고 했지만 몸의 모든 감각이 외치고 있었다.

"보고 싶다고."

한 번 더 말하자 핸드폰 너머에서 후우, 하고 길고 깊게 숨을 내쉬는 듯한 소리가 들려왔다.

"왜 그래?"

─벅차서.

"어?"

─사이준이 먼저 나한테 보고 싶다고 하니까 너무 벅차고 너무 설레.

"리윤아."

─나도 보고 싶어.

이름만 불렀을 뿐인데 리윤이 먼저 보고 싶다고 말했다. 이준은 서둘러 차를 출발시켰다. 지금은 그저 리윤이 보고 싶을 뿐이었다. 다른 건 생각할 게 없었다.

달려올 때까지만 해도, 사실 어떤 계획 같은 게 있는 건 아니었지만, 서빙을 하게 될 줄은 몰랐다. 리윤은 주방에서 연신 음식을 만들어 댔고 이준은 소매를 걷어붙이고 주방과 홀을 오가며 부지런히 손님을 상대했다. 어쩌다 눈이 마주치면 리윤은 예쁘게 웃으며 애교를 부렸고 이준은 그저 입술 끝을 올리며 어이없다는 듯이 웃어 줬다.

"우리 좀 잘 맞는다."

"뭐가?"

"이 정도면 손발 엄청 잘 맞는 거야. 아르바이트 할 생각 없어?"

"없어."

"그래? 아쉽다."

실없는 소리를 하면서도 리윤은 김밥을 마느라 분주했다. 테이블이 몇 개 있지도 않은데 한번 손님이 들이닥치니까 정신이 하나도 없었다. 김밥을 말고 면을 삶고 하면서도 간간이 손님들에게 알은척까지 하는 리윤이 존경스러워지는 순간이었다. 제법 식당 사장님다워 보였다.

어느 정도 손님이 빠지고 이준은 마지막 테이블을 다 치우고 나서야 겨우 숨을 돌릴 수 있었다.

"손님이 몰릴 때는 정신없구나?"

"내가 뭐 매일 노는 줄 알았어?"

리윤은 이준과 먹을 김밥을 싸서 홀로 나왔다. 이미 3시가 넘은 시간이라 배가 등에 붙은 것처럼 허기가 졌다.

"지겹겠지만 줄 수 있는 게 이거밖에 없어."

"안 질려."

"우동 하나 해 줄까?"

"괜찮아, 얼른 먹어."

이준은 젓가락을 리윤 앞에 놔 주며 그녀 먼저 챙겼다.

"마음에 들어."

"뭐가?"

"오빠 하는 짓."

"짓?"

"솔직하고 따뜻하고. 매일 오늘 같으면 좋겠다."

"나 원래 그런 사람이야."

"사람으로는 그랬을지 몰라도 남자로는 아니었지."

그 말에는 딱히 부정을 할 수가 없었다. 이준은 김밥 하나를 집어 입으로 가져가다가 말했다.

"랑이 엄마가 왔어."

김밥을 오물거리던 리윤이 미간을 잔뜩 찡그리며 눈을 치켜떴다.

"랑이 보고 싶대."

"그래서?"

"뭐가?"

리윤은 입에 있는 김밥을 빠르게 씹어 목으로 넘기고 물로 입가심까지 끝냈다. 들고 있던 젓가락을 테이블에 내려놓고 진지한 자세를 해 보였다.

"랑이는 뭐래?"

누군지 한 번도 본 적 없는 여자를 상대로 질투를 하는 건 아니었다. 하지만 그 여자한테 화는 났다. 헤어지기로 결심하기까지 얼마나 많은 고민을 하고 자책을 하고 후회를 했는지 알 수는 없었지만 그렇다고 해도 헤어진 후 랑이를 한 번도 보러 오지 않았다는 건 이해할 수 없었다.

"아직 말 못 했어."

"뭐라고 답할지 무섭다."

"뭐가 무서워?"

"그 아이가 속으로 어떤 생각들을 할지, 그 생각들로 아이의 마음이 어떨지. 난 그게 무서워. 이제 겨우 다섯 살이야."

만난 지 얼마 되지도 않은 리윤은 이렇게나 랑이의 마음을 헤아리는데 제 속으로 아이를 낳은 엄마는 어떻게 그렇게 무정할 수 있는 걸까.

"랑이한테 미안해."

"어, 미안해해야 돼."

리윤은 아랫입술을 깨물며 잠시 입을 다물었다. 그러다 다시 김밥을 집어 입으로 가져가며 말했다.

"이제부터는 미안한 일을 안 하면 돼. 랑이 의견이 가장 중요한 일이야."

"어."

"싫어도 만나겠다고 하면 만나게 해 줘."

"어."

"다정할 수는 없겠지만 그렇다고 랑이 앞에서 화난 모습은 보이지 말고. 지금 랑이한테는 아빠의 감정이 어떤지도 무지 중요할 거야. 싫은 모습 보이면 만나고 싶어도 싫다고 할 수도 있어."

"어른스럽네."

"누구? 나?"

"어."

"그게 맞는 것 같아. 사이준 보고 싶다고 했으면 죽어도 안 된다고 난리를 쳤겠지만 랑이니까."

"나도 보고 싶대."

뽀득뽀득 단무지 씹는 소리가 일순간 고요함 속에 묻혔다. 리윤은 속눈썹도 깜박이지 않고 정지된 시선으로 이준을 응시했다.

"네 반응이 궁금했어."

이준의 입꼬리가 장난스럽게 비틀어졌다.

"이런 반응이었으면 했거든."

리윤의 얼굴이 점차 일그러졌다. 눈썹이 앙칼지게 올라가고 입술은 심술이 난 것처럼 삐죽거렸다.

"대충 어떤 반응이었으면 하는지는 알겠는데 나 진짜 찐으로 기분 안 좋거든? 상상했던 반응으로 본인이 어떤 감당을 해야 하는지는 생각을 못 했나 봐?"

"전혀."

난감한 표정을 지어 보이다가 이준은 불쑥 몸을 일으켜 리윤의 코앞까지 제 얼굴을 들이밀었다. 앙칼지게 올라갔던 눈썹이 스르르 아래로 내려오면서 리윤의 두 뺨이 발그레하게 물들기 시작했다. 사랑스러운 그 모습에 이준은 심장이 철렁 내려앉았다. 그리고 의지와 상관없이 이준의 입술이 리윤의 붉어진 뺨을 지나 그보다 더 붉디붉은 입술로 향했다.

훅, 하고 들이마신 숨을 미처 토해 내지도 못했는데 이준의 입술이 리윤의 입술을 가르고 들어왔다. 치명적이지 않은 짧은 입맞춤이었지만 그것만으로도 리윤은 온몸의 세포들이 일제히 멈출 정도로 그녀에게는 충분히, 아니 넘치게 치명적이었다.

입술을 떼고 자리에 다시 앉으며 이준은 리윤의 눈을 똑바로 응시했다. 힐끔 바라본 그의 눈빛은 어릴 적 장난스럽던 사이준의 눈빛을 하고 있었다. 젓가락을 꼼지락거리던 리윤이 숨을 크게 내뱉었다. 그녀의 어깨가 산처럼 솟았다가 내려왔다.

"이렇게 준비 없이 불쑥 이러는 거……, 좋아."

잠깐의 말 끊김에 이준은 한 번 더 심장이 철렁하는 기분이었다. 오늘 제대로 롤러코스터를 탄 것 같았다.

"넌 진짜……."

"치명적이지?"

"응?"

"사랑스럽지?"

"어, 사랑스러워."

부끄러워하면서도 할 말은 다 하는 리윤이었다.

"예뻐."

"알아."

"아니, 네가 아는 것보다 너는 훨씬 사랑스럽고 예쁜 사람이야."

"그걸 왜 이제야 알아보는데?"

"전에도 알아봤는데 그걸 이제야 인정하는 거지."

순순히 시인하며 이준이 싱긋 웃었다. 두 사람은 넓지 않은 테이블을 가운데 두고 끈적하고도 묘한 눈길을 주고받느라 바빴다. 말하지 않아도 둘의 관계가 무언가 벽 하나를 건너뛴 느낌이었다. 손을 잡고 있지는 않았지만 잡고 있는 것처럼 그의, 그녀의 진심이 눈빛에서 고스란히 읽혔다. 따뜻했고 따뜻한 손이었다. 아니, 뜨거운 눈빛이었다.

"김밥 좀 주세요."

어느새 손님이 가게 문을 열고 들어왔다. 아무 짓도 하지 않고 있었는데도 리윤은 의자가 뒤로 넘어갈 정도로 기겁을 하며 일어났다.

갑자기 떡국이 먹고 싶다는 랑이 덕분에 이준은 저녁 메뉴를 고민하지 않고 바로 준비할 수 있었다. 어머니가 사다가 먹을 만큼 소분해서 냉동실에 넣어 두셔서 1년 내내 아무 때나 떡국을 먹을 수가 있었다. 달걀 하나 휘이 풀어서 끓여 내면 이상하게도 꽤 정성스럽고 근사한 식사가 됐다.

"어때?"

랑이는 대답 대신 엄지손가락을 척 들어 줬다. 흐뭇하게 웃으며 이준도 떡국을 숟가락으로 떠서 입에 가져갔다.

"랑아."

"응?"

"엄마…… 보고 싶어?"

랑은 눈만 깜박일 뿐 대답을 하지 않았다.

"엄마는 랑이가 보고 싶대."

아이의 얼굴은 그 어떤 것도 읽히지 않을 정도로 말갛기만 했다. 정말 아무런 감정이 생기지 않아서인지, 아니면 스스로 감정을 숨기는 건지 알 수가 없었다. 아직 아기라고 할 수 있는 나이였지만 왠지 랑이라면 충분히 후자도 가능하지 않을까 싶었다.

"엄마가 랑이 만나고 싶다는데, 어떻게 할까?"

랑이는 고개를 숙였다. 아이가 만들어 내는 그 짧은 시간에 이준은 심장이 조이는 듯했다. 랑이가 고개를 들었다.

"아빠."

"응?"

"만나고 싶어."

당연한 거였다. 그런데 조이던 심장이 따끔거렸다. 아이에게도 엄마에 대한 원망이 있기를 바랐던 걸까.

"그럼 내일 만날까?"

"아빠도 같이."

"그래, 아빠도 같이 만나자."

랑이가 다시 숟가락을 들었다. 저 작은 머리와 가슴으로 대체 이 아이는 어떤 생각을 하고 어떤 것들을 고민하는 걸까. 힘들어도 좋으니까 이럴 때는 아이가 악을 쓰며 울고 싫다고 떼를 썼으면 좋겠다.

엄마의 부재는 아이가 클수록 상처가 되는 법이었다. 아무리 가족들이 똘똘 뭉쳐서 아이를 지킨다고 해도 대부분의 아이들에게 있는 엄마와 아빠 중 어느 한쪽이 없다는 건 분명 상처고 약점이 될 거다. 그 상처가 얼마나 큰지는 지키고 있는 가족들의 몫이었다. 잘 지내고 있다고, 잘 웃고 잘 먹고, 보통의 아이처럼 문제없이 잘 크고 있다고 믿었다. 그런데 지금처럼 아이가 아무런 반응을 보이지 않을 때면 둔기로 머리를 맞은 것처럼 그 믿음이 흔들렸다.

"랑아."

"응."

"아빠는 언제나 랑이 편인 거 알지?"

"응."

"아빠는 항상 랑이 옆에 있는 것도 알지?"

이번에는 랑이가 대답하지 않았다. 한 번 더 가슴이 덜컥하고 내려앉았다.

"랑아."

"아줌마 좋아?"

"응?"

"리윤이 아줌마 좋아해?"

그냥 대답하면 되는데 다섯 살 아이의 질문에 어떤 뜻이 담겨 있을까를 고민하게 됐다. 그만큼 선뜻 대답하지 못했다.

"나는 리윤이 아줌마 좋아."

"그래?"

"아줌마도 랑이 좋아해."

"그럼, 아줌마는 랑이 정말 많이 좋아해."

그리고는 더 이상 말을 하지 않고 떡국 먹는 데만 열중했다. 과연 무슨 뜻이었을까. 무슨 말이 하고 싶었던 걸까.

"아빠 떡국 맛있어."

위로하듯이 랑이가 웃어 주며 말했다. 복잡한 머릿속이 아이의 해맑은 미소 한 번으로 씻기듯이 사라졌다.

Rrrrrrrr.

식탁 위에 올려 둔 핸드폰에 공리윤의 이름이 뜨자 랑이가 더 반가운 듯이 눈이 커다래졌다. 이준은 옅은 미소를 지으며 핸드폰을 들었다.

─밥 먹었어?

"지금 먹고 있어."

─애한테 또 영양가 없는 거 주는 거 아니야?

누가 들으면 밖에서 일하는 엄마가 집에서 아이 챙기고 있는 아빠에게 잔소리하는 줄 알겠다.

"떡국 먹고 싶대서 그거 해 줬어."

─그래? 떡국이면 쌀이니까 나쁘지 않네. 나 잠깐 가도 돼?

"지금?"

─어.

"아빠, 아줌마 와도 된다고 해!"

랑이가 테이블 아래로 짧은 다리를 구르며 안달했다. 혹시라도 안 된다고 하면 큰일이라도 날 기세였다.

"어, 와."

딩동.

부녀의 고개가 동시에 현관문으로 향했다. 설마 하면서 이준이 일어났다. 그리고 랑이가 재빨리 의자에서 일어나 현관 앞으로 쪼르르 달려갔다. 딸깍, 문이 열리고 핑크색 보자기가 먼저 쑤욱 눈앞에 나타났다.

"아줌마!"

랑이가 이준을 제치고 리윤에게로 달려가 폴짝 안겼다. 리윤은 들고 있던 보자기 더미를 이준에게 던지듯이 넘겨 주고 랑이를 끌어안았다. 누가 보면 이산가족 상봉이라도 하는 줄 알겠다.

"아줌마, 왜 이렇게 빨리 왔어요?"

"랑이 보고 싶어서 번개처럼 달려왔지."

"우와."

리윤의 목에 매달려 랑이는 진짜 아이처럼 좋아했다. 조금 전까지 여러 가지 생각을 하게 했던 모습은 온데간데없이 사라지고 딱 다섯 살 꼬마의 모습이었다. 얼마나 신이 났는지 랑이의 발이 살랑살랑 움직였다.

"근데 우리 랑이 왜 이렇게 가벼워졌어?"

"나 많이 컸는데?"

"떡국 조금 먹은 거 아니야?"

랑이는 이준을 흘깃 돌아봤다. 이준이 고개를 끄덕이자 랑이는 입술을 삐죽 내밀며 말했다.

"더 먹을게요."

"아줌마도 같이 먹자."

"진짜요?"

랑이가 누군가에게 이렇게까지 마음을 열었던 건 처음이었다. 딱히 그럴 만한 계기가 있었던 것도 아닌데 랑이는 리윤을 처음 봤을 때부터 그랬던 것 같았다.

리윤에게 랑이가 끌렸던 게 뭐였을까.

무엇이 랑이로 하여금 이토록 마음을 활짝 열게 할 수 있었던 걸까.

"나 먹을 것도 있어?"

"아니."

"야박하네."

"아줌마 이거 먹어요."

"에게 너무 조금이다. 아빠 거 나눠 먹을게. 랑이는 그거 다 먹어. 그래야 쑥쑥 크지."

"네."

"이거 먹고 우리 재미있는 거 하자."

"뭐요?"

"짜잔."

리윤은 주머니에서 핑크색의 매니큐어를 꺼내 랑이 앞에 내밀었다. 랑이는 눈까지 반짝이며 입을 다물지 못했다.

"뭐야?"

"매니큐어지 보면 몰라?"

"그러니까 그걸 왜 짜잔, 이라는 소리까지 내며 꺼내느냐고."

"랑이 발라 주려고."

"애한테 그걸 왜 발라 줘?"

"이거 애들이 엄청 좋아하는 거야."

"아직 어린애야, 그런 거 건강에 안 좋아."

리윤은 팔짱을 끼고 한숨을 푸욱 내쉬었다. 그 옆에서 랑이는 눈을 깜박이며 혹시라도 아빠가 안 된다고 하는 게 아닐까 걱정스러운 표정을 하고 있었다.

"랑이 어린애인 거 나도 알아. 그래서 무독성으로 준비했어. 내가 그 정도도 모를 것 같아서 그래?"

"무독성?"

"못 믿겠으면 봐 봐."

리윤은 당당한 손길로 매니큐어를 이준에게 건네줬다. 자그마한 매니큐어를 들고 이준은 미간까지 좁히며 글자를 꼼꼼하게 읽어 내려갔다. 그러고는 금방 겸연쩍은 표정으로 들고 있던 매니큐어를 리윤에게 내밀었다. 리윤은 승리자의 여유 만만한 미소로 그걸 받아 들었다.

"우리 랑이 이거 한번 발라 볼까?"

"진짜 나 발라 줄 거예요?"

"그럼 랑이 발라 주려고 산 건데. 어때 마음에 들어?"

랑이는 대답 대신 고개를 크게 끄덕였다. 잔뜩 기대에 찬 랑이의 눈빛에 이준은 헛웃음이 나왔다.

"밥 다 먹고 우리 이거 바르자."

다시 한 번 격하게 고개를 끄덕이고 랑이는 폭풍 숟가락질을 시작했다. 한 번도 발라 달라고 하지 않았었다. 이런 걸 좋아하는지조차 몰랐었던 이준은 당혹스럽기만 했다.

"어떻게 알았어?"

"뭘?"

고개를 끄덕여 매니큐어를 가리켰다.

"뭘 어떻게 알아? 원래 애들 눈이 더 높은 법이야. 반짝이고 예쁜 거 싫어할 애가 어딨어?"

이런 세심함이 없다는 게 아빠로서 한계였다. 언제까지나 어린 아이로만 알았던, 내 아이는 이런 거에 관심 없다고 믿는 무지한 아빠 곁에 리윤 같은 사람이 있다는 게 얼마나 행운인지 새삼 깨닫게 되는 저녁이었다.

랑이에게는 처음 만나는 엄마가 어색하고 거북하고 불편했다. 하지만 랑이는 겉으로 그런 내색을 하지 않았다. 엄마라는 단어가 그런 거지 앞에 앉은 여자에 대해서는 아무런 감정이 없었다.

"우리 랑이 정말 예쁘다."

망고 주스를 빨대로 쪽쪽 빨아 먹으며 랑이는 앞에 앉은 아라를 감정 없는 눈으로 쳐다봤다. 연신 랑이에게서 시선을 떼지 못하는 아라는 사실 이준에게는 많이 낯설었다. 그가 기억하는 아라는 한 번도 랑이를 다정한 눈길로 바라본 적이 없었다. 어떻게 하면 자신과 랑이를 버리고 갈 수 있는지, 이 집에서 벗어날 수 있는지만 생각하는 여자 같았다.

"랑이는 망고 주스 좋아해?"

"네."

짧게 대답만 하는 랑이에게 아라는 끊임없이 무언가를 물어 댔다.

"과일도 좋아해?"

"네."

"무슨 과일 좋아해?"

엄마지만 랑이에 대해 아는 게 없는 엄마였다. 처음 만나는 순간, 눈물을 흘리며 울면 랑이에게 어떤 말을 해 줄까 생각했었다. 하지만 아라는 눈물 한 방울 보이지 않았다. 그저 아는 집 아이를 처음 만나는 것처럼 마냥 신기하다는 듯이 랑이를 바라봤다.

"다요."

"그렇구나."

무안했는지 아라는 마른침을 삼키며 앞에 있는 커피를 홀짝 마셨다. 그리고는 다시 랑이를 바라보며 묻기 시작했다.

"랑아, 엄마 보고 싶지 않았어?"

"네."

이번에도 랑이는 건조하게 대답했다. 이준이 그런 랑이에게 조용히 말했다.

"괜찮아, 보고 싶었으면 보고 싶었다고 말해도 돼."

"나 거짓말 아니야."

"알아, 우리 랑이 거짓말 안 하는 거."

랑이의 목소리에는 화도 실려 있지 않았다. 그저 평소와 다름없었다. 조용하고 얌전한 원래의 랑이 모습이었다.

"랑이가 엄마한테 화가 났구나?"

하지만 아라는 제멋대로 해석하고 있었다. 아이를 버리고 간 것에 대한 죄책감이었다. 아이가 화를 많이 내면 낼수록 그 죄책감이 덜해진다고 느끼는 듯했다. 그래서 아무렇지 않다는 랑이에게 괜한 죄책감을 내세워서 미안하다고 말하는 것 같았다. 그러면 아이는 엉엉 울고 아라는 죄책감을 씻어 내겠지. 그러면 가벼워지겠지. 그렇게 한바탕 울어 주기를 바라는 것처럼 아라는 계속해서 랑이에게 묻고 또 물었다.

"하지만 엄마가 랑이를 사랑하지 않아서 그런 건 아니야. 엄마는 랑이 진짜 많이 많이 사랑해."

"네."

"엄마가 사랑하는 거 알지?"

"아니요."

랑이는 주스를 다 마셨는지 빨대에서 입을 떼고 소파 뒤로 엉덩이를 빼고 앉았다. 아라가 더 바짝 랑이에게 다가왔다.

"랑아, 엄마는 우리 랑이 많이 사랑해."

그리고는 자기변명을 하기 시작했다. 싸증이 났지만 랑이를 위해서 이준은 꾹 참아 냈다. 이런 자리에 나와야만 하는 이 상황이 싫었다.

"우리 같이 저녁 먹자. 엄마가 랑이 좋아하는 거 사 줄게."

"아빠."

랑이가 이준을 돌아봤다.

"응?"

"나 졸려."

"졸려?"

"나 자고 싶어요."

아이가 먼저 낮잠을 자겠다고 한 건 거의 처음이었다.

"랑이 졸려? 이리 와, 엄마가 재워 줄게."

아라가 랑이에게 손을 벌렸다. 랑이는 그런 아라를 외면하며 이준에게 물었다.

"우리 언제 집에 가?"

그 말에 이준은 가슴 밑바닥에 내내 있었던 불안함 비슷한 감정이 싹 씻겨 나가는 듯했다. 아이의 뺨을 손으로 쓸어내리면서 이준은 다정한 눈길로 말했다.

"집에 갈까?"

아이의 자그마한 머리가 위아래로 움직였다.

"그래, 가자."

"간다고?"

아라는 자리에서 일어나 랑이 옆에 와서 무릎을 꿇다시피 하고 앉았다.

"랑아, 엄마랑 저녁도 먹고 해야지. 오늘은 엄마랑 자면 안 될까?"

"집에 가서 저녁 먹고 집에 가서 아빠랑 잘래요."

명확하게 제 의견을 말하는 랑이였다. 이러면 안 되는데 솔직히 응어리가 풀리는 것처럼 속이 후련해졌다. 참 못난 아빠다.

"그럼 내일 다시 볼까?"

아이가 고개를 저었다.

"랑아, 엄마 또 안 볼 거야? 엄마가 랑이 보고 싶어서 비행기 타고 온 거야."

"싫어요."

"랑아."

"나는 엄마 없어도 돼요."

놀란 아라가 이준을 쳐다봤다. 이준은 랑이와 닮은 표정을 하고 아라를 볼 뿐이었다.

"애한테 무슨 말을 어떻게 한 거야?"

아라는 재빨리 화살을 이준에게 쏘아 댔다. 언제나 피해자가 될 준비를 하고 있는 여자였다. 커다란 눈을 깜박이며 순진한 얼굴을 하고 누구라도 가해자로 만들겠다고 작심을 하고 있는 그런 여자였다. 그걸 헤어지는 순간 겨우 알게 됐다. 아니면 그 전에도 알고 있었는데 인정하고 싶지 않았던 걸지도 모르겠다.

"랑아."

아라가 랑이의 두 팔을 붙잡자 랑이는 몸을 빼내 이준의 옆에 더 바짝 붙어 앉았다. 더 있으면 안 될 것 같았다. 그러면 진짜 아이에게 상처를 줄 것만 같았다.

"랑아, 가자."

"여보."

"호칭 제대로 해."

이준의 만난 이후 처음으로 화난 얼굴을 해 보였다.

"이렇게 가는 게 어디 있어?"

"그럼?"

"밥도 같이 먹고……."

"랑이가 만나겠다고 해서 나왔고 집에 가자고 해서 가는 거야. 그 어떤 것도 랑이한테 강요하고 싶지 않아."

"아무리 그대로 이렇게 헤어지는 게 말이 돼?"

"언제부터 우리가 말이 되는 걸 했는데?"

이준은 랑이를 번쩍 안아 들었다. 랑이가 얼굴을 이준의 가슴에 묻었다. 아이가 더 이상 아라와 마주하고 싶어 하지 않는다는 걸 그 순간 알았다. 한시라도 그곳에서, 그 여자에게서 아이를 데리고 나와야 했다.

아라는 붙잡고 매달리지 않았다. 예전에 그랬던 것처럼 이번에도 그냥 멀어지게 뒀다. 아마 사람 많은 곳에서 매달리는 것까지는 하고 싶지 않았을 거다. 정아라가 그렇게 할 리가 없었다. 정아라의 이기심이 오늘은 참 고맙기까지 했다.

동네에 다다르자 랑이는 별안간 아이스크림이 먹고 싶다고 했다. 그렇게 말하면서 아이의 시선이 리윤이 있는 가게로 향했다.

"아줌마도 같이 먹으면 좋겠다."

들릴 듯 말 듯 작은 목소리로 랑이가 말했다.

"우리 아줌마도 같이 먹자고 할까?"

"그래도 돼?"

"물어봐서 바쁘다고 하면 할 수 없고."

랑이의 눈이 기대감으로 반짝였다. 이 작은 아이는 지금 무슨 생각을 하고 있는 건지 너무 궁금했다. 오늘 하루가 아이에게 아픈 날로 기억되지 않았으면 했다.

─여보세요?

신호가 몇 번 이어지지 않았는데도 바로 받는 거 보면 그렇게 바쁜 건 아닌 듯했다.

"아이스크림 먹으러 갈까 하는데 바빠?"

─당연히 바쁘지.

"아줌마 바쁘다는데?"

―뭐야, 랑이가 먹고 싶대?

"어."

―그럼 사서 가게로 오면 안 돼?

"아줌마가 가게로 오라는데?"

"나 갈래."

"간대."

―빨리 와.

전화를 끊자마자 랑이가 슈퍼를 손가락으로 가리켰다. 오늘 들어서 가장 밝은 랑이였다. 딱 다섯 살 사랑의 모습이었다.

"아빠는 초코."

"랑이는 딸기."

두 사람이 마주 보며 웃었다. 그저 잠깐 잔잔했던 호수에 돌을 던진 것처럼 작은 파장이 일었던 것뿐이었다. 얼른 훌훌 털고 일상으로 돌아오면 끝나는 거였다. 어제와 크게 다르지 않은 오늘이다.

"아줌마도 딸기."

"아줌마는 딸기 먹고 싶다고 말 안 했는데?"

"그래도 딸기 사. 랑이랑 똑같은 걸로."

"그래, 딸기 두 개 사자."

바로 앞에 있는 슈퍼에 갔지만 두 사람이 찾는 딸기 맛이 나는 아이스크림은 없었다. 결국 차를 타고 큰 도로에 있는 아이스크림 전문점까지 갔다. 주욱 진열된 아이스크림을 보면서 랑이는 입맛을 다셨다. 아이의 그런 모습에 이준은 그때서야 묵혀 뒀던 숨을 뱉어 냈다. 이제야 조금 안심이 되는 듯했다.

"더 먹고 싶은 거 없어?"

아이스크림을 사서 나오면서 이준이 랑이에게 물었다. 이미 점심 시간이 훌쩍 지났고 랑이는 이렇다 할 점심을 먹지 못한 상태였다.

"김밥."

"김밥 먹고 싶어?"

"어, 나는 아줌마 김밥이 제일 맛있어."

"그래, 그럼 가서 김밥 먼저 먹고 그다음에 아이스크림 먹자."

이준의 손을 잡은 랑이가 걸음을 재촉했다.

"천천히 가도 돼."

"아니야, 빨리 가야 돼."

"아이스크림 녹을까 봐 그래? 안 녹게 다 해 주셨어."

"아줌마 보고 싶어."

랑이의 뜬금없는 말에 이준은 미간을 좁혔다. 랑이는 이준을 재촉하며 거의 뛰어가다시피 해서 차로 다가갔다. 우선 아이를 차에 태우고 벨트를 한 후 이준도 운전석에 올랐다. 아이스크림을 뒷자리에 놓으며 자연스럽게 랑이에게 물었다.

"우리 랑이가 아줌마를 엄청 좋아하는구나?"

"아줌마 좋아."

"아줌마가 왜 좋아?"

말을 할까 말까 고민하는 듯 입술을 꾸물거리다가 랑이가 말했다.

"아줌마가 랑이 엄마였으면 좋겠어."

그 말을 듣는 순간 코끝이 시큰거렸다. 엄마를 만나고 온 날 아이는 다른 사람이 엄마였으면 좋겠다고 했다. 왜인지는 결국 듣지 못했다. 그리고 묻지도 못했다.

김밥을 한 줄 반이나 먹은 랑이는 아이스크림도 잔뜩 먹었다. 유 여사가 볼일이 있어서 이준이 오기 전 일찍 가게를 비우신 덕분에 세 사람은 오붓하게 아이스크림까지 먹을 수 있었다.

사실 가게에 도착할 때까지도 리윤의 어머니 생각은 하지 못했었던 이준이었다. 올 때마다 거의 매번 리윤 혼자였기에 이번에도 당연히 그럴 줄 알았다. 다행히 오늘도 유 여사가 가게에 없었지만 테이블에 앉으며 죄책감 같은 감정이 가슴을 치고 지나갔다.

"랑이 오늘 엄마 만났다며?"

리윤이 먼저 랑이에게 태연하게 물었다. 랑이는 아이스크림을 작은 스푼으로 떠먹으며 고개를 끄덕였다.

"어땠어? 랑이 엄마도 랑이처럼 예뻐?"

이번 물음에는 고개를 끄덕이지도, 그렇다고 가로로 젓지도 않았다.

"말하기 싫으면 안 해도 돼. 나는 항상 랑이 옆에 있는 거 알지?"

랑이의 고개가 위아래로 움직였다.

"근데 랑."

"네?"

"너 내가 딸기 맛 좋아하는 거 어떻게 알았어?"

"딸기 맛 좋아해요?"

"어, 진짜 진짜 좋아해."

"내가 좋아할 거라고 했잖아."

랑이는 만개한 꽃처럼 환한 미소를 지으며 이준에게 말했다.

"이거 진짜 맛있다."

"나는 딸기 맛이 제일 좋아요."

랑이의 얼굴에 아이스크림이 묻자 리윤은 손으로 자연스럽게 스윽 닦아 냈다. 그리고는 손에 묻은 아이스크림을 혀로 핥았다. 늘 그랬던 것처럼 리윤은 거리낌이 없었다.

"나도 딸기 맛이 제일 좋아. 역시 우리 랑이는 나를 닮았어."

그때서야 아이의 얼굴을 가리고 있던 검은 그림자가 전부 걷히는 것 같았다. 말을 좋알좋알 하면서도 아이는 어쩐지 슬퍼 보였다. 착각일 수도 있겠지만 리윤의 눈에는 그렇게 보였다. 그런 랑이를 웃게 해 주고 싶었다. 괜찮다고, 네 곁에는 항상 내가 있을 거라고 말해 주고 싶었다. 그렇게라도 다친 아이의 마음에 약을 발라 주고 싶었다.

"오늘은 할머니 집에 안 가?"

"내일 갈 거예요. 아빠, 나 내일 갈 거지?"

랑이가 이준을 돌아보며 물었다. 이준은 어깨를 으쓱하며 잠시 생각하는 듯했다.

"내일은 그냥 아빠랑 집에 있는 게 좋을 것 같은데?"

"왜?"

"내일 갔다가 저녁이면 와야 되는데 왔다 갔다 하는 거 피곤하잖아. 내일은 우리 둘이 놀자."

"네."

힘없이 랑이가 고개를 숙이며 대답했다.

"나도 내일 할 거 없는데………."

실망으로 가득했던 랑이의 눈이 금세 또렷해졌다.

"나는 내일 피자 만들러 갈까 하는데 누구 같이 갈 사람 없나?"

리윤은 혼잣말이라도 하는 듯이 다 들리게 중얼거리며 눈을 굴렸다. 랑이는 아이스크림 먹던 손을 머리 위로 번쩍 들며 엉덩이를 들썩거렸다.

"랑이 갈래? 가고 싶어?"

"네!"

"좋았어! 우리 내일은 피자 만들기 하러 가자."

랑이는 의자에서 내려와 리윤에게 폴짝 안겼다. 아이의 감정이 오늘은 롤러코스터를 탄 것 같았다. 그 모습을 보는 이준은 속이 아리기만 했다. 늘 저렇게 해맑은 아이기만 하면 좋을 텐데 그렇게 해 주지 못하는 자신이 너무 무능하게 느껴졌다.

"우리 랑이 좋겠네."

"응, 너무 좋아. 행복해."

"나도 랑이가 행복해서 행복해."

"아줌마."

"응?"

"아줌마는 랑이 사랑해요?"

아이의 검은 눈동자가 사뭇 진지해져서 물었다. 자신을 똑바로 올려다보며 미세하고 떨고 있는 아이의 좁은 어깨를 리윤은 가만히 손으로 붙잡았다. 그리고는 그 검은 눈동자를 응시하며 말했다.

"사랑해. 하늘만큼 사랑해."

"진짜요?"

"다음에 다시 물으면 그때는 하늘만큼 땅만큼 사랑한다고 할 것 같아."

"우와."

"그리고 또 물으면……."

"그러면?"

"하늘만큼 땅만큼 우주만큼 사랑한다고 말할 거야."

랑이의 입술이 천천히 휘어졌다. 동그랗게 커지는 눈이 아이가 얼마나 기뻐하는 건지 말해 주고 있었다. 어떻게 표현해야 하는 건지, 이럴 때는 무슨 말을 해야 하는 건지 몰라서 머뭇거리고 있을 뿐이었다. 그걸 아는 리윤이 먼저 아이를 품에 안았다. 랑이의 작은 손이 리윤의 허리를 감싸 안았다. 손끝이 닿지 않았지만 아이는 리윤의 옷자락을 꽉 움켜잡아 안았다. 둘이 얼싸안고 있는 모습을 바라보고 있는데 이준은 마치 시간이 멈춘 것 같은 착각을 불러일으켰다. 오늘도 욕심은 더없이 크게 자라고 있었다.

외출을 했다가 잠시 가게에 들렀던 유 여사는 밖에서 얼핏 보이는 가게 안의 풍경에 저도 모르게 발길을 멈췄다. 아이를 안고 있는 리윤과 그런 리윤을 보고 있는 이준의 모습이 흡사 가족 같았다. 가게 문을 열고 들어가면 안 될 것만 같았다. 순간 가슴이 철렁 내려앉으며 유 여사는 급하게 발길을 돌려 집으로 돌아왔다.

탁.

물 한 잔을 벌컥벌컥 들이켜고 식탁에 빈 컵을 내려놓으며 그녀는 털썩 의자에 쓰러지듯이 앉았다. 오만가지 생각으로 머릿속이 뒤엉켰다. 자신이 대체 무슨 상상을 하는 건지도 모를 지경이었다.

"말도 안 돼."

어려서 한 동네에서 자랐던 아이들이고, 커서 다시 만나서 반가웠고, 그래서 오빠, 동생처럼 가깝게 지내는 거라고, 정말 별거 아니라고 생각했었다. 사실 별거라는 생각조차도 하지 않았었다. 아이 혼자 키우는 이준이 대견하면서도 안쓰러웠고 그건 리윤도 같을 거라고 생각했다. 하나라도 챙겨 줄 게 있으면 더 챙겨 주면 좋은 거라고, 그렇게 사는 게 이웃이고 정이라고. 그런데 조금 전 봤던 두 사람의, 아니 세 사람의 모습은 그저 단순한 이웃이 아니었다. 생각이 점점 꼬리에 꼬리를 물고 길게 이어지기 시작했다.

유 여사는 리윤에게 전화를 했다.

"손님은?"

겨우 떨리는 목소리를 진정시키고 평소와 다름없이 잔잔하게 물었다.

―별로, 한가하네.

"그래?"

―엄마가 나가고부터 뜸해.

"그럼 혼자야?"

―나? 조금 전에 랑이 놀러 왔다가 가고 지금은 혼자 있어.

"랑이 놀러 왔었어?"

리윤이 먼저 랑이 얘기를 꺼내는 걸 보니 유 여사는 절로 마음이 놓였다. 부모 속이면서 뒤로 딴짓을 할 애가 아니라는 걸 철석같이 믿으면서도 막상 그런 게 아닐까 싶으니까 손부터 달달 떨렸다. 못났지만 어쨌든 확인을 하고 나니 안심이 됐다.

―좀 전에 와서 놀다가 갔어.

유 여사는 리윤에게 들리지 않게 크게 심호흡을 하며 숨을 골랐다.

―엄마 어디야?

"어? 집."

─볼일은 다 본 거야?

"어, 다 봤어. 우리 저녁에 고기 구워 먹을까?"

─집에서?

"어, 신문지 깔고 구워 먹자."

─알았어, 내가 들어가면서 사 갈게.

"일찍 닫고 와."

─알았어요.

무난하게 통화를 끝내고 유 여사는 여전히 들썩이고 있는 가슴을 손으로 내리눌렀다.

"그래, 괜히 별 상상을 다 하고 있어."

그동안 리윤에게 너무 무심했다 싶었다. 아이는 하나뿐인 아빠를 잃은 건데 그저 제 슬픔에만 빠져서 나만 힘들다고 발버둥치고 있었던 게 아닐까 뒤늦게 정신이 번뜩 들었다. 꽃다운 나이의 딸을 그 좁은 분식집에서 묶어 놓고 아무것도 하지 못하게 해 버렸다. 분명 하고 싶은 일은 따로 있었을 텐데 참 지독하게도 외면하고 있었다.

"정신 차려야지."

끙, 소리와 함께 무릎을 세우고 일어난 유 여사는 조금 이른 저녁 준비를 시작했다. 리윤이 좋아하는 하얀 쌀밥을 짓고 김치를 썰어 놓고 파를 썰어서 파채로 무쳤다. 보글보글 된장찌개까지 끓이면 저녁 준비는 끝이었다. 역시 잡생각에는 몸을 움직이는 것만큼 좋은 것도 없었다. 바쁘게 이리저리 움직이다 보니까 쓸데없는 걱정들이 사라지는 것 같았다.

다용도실에서 신문지를 찾아 나와서 거실 바닥에 쫙 깔아 고기 파티를 위한 준비까지 마쳤다.

그렇게 밖이 어둑해지기 시작하자 현관문 여는 소리가 들렸다. 문이 열리고 리윤이 아니라 유정이 먼저 모습을 드러냈다.

"오늘 고기 파티가 있을 거라는 소식을 긴급 입수했습니다!"

거수경계를 하며 유정이 비장함마저 느껴지는 표정으로 유 여사에게 인사를 했다.

"조용히 먹으려고 했는데 소문이 거기까지 났단 말이야?"

"이모, 우리끼리 이러면 섭섭하지."

눈을 흘기는 유정이 아이처럼 귀엽기만 했다.

"들어오기나 해. 유성이는?"

"몰라?"

"쌍둥이는 원래 같이 다니는 거 아니야?"

"다 컸는데 쌍둥이는 무슨."

리윤은 어느새 주방에 들어가 장 봐 온 것들을 내려놓고 나왔다.

"다 준비해 놨네?"

"얼른 씻고 나와. 너는 유성이한테 전화해 봐."

"왜?"

"기왕 먹는 거 다 같이 먹어야지."

유 여사의 말에 유정은 입술을 삐죽거렸다.

"올 거면 고기 더 사서 오라고 해."

유정이 방으로 들어가는 리윤의 뒤에 대고 소리쳤다.

고기 먹는다는 말에 유성은 빛의 속도로 달려왔고 결국 넷이서 오붓하게 둘러앉아 삼겹살 파티를 시작했다.

"엄마랑 이모 빠지니까 좀 허전하기는 하다."

유정의 말이 안 들리는지 유성은 대꾸도 없이 익은 고기를 흡입하느라 정신없었다.

"넌 밥 안 먹고 사니?"

"먹는 시간도 아까워."

"고기 먹는 시간은 안 아깝고?"

"없는 시간도 만들어 내야지."

투닥거리는 둘을 보면서 리윤은 혀를 끌끌 찼다.

"방금 혀 차는 소리 설마 공리윤 입에서 나는 소리는 아니지?"

"설마."

"방금 두 사람의 설마는 무슨 뜻이야?"

유정과 유성이 동시에 어깨를 올렸다가 내렸다. 이럴 때는 영락없는 쌍둥이였다. 닮은 구석은 하나도 없지만 간혹 행동이나 말이 비슷하게 튀어나왔다.

"야, 천천히 먹어."

리윤과 유정의 젓가락이 불판 위를 날아다니는 유성의 젓가락을 막아 댔다. 세 사람의 모습을 유 여사는 그저 흐뭇하게 쳐다볼 뿐이었다. 리윤에게 형제를 만들어 주지 못한 게 두고두고 후회스러웠는데 그나마 쌍둥이 사촌이 곁에 있어서 얼마나 다행인지 모른다. 셋이 지금처럼 서로를 위하고 챙기면서 그렇게 살았으면 좋겠다.

"내일은 가게 쉬어?"

유성의 말에 리윤은 고개를 끄덕였다.

"뭐 할 건데?"

"그걸 네가 왜 알고 싶어 하는 건데?"

리윤이 대답을 하기도 전에 유정이 나서서 유성의 말을 막아섰다. 짧은 순간 유성의 날카로운 눈빛이 유정을 찌르듯이 노려봤다.

"나 내일 경석이 형 결혼식 갈 건데 너도 가자."

"경석이 형? 나는 연락 못 받았는데?"

유정이 미간을 찡그리며 유성과 리윤을 번갈아 쳐다보며 물었다.

"경석이 형이 누군데? 둘이 아는데 왜 내가 몰라?"

"나는 학교 선배고 리윤이는 회사 다닐 때 아는 선배고."

"아하. 야, 뭘 굳이 연락도 안 하는데 가고 그래? 괜히 부조금 낭비하지 말고 집에서 잠이나 자."

"그럴까?"

"나한테 연락하면 너도 올 줄 알고 그랬겠지. 나랑 너랑 사촌인 거 빤히 아는데 너 안 가면 혼자 가는 나까지 이상해지잖아."

"왜 그렇게 리윤이를 데리고 가려고 난리야?"

"원래 좋은 일에는 나서서 축하해 주는 거야."

"그래. 그건 유성이 말이 맞아. 내일 할 거 없으면 같이 다녀와."

유 여사까지 나서서 유성의 말에 힘을 실어 줬다. 내일 랑이와 피자 만들기 하러 가자고 했는데 큰일이다.

"결혼식이 몇 시야?"

"12시."

"딱 점심 먹을 시간이네."

"짝 없는 너랑 나랑 내일은 커플처럼 다정하게 밥까지 먹고 오자."

유성이 한쪽 눈을 찡긋하며 못을 박았다.

"우리 술도 한 잔씩 할까?"

"이모, 이렇게 안주가 훌륭한데 안 하는 건 유죄야."

유정이 자리에서 발딱 일어나 주방으로 들어갔고 리윤이 커다란 쌈을 입에 후다닥 넣고는 일어났다. 냉장고에서 맥주와 소주를 꺼내 식탁 위에 올려놓는 유정에게 리윤이 바짝 다가가 옆구리를 툭 쳤다.

"왜?"

"쟤 왜 그래?"

"뭐가?"

"몰라. 근데 뭐가 있는 거 같아."

리윤의 말에 유정이 고개를 삐죽 내밀어 거실에 있는 유성을 힐끔 쳐다봤다.

"나도 뭔가가 익숙하지 않기는 해. 왜 굳이 너랑 같이 결혼식을 간다고 우기는 걸까? 무슨 꿍꿍이야?"

"그치, 꿍꿍이가 있는 것 같지?"

"어, 있기는 뭐가 확실히 있어."

두 사람은 동시에 고개를 갸웃거렸다. 그러다 유정이 먼저 리윤의 귀에 대고 속삭이듯이 말했다.

"혹시 눈치챈 거 아니야?"

"뭘?"

"너랑 사이준."

"나랑 사이준이 뭐?"

천연덕스럽게 되묻는 리윤에게 유정이 상체를 뒤로 떨어뜨리며 팔짱을 꼈다. 그리고는 말간 표정으로 가만히 리윤을 바라보기만 했다.

"뭐, 뭐?"

"저 자식이 눈치챈 거 맞는 거 같다."

"그러니까 뭐, 뭐를 눈치챘다는 거야?"

"내숭 그만 떨어."

리윤은 일단 입을 굳게 다물었다. 섣불리 말을 했다가는 큰일이었다. 이럴 때는 조용히 상황 파악을 하는 게 우선이었다.

"쟤 엄청 보수적인 거 알지? 사이준을 아무리 형으로 좋아한다고 해도 네 짝으로는 절대 인정 못 할 놈이야."

아무래도 들킨 게 맞는 것 같다.

"어디서 들킨 거야?"

"몰라."

"이모 들어가면 내가 떠볼 테니까 넌 입조심하고 있어."

"너는 어떻게 알았는데?"

"몰랐어."

"어?"

"네가 지금 실토하고 있잖아."

"뭐?"

"대충 그럴 것 같다고 의심만 했었는데 지금 너 보니까 확실하게 알겠는데 뭐. 어디까지 진도를 나간 거야?"

역시 무서운 년이다.

"아무튼 조심해."

"뭘?"

"너랑 사이준, 모두에게 축하받을 수 있는 사이는 아니잖아."

할 말이 없었다. 유정의 말이 사실이었다. 그리고 그 모두 중에 유 여사가 가장 걱정이었다. 만약 모두가 알게 된다면 유 여사가 알게 되는 걸 막으려고 또 한 번 가족이 똘똘 뭉칠 게 빤했다.

"너는?"

"나 뭐?"

"너는 축하해 줄 거야?"

"어, 나는 무조건 축하해 줄 거야."

싱긋 웃는 유정 덕분에 리윤은 마음이 스르르 풀리는 듯했다. 든든한 지원군을 얻은 것처럼 마음이 그득해지기도 했다.

"어디까지 갔어?"

"뭐가?"

가볍게 눈을 흘기며 유정이 입술을 비틀었다. 그러다 금세 표정이 바뀌어서는 리윤에게 물었다.

"잤어?"

화들짝 놀라서 밖을 두리번거렸지만 리윤은 아니라고 부정하지는 않았다. 그걸로 다 알았다는 듯이 유정이 만족스럽게 입술을 끌어올려 웃었다.

결혼식 가기에 적당하면서 아이와 나들이 가기에도 무난한 옷을 골라 입는 데 1시간 넘게 걸린 후에야 리윤은 유성과 출발할 수 있었다. 이모부에게 차까지 빌려서 온 유성은 꽤나 말끔하게 정장을 차려 입고 리윤을 기다리고 있었다.

"어제는 왜 그렇게 일찍 갔어?"

벨트를 매면서 리윤이 슬쩍 유성에게 물었다. 벼르고 있던 유정이 잠깐 화장실을 간 사이에 유성은 자연스럽게 스윽 일어나더니 현관문을 열고 나가 버렸다.

"너희들한테 시달리기 싫어서."

"여우 같은 놈."

"이모가 알기 전에 정리해."

"뭘?"

유성이 리윤을 돌아봤다. 그의 얼굴은 웃음기라고는 찾아볼 수 없이 진지했다.

"내가 알아서 해."

"어떤 식으로 알아서 한다는 건지는 몰라도 이모까지 알게는 절대 하지 마."

"내가 무슨 나라를 팔아먹었어?"

발끈했지만 사실 지금 리윤에게도 가장 걸리는 건 유 여사였다. 환영할 수도 있는 일이지만 그건 어디까지나 바람이었다. 아마 부모들 대부분은 절대 허락하지도, 이해하지도 못할 일이었다.

"차라리 나라를 팔아먹어."

"야."

"서두를 생각 하지 마. 네 마음 정해졌다고 주변까지 단숨에 정리하려고 하지 말라고. 이모 아직 힘들어."

"나도 알아."

"알면 서두르지 말라고. 끝내면 더 좋고."

끝내라는 말에 서운함이 확 몰려왔지만 그렇다고 유성에게 따질 수는 없었다. 동갑이지만 지금은 가족으로, 오빠 같은 마음으로 걱정돼서 하는 말일 테니까.

"어떻게 알았어?"

"봤어."

"뭘?"

"셋이 같이 있는 거. 그냥 알고 지내는 사이는 아닌 것처럼 보이더라."

리윤은 가만히 아랫입술을 깨물었다. 제대로 시작도 하기 전에 벌써 브레이크를 밟는 사람이 생겨 버렸다. 역시 힘든 일이었구나 싶어 착잡했다.

"어쩌려고 그래?"

"몰라. 뭘 어쩌자고 시작한 건 아니야. 그냥 그렇게 된 거지."

"사고 치지 마, 공리윤."

"벌써 쳤어."

"야!"

유성이 버럭 소리를 질렀다. 흥분한 유성이 씩씩거리며 차를 한쪽으로 세우려고 했다.

"야, 세울 거 없어, 그냥 가."

"너 지금……."

"촌스럽기는. 너 공부 그만해야겠다."

"사고 쳤다며?"

"이미 마음이 갔다고. 나 그 사람 진짜 좋아해."

"그럼……."

"내 나이가 몇인데 정신적 사랑만 하겠냐? 어쨌든 내가 말한 사고는 이미 잴 거 다 재고 따질 거 다 따지고 계산 끝났다는 말이야."

"뭘 따지고 뭘 재 봤는데?"

"내 마음."

"그것 말고도 따져야 할 거 많은 거 몰라?"

"알아. 근데 그 순간에는 몰랐어."

"이혼했다는 것만으로도 받아들이기 힘든데 거기에 아이까지 있잖아. 그거 받아들일 수 있는 사람 별로 없어."

"내가 지금 당장 결혼을 하셌다는 건 아니잖아."

슬슬 유성과의 대화가 짜증 나기 시작했다. 아무 일도 벌어지지 않았는데 벌써부터 너무 유난스러웠다.

"아이까지 있는 남자가 새로운 여자를 만난다는 건 결혼까지 염두해 두고 있다는 거야. 그걸 꼭 말로 해야 알아? 사실 너도 다 아는 거잖아."

"그만하자."

"대체 어쩌려고 그러는 거야?"

"좋은데 어떡해. 지금 너랑 얘기하면 내가 미쳤다 싶다가도 그 사람 만나면 다른 걱정은 아예 안 하게 된다고."

"진짜네. 진짜 시작했네."

땅이 꺼져라 깊은 한숨을 쉰 후 유성은 입을 꾹 다물었다. 결혼 식장에 도착할 때까지 차 안은 무거운 공기만이 부유했다.

"정리는 확실하게 된 거 맞아?"

차에서 내려 결혼식장으로 들어가는데 유성이 무겁게 말을 꺼냈다.

"무슨 정리?"

"아이 엄마."

"어."

"아이 엄마도?"

"당연하지."

라고 대답은 했지만 그것까지 장담할 수는 없었다. 만나 본 적도 없었고 그 여자의 사정이 어떤지도 알지 못했다. 최근에 랑이 앞에 나타났다는 것만 알고 있었다. 무슨 마음으로 나타난 건지 그것까지는 알 수가 없었다.

온 얼굴에 밀가루를 묻히고 랑이의 웃음소리가 끊이지 않던 피자 체험을 마치고 리윤과 이준은 저녁까지 해결한 후 잠든 아이를 품에 안고 집으로 돌아왔다. 조심스럽게 아이를 침대에 눕히고 나온 이준이 소파에 앉아 있는 리윤의 무릎 위로 쓰러지듯 누웠다.

"이대로 자고 싶다."

"나도."

"자고 갈래?"

"라면 먹고 갈래보다 대놓고 직접적이다?"

"아닌데, 난 순수하게 잠만 자고 가라는 뜻이었는데?"

리윤이 눈을 흘겼다. 이준은 씨익 웃으며 리윤의 허리를 끌어안으며 안으로 더욱 파고 들었다.

"랑이 아침까지 자겠지?"

"지금 자면 그렇지. 신나게 놀아서 피곤할 거야."

"나도 너무 잘 놀았어."

"그런 거 같더라."

허리를 감싸고 있던 이준의 손이 스멀스멀 옷 속으로 들어왔다. 리윤은 몸을 옆으로 비틀며 그의 손을 빼내려고 했다.

"아직도 배가 부른 거 같아."

"응."

"아까 피자 진짜 맛있더라. 랑이도 채소까지 전부 다 잘 먹었어. 종종 하면 좋을 것 같아."

"응."

리윤은 열심히 얘기를 했고 이준은 건성으로 대답을 했다. 이 상황이 우스우면서도 리윤은 부끄러웠다. 머릿속으로는 속옷을 뭐 입었는지부터 저녁 먹고 이를 안 닦았는데 냄새나면 어쩌나, 진짜 오늘 여기서 자는 건가, 이대로 서이준과 같이 밤을 보내는 걸까, 등을 생각하며 숨을 고르고 있었다.

"나 진짜 오늘 밤……."

딩동.

갑작스레 들리는 초인종 소리에 리윤이 소스라치게 놀라 몸을 구겼다. 여전히 리윤의 무릎을 베고 누워 있던 이준은 가슴까지 올라온 손을 내릴 생각 없다는 듯이 현관 쪽을 힐끗 쳐다봤다.

"누구야? 올 사람 있어?"

"없어."

"그럼 이 시간에……."

딩동.

"빨리 가 봐."

누워 있는 이준을 억지로 일으켜 세우며 리윤은 눈을 굴렸다. 그리고는 가슴 아래까지 올라간 옷을 서둘러 내렸다. 귀찮다는 듯이 이준이 몸을 일으키며 신경질적으로 머리카락을 쓸어 올렸다.

"누구세요?"

그의 목소리가 까칠했다. 심술부리는 아이 같아서 그 모습이 왠지 귀여웠다.

"누구……."

"나."

여자 목소리였다. 그리고 이름을 밝히는 것도 아니고 그냥 목소리만 들려주면 다 아는 것처럼 상당히 건방지게 나, 라고 짧게 대답했다. 리윤은 눈살을 찌푸리며 소파에서 일어나 현관 쪽을 응시했다. 이준이 리윤을 돌아봤다.

"누군데?"

리윤의 물음에 이준은 현관으로 향하던 걸음을 돌려 다시 리윤에게로 다가왔다.

"왜?"

"나 잠깐 나갔다 올게."

"누군데 그래? 나 여기 있는 거 알면 안 되는 사람이야?"

"너한테 보여 주기 싫은 사람이야."

"그러니까 그게 누군데?"

"랑이 엄마."

그때부터 사고가 멈췄다. 이준이 옷을 챙겨 입고 밖으로 나가는 동안에도 리윤은 그저 소파에 앉은 채로 인형처럼 있을 뿐이었다. 담담한 표정도 지어 주지 못했고 화난 얼굴로 나가는 이준을 노려보지도 못했다. 다녀올게, 라는 그의 말에 눈만 깜박였던 것 같다.

방에서 세상모르고 달게 자고 있는 랑이 때문에 그렇다고 집에 갈 수도 없었다. 이준이 돌아올 때까지 꺼진 tv를 바라보면서 그냥 그렇게 이준을 기다렸다. 완벽할 수 있었던 오늘이 딩동, 소리

한 번에 와르르 무너졌다.

현관문을 열고 밖으로 나와 아라를 모진 시선으로 한 번 스윽 본 후, 이준은 그대로 건물 계단을 내려왔다. 한참 지나서 아라는 그를 따라 아래로 내려왔고 말없이 그의 뒤를 따랐다. 랑이가 보고 싶어서 찾아왔지만 이준은 그럴 마음이 없는 듯했다. 언제나 일을 저질러 놓고 후회하는 편이지만 다음에도 같은 일이 반복되는 걸 보면 반성까지 하는 스타일은 아니었다. 언제나 제 감정이 가장 중요했고 자신의 선택이 우선이었다.

"어디까지 가는 거야?"

아라의 볼멘 목소리가 튀어나왔다. 다른 사람을 배려하는 일은 예전부터 없었다. 주위 모든 사람이 정아라에게 맞춰 줬고 그걸 당연히 여기며 살았으니 그랬겠지만 세월이 흐른 지금까지일 줄은 몰랐다. 적어도 아이에 대한 미안함으로 조금은 달라졌기를 바랐다. 적어도 아이에게만큼은 그래 주기를 바랐다.

"이준 씨."

아라가 걸음을 멈추고 짜증스럽게 이준의 이름을 불렀다. 이준은 못 들은 척 걸으며 커피숍 안으로 들어갔다. 그리고 얼마 지나지 않아 아라도 그를 따라 커피숍 문을 열었다.

"그냥 집에서 얘기하면 안 돼?"

"해."

"뭘?"

"얘기."

딱히 할 말이 있어서 찾아온 게 아니라 아라는 입을 다물었다.

"할 얘기도 없으면서 불쑥 찾아오는 거, 예의 없고 불쾌한 일이라는 거 몰라?"

"그냥 랑이 보고 싶어서 왔어."

"그냥? 너는 달라진 게 하나도 없구나."

"엄마가 아이 보고 싶다는데 이유가 있어야 돼?"

이렇게나 이기적이고 제멋대로인 여자를 그때는 왜 그렇게 정신 못 차리고 사랑했던 걸까. 그게 과연 사랑이기는 했던 걸까.

"집으로 가. 랑이 보고 갈래."

"아니, 내 집에 너 들이기 싫어."

"이준 씨."

"아무 때나 아무렇게 랑이 만나고 싶다고 오는 거 하지 마."

단호하고 냉정한 이준의 눈빛에 아라는 몸이 움츠러드는 듯했다. 이렇게 살벌한 남자가 아니었다. 장난스럽고 배려심 많고 다정한 남자였다.

"당신 많이 달라졌다."

그렇게 만든 사람이 누구인지, 왜 달려져야만 했는지는 전혀 모르는 눈치였다. 주위 사람들은 힘들지라도 본인은 편할 테니 정아라에게는 더없이 좋은 일이었다.

"이 시간에 애 혼자 두고 나오면 안 되는 거 아니야?"

"랑이는 너 안 보고 싶대."

"랑이가 그래? 왜?"

아라의 얼굴이 눈이 보일 정도로 구겨졌다.

"왜 안 보고 싶은지는 안 물어서 몰라."

"그걸 물어봤어야지."

짜증스럽게 말을 뱉으며 아라는 아랫입술을 깨물었다. 그건 아마도 속상함이 아니라 자신을 거부한 것을 믿을 수 없다는, 그냥 어이없다는 뜻이리라.

"다섯 살 아이한테 그걸 물어보라고? 보고 싶지 않다고 말하는 아이한테 왜 보고 싶지 않은 건지 물어보라고? 그렇게 잔인한 짓을 너는 할 수 있겠지만 나는 못 해. 그리고 안 해."

말문이 트일 때부터 엄마라는 말은 하지 않은 아이였다. 모두에게 있는 엄마가 자신에게만 없다는 걸 알면서도 왜인지조차 묻지 않은 아이였다. 그 작은 가슴에 얼마나 커다란 상처가 있는지 짐작만 할 뿐 한 번도 아픈지, 힘든지 물어보지 않았다. 그걸 도대체 어떤 부모가 물어볼 수 있을까.

"늦은 건 아는데 그래도 왔잖아. 지금부터라도 잘하면 되는 거잖아. 그러려면 시간을 줘야지. 어떻게 애를 보지도 못하게 해?"

"너는 어떻게 애를 볼 생각을 하는 건데?"

"뭐?"

"어떤 마음이면 아이를 보겠다고 당당하게 나설 수 있는 거냐고."

정아라가 달라지길 바라지는 않았다. 그냥 랑이의 인생에서 사라져 줬으면 좋겠다. 나중에, 랑이가 더 커서 엄마를 보고 싶다고 한다면 모르겠지만 아이가 찾기 전까지는 그림자도 볼 수 없게 없어져 줬으면 좋겠다.

"만나게도 해 줬으면서 이제 와서 이러는 이유가 뭐야?"

"그때는 랑이가 만나겠다고 했으니까."

커피를 주문하고 둘 사이에 주문한 커피가 놓이기까지 이준은 아예 입을 다물었다. 그 앞에서 아라는 답답한 듯 입술을 깨물었다.

"그럼 지금은 안 보겠다고 한다는 거야? 다섯 살짜리 애가?"

"아니, 너 만난 날 더는 안 보고 싶다고 하더라."

"왜? 그때……."

"그때 한 번도 안 웃었어."

아라는 잠시 기억을 더듬는 듯이 눈을 굴렸다.

"기억도 안 나지? 너는 보고 싶은 아이 만났고 봤으니까 그게 제일 중요했을 거야. 그날 아이의 표정이 어땠는지, 아이가 무슨 말을 했는지, 아이가 뭘 잘 먹었는지 그런 것 따위 안중에도 없었을 거야. 너는 그런 사람이거든."

"처음이니까 그렇지. 그렇게 계속 만나다 보면……."

"계속 만나다 보면 너는 좋겠지. 그다음에는? 그 계속이 언제까진데?"

"나 랑이 만나러 온 거야. 미국 가기 전까지……."

후우, 이준이 길게 한숨을 토해 냈다.

"그리고 랑이는 또 네가 돌아오기를 기다리고?"

"그거야……."

왜 자꾸 말을 끝맺지 못하는 걸까. 아라는 산뜻하게 끝나지 않는 말들이 갑갑해지기 시작했다. 단순히 랑이가 보고 싶어서 찾아온 거였다. 그게 이렇게까지 죄짓는 일일 줄은 몰랐다.

"우리 좀 쿨해질 수는 없어?"

"뭐?"

"부부가 살다 보면 이혼도 할 수 있는 거잖아. 그걸 아이한테 가르치고 받아들이게 하면 되는 거지, 뭘 그렇게 죽을죄를 지은 사람처럼 비난하고 공격하고 그래? 제발 우리 쿨해지자."

테이블에 놓인 뜨거운 커피를 저 반반한 얼굴에 뿌리고 싶었다. 바들바들 떨리는 손을 겨우 숨기고 끓어오르는 속을 간신히 눌렀다.

"내가 랑이 데리고 가겠다고 하면 어쩔 거야?"

"뭐? 랑이를 데리고 가?"

"나 랑이 엄마야, 얼마든지 그럴 권리 있어."

처음으로 아라의 목을 비틀고 싶어졌다. 보석을 걸고 있는 저 하얗고 가느다란 목덜미를 나뭇가지처럼 댕강 부러뜨리고 싶었다.

"랑이 이제 다섯 살이야."

"알아."

"다섯 살 아이는 이미 생각이라는 걸 하고 주장이라는 걸 해. 자기한테는 왜 엄마가 없는지 알고 있어."

"설마 말한 거야?"

"뭘?"

"그러니까 내가……."

차마 말을 끝까지 할 수가 없어서 아라는 물 잔을 들었다. 랑이가 알고 있다는 말에 덜컥 겁이 났다. 그때의 일이 적어도 랑이한테만큼은 잘한 짓이 아니라는 걸 알고 있었다.

"만나겠다고 하면 안 막아. 그런데 랑이가 거부하면 절대 안 돼."

"사과해야 하는 거야?"

"누구한테?"

"랑이한테. 그리고 당신한테."

정아라 입에서 사과라는 단어가 나올 줄은 몰랐다. 꼿꼿하게 고개 치켜들고 뻔뻔하게 굴던 정아라가 꼬리를 내리고 사과를 논하다니. 시간이라는 게 누구에게나 참 대단하기는 한 거구나 싶었다.

"그것도 랑이가 받아들일 준비가 됐다고 하면 그때 해."

"당신은?"

아라의 물음에 이준은 허리를 바로 세웠다.

"할 필요 없어. 단순히 미안하다는 말로 잊을 수 없는 일이야. 겨우 사과로 끝내고 당신 마음 편하게 살게 해 주고 싶지 않아. 치사하다고 해도 할 수 없고 속 좁다고 해도 어쩔 수 없어. 평생 내 눈앞에 안 보이고 살아."

"내가 불행하기를 바라는 거야?"

"내가 사과 안 받으면 정아라가 불행해지나? 아니, 절대 아닐걸? 어쩌다 한 번씩 마음 한구석이 찜찜한 정도의 불편함은 있겠지. 근데 그게 다일 거야. 당신은 그런 사람이거든. 그러니까 정아라답게 정아라스럽게 그렇게 살아. 공연히 나타나서 랑이 힘들게 하지 말고 너는 너대로 우리는 우리대로 그렇게 살자고."

"당신 아직도 나한테 많이 화났구나?"

생각하고 싶은 대로 생각하는 것도 역시 정아라다웠다.

"너한테 화낼 시간 따위 없어."

"이준 씨, 나는 우리가 좀……."

이준은 자리에서 일어났다. 그리고는 말을 하다 만 아라를 내려다보며 말했다.

"가, 여기 너 반가워할 사람 한 명도 없어. 남의 귀한 시간 방해하지 말고 너 할 거 하다가 가."

이준은 귀찮다는 얼굴로 돌아섰다. 한 번도 이준에게서 느껴 보지 못한 감정에 아라는 당황했다. 헤어진 후로 그는 언제나 화가 나 있었다. 소리를 지르거나 말없이 있을 때도 그의 눈에는 분

노가 가득했었다. 하지만 지금 이준에게서는 아무것도 읽히지 않았다. 백화점에서 에스컬레이터를 타고 지나가며 잠깐 스친, 정말 아무 의미 없는 사람을 보는 그런 눈빛이었다.

멍하게 자신을 올려다보고 있는 아라를 두고 이준은 그대로 커피숍을 나왔다. 금방 맑은 공기가 그를 감싸는 듯했다. 이준은 시간을 확인하고는 걸음을 재촉했다. 리윤을 너무 오랫동안 기다리게 했다. 들어가는 길에 아이스크림도 사서 가야겠다.

"랑이 아빠?"

등 뒤에서 들리는 낯익은 목소리에 이준은 고개를 돌렸다.

"안녕하세요."

유 여사였다.

"랑이 아빠 맞네."

"어디 다녀오시는 길이세요?"

"어, 동생 집."

"네."

"랑이는?"

"아, 집에 있어요."

나란히 보폭을 맞춰 걸으며 두 사람은 대화를 이어 나갔다.

"랑이가 참 예뻐."

"감사합니다."

"비가 한번 시원하게 쏟아지면 좋겠는데 벌써부터 후덥지근해서 큰일이네."

"그러게요."

비가 내릴 듯 날은 꽤나 더웠다. 무거운 공기는 잔뜩 물을 머금은 것처럼 축축하기만 했다. 조금 전까지 상쾌하다고 느껴졌던 날씨가 순식간에 달라지는 기분이었다.

"저기……."

"네."

"좋은 사람 있으면 만나 볼 생각 있나?"

조심스럽게, 하지만 강단이 느껴지는 말투로 유 여사가 말했다.

"네?"

"내가 찾아볼까 싶어서."

괜찮다는 말이 차마 나오지 않아 이준은 입술만 달싹였다.

"사람은 다 자기한테 맞는 짝이 있는 것 같더라고. 한 번에 바로 만나면 좋겠지만 그렇지 않을 수도 있는 거니까……. 그리고 뭐 처지가 비슷한 사람 중에도 얼마든지 있을 수 있는 거고."

그 말을 하면서도 유 여사는 가슴에 끝이 뭉툭한 돌덩이를 누군가 던지는 듯했다. 이런 말을 해도 되는지 내내 고민했었다.

"어머니."

이준이 유 여사를 어머니라고 불렀다. 그 순간 유 여사는 가슴이 철렁 내려앉았다. 아무렇지 않은 척 발을 내딛는데 이상하게 바닥이 울퉁불퉁한 것만 같았다. 못 들은 척하며 앞만 보고 걷는데 이준이 다시 한 번 유 여사를 불렀다.

"어머니."

유 여사는 걸음을 멈추고 질끈 눈을 감아 버렸다.

9. 그럼에도……, 행복해.

주말이 지나고 다시 찾아온 월요일. 직장을 다닐 때도 없었던 월요병이 요즘 들어 생겨난 듯했다. 몇 번의 주말이 지나는 동안 여름은 더 짙어졌다. 더위에 익숙해진 탓인지 이제는 한낮이 아니고는 견딜 만한 정도였다.

"일하기 싫다."

기지개를 머리 위로 쭉 켜면서 허리를 이리저리 돌렸다. 마늘을 사러 슈퍼에 간 유 여사는 어쩐 일인지 30분이 넘도록 돌아오지 않고 있었다. 슈퍼에서 누굴 만나기라도 한 건지 어째 올 생각이 없는 것 같았다. 틈만 나면 나가고 밤에도 누구를 만나는 건지 늦게 들어오기 일쑤였다. 그나마 그렇게라도 슬픔에서 벗어날 수 있으니 그것만으로도 리윤은 캐묻지 않고 마음을 조금은 놓을 수 있었다.

슈퍼 쪽으로 고개를 길게 빼고 밖을 내다보면서 리윤은 이번에는 허리를 주먹으로 두드렸다.

"오늘은 좀 덜 더우려나?"

아침부터 정수리를 뜨겁게 달구던 더위가 어째 오늘은 한결 덜

한 듯했다. 그렇다고 마음 놓고 있을 수는 없었다. 리윤은 일단 가게 한쪽에 있는 에어컨부터 서둘러 확인했다.

"김밥 지금 돼요?"

손님이 오고 리윤의 한가로웠던 시간은 끝이 났다.

"그럼요."

"그럼 김밥 세 줄만 포장해 주세요."

"네."

위생장갑을 끼는 걸로 김밥 말 준비를 시작했다. 막 김 위에 밥을 올리는데 두 번째 손님이 뒤이어 들어왔다. 그때부터 손님은 끊이지 않고 들어왔고 기어이 기다리는 손님까지 생겼다. 부지런히 김밥을 싸고 포장하고 또 다른 손님이 주문한 쫄면까지 하면서 리윤은 몇 분 만에 정신없이 바빠졌다. 나갔던 유 여사는 올 기미가 보이지 않았고 너무 바빠서 전화해 볼 틈도 없었다.

그렇게 1시간 정도가 흐른 후에야 유 여사가 가게 문을 열고 들어왔다. 하지만 유 여사도 가게 안이 손님으로 가득 찬 걸 보고는 서둘러 손을 닦고 앞치마를 허리에 둘렀다. 그때부터 두 사람은 환상의 호흡을 자랑하며 주방과 홀을 맡았다.

"오늘 무슨 일이래?"

리윤의 말에도 유 여사는 대꾸가 없었다. 뭔가에 정신이 팔린 사람처럼 몸만 움직이고 있는 것처럼 보였다.

"엄마."

"어?"

쟁반을 들고 주방 안으로 들어온 유 여사가 그제서야 리윤을 쳐다봤다.

"무슨 생각해?"

"생각은 무슨 생각을 해?"

"아까는 왜 그렇게 오래 걸렸어?"

"언제?"

"마트 간 거 아니었어?"

"아, 아니야."

"그럼?"

"그냥 누구 좀 만났어."

대충 그렇게 둘러대고 유 여사는 다시 홀로 나갔다. 손님이 빠지기는 했어도 여전히 나가야 할 음식들이 있어서 마냥 수다만 떨수도 없었다. 뭔가 숨기는 게 있는 것 같은 유 여사의 얼굴이 리윤은 김밥을 말면서도 계속 마음에 걸렸다.

"아이고 다리야."

퉁퉁 부은 다리를 손으로 주무르며 유 여사가 의자에 털썩 앉았다. 3시가 다 되어서야 두 사람은 한숨을 돌릴 수 있었다. 리윤은 커피 두 잔을 타서 유 여사 앞에 앉았다.

"오늘처럼만 손님 오면 우리 건물도 사겠다."

"그러게, 입소문이라도 났나?"

"무슨 소문?"

"김밥 맛있다는 소문."

"엄마, 김밥 맛있다는 소문은 진즉부터 났어."

어깨를 으스대며 리윤이 제법 잘난 척을 했다. 유 여사는 눈을 흘기면서도 그런 딸이 사랑스럽다는 눈길을 해 보였다.

"맞다, 근데 진짜 아까 어디 갔다 온 거야?"

커피를 홀짝이며 리윤이 물었다.

"부동산."

"부동산은 왜?"

"가게 내놨어."

"어?"

하마터면 커피를 뿜을 뻔했다. 그 정도로 크게 놀란 리윤이 눈이 커다래져서는 상체를 유 여사 쪽으로 기울였다.

"가게를 왜 내놔?"

"그럼 언제까지 할 건데?"

"그렇다고 한 마디 상의도 없이 왜 내놓는 건데?"

"힘들어, 그만하자."

"나 때문에 그래?"

"너도 그렇고 나도 그렇고 이제 그만하고 싶어졌어."

"그러니까 갑자기 왜?"

유 여사는 감정이 드러나지 않는 얼굴로 그저 커피만 마실 뿐이었다. 정말 힘들었다면 말을 하면 되는 건데 그동안 한 마디 없다가 갑자기 이러니 당황하지 않을 수가 없었다.

"엄마."

"아빠한테 가고 싶어."

깊어진 눈가의 주름 위로 유 여사의 애잔한 웃음이 피어올랐다. 그 순간 리윤은 턱, 하고 숨이 멎는 듯했다. 눈물조차 머금지 않은 말간 눈으로 웃으면서 편안하게 말하는 엄마를 리윤은 어떻게, 어떤 눈으로 봐야 하는 건지 알 수가 없어 혼란스러웠다.

"엄마는 아빠 옆으로 가야겠어."

"엄마……."

"너도 이제 너 하고 싶은 거 해."

"그게 무슨 말이야?"

"엄마가 널 붙잡아 두고 있는 거 같아서 그래. 나도 나 하고 싶은 거 하고, 너는 너 하고 싶은 거 하고. 우리 이제 그렇게 하자. 그렇게 해도 돼."

"엄마가 하고 싶은 게 아빠한테 가는 거야?"

"어, 엄마는 아빠가 너무 보고 싶어. 아빠도 그럴 거야. 그래서……."

눈앞이 흐려지기 시작했다. 눈물이 차올라서, 너무 화가 나서 입을 열면 그대로 후회할 게 빤한 말들이 쏟아져 나올 것 같아 리윤은 가게를 뛰쳐나왔다. 등 뒤로 유 여사가 부르는 소리가 들렸지만 끝내 모른 척해 버렸다.

엄마만 힘든 게 아니라고, 누가 더 힘든지 그 무게를 잴 수는 없겠지만 리윤 자신도 숨이 목구멍까지 차오를 정도로 힘이 든다고 소리 칠 것만 같아서 더는 엄마 앞에 앉아 있을 수가 없었다. 모두가 엄마 하나 지키겠다고 눈이 벌겋게 달아올라서 있는데 그런 건 보지 못하는 엄마가 너무 원망스러웠다. 지금 이 순간은 한없이 나약하고 이기적인 엄마가 정말이지 너무 싫었다.

슬리퍼를 질질 끌면서 달려온 곳이 결국 동네 놀이터였다. 근사하게 차라도 타고 바다 앞에 도착했으면 좋겠지만 차도 없고 정신도 없었다.

"후우."

리윤은 낡은 벤치에 앉아 슬리퍼를 내려다보며 깊은 한숨을 쉬었다. 처량 맞은 슬리퍼가 우스꽝스러웠다. 엄마한테 혼나고 욱하는 마음에 집을 뛰쳐나온 초등학생처럼 아무도 없는 놀이터에 앉아 있는데 서럽다기보다는 이 상황이 우스웠다. 그리고 이 순간 생각나는 사람이 이준밖에 없다는 사실에 핸드폰을 들고 한참을 망설였다. 가장 생각나고 보고 싶은 사람이지만 또 이런 모습을 보이고 싶지는 않았다. 너무 어린아이 같고 철없게 느껴졌다.

"이모 뭐 해?"

그래서 결국엔 둘째 이모 명희에게 전화를 걸었다.

─잘까 먹을까 고민 중이야. 왜?

"그럼 나와."

─어디를?

"빨래방 뒤에 있는 놀이터."

─거기서 뭐 해?

"청승 떨어."

─혼자?

"그럼 청승을 혼자 떨지 누구랑 같이 해?"

─그건 그렇지. 혼자 있어야 그게 제대로 된 청승이지. 주제는?

"안 나올 거야?"

─귀찮은데?

"알았어요, 이 조카는 청승 좀 더 떨다가 들어가든지 말든지 할게. 이모 안녕."

─기다려.

전화를 끊고 리윤은 뜨겁게 가라앉은 숨을 내쉬며 하늘을 올려다봤다. 큰 나무 그늘 덕에 햇빛이 정면으로 들어오지는 않았다. 그래도 꽤나 더운 날씨였다. 잠깐 눈을 감고 바람이 내는 소리에 귀를 기울였다. 사라락, 거리는 나뭇잎 부대끼는 소리가 간간이 들려왔다. 그 와중에 가게 걱정이 되기는 했다. 핸드폰을 들어 시간을 보고 한 번 더 한숨을 후욱 내쉬었다.

얼마나 지났을까 멀리서 슬리퍼 질질 끄는 소리가 들려왔다. 고개를 들기도 전에 두 눈에서 거짓말 같은 눈물이 주루룩 흘러내렸다. 리윤은 입술을 깨물며 손으로 대충 눈물을 슥슥 닦아 냈다.

"오늘 날씨 끝내준다."

명희는 주머니에 손을 찔러 넣고 벤치에 털썩 앉았다. 그리고는 목을 길게 빼고 하늘을 올려다봤다.

"못 본 걸로 할 테니까 얼른 그쳐."

코까지 훌쩍거리면서 리윤은 한 번 더 눈물을 닦았다. 그리고는 애꿎은 모래바닥을 발로 비벼 댔다. 몇 겹의 둥그런 원이 그려지고 명희는 리윤의 어깨를 툭 쳤다.

"내가 너 쪽팔릴 얘기 해 줄까?"

"내가 왜 쪽팔려?"

발 아래 그려지던 동그라미가 멈췄다.

"엄마 강원도로 이사 갈 거래."

영문을 몰라 리윤은 눈만 끔벅이며 명희를 쳐다봤다. 명희는 재미있어 죽겠다는 얼굴로 겨우 웃음을 참으며 말했다.

"아빠 산소 있는 강원도로 내려간다고."

"어?"

"그러니까 너 혼자 쇼한 거라고."

"무슨 말이야? 엄마가 왜 강원도로 가?"

빠른 속도로 머리를 굴리며 리윤은 몇 분 전에 들었던 엄마의 말을 되뇌기 시작했다.

"그러니까 아빠 옆으로 간다는 말이……"

"아빠 산소가 있는 강원도로 이사를 간다고."

명희는 눈을 빛내며 리윤의 허탈해하는 반응을 구경했다. 순간 쪽팔리기도 하고 짜증도 나고, 그러면서 안도가 되기도 하는 아무튼 이래저래 복합적인 감정들이 몰려와 어깨 힘이 쭉 빠졌다.

"오래 전부터 그러고 싶었나 봐. 차마 너 두고 따라가지는 못할 것 같고 그렇게라도 아빠 가까이에는 있고 싶고."

"그럼 나는?"

"넌 네 인생 살아야지. 언제까지 김밥이나 말고 있을 건데?"

유 여사는 한 번도 리윤에게 그런 말을 한 적이 없었다. 아빠가 있을 때나 없는 지금이나 작은 일 하나까지도 리윤과 상의하고는 했었다. 그런데 살아 본 적 없는 강원도로 이사를 가겠다는 결정을 하면서 어떻게 말 한 마디 안 할 수가 있었을까.

"나 마음이 놓이면서도 화가 나."

"알아."

"어떻게 그런 걸 엄마는 혼자서 결정하고 통보하고 그래?"

"엄마도 홀로서기 중이야."

무슨 뜻이냐는 눈빛으로 리윤이 명희를 바라봤다.

"그동안은 아빠가 엄마를 지켰고 지금은 네가 엄마를 지키고 있으니까 이제부터는 엄마 혼자서 스스로 지키는 법을 배워야지. 그래야 너도 네 인생 살면서 다른 누군가를 지킬 수 있다는 걸 안 거지."

"무슨 말인지 하나도 모르겠어."

"그냥 엄마는 엄마답게 엄마로 살겠다는 거야."

"그러니까 그런 걸 갑자기, 왜 날 빼고 결정하느냐고."

"글쎄, 왜 그랬을까."

리윤의 그 남자에 대해 유 여사는 꽤나 심하게 가슴앓이를 했었다. 그걸 지금까지 리윤에게 들키지 않은 걸 보면 아닌 척했던 유 여사가 얼마나 힘들었을지 명희는 가슴 언저리가 뻐근해졌다. 리윤이 이제 다 큰 어른이라는 걸 깨닫고 그런 어른인 딸이 사랑을 한다는 걸 인정하고 그 상대가 그다지 달갑지 않은 조건의 남자라는 걸 받아들이기까지 유 여사는 참 무던히도 힘든 낮과 밤을 보냈을 거고 수도 없이 많은 생각들을 했을 거였다. 아무리 형제라도 옆에서 해 줄 수 있는 건 얘기를 들어 주고 어깨를 토닥여 주는 것밖에는 없었다.

그렇게 매일매일 새로운 것들을 받아들이는 동안에도 리윤의 그 남자는 한결같은 모습으로 유 여사를 찾아왔었다. 많이 지치고 힘들었을 유 여사에게 어쩌면 리윤의 그 남자는 새로운 돌파구였을지도 모를 일이었다. 적어도 힘들었던 그 몇 주 동안은 리윤의 아빠에 대한 기억을 할 수는 없었을 테니까 말이다.

랑이를 어린이집에 보내고 이준은 서둘러 동네 초입에 있는 작은 커피숍으로 향했다. 정장까지는 아니더라도 최대한 깔끔한 모습을 한 그가 커피숍 문 앞에서 크게 심호흡을 했다. 숨을 들이마시며 그가 커피숍 문을 열고 안으로 들어섰다.

역시나 먼저 와서 기다리고 있는 유 여사를 보고 그는 걸음에 속도를 내서 그녀 앞으로 다가갔다.

"안녕하세요."

허리를 굽혀 인사를 하는 그에게 유 여사는 앉으라고 권했다. 거의 매일 김밥집에서나 마주했는데 이렇게 밖에서 보니 더 훤칠하니 괜찮았다. 어려서부터 이준은 동네에서도 잘난 아들로 유명했었다. 장난도 일등, 공부도 일등이었다. 거기다 외모까지 준수하니 동네 아줌마들 중 이준의 엄마를 부러워하지 않은 엄마들이 없을 정도였다. 괜찮은 집안에 괜찮은 아들, 리윤이 아들이었다면 아마 유 여사도 부러워하지 않았을까 싶었다.

"차 시켜요."

커피를 주문하고 주문한 커피가 나올 때까지 유 여사는 아무런 말도 하지 않았다. 가만히 찻잔을 들었다 내려놨다를 몇 번 반복할 뿐이었다. 그리고 앞에 앉은 이준은 바른 자세로 앉아 유 여사가 먼저 입을 열기를 기다렸다.

"내가 왜 불렀을 것 같아요?"

"걱정하시는 거 압니다."

"네, 걱정이 되네요. 내가 알고 있는 게 사실일까 봐, 만약 사실이면 어떻게 하면 좋을까, 상처받지 않고 조용히 해결할 수 있는 방법이 없을까."

주말 동안 굳이 빨지 않아도 될 것들까지 모조리 꺼내서 빨래를 하고 구석구석 청소를 하면서 몸을 혹사시켰는데도 머릿속은 한 가지 생각으로 가득했었다. 리윤을 앉혀 놓고 물어본 후 맞다고 하면 당장 정리하라는 게 좋을지, 아니면 랑이 아빠를 불러내서 끝내 달라고 해야 하는 걸지, 그것도 아니면 모른 척하고 지내는 게 좋을지, 아무리 생각을 하고 또 해도 뾰족한 수가 없었다. 회사 잘 다니고 있는 애를 굳이 김밥집에 처박아 놓고 있었던 자신을 탓하면서 애꿎은 가슴만 쳐 댔다.

"어떻게 하면 좋을까?"

유 여사가 이준에게 물었다. 간절함이 깃든 그녀의 눈동자를 보는데 이준은 차마 입이 떨어지지 않았다.

"지금 둘의 마음이 어느 정도인지는 몰라도, 부모는 일단 내 자식이 누군가를 만난다고 하면 지금이 아니라 그다음까지 내다보고 걱정하고 마음 졸이고 그러면서 또 응원하고 그러는 거예요."

"네."

"사실 이런 문제로 내가 이럴 줄은 나도 몰랐어요."

공리윤과 결혼하면 좋겠다에서 지금 유 여사를 마주하는 순간 결혼하고 싶다로 마음이 달라졌다. 머리를 숙이고 용서를 빌어야 하는 게 맞지만, 물론 그렇게 하겠지만 그게 단순히 지금의 만남을 의미하는 게 아니었다. 리윤을 책임지겠다는 뜻이 포함돼 있었다. 허락한다면 그렇게 하고 싶었다.

"그냥 끝낼 수는 없을까?"

유 여사는 점잖게 제 뜻을 전했다. 끝내 달라는 말을 하면서도 유 여사는 가슴이 쓰렸다. 이준도 누군가의 소중한 아들인데 이렇게 해도 되나 싶었다. 그 누군가를 예전에는 형님이라 부르며 가깝게 지냈던 사람이라 더 미안했다. 드라마에서 보면 쉽던데 막상 하려니 어려워도 너무 어려운 일이었다. 아예 모르는 사람이라면 오히려 더 쉬웠으려나 싶기도 했다.

"죄송합니다."

그 말밖에는 할 말도, 할 수 있는 말도 없었다.

"이 자리에서 끝내겠다는 대답을 듣겠다는 건 아니에요. 내 마음이 그렇다고 말하고 싶었고 그리고……. 나는 그냥 두 사람이 더 깊어지기 전에 끝냈으면 해요."

찻잔으로 향하는 유 여사의 손이 파르르 떨리고 있었다. 모진 말도 제대로 하지 못하는 유 여사라 더욱 미안하고 죄스러웠다.

"시간이 걸리겠지만 허락하시면 리윤이랑 결혼하고 싶습니다."

유 여사는 눈을 질끈 감아 버렸다.

"허락하시면 하고 싶습니다."

유 여사는 감은 눈을 뜨지 못했다. 그녀의 속눈썹이 안쓰럽게 떨렸다.

"많이 부족한 거 압니다. 그래서 마음에 안 차시는 것도 충분히 이해합니다. 리윤이가 저 아니면 더 좋은 남자 얼마든지 만날 수 있다는 것도 압니다. 그런데 저는 리윤이 아니면 리윤이 만큼 좋은 사람은 만나기 힘들 겁니다."

이준은 리윤에게도 하지 않았던 속마음을 유 여사 앞에서 털어놓았다. 스스로의 마음에 확신이 없었고 자신이 없었다. 반대해서 오기로 그러는 것도 아니었다. 유 여사가 알아 버렸으니까 더 이상은 숨기고 감출 이유가 없어졌다. 리윤이 힘들게 겪어야 할 것들을 전부 혼자서 치르고 난 후 그녀에게 말하고 싶었다.

사랑한다고, 결혼하고 싶다고, 공리윤과 살고 싶다고.

"어머니."

유 여사가 눈을 뜨고 이준을 쳐다봤다. 유 여사의 눈을 응시하며 이준은 진심을 다해 마음을 꺼내 보였다.

"저 진짜 잘하겠습니다."

유 여사는 말없이 자리에서 일어났다. 그리고는 천천히 커피숍을 나갔다. 이준은 커피 값을 계산하고 유 여사의 뒤를 따라 걸었다. 멀찍이 떨어진 채로 유 여사가 아파트 안으로 들어갈 때까지 그렇게 그림자처럼 조용히 따라 걸었다.

명희는 점점 얼굴이 붉어지는 리윤을 보며 옅게 미소를 지었다. 언제 커서는 결혼하고 싶다는 남자도 나타나고 사랑이라는 걸 하게 됐을까 싶어서 리윤이 대견하기까지 했다. 비록 그 과정이 험난하고 고달프기는 하겠지만 그래도 명희는 리윤의 사랑을 말없이 응원했다. 언니가 허락하기 전까지는 그 응원을 절대 입 밖으로 꺼낼 생각은 없었다.

"엄마 진짜 너무한다. 어떻게 그런 걸 혼자 결정해? 지금까지 나는 내 시간 전부를 엄마를 위해서 썼는데 어떻게 이럴 수가 있어?"

리윤의 숨소리가 점점 거칠어졌다. 아무래도 화가 나는 모양이었다.

"냉정하게 말하면 엄마 인생이니까 엄마가 결정하는 게 맞지."

"어?"

"네가 엄마 옆에서 있었던 것도 네 결정이었고."

"아니, 그건 그렇지만……."

강요한 사람은 하나도 없었다. 이렇게 해야만 하는 거라고 등을 떠밀었던 사람은 없었지만 리윤은 어쩌면 엄마를 위해서라고, 엄마가 원하는 거라고 스스로를 속이며 지내 왔던 게 아닐까 하는 생각이 들어 뒤통수가 얼얼했다.

"이모."

"어."

"엄마 옆에서 나는 엄마를 위로하고 있다고 생각했거든? 근데 그러면서 사실은 나도 위로받고 싶었어. 엄마가 얼마나 힘들지 아는 척했는데 몰랐던 것 같아."

"아니야, 넌 엄마한테 충분히 위로가 됐어. 그리고 지금도 엄마한테는 네가 가장 큰 위로일 거야."

"엄마 진짜 가면 난 어떡해?"

"일도 하고 사랑도 하고 그러다 주말이면 엄마도 보러 가고."

"이모는 언제부터 알았어?"

"뭘?"

"엄마가 강원도로 이사 가고 싶어 하는 거."

"저번 달인가?"

"배신감 느껴."

"어, 그럴 거야."

너무나 태연하게 발을 까딱거리며 대답하는 명희 덕에 리윤은 더 심각해지지 못했다. 울고불고 할 정도로 큰일이 아니라고, 독립하기에는 늦어도 많은 늦은 거라며 명희는 리윤을 토닥이며 위로했다.

"엄마도 아빠를 잃은 슬픔을 혼자서 실컷 토해 낼 시간이 필요할 거야. 네 눈치 보느라고, 네가 더 걱정할까 봐 울고 싶어도 못울고 속으로 삼키기만 한 적도 있을 거야. 수십 년을 사랑했고 함께했던 사람인데 죽을 만큼 슬퍼하고 울고 해야 되지 않겠어? 아마 엄마는 엄마 나름대로 많이 참고 외면하고 그리고 버티는 중일 거야. 그만 주저앉아서 대성통곡할 수 있게 해 주자. 사람이 울다가 죽었다는 소리는 아직 못 들었으니까……."

리윤이 진심으로 명희를 노려봤다.

"나 이모다."

금세 눈에 힘을 풀고 시선을 돌렸지만 리윤은 소심한 반항이라도 하듯이 입은 여전히 삐죽거렸다.

"너도 이제 뭐 하고 살지 생각해 봐. 앞으로 결혼도 할 거잖아."

"결혼?"

괜히 뜨끔해서는 리윤이 몸을 발딱 세웠다.

"내가 무슨 결혼을 해?"

"그럼 안 할 거야?"

"아니, 하기는 하는데……."

"그러니까 차근차근 늦지 않게 준비하라고."

뭔가를 알고 있는 것처럼 명희의 말투가 묘했다. 하지만 그렇다고 먼저 나서서 주절주절 떠들며 대놓고 물을 수는 없었다.

명희와 헤어져 터덜터덜 슬리퍼를 끌며 집으로 향했다. 하지만 이내 아파트 입구에서 걸음을 멈추고 고민하다 발길을 돌렸다. 화가 나는 것도 같고, 속상한 것도 같고, 그리고 동시에 마음이 놓이기도 했다. 같은 감정들로 오늘 여러 번 한숨을 내쉬는 리윤이었다.

느릿느릿 걸어서 왔는데도 어느새 가게 앞이었다. 막상 들어가려니 오버한 게 창피하기도 하고 아무 일 없이 들어가기에는 또 아무 일도 아닌 게 아니기에 이러지도 저러지도 못한 채 리윤은 가게 앞에서 한참을 서성거렸다.

"안 들어가고 뭐 해?"

고개를 돌리니 이준이 팔짱을 끼고 서 있었다.

"일 안 해?"

"안 들어가고 뭐 하느냐고."

한숨을 내쉬며 고개를 푹 아래로 떨어뜨렸다.

"마인드컨트롤 좀 하고 들어가려고."

"그걸 왜 해야 되는데?"

"속이 일렁거리는 중이거든."

아래를 내려다보니 지금의 자신과 똑 닮은 모습의 초라한 슬리
퍼가 눈에 들어왔다. 리윤은 피식 웃음을 터트렸다.

"나 지금 웃기지?"

"아니."

이준이 한 걸음에 리윤에게로 다가왔다. 리윤은 순간적으로 놀
라서 가게 안을 살폈다.

"왜?"

"아니……."

말을 하려는데 이준의 커다란 손이 리윤의 머리 위로 내려왔다.
크고 따스한 그 손으로 이준은 리윤의 머리를 쓰다듬었다. 다정
한 눈길로 리윤을 바라보며 그가 옅게 웃었다. 그 손짓과 미소만
으로도 마음에 응어리진 것들이 사르르 녹는 기분이었다.

"좋다."

"뭐가?"

"사이준한테 위로받는 거."

"위로가 돼?"

"응, 많이 돼."

이준도 이모처럼 뭔가를 알고 있는 듯한 눈빛을 하고 있었다.

"나는? 나는 사이준한테 위로가 되는 사람이야?"

"너는 기쁨이 되는 사람이지."

리윤을 눈썹을 찡그리며 이준을 봤다.

"왜?"

"그런 말도 할 줄 알아?"

"무슨 말을 했는데?"

"간지러운 말."

"사실이니까."

리윤의 작은 입술이 스윽 올라갔다.

"넌 존재만으로도 그래."

리윤을 안고 입을 맞추고 그녀가 내뱉는 모든 호흡을 함께하며 사랑한다고 속삭여 주고 싶었지만 아직은 때가 아니었다. 그저 그녀가 돌아오면 같은 자리에서 널 지금처럼 다정한 눈길로 바라보며 네가 필요로 할 때 언제든 손 내밀 사람이 여기 있다고, 그걸 말해 주고 알려 주고 싶을 뿐이었다.

"들어가."

"무슨 일인지 안 물어?"

"안 물어도 해 줄 거잖아."

"왜 나를 다 알고 있는 것 같지?"

리윤이 장난스럽게 눈을 흘겼다.

"다 알지, 공리윤에 대해서는."

그 말에 마음이 놓였다. 뭘 해도 믿어 줄 사람, 뭘 하지 않아도 믿어 줄 사람, 그런 사람이 리윤에게도 있다는 걸 확신했다. 그거면 충분했다.

"나 들어갈게."

"어, 오늘도 수고해."

"오빠도."

싱긋 웃으며 리윤이 손을 흔들어 줬다. 이준도 리윤에게 입술을 늘려 웃어 줬다. 리윤은 어깨가 들썩이게 크게 숨을 내쉬더니 가게 안으로 들어갔다. 리윤과 리윤 어머니 모두가 편하고 행복해지는 날이 오기를 바랐다. 그리고 그 행복한 순간에 자신도 함께하기를 간절히 바랐다.

그날 저녁, 슬리퍼를 끌고 도망치듯이 나갔던 리윤이 다시 가게로 돌아오고 유 여사는 아무 말도 하지 않았었다. 그냥 김밥 세 줄 빨리 싸라며 평소와 다름없는 모습을 보였고 리윤도 입술을 삐죽거리면서도 섣불리 말을 꺼내지 않았다. 그렇게 가게 일을 마치고 집으로 퇴근해서 돌아와 늦은 저녁을 먹었다. 그렇게 말없이 저녁을 다 먹고 치울 때, 유 여사가 먼저 입을 열었다.

"랑이 아빠 그만 만나."

빈 그릇들을 들고 개수대로 향하던 리윤은 갑작스러운 유 여사의 말에 눈만 끔벅이며 얼어붙은 듯이 서 있었다. 잘못 들었나 싶어 들고 있는 그릇을 개수대에 넣고 몸을 돌리는데 유 여사가 식탁을 닦으며 한 번 더 말했다.

"당장 끝내."

잘못 들은 게 아니었다.

"엄마 싫어."

"어떻게 알았어?"

떨리는 목소리로 리윤이 물었다.

"그만 만나."

유 여사는 계속해서 만나지 말라는 말만 반복적으로 했다. 리윤은 뭐라고 해야 하나 잠시 망설였다. 한꺼번에 생각해야 할 것들이 너무 많아졌다. 왜 이렇게 동시에 그러는 걸까. 평화로웠던 날들이 와장창 무너진 기분이었다.

"엄마."

"그냥 그만 만난다고 해. 이 일로 길게 얘기할 것도 없고 하고 싶지도 않아."

유 여사는 최대한 리윤과 눈을 맞추지 않고 식탁을 닦고 또 닦았다. 리윤이 옆으로 다가왔다.

"엄마 나 어린애 아니야. 엄마가 놀지 말라면 안 놀고 친구 하라면 친구 하는 일곱 살 아니라고."

"그래서? 네 마음대로 하겠다고?"

"내가 이준 오빠랑 만난다고 엄마 강원도 내려가겠다고 하는 거였어?"

유 여사는 식탁 의자에 털썩 앉으며 얼굴을 손으로 감싸 쥐었다. 강원도로 가겠다고 하는 것과 이준의 일은 전혀 관계가 없었다. 하지만 지금 이 순간 그렇다고 말하면 리윤이 마음을 고쳐먹을까 하는 갈등이 생겼다. 차마 입이 떨어지지는 않았지만 머릿속으로는 그렇게 대답하라고 끊임없이 악마가 속삭이는 듯했다.

"좋은 사람인 거 엄마도 알잖아."

"그래서 결혼이라도 하려고?"

"아직 거기까지는 생각 안 했어. 지금은 그냥 이준 오빠가 좋아. 그리고……."

"그리고?"

랑이에 대해 어떻게 말을 꺼내면 좋을지 분간이 서지 않았다. 단순히 남자와 여자로만 좋아하는 거였다면 이렇게까지 고민하고 엄마가 반대하지는 않았을 테니까. 그렇다고 그 아이를 이준에게서 떼어 놓고 전혀 관계없는 것처럼 투명 인간으로 만들 수도 없었다. 분명 사이준이 좋은 건 사랑을 포함해서였다.

"어려서부터 봤잖아."

"그래서?"

"얼마나 괜찮은 사람인지 알잖아."

"괜찮은 사람인 거 알지. 그런데 그 괜찮은 거랑 아이가 있는 거랑은 전혀 다른 얘기야. 너 랑이 키울 수 있어?"

"왜 벌써부터 그런 걱정을 해?"

결국 리윤도 유 여사 앞에 앉았다.

"그럼 언제 해야 되는 건데? 네가 만나는 사람이 아이 딸린 남자야. 그런 건 나중에 어떻게 될지를 따져서 걱정하는 게 아니야. 만나기 전부터 다들 그걸로 브레이크부터 밟고 보는 거라고."

"상관없어."

"뭐?"

"충분히 생각했고 그러고 만나는 거야."

리윤의 눈빛이 단호했다. 역시나 예감은 틀리지 않았다. 평소에는 유해도 한번 이거다 싶은 일에는 누구도 꺾을 수 없는 고집을 부리는 아이였다. 그건 제 아빠와 똑 닮아 있었다.

"나는 랑이까지 포함해서 사이준 만나는 거야. 엄마가 뭘 걱정하는지는 아는데 그냥 나 믿고 지켜봐 주면 안 돼?"

오늘 하루는 엄마와 전쟁을 하는 날인가 보다. 모든 게 뒤죽박죽으로 뒤엉켜 버린 것 같은 하루다.

"세상에 어떤 엄마가 애 딸린 남자를 만나고 있는 딸을 그냥 믿고 지켜봐 주는데? 그거 뜯어말리는 게 부모야."

결국 언성이 높아져 버렸다. 이렇게까지 할 마음은 없었다. 솔직히 이준을 만나면서 흔들린 게 사실이었다. 그래도 끝까지 자기가 옳다며 우기는 리윤이 괘씸했다. 한 번이라도 생각해 보겠다고 하면서 물러나면 너무 심하게 몰아붙였나 하는 생각이 들 텐데, 마음이 누그러질 텐데 그렇지 않으니까 유 여사는 공연히 화가 더 났다.

"분명히 말했어. 그만둬. 뭘 해 볼 생각 하지 마. 엄마를 설득해 보겠다는 생각도 절대 하지 마."

단호하다 못해 몰인정하게 말하고 유 여사는 들고 있던 행주를 식탁 위로 냅다 팽개치듯 던지고 방으로 들어갔다.

"하아."

너무 갑작스럽게 당한 일에 리윤은 그저 멍하기만 했다.

"대체 어떻게 안 거야."

손으로 머리를 감싸며 식탁에 이마를 박았다. 한참을 그러고 있는데 방문을 열리더니 유 여사가 곧바로 현관문까지 열고 나가 버렸다. 말리기는커녕 어디를 가는지 물을 새도 없었다.

늦은 시간 집으로 찾아온 영현은 잠든 랑이를 한 번 들여다보고는 냉장고에서 맥주를 꺼내 제 집처럼 소파에 널브러졌다. 막 샤워를 끝내고 머리를 말리던 이준은 밤늦게 찾아온 영현이 그다지 반갑지는 않았다.

"그것만 마시고 가라."

"사랑이 뭘까?"

"방에서 코 잔다."

"응?"

"사랑 방에서 잔다고."

"야."

벌컥벌컥 맥주 한 캔을 단숨에 들이켜고 하나를 더 꺼내려고 영현이 자리에서 일어났다. 이준은 아무래도 길어질 것 같은 예감이 들었다. 아예 맥주를 손으로 들 수 있는 만큼 다 꺼내서는 소파 앞에 주욱 늘어놨다.

"너도 마실래?"

객이 주인에게 마실 걸 권하는, 늘 한결같은 영현이었다. 마지못해 머리를 말리던 수건을 어깨에 걸치고 이준은 영현에게서 맥주 캔 하나를 받아 들고 소파에 앉았다.

"뭔데?"

"김현이 날 피해."

"누구, 김현 작가?"

"어."

실망 가득한 얼굴로 영현은 정면을 보고 있었다. 어쩐지 눈에

초점이 없는 듯했다. 맛이 가기는 많이 간 모양이다.

"굳이 계약 안 하겠다는 사람을 뭘 그렇게까지 집요하게 괴롭혀? 언제는 나만 있으면 된다며?"

"작가로 말고 남자로."

이준은 맥주를 마시려고 입으로 캔을 가져가다 그대로 멈췄다.

"뭐? 뭐로?"

"나 왜 걔가 남자로 보이니?"

"병원 가자."

일어나려는 이준을 영현이 붙잡았다.

"뭐야, 진지하기까지 한 거야?"

영현이 느릿느릿 고개를 끄덕였다. 이준은 기가 막히다는 표정으로 입만 떠억 벌리고 있었다.

"나 김현이 너무 좋아."

"미치겠네."

이준은 두통이 몰려와 관자놀이 부분을 손으로 지그시 눌렀다. 한창 사랑에 빠져 허우적거리는 십 대도 아니고 서른이 훌쩍 넘은, 그것도 출판사 사장이라는 사람이 어떻게 저럴 수 있을까 싶었다.

"왜 좋은데?"

"잘생겨서. 글도 잘 쓰고 운동도 잘하고 잘생기고. 그냥 다 좋아."

"너 며칠 사이에 많이 못 쓰게 됐구나? 요즘 출판사 사정이 안 좋아?"

"뭐, 좋을 것도 없는데 그렇다고 안 좋다고 할 것도 없어."

이제는 입을 씰룩거리며 혼자만의 상상에 빠진 모습으로 영현이 변화무쌍한 감정을 보여 줬다. 사랑을 하면 사람이 참 많이 달라지는구나 싶기는 했다.

"넌 어때?"

"뭐가?"

"네 사랑은 안녕하냐고."

아무 말도 하지 않고 맥주만 홀짝이는 이준을 영현이 의미심장한 눈빛으로 끈질기게 쳐다봤다.

"어떻게 알았어?"

"유명한 말 있잖아, 재채기랑 사랑은 절대 숨길 수 없다는 말."

이준이 들고 있는 맥주 캔에 제 맥주를 갖다 부딪치며 영현이 말 없는 응원을 보냈다.

"랑이도 환영하는 거지?"

"어."

"그래, 처음 봤을 때부터 이렇게 될 것 같더라니."

"뭐가?"

"그 여자 보는 네 눈빛이 진짜 몇 년 만에 빛났거든."

"뭘 얼마나 봤다고?"

"어쨌든 느낌이 그랬어. 너 내 촉 좋은 거 몰라? 내가 네 작품 보고 이거 된다 하고 안 됐던 적 있었어? 지금까지 그 촉 하나로 살아온 나야."

"그래, 잘났다."

오랜만에 대학 시절로 돌아가 친구와 술 한잔 마시는 편안한 밤이었다. 하루의 피로가 날아가고 머릿속을 무겁게 떠돌던 생각들이 사라지는 느낌이었다. 오늘의 걱정은 잠시 내려 두고 내일의 일은 내일 또 하자, 그런 생각도 들었다.

"결혼하려고."

"어? 결혼을 한다고? 결혼까지 생각하는 거야?"

적잖이 놀랐는지 영현은 목소리도 커지고 눈도 커졌다.

"어, 하고 싶어."

하겠다는 말을 입 밖으로 내뱉고 난 순간부터 그 갈망은 더 심해졌다. 당장이라도 리윤을 이 집에 데려다 놓고 싶은 심정이었다. 그만큼 간절하게 공리윤을 갖고 싶었다. 공리윤의 남자로 살고 싶어졌다.

"나 요즘 매일 사과하고 머리 숙이고 빌고 그러고 있는 중이다."

"그 여자 부모님한테?"

"어."

"희망은 있고?"

"몰라, 최선을 다해서 진심을 보여 드리는 거지."

"사이준 철들었네. 그런 것도 할 줄 알고. 아니다, 이제야 제대로 된 임자를 만난 건가?"

이준이 피식 웃었다.

"내가 랑이 엄마 만날 때 그렇게 뜯어말렸는데 너 뭐라고 그랬냐?"

"뭐라고 그랬는데?"

"네 사랑이라고, 응원할 거 아니면 눈 감고 돌아서라고. 진짜 못돼 처먹었었는데. 내가 아직도 그때만 생각하면 도시락 싸 들고 다니면서 말리지 못한 게 후회된다니까."

"그랬으면 랑이가 없잖아."

"그래, 그래서 참는다고."

제 일처럼 화내고, 제 일처럼 걱정하는 친구가 이준에게도 적어도 한 명은 있었다. 왜 그렇게 모질게 마음을 다해 다가오는 사람들을 밀어내며 살았던지 모르겠다. 어리숙함을 들키고 싶지 않았던 거겠지. 못난 자신을 들키고 인정하는 게 싫었던 거겠지.

"나는 언제 소개해 줄 거야?"

"너 정신 차리면. 지금은 좀 쪽팔릴 거 같아서 안 되겠다."

"하아, 나도 사랑하고 싶다, 김현이랑."

이준은 고개를 절레절레 저었다.

"내가 부담스럽대."

"지금처럼 적극적으로 다가갈 텐데 그렇겠지."

"그것보다 왠지 나랑 사귀면 바로 결혼하자고 그럴까 봐 그렇대."

"그럼 뭐야, 둘이 멜랑꼴랑한 무언가가 있기는 했다는 거야?"

"키스도 하고 섹……."

"야!"

소리를 냅다 지르고 이준은 재빨리 입술을 다물었다. 혹시 랑이가 깨는 거 아닐까 싶어 두 사람은 한동안 숨소리도 내지 않았다.

"미안, 너무 노골적이었다. 둘이 환상 같은 밤을 보냈지."

"제발 자제 좀 해 주라."

평소의 영현과 전혀 어울리지 않게 그녀는 심각한 얼굴을 하고는 후우, 땅이 꺼져라 한숨까지 내쉬었다.

"진심이야?"

"뭐가?"

"김현 좋다는 거."

"그런 거 같아."

"어떻게?"

"일이 손에 안 잡혀. 그 사람이 결혼 얘기 운운하고부터 어떤 원고를 봐도 눈에 안 들어오고 사람을 만나도 그 사람 하는 말에 집중이 안 돼."

"심각하네."

이런 영현의 모습이 처음이라 낯설었지만 일에만 빠져 살던 그녀가 사랑을 시작한 게 친구로서 뿌듯하기는 했다.

"그동안은 김현을 봐도 아무렇지 않았거든? 갑자기 왜 그 사람이 남자로 보이는 건지 진짜 모르겠어. 늦바람 든 건가?"

"바람일 수도 있고, 이제야 이영현 마음이 열린 걸 수도 있고. 너무 밀어붙이지 말고 천천히 가."

"그렇게 천천히 가다가 그 사람이 생각을 너무 오래 하게 돼서 나랑 끝내자고 하면? 난 그게 불안해."

"네 마음은 확실한 거 맞아?"

"김현이랑 같이 살고 싶어."

"결혼?"

"아니, 그냥 살고 싶다고. 사실 나는 지금 이대로가 너무 좋은데 그 사람은 결혼까지 생각하더라고. 그러면서 주춤하게 된 거지 뭐. 아, 몰라 몰라, 너무 복잡해."

머리를 감싸 안고 몸부림치는 영현이 이준의 눈에는 마냥 귀여웠다. 속은 새까맣게 타들어 가고 있겠지만 이제야 제대로 된 사랑을 해 보는구나 싶었다.

"어쨌든 응원할게."

"고맙다, 친구야. 나도 널 응원할게."

"후훗, 그래."

"한결같은 모습으로 너의 선함을 보여 드려. 선한 사람은 누구도 함부로 할 수가 없거든? 분명히 그거 알아보시면 웃으시면서 허락할 거야."

짠, 두 사람이 서로의 승리를 위한 건배를 했다.

밖에 나갔던 유 여사는 저녁 시간이 훌쩍 지나서야 집에 들어왔다. 그 전에 이미 이모네 집에 갔다는 걸 알고 리윤은 마음을 놓을 수 있었다. 하지만 엄마와 결론을 내지 못한 얘기가 있다는 사실에 하루 종일 마음이 무거웠다.

"엄마는 싫어."

거실에 자그마하게 술상을 본 리윤이 유 여사와 마주 앉았다. 무겁게 가라앉은 공기가 언제나 다정했던 모녀를 차갑게 얼어붙게 했다.

"엄마."

"네가 뭐가 부족해서 그런 사람을 만나?"

"엄마, 부족해서 만나는 거 아니야. 그냥 사랑하니까 만나는 거야. 엄마 알면서 왜 그래?"

"사랑? 그래, 그럼 사랑만 해. 만난 지 얼마나 됐다고 결혼을 운운해? 너 아직 서른도 안 됐어."

사실 결혼이 하고 싶다고 막연하게 생각만 했지 구체적으로 해야겠다고 마음먹은 건 아니었다. 하지만 유 여사 입에서 결혼 얘기가 나오자 어긋나는 심정으로 대답해 버린 것도 없지 않아 있었다.

"그럼 만나도 돼? 그 사람이랑 연애해도 돼?"

유 여사는 선뜻 입을 열지 못했다. 갈라놓으려면 더 악착같이 붙고, 옆에서 아니라고 난리를 치면 맞다고 득달같이 붙는 게 그게 사랑이었다. 그 사랑을 지금 리윤이 하고 있었다. 이럴 때 어떻게 해야 하는 건지, 남편이 살아 있으면 뭐라고 했을까.

"엄마가 하지 말라고 하면 안 할 거야?"

이번엔 유 여사가 물었다.

"싫다고 하면 말 들을 거냐고."

사실 리윤이 이준과 함께한다면 안심이 될 것 같기는 했다. 반듯하고 성실하고 따뜻한 사람이라는 걸 유 여사도 이미 알고 있었다. 알지만, 알면서도 선뜻 둘이 만나라고 할 수는 없었다. 체념하고 포기하듯이 그러면 안 될 것 같았다. 한 달 넘게 찾아오고 만나고 하면서 이준은 많은 것을 말해 줬고 보여 줬었다.

리윤은 힘들고 속상한 일 겪지 않았으면 좋겠다던 말을 하면서 그는 이미 리윤을 지키고 있었다. 혼자 자신을 찾아와 설득하고 스스로를 보여 주며 그는 충분히 사죄했고 넘치게 보여 줬었다. 그럼에도 엄마라서, 하나밖에 없는 딸의 엄마라서 쉽게 허락하지 못했다. 오기였고 고집이었다.

"아니."

리윤은 단호하게 고개를 저었다.

"아마 하고 싶어질 거야. 사실 지금도 사이준이랑 결혼하면 어떨까, 결혼해서 같이 살면 참 좋겠다 싶기는 해. 그래도 엄마가 지금은 아니라고, 싫다고 하면 기다릴 수 있어. 근데 만나지 말라는 말은 나도 들어줄 수가 없어."

한번 고집을 부리면 누구도 말릴 수 없는 아이였다. 순하고 천진한 아이지만 이거다 싶은 일에는 정말이지 칼 같은 구석이 있었다.

"어떻게 해야 할지 모르겠다."

깊은 한숨을 내쉬며 유 여사는 맥주를 잔에 가득 따랐다. 그리고는 벌컥벌컥 쉬지 않고 한 잔을 비워 냈다.

"엄마, 강원도 가지 마."

"그럼 그만 만날 거야?"

"아니. 그래도 가지 마."

"나도 싫어."

"진짜 갈 거야? 나 두고 가겠다고?"

"그러니까 가게 내놓고 너도 직장 다시 알아봐."

"엄마 때문에 시작한 거기는 하지만 나는 가게 하는 거 좋아. 어쨌든 내가 사장이고 누구 눈치 볼 것도 없고 늦게까지 일하느라 퇴근 못 하는 것도 아니고 쉬는 날 딱딱 쉬고."

몸은 고단하기는 했지만 그것도 시작하고 몇 달이었다. 사실 지금은 손님이 한꺼번에 몰아칠 때만 힘들지 일을 끝내고 집에 오면 에너지가 솟기는 했다. 평생 김밥 말면서 살 생각은 아니지만 그래도 아직까지는 괜찮았다. 그래서 선배의 제안에도 미련 없이 괜찮다고 거절할 수 있었던 거였다.

"근데 엄마 없이는 자신 없어. 매일 여기저기 놀러 다니느라 가게에 붙어 있지도 않고 가게에 있을 때도 힘든 건 내가 다 하지만, 그래도 엄마가 있어야 가게도 계속할 수 있는 거지."

"그게 칭찬이야 욕이야?"

"둘 다."

분위기가 한결 누그러졌다. 짠, 유 여사는 리윤에게 눈을 흘기며 잔을 부딪쳤다. 그래도 목으로 넘어가는 술이 그다지 쓰지는 않았다.

"엄마."

"왜?"

"사이준이 좋은 사람인 건 알지?"

"나쁜 사람은 아니지."

"엄마가 허락한다고 해서 엄마가 나쁜 엄마가 되는 건 절대 아니야. 딸의 행복을 빌어 주는 진짜 좋은 엄마지."

"말은 잘해요."

길게 반대하지는 못할 것 같았다. 사실 지금도 어느 정도는 구부러졌다고 봐야 했다. 언제부턴가 스윽 랑이가 궁금해졌다. 꽤 오랫동안 보지 못해서 보고 싶기도 하고 이제는 남처럼 느껴지지 않는 것도 있었다. 그렇다고 먼저 랑이를 가게로 데리고 오라는 말은 못 하겠고 그저 알아서 데리고 왔으면 하고 바랄 뿐이었다.

며칠 후, 아침에 마트에서 간단히 장을 보고 가게로 향하던 유 여사는 집 앞에 있는 이준과 랑이를 만났다. 유치원 갈 시간이 지났는데도 랑이는 이준의 품에 안겨 있었다. 어째 아빠에게 안겨 있는 랑이의 품이 팔을 축 늘어뜨린 게 예사롭지 않았다. 유 여사는 걱정스러운 마음에 다른 건 생각하지도 않고 그대로 이준과 랑이에게 빠르게 걸어가서 아이의 상태부터 살폈다.

"왜, 랑이 아파?"

"아, 안녕하세요."

뒤를 돌아본 이준이 서둘러 인사를 했다.

"어디가 어떻게 안 좋은데?"

"감기 같아요."

"랑이 많이 아프니?"

기운 없이 추욱 늘어져 있던 랑이는 유 여사를 보고 환하게 웃으며 고개를 들었다. 언제 봐도 사랑스러운 아이였다.

"할머니."

"어디 아파? 얼마나?"

"목도 아프고 머리도 아파요."

어디가 아픈지 정확하게 말할 줄 아는 랑이였다. 하지만 목소리가 갈라진 게 듣기만 해도 많이 아파 보였다. 유 여사는 랑이의 이마에 손을 얹었다.

"아이고, 열도 나네. 밥은? 아침에 뭐 먹기는 했어?"

"아니요, 우선 병원부터 다녀오려고요."

"그럼 빈속이야?"

"네."

"병원을 가더라도 애한테 뭐라도 먹여야지."

유 여사가 들고 있던 장바구니를 바닥에 내려놓고 이준에게서 랑이를 받아 들었다. 랑이는 유 여사의 목을 덥석 끌어안으며 얼굴을 묻었다. 순간 유 여사는 심장이 뜨거워지는 게 느껴졌다.

"할머니랑 같이 가자."

주춤하던 유 여사가 랑이에게 다정하게 말했다.

"아니에요, 제가 데리고 다녀올게요."

"그거나 싫어."

바닥에 놓인 장바구니를 눈으로 가리키고는 유 여사는 그대로 랑이와 함께 이준의 차 뒷자리에 올라탔다. 어리둥절하면서도 이준은 일단 장바구니를 조수석에 넣어 놓고 운전석으로 갔다.

백미러로 뒷자리의 유 여사와 랑이를 보는데 이상하게 코끝이 시큰거렸다. 안타깝고 걱정스러운 마음이 얼굴에 고스란히 드러나는 유 여사와 그런 유 여사 품에 포옥 안겨 어느새 잠이 든 듯 눈을 감고 있는 랑이의 모습은 그냥 가족이었다. 낯선 사람에 대한 경계도 심하고 누군가와 쉽게 친해지지 못하는 랑이에게 유 여사와 리윤은 처음부터 달랐다. 아이는 마치 지금의 상황을 예견하기라도 한 것처럼 두 사람을 격 없이 따랐고 좋아했다.

"저기 동사무소 뒤에 있는 소아과가 잘한대."

"네."

이준은 조심스럽게 차를 출발시켰다. 어색하지만 불편하지는 않은, 한마디로 결론지을 수 없는 관계의 세 사람을 태운 차가 서서히 내달리기 시작했다.

"언제부터 이런 거야?"

"네?"

"애가 언제부터 아팠던 거냐고."

품에 안긴 랑이는 어느새 잠이 들었는지 눈을 감고 있었다. 여전히 아이의 얼굴이 시뻘겋게 달아올라 있었다.

"새벽에 깨워서 보니까 열이 나더라고요."

"애가 깨웠다고? 아프다고?"

"네."

어쩐지 백미러로 본 유 여사 눈빛에서 원망이 가득 담겨 있는 게 느껴졌다. 이준은 죄지은 기분으로 운전대만 꽉 움켜잡았다.

"혼자 키우는 거 힘들지?"

불쑥 뒤에서 따스한 말이 들려왔다.

"힘들지, 그래 왜 안 힘들겠어. 근데 더 힘든 건 랑이라는 거 잊지 마."

유 여사는 잠든 랑이의 머리카락을 손으로 계속 쓸어 올렸다. 그 손길에는 아프지 마라, 아프지 마라, 하는 간절함을 담았다.

소아과에 도착해서는 이준이 랑이를 안았고 유 여사는 그 뒤를 따랐다. 접수를 하고 대기하는 동안 랑이는 다시 유 여사의 품으로 옮겨 갔다. 잠이 깬 아이를 들여다보면서 유 여사는 끊임없이 무언가를 얘기했고 랑이는 희미하게 웃으며 고개를 끄덕이고는 했다.

"사랑 님!"

"네!"

유 여사가 아주 크고 빠르게 대답하고는 랑이를 번쩍 안아 들고 자리에서 일어났다.

"진찰실로 들어갈게요."

"아, 네."

그대로 진찰실로 들어가 의사가 진찰하는 동안에도 유 여사는 랑이를 품에서 내려놓지 않았다. 그리고 랑이도 유 여사에게 매달린 채 칭얼거리지도 않고 씩씩하게 진찰을 봤다.

"목이 많이 부었네요."

"그럼 어떻게 해야 돼요? 수술해야 돼요?"

"네? 아니, 그렇게 심각한 건 아니고 약 처방해 드릴 테니까 먹이시고 오늘은 푹 쉬게 해 주세요."

"그럼 돼요? 주사 같은 거 안 맞아도 돼요?"

"네."

의사는 웃음기 가득한 얼굴로 대답했다.

"아이가 아마 열 때문에 기운이 많이 없을 거예요. 자극적인 건 먹이지 마시고 차가운 거나 국물처럼 넘기기 수월한 걸로 주세요."

"죽 같은 거요?"

"네."

"거기에 고기 갈아서 넣어도 되나요?"

"그럼요."

"과일은요?"

"그것도 아이가 먹는다고만 하면 주시고요."

"저기 그러면 아이스크림 같은 것도 돼요?"

"네, 먹는다고 하면 다 주세요."

"옷은요? 집에서 옷은 시원하게 입히는 게 좋을까요?"

의사는 웃음을 가득 머금은 얼굴로 끊임없는 질문을 쏟아내는 유 여사에게 물었다.

"첫 손녀세요?"

"네?"

"할머니가 아이를 끔찍이 사랑하시는 것 같네요."

당황한 기색도 잠시, 유 여사는 눈웃음까지 지으며 랑이를 더 꼭 끌어안았다.

"네."

그녀의 짧지만 긍정적인 대답에 멀뚱히 서 있기만 하던 이준은 가슴이 쿵 하고 내려앉는 듯했다. 무언가 희망을 본 듯한, 제멋대로 그렇게 생각하면 안 되는 거지만 뜨거워진 가슴에 그런 생각이 든 건 사실이었다.

"랑아, 집에 가서 맛있는 거 먹으면서 푹 쉬면 금방 낫는대. 알았지?"

"네."

유 여사의 품에서 한시도 떨어지지 않으려는 랑이를 이준은 그저 한 발 뒤에서 안타깝게 바라보기만 할 뿐이었다.

"밖에서 잠시만 기다리세요, 처방전 써 드릴게요."

"네, 감사합니다."

나갈 때도 유 여사는 랑이를 품에 안은 채였다. 랑이가 유 여사에게서 떨어지지 않으려고 한 것도 있지만 유 여사도 랑이를 이준에게 넘겨 주지 않으려고 했다. 내민 손이 민망해서 이준은 카운터로 가서 처방전을 받기 위해 기다렸다.

약을 짓고 동네 마트에서 과일이란 과일은 모조리 사고, 고기도 소고기에 닭고기까지 산 유 여사는 차에 오르자마자 랑이부터 안아 들었다. 유 여사가 장을 보는 동안에도 랑이는 차창에 매달려 안으로 들어간 유 여사를 기다렸다. 대체 얼마나 정이 들었다고 저러는 걸까 싶으면서도 아이가 정이 고팠구나 싶어서 짠하고 미안했다.

"우리 랑이 죽 잘 먹을 수 있지?"

랑이는 뜨거운 머리로 고개를 끄덕였다.

"죽은 쑬 수 있어?"

"네? 아, 네."

"소고기는 아주 잘게 다져야 돼."

"네."

"닭은 푹 삶아서 뼈는 다 발라내고."

"네, 그렇게 할게요."

"그리고 애 기운 빠지지 않게 물이나 주스 중간중간 먹이고 과일도 자주 주고."

"네."

"랑아, 아빠가 해 주는 거 하나도 남기지 말고 다 먹어야 돼, 알았지?"

랑이는 이번엔 대답은 하지 않고 커다란 눈을 뜨고 유 여사만 뚫어지게 올려다봤다.

"왜?"

"할머니는 김밥 하러 가요?"

"어, 김밥 팔러 가야지."

"아줌마는?"

"응?"

"아줌마도 김밥 해야 돼요?"

다섯 살밖에 안 된 이 어린아이가 어른의, 그것도 여자의 품이 그리웠던 모양이었다. 제 아빠와 단둘이서 사는 허전한 집 말고 사람의 온기가 가득한 그런 집에 들어가고 싶은 것 같았다.

"랑이 할머니 집에 갈래?"

랑이는 고개를 스윽 돌려 운전을 하고 있는 이준을 쳐다봤다.

"왜 아빠는 봐? 가고 싶으면 가면 되지."

"그래도 돼요?"

"그럼, 그래도 되지."

"랑이는 할머니 집 갈래."

그렇게 말하면서 랑이의 두 눈에 눈물이 가득 고였다.

"랑아, 할머니 집은……."

랑이를 말리려고 하는데 유 여사가 이준의 말을 잘랐다.

"오늘 우리 가게 가서 리윤이 좀 도와줄 수 있어?"

"네?"

"나는 랑이 데리고 집에 갈 테니까 가게 가서 리윤이 좀 도와줘."

"어머니."

"아직 어머니 아니야."

그렇게 딱 잘랐지만 랑이를 안은 유 여사는 이미 마음의 빗장
이 스르륵 풀리는 중이었다.

유 여사는 랑이와 함께 집으로 갔고 이준은 유 여사의 말대로
김밥집으로 향했다. 목이 빠지게 유 여사를 기다리던 리윤은 이
준이 가게 문을 열고 들어오는 걸 보고는 눈이 동그랗게 커졌었
다. 자세히 설명할 틈도 없이 손님들이 밀어닥쳤고 이준은 소매를
걷어붙이고 음식들을 나르느라 정신이 하나도 없었다.

작은 가게에 손님들이 한꺼번에 몰리니 그것도 굉장했다. 더구
나 익숙지 않은 일이라 더 정신이 없었고 나중에는 계산까지 도맡
아서 하게 됐다. 일부러 그러는 건지 아니면 진짜 잠깐이라도 홀
에 나올 틈이 없었던 건지 리윤은 주방 밖으로는 한 발짝도 나오
지 않았다. 어쩌다 눈이 마주칠 때마다 얄궂게 웃는 걸 보면 왠지
그 상황을 즐기는 것 같기도 했다.

"어때?"

테이블 정리를 하고 있는 이준에게 리윤이 주방에서 물었다.

"뭐가?"

"일해 보니까 어떠냐고."

"너는 이걸 어떻게 매일 할까 싶다. 다시 회사로 돌아갈 생각은 아예 없는 거야?"

"아직은."

"그럼 언젠가는 돌아간다는 거야?"

"그건 모르지. 어쨌든 지금은 돌아가고 싶은 마음이 없어."

"왜? 왜 돌아가고 싶지 않은 건지 알기는 하고?"

"어."

"난 들을 준비 돼 있어."

테이블 정리를 끝낸 이준이 설거짓거리를 들고 주방으로 들어왔다. 빈 그릇들을 내려놓은 이준은 리윤 앞에 팔짱을 끼고 섰다.

"뭐 그럴듯한 걸 말해 주고 싶은데 그런 건 없어."

리윤이 어깨를 으쓱거리며 말했다. 이준과 마주 보고 서서 리윤은 싱긋 웃으며 말을 이었다.

"그냥 여기서는 마음이 편해. 울고 싶다는 생각이 안 들어."

"울고 싶었어?"

"그랬지. 자다가도 눈물이 나고, 밥을 먹다가도 아빠 생각이 나고. 그런 나 보면서 유난이라고 하는 사람들도 있었고."

갑작스러운 이별에 어떻게 대처해야 하는 건지 몰랐었다. 엄마도 챙겨야 했고 괜찮은 척하면서 사람들의 눈치도 봐야 했었다. 아빠와 너무 사이가 좋은 것도 그다지 좋은 건 아니구나 하는 생각을 할 정도였었다.

"머리로 생각 안 하고 그냥 몸이 움직이는 대로 정신없이 왔다 갔다 하다 보면 하루가 지나거든? 그렇게 하루하루를 버티다 보면 차곡차곡 쌓인 시간들이 어느새 훌쩍 지나 있고, 그러다 보면 또 조금씩 무뎌지고."

"이 안에서 버티는 중이구나."

"어, 이 안에서 난 버티는 중이야. 아주 잘."

이준이 갑자기 양팔을 들어 올리고 리윤에게 턱 끝을 까딱했다. 와서 안기라는 뜻이었다. 리윤은 슬쩍 웃으며 못 이기는 척 그의 품에 안겼다.

"공리윤 기특하다."

이준의 커다란 손이 리윤의 좁다란 등을 토닥였다. 아빠처럼 너른 품으로 안아 주는 이준에게 리윤은 위로를 받는 기분이 들었다.

"우리 리윤이 앞으로도 하고 싶은 거 다 해."

"진짜?"

"어, 내가 열심히 밀어 주고 같이 해 주고 할게."

"웬일이야?"

"뭐가?"

"따뜻한 말 하는 거 안 어울리잖아. 사이준은 틱틱거리고 무심한 척하고 차가운 척하는 캐릭터 아니었어?"

"맞아. 근데 내 여자들한테는 안 그래."

"내 여자들?"

"사랑이랑 공리윤. 내가 지켜야 하는 내 여자들."

순간 심장이 쿵, 하고 내려앉았다. 리윤은 끌어안고 있던 이준의 허리를 더욱 세게 끌어안았다. 숨어서 하던 연애가 들통나고 유 여사는 아빠 곁으로 내려가겠다고 해서 심란하지만 그럼에도 지금 이 순간, 아니 이준이 나타난 이후로 리윤은 행복했다. 이준과의 일이 걱정되거나 불안하지 않았다. 언젠가는 허락을 받을 거라는 무모한 자신감 같은 것도 있었다. 그저 지금 이대로 열심히 사랑을 하다 보면 언젠가는 모두가 행복한 순간이 올 것만 같았다.

"사랑해."

이준의 목소리가 귓가에서 들렸다. 리윤은 고개를 들었고 천천히 내려오는 이준의 입술을 보고는 금방 눈을 감았다. 윗입술을 감싸며 촉촉하게 다가오는 이준은 오늘도 근사했다. 조급하지 않고 여유로운 그와의 입맞춤에 하루의 피로가 싹 날아가는 기분이었다.

10. 이미 닳아 버린…….

　벌써 며칠 째 지긋지긋한 비가 내리는 중이었다. 비 때문에 밖에서 데이트를 할 수는 없었지만 대신 집에서 랑이와 함께 블록도 쌓고 인형 놀이도 하면서 재미있게 보냈다. 하지만 나갈 때마다 유여사의 눈치가 보이는 건 어쩔 수 없었다. 그나마 다행인 건 유 여사가 혼자 있지 않게 이모들이 번갈아 찾아와 줬다는 거였다. 그래서 나가는 마음이 무겁지만은 않았다. 그렇게 눈치를 보고 눈치를 주는 불편한 모녀 사이였지만 그것도 다 애정에서 비롯됐다고 생각할 정도로 리윤은 속이 꽉 차게 철이 들어 있었다.

　"비가 너무 오니까 더 후덥지근한 거 같아."

　슬쩍 유 여사를 돌아보며 말하는 리윤에게 유 여사는 가볍게 눈을 흘겼다.

　"엄마."

　"왜?"

　"좋은 사람이야."

　"언제는 사이코라고 지랄을 하더니?"

　"그건 그냥 이름 때문에 붙은 별명인 거고……."

리윤은 말끝을 흐리고는 입술을 이리저리 비틀어 댔다. 어릴 때부터 뭔가 궁지에 몰리면 하던 버릇이었다. 오랜만에 보니 유 여사는 어릴 때의 리윤이 생각나 제법 귀엽기까지 했다.

"랑이는 어때?"

"랑이 뭐?"

"애 감기 다 나았느냐고."

"어, 약 이틀 먹고 괜찮아졌어. 우리 랑이가 엄마 얘기 하더라?"

"우리 랑이?"

유 여사의 눈이 또 스윽 올라갔다. 리윤은 재빨리 시선을 피하며 짐짓 모른 척을 해 댔다. 끌끌끌, 혀 차는 소리가 들렸다.

"뭐라는데?"

"뭐가?"

"랑이가 내 얘기를 뭐라고 했느냐고."

이미 신이 난 리윤은 유 여사를 보며 몸을 돌려 앉아서는 재잘재잘 떠들기 시작했다.

"아니, 랑이가 엄마가 엄청 예쁘다는 거야. 그래서 어디가 예쁘냐고 하니까 마음이 예쁘대. 엄마가 아프지 말라고 머리도 만져 주고 배도 만져 주고 꼭 안아 줬다고, 엄마한테 안겨 있을 때는 하나도 안 아팠대."

유 여사는 가만히 들으며 슬며시 입술 끝을 올렸다. 아이의 마음은 거짓으로도 못 본 척할 수가 없었다. 처음부터 그랬던 것 같았다. 아이의 까만 눈동자를 보는데 그냥 맥없이 빨려들어 갔었다. 그 깊고도 검은 순수한 눈동자로 아이는 상대방까지도 투명해지게 만들었다. 그런 랑이가 상처받지 않고 늘 평온했으면 하고 바랐다.

"잘 챙겨 먹이라고 해."

"남자가 혼자 챙겨 먹여 봤자지. 걱정하지 마, 내가 냉장고에 이 것저것 사다가 넣어 놓고 왔어."

"미친년."

"엄마."

"뭐?"

"곱게 늙읍시다. 미친년이 뭐야, 미친년이."

장난스럽게 눈을 흘기는 리윤에게 유 여사는 고개를 저으며 말을 아꼈다.

Rrrrrrrrr.

이준에게 온 전화인 걸 확인하자마자 리윤은 스프링처럼 자리에서 튀어 올랐다. 하지만 곧 맞은편에 도끼눈을 하고 있는 유 여사를 발견하고는 태연한 척 핸드폰을 들고 주방으로 들어갔다.

"어."

─혹시 랑이 데리고 갔어?

"어? 그게 무슨 말이야? 랑이를 내가 왜 데리고 가?"

─너 아니야?

"뭐야, 랑이 없어? 유치원에 없대?"

그때부터 리윤은 목소리가 떨려 왔다.

─엄마라고 하는 사람이 데리고 갔다는데……. 이런 젠장.

"왜? 뭔데? 설마 랑이 엄마야?"

─그런 것 같다. 나는 혹시 네가 데리고 간 거 아닌가 싶어서…….

"전화부터 해 봐. 그리고 나한테 전화 주고."

―알았어.

"꼭 해."

핸드폰을 내려놓는 리윤의 손이 파리하게 떨렸다. 어느새 리윤의 옆으로 온 유 여사가 걱정스러운 얼굴로 물었다.

"뭐라는 거야? 랑이 없어졌대?"

"아직 몰라."

"누가 데리고 갔다는 거야?"

아랫입술을 깨물며 리윤은 불안감을 감추지 못했다.

이준은 떨리는 손으로 아라의 번호를 찾아 전화를 걸었다. 핸들 위에 올려놓은 손을 그는 힘주어 둥글게 말아 쥐었다. 신호음이 여러 번 이어지는데도 아라는 전화를 받지 않았다.

"진짜 정아라!"

버럭 소리를 지르며 그가 핸들을 쾅, 소리가 나게 내리쳤다. 화가 났지만 그러면서도 한 편으로는 제발 그 사람이 아라이기를 바랐다. 랑이가 모르는 사람을 따라갔을 리가 없었다. 엄마니까, 그래도 엄마니까 따라갔을 게 뻔했다.

Rrrrr.

문자 들어오는 소리에 그는 재빨리 핸드폰을 열었다.

[랑이 나랑 있어. 오늘은 나랑 같이 잘 거야.]

후우, 절로 안도의 한숨이 나왔다. 이제부터는 머리를 뒤덮고 있는 화를 잠재우고 생각이라는 걸 해야 했다. 이준은 일부러 전화를 받지 않는 아라에게 침착하게 문자를 보냈다.

[전화할 거니까 랑이 바꿔.]

그렇게 문자를 보내 놓고 그는 아라에게 전화를 걸었다. 신호음이 끊길 때쯤 아라는 전화를 받았다.

"랑이는?"

—나 엄마야. 하룻밤 정도는 랑이랑 잘 수 있어.

"랑이 바꿔."

—이준 씨.

"당신이 제대로 된 엄마였으면 이렇게 아무 말도 없이 애를 데려가는 짓 따위는 안 했겠지."

—내가 말했으면 그렇게 하라고 했겠어?

"아니, 절대 허락 안 했어."

이준의 턱 끝이 바르르 떨렸다. 정아라에게 랑이를 맡기는 것만큼 불안한 게 없었다. 랑이에 대해 아는 게 하나도 없는 엄마였다. 아이의 잠버릇은 어떤지, 아이는 어떤 걸 잘 먹고 좋아하는지, 혹시라도 자다 깨면 어떻게 해야 하는지, 아침에 일어나면 화장실부터 간다는 것도 정아라는 전혀 몰랐다.

—하룻밤 정도는 랑이 안고 자고 싶었단 말이야.

발끈해서 아라가 목소리를 높였다.

"그래서 애를 그렇게 몰래 데리고 갔어? 내가 걱정할 거라는 생각은 안 해?"

—그건 미안해.

금방 불같이 화를 내고 금방 화를 풀고 샐샐거리고, 그건 세월이 흘러도 변하지 않은 모양이다. 정아라는 정아라였다.

—오늘만, 딱 하룻밤만 같이 잘게.

"랑이 바꿔."

화를 억누르며 이준은 손으로 머리를 짚었다. 얼마 지나지 않아 랑이의 목소리가 들려왔다.

─아빠.

톤이 가라앉은 채로 랑이가 전화를 받았다.

"랑아, 많이 놀라지 않았어?"

─응.

"그래, 우리 랑이도 놀랐구나. 아빠도 놀랐는데."

─유치원에 랑이 없어서?

"어."

울컥 눈물이 나려고 했다.

─아빠한테 말했다고 해서, 그래서 내가…….

"어, 했는데 아빠가 깜박했어. 아빠가 잘못한 거야."

─아빠.

"응?"

─나 오늘은 여기서 자고 갈게.

"그러고 싶어?"

랑이는 대답을 하지 않았다. 아이의 마음이 어떤지, 얼마나 혼란스러울지 이준은 가슴이 무너져 내리는 듯했다.

"랑아, 그러고 싶다고 해도 돼. 아빠는 괜찮아."

─어.

"그래 그럼 오늘밤은 엄마랑 자. 아빠가 내일 데리러 갈게."

─아빠 언제 올 거야?

"언제 갈까? 랑이가 데리러 오라는 시간에 갈게."

─아침에.

"어, 아침에 데리러 갈게."

준비가 덜 된 아이에게, 아니 아무런 준비를 하지 못한 아이에게 아라는 너무도 급작스러웠고 제멋대로였다. 이번에는 랑이를 위한 건 아니었다. 그걸 다 알면서도 아이가 마음을 다칠까 봐 이준은 한 발 물러서서 지켜보는 수밖에 없었다.

─아줌마도 같이?

"아줌마도 같이 갈까?"

─응.

"알았어, 아줌마랑 같이 우리 랑이 데리러 갈게."

─안녕.

"내일 만나자. 잘 자, 딸."

─아빠도 잘 자.

핸드폰을 내려놓는데 눈물이 뺨을 타고 흘렀다. 랑이가 안쓰러웠다. 아이의 마음에 사랑이 가득하길 바라면서 사랑이라고 이름을 지었는데 지금은 아이 마음이 온통 슬픔일 것만 같았다. 낯설기만 한 엄마라는 여자와 오늘 밤을 자야 하는 랑이가 사실은 지금 얼마나 불안하고 무서울까, 그런데 아이는 내색하지 않았다. 아빠가 걱정할까 봐, 아빠가 슬퍼할까 봐.

"하아."

어둡고도 쓸쓸한 이 터널을 하루 빨리 벗어나고 싶어졌다. 안락하고 평온하고 행복하기만 한 그런 집을 아이에게도 주고 싶었다. 자신은 분명 그런 가정에서 걱정 하나 없이 살아왔는데 랑이에게는 그러지 못한 것 같아 너무 죄스러웠다. 아이가 느끼는 불안이 파도처럼 밀려왔다.

핸드폰을 끊고 랑이는 커다란 장난감 집 앞으로 가서 앉았다. 아라가 랑이를 데리고 가서 사 준 장난감이었다. 사실 장난감 앞에서 보기만 하고 고르지 않는 랑이에게 아라는 제일 크고 제일 비싼 걸 집어 들었다. 꽉 찬 다섯 살의 아이, 아이의 네 번 생일이 지나는 동안 단 한 번도 같이 축하해 주지 못한 게 너무도 미안했었다.

사 달라는 건 전부 사 주고 싶었지만 아이는 애어른처럼 생각도 많았고 행동하는 것도 조심스러웠다. 아직 아이니까 내가 엄마라고 말해 주고 웃어 주고 안아 주면 금방 품에 안겨서 방글방글 웃을 줄 알았다. 하지만 랑이는 단 한 번도 아라에게 웃어 주지 않았다.

"랑이 주스 마실까?"

랑이는 고개를 가로저었다. 뭐라도 주고 싶은데 주겠다고 하는 건 전부 거부했다. 그러면서도 엄마랑 엄마 집에 가자는 말에는 잠깐 생각하다 따라나섰었다. 그래서 더 기대를 했던 건지도 모르겠다.

"랑이는 엄마랑 하고 싶은 거 없어?"

랑이가 고개를 들어 아라를 쳐다봤다.

"있어? 뭔데?"

"왜 랑이 버렸어요?"

눈을 똑바로 뜨고 반듯한 어조로 차분하게 랑이가 물었다. 예상하지 못한 물음에 아라는 그대로 얼어붙었다.

"랑아, 엄마가 금방 밥 해 줄게."

자신을 응시하고 있는 아이에게 아라는 등을 보이며 돌아섰다. 입술이 달달달 떨려서 그대로 있을 수가 없었다. 버린 게 아니라고 말해 주면 되는데 그 말조차 나오지 않았다. 머릿속이 하얘지고 심장은 고장이라도 난 것처럼 덜컹거렸다.

아라는 싱크대를 짚은 채로 그 앞에 섰다. 심호흡을 하며 놀란 가슴을 진정시켰다. 단 한 번도 생각해 보지 않은 질문이라 당혹스럽기만 했다. 이럴 때는 어떻게 할까 미리 생각해 보지 않았었다. 그저 아이와 좋은 시간을 보낼 거라는 부푼 꿈만 꿨었다. 어디를 가고 뭘 사 주고 뭘 먹을지, 그런 것들만 검색하고 상상했었다. 처음 만난 날 자신에게 안기지 않는 아이를 보면서 우선은 익숙해지는 게 우선이겠다고 생각했었다. 하룻밤을 자고 나면 금방 엄마라고 부르며 친근하게 굴 줄 알았었다. 하지만 랑이는 아라의 모든 기대와 상상을 보기 좋게 빗나갔다.

Rrrrrrrr.

넋을 놓고 있는데 뒤에서 옷자락을 잡아당기는 느낌이 들었다. 뒤를 돌아보니 랑이가 옷자락 끝을 잡고 있었다.

"응? 왜?"

"전화 왔어요."

아이의 손에 핸드폰에 들려 있었다. 아라는 랑이에게 싱긋 웃어 주고 핸드폰을 받아 들었다. 랑이는 다시 원래 있던 자리로 돌아가더니 다시 장난감 앞에 무표정한 얼굴로 앉았다. 갖고 놀지도 않고 만지지도 않았다. 그저 멍하니 바라만 보고 있었다.

Rrrrrrrr.

핸드폰이 끊기지 않고 울려 댔다.

"여보세요."

─왜 이렇게 전화를 늦게 받아?

"못 들었어."

─언제 올 거야?

미국에 있는 남편에게서 걸려 온 전화였다. 며칠 만에 듣는 목소리에서 짜증이 잔뜩 묻어났다.

─표는 끊었어?

"아직."

─대체 얼마나 있으려고 표도 안 끊어? 집에 돌아오기는 하는 거야?

집, 아라의 집은 미국이었다. 한국에 들어온 확실한 이유가 무엇이었는지 이제는 기억나지 않았다. 하루가 멀다 하고 싸우는 사람이 있는 집으로 돌아가야 한다는 걸 알기는 했지만 지금은⋯⋯ 싫었다.

"갈 거야."

─그러니까 언제?

"다음 주에 갈게. 아직 만나야 될 사람들도 다 못 만났어. 몇 년 만에 처음 나온 거잖아."

─전남편은 만났을 거잖아. 아니야? 딸도 만났을 테고.

남편의 짜증이 핸드폰 너머에서도 확연히 느껴졌다.

─지금 만나고 있는 중인데 내가 방해한 건가?

모든 걸 버리고 갈 만큼 좋아했던 사람이었다. 물론 처음엔 모든 게 좋았다. 넘치게 행복했었다. 하지만 시간이 흐를수록 그 좋기만 하던 시간은 빠듯한 생활 앞에서 초라해져 갔다. 더 이상 설레지도 않았다. 남편의 하는 일이 어려워지면서 혼자 있는 시간이 많아졌고 갖고 싶은 것, 사고 싶은 걸 마음껏 살 수 없었다. 점점 싸우는 일이 잦아졌고 언젠가부터는 언성을 높이며 싸우기까지 했다. 같이하는 게 날로 고통스러웠다. 그때부터였다, 랑이가 생각났던 건.

"다음 주에 갈게."

아라는 그대로 핸드폰을 끊어 버렸다. 거실에 있는 아이에게로 시선을 돌렸다. 랑이가 우두커니 앉아 있었다.

저 아이는 지금 무슨 생각을 하고 있는 걸까.

너무 늦게 온 걸까.

반갑지 않은 걸까.

어떻게 반갑지 않을 수가 있을까.

여러 가지 생각들로 머리가 아프기 시작했다. 아라는 머리를 짚으며 미간을 찡그렸다.

"머리 아파요?"

거실에 있는 랑이가 아라에게 물었다. 보지 않고 있는 것 같았지만 아이는 쭈욱 아라를 힐끔거리고 있었다.

"어? 아니야, 안 아파."

아라는 랑이를 보며 애써 웃어 보였다.

"랑아, 엄마가 뭐 해 줄까? 우리 랑이는 뭐 좋아해?"

"김밥."

하필이면 손이 가장 많이 가는 거였다. 아라는 당황해서 입술을 질끈 깨물었다. 그리고는 이내 환하게 웃으며 말했다.

"김밥은 엄마가 내일 사 줄게. 우리 오늘은 다른 거 먹자."

"네."

랑이가 다시금 다른 곳으로 시선을 돌렸다.

혼자서는 도저히 잠을 못 잘 것 같아서 이준은 늦은 시간 결국 집 앞에 있는 호프집을 찾았다.

"안 피곤해?"

랑이를 제 엄마가 데리고 갔다는 말을 전한 후로 리윤은 1시간에 한 번씩 전화를 해서 괜찮은지 챙기고, 혹시라도 랑이에게 데리러 오라는 연락이 오지 않았는지 물었다. 애를 태우는 리윤을 보면서 이준은 다시금 이 여자랑 같이 살아야겠다는 결심을 굳혔다.

"오빠가 내 피로 회복제잖아."

결국 리윤이 슬리퍼를 끌고 이준이 있는 곳까지 나왔다. 사실 어디냐는 리윤의 말에 집이라고 거짓말을 해도 되는데 그러고 싶지 않아 솔직하게 말했다. 앞에서 눈웃음을 지으며 오빠라고 부르는 리윤을 보니 좋기는 했다. 이 여자가 나와 주기를, 하고 바랐었나 보다.

"보니까 좋다."

이준의 손이 리윤의 뺨을 어루만졌다. 리윤은 미간을 찡그리며 황급히 주변을 두리번거렸다.

"하면 안 돼?"

"여기 동네야. 누가 보기라도 하면 어쩌려고?"

"내 여자 내가 만지는데 누가 보면 어때서?"

"오늘 왜 이렇게 립 서비스가 좋지?"

"립 서비스 아닌데?"

다시 올라온 이준의 손을 리윤은 이번에는 치우지 않았다. 그의 보드라운 손길이 뺨에 닿는데 심장까지 뜨끈해지는 것 같았다.

"많이 속상해?"

"그렇네."

"걱정도 되고?"

"어."

"엄마잖아. 다른 사람도 아니고 랑이 낳아 준 엄마랑 있는 거잖아."

"걱정하지 말라고?"

리윤은 고개를 끄덕였다. 후우, 하고 긴 한숨을 뱉어 내며 이준은 심란함 가득한 얼굴을 해 보였다. 이번엔 리윤의 손이 그의 뺨을 쓰다듬었다. 위로하듯 천천히 그의 얼굴을 매만지며 리윤은 옅게 웃어 줬다.

"랑이가 따라간다고 했다며."

"어, 그랬다더라."

"아직 어리기는 한데 그래도 우리 랑이라면 분명 무슨 생각이 있어서 그랬을 거야. 어떤 생각을 했고, 어떤 결과를 내릴지 기다려 보자고."

"결과가 엄마면?"

리윤은 눈을 찡그렸다.

"무슨 결과? 설마 랑이가 엄마랑 살겠다고 하면 어떡하느냐는 말이야? 지금 그걸 걱정하는 거야?"

"아닌 거 알면서도 걱정이 되네. 아직 다섯 살 아이니까."

"말도 안 돼. 그런 생각을 왜 해? 랑이는 절대 아빠 두고 엄마한테 가겠다는 소리 안 해."

"왜 그렇게 장담해?"

"아빠랑 있을 때 랑이는 가장 행복하거든. 웃고 울고 고집도 부리고. 그런 건 정말 사랑하는 사람 앞에서만 할 수 있는 거야. 랑이는 아마 자기한테도 엄마가 있구나 하는 걸 몸으로 느끼고 싶어서 따라간 걸 거야. 적어도 하룻밤은 보내야 엄마구나, 하는 생각을 하지 않겠어? 아무리 아이라고 해도 그걸 본능적으로 느낀 걸 거야."

"그럴까?"

"당연하지. 나는 오늘 밤 랑이가 엄마를 충분히 느꼈으면 좋겠어."

"서운하지 않겠어?"

"아니, 그래도 랑이는 나를 더 사랑할 거야."

"그건 또 어디서 오는 자신감인데?"

"그냥 느껴지는 거야. 랑이를 보고 만지면서 우리가 교감이라는 걸 했거든. 나는 그게 나 혼자만 느낀 건 아니라고 믿어. 그리고 우리 랑이를 믿어."

"아빠인 나보다 네가 더 랑이에 대해 더 잘 아는 것 같다."

"엄마는 아니지만 여자잖아."

싱긋 웃는 리윤은 진짜 자신감이 넘쳐 보였다. 허투루 하는 말이 아니라는 걸 느낄 수 있었다. 어느새 랑이에 대한 무한한 사랑과 믿음 비슷한 게 생긴 것 같았다.

"어머니는?"

"우리 엄마? 몰라, 이것저것 정리하고 버리고 혼자서 아주 많이 바빠. 진짜 갈 건가 봐."

"너는?"

"다시 얘기를 해 봐야 되는데 마주할 용기가 안 난다고 할까? 지금 나는 엄마 눈치 보면서 아무렇지 않은 척하는 중이고 엄마는 겉으로 보기에는 진짜 아무렇지 않은 것 같고. 그냥 아직까지는 달라진 게 없어."

"행복해지셨으면 좋겠다."

이준의 말에 리윤은 순간적으로 명해졌다. 망치로 머리를 세게 내리친 것 같았다. 한 번도 생각해 보지 않았다. 엄마 옆에서 엄마를 지키며 엄마와 함께 살아가면 되는 줄 알았다. 그게 엄마를 위한 거고, 자신을 위한 거라고 철석같이 믿었다. 당장은 슬픔을 잊는 거에 집중했었다. 다시 행복해지자는 생각 따위는 해 보지를 않았다.

이준과 헤어져 집으로 돌아온 리윤은 아직 안방에 불이 켜진 걸 보고 슬그머니 방문을 열었다.

"엄마 뭐 해?"

"옷 정리하지 뭐 하기는. 지금까지 이준이랑 같이 있었어?"

"어."

대답을 하면서도 리윤은 유 여사 눈치를 살폈다. 그러고는 방으로 들어가 침대 끄트머리에 걸터앉았다.

"엄마."

"랑이는 잘 있대?"

랑이가 엄마 집에 갔다는 걸 아는 유 여사는 내내 신경이 쓰였다. 평생 모르고 살던 낯선 엄마 집에 가서 과연 랑이가 잘 잘 건지도 걱정이었고 한 번 만나기 시작하면 계속 만난다고 할 건데 진짜 그렇게 되면 어쩌나 하는 걱정도 들었다. 어느새 리윤과 이준의 교제를 절반 이상은 허락하고 있는 셈이었다.

"어, 잘 있대."

"애가 엄마 정 알면 쉽게 떨어지려고 안 할 건데……."

"랑이가 엄마랑 살겠다고 할까 봐 걱정돼?"

유 여사는 속마음을 들킨 것 같아 공연히 헛기침을 하며 딴청을 부렸다. 하지만 리윤의 문제와는 별도로 랑이가 계속 제 아빠랑 살았으면 하고 바라기는 했다. 남자 혼자 여자아이를 키우면서 사는 게 얼마나 힘든 일인지 알고는 있지만 그래도 지금의 랑이를 구김 없이 밝고 무탈하게 키운 걸 보면 이준이 얼마나 애를 썼을지 듣지 않아도 알 것만 같았다. 그런 이준에게 랑이를 뺏는 건 너무도 잔인한 일이었다. 오로지 랑이와 이준만 놓고 보면 그랬다.

"지금까지 애지중지 끼고 살았는데 없으면 어떻게 살겠어?"

"아마 안 그럴 거야."

"뭘 안 그래?"

"엄마랑 살겠다고 안 할 거라고. 랑이가 어떤 생각을 하고 있는지는 모르겠는데 랑이는 제 아빠 엄청 사랑해. 절대 못 떨어져."

"네가 애 속을 어떻게 알아?"

"알아."

"그러니까 어떻게?"

"그냥 알아. 우리끼리는 이미 통하는 게 있거든."

자신감 있게 말하는 리윤이 얄미웠지만 그래도 제 생각에 확고한 믿음이 있다는 게 싫지만은 않았다. 그게 비록 그릇된 믿음이라고 할지라도 누군가를 믿는다는 건 그래야 하는 거였다. 무조건 믿는 것, 그게 사랑이었다.

"리윤아."

"왜?"

"자신 있어?"

"무슨 자신?"

"행복할 자신."

"엄마는 있어?"

대답 대신 리윤이 유 여사에게 똑같은 걸 물었다.

"나는 네 아빠랑 너랑 이 집에서 셋이 살 때도 행복했고 앞으로도 행복할 거야. 이제는 엄마가 홀로서기 할 준비가 돼서 독립한다고 생각해."

"무슨 엄마가 딸을 두고 독립을 해? 하려면 내가 해야 되는 거아니야?"

뾰로통하게 말하며 리윤은 괜히 입술을 비틀며 눈을 흘겼다.

"너도 하고 나도 하고. 우리 이제 그만 독립하자."

"나 그럼 이준 오빠랑 결혼해도 돼?"

"아니."

"독립하라며!"

"어, 너 혼자 사는 법을 터득하라고. 내가 언제 결혼하라고 했어?"

"치사해."

"진지한 대화를 주고받는 순간에 은근슬쩍 네 결혼 문제를 해치우려고 하는 네가 치사한 거지. 아니다, 치사한 게 아니라 비겁한 거다."

유약하고 빈틈 많은 어른같이 보여도 유 여사는 이럴 때만큼은 자기 생각이 뚜렷했다.

"언제 갈 건데?"

"가게 나가면."

"나 가게 계속할래."

정리하던 옷가지를 내려놓고 유 여사가 리윤을 올려다봤다. 리윤은 어깨를 으쓱하며 말했다.

"평생 하겠다는 건 아니고 그냥 당분간은 하고 싶어."

"안 힘들어?"

"힘들어."

"근데 왜 하겠다고 고집이야?"

"엄마가 강원도 간다며? 아빠 없는 이 집도 아직 적응이 다 안 됐는데 엄마까지 간다면서? 갑자기 다 달라지는 거 나는 아직 무서워. 엄마가 집에 있는 것처럼 그냥 그렇게 살아 볼래. 김밥 부지런히 말다 보면 죽게 피곤할 거고 그러다 보면 집에 와서 쓰러져 자기 바쁘지 않겠어?"

가만히 리윤의 말을 듣던 유 여사는 다시금 시선을 돌려 옷을 개켜서 상자에 넣었다. 그렇게 한동안 아무런 말도 하지 않던 유 여사가 리윤에게 말했다.

"엄마가 너한테 새로운 고향 하나를 더 만들어 준다고 생각해."

결혼해서 지금까지 이 동네를 지키며 살았었다. 이곳에서 신혼도 보냈고, 리윤을 임신하고 낳고 키우고 셋이 복닥복닥 살았던 행복했던 그 모든 순간순간이 고스란히 다 있었다. 고개만 스윽 돌려도 그 시절의 모습이 절로 떠오를 정도였다. 언제까지 옛 추억에 사로잡혀서 그것만 추억하면서 살 수는 없었다. 새로운 곳에서 새로운 추억을 쌓으며 살고 싶어졌다. 그게 지금 당장은 리윤을 외롭게 만드는 거라고 해도 어쩔 수 없었다.

혼자만의 시간이 필요했다. 작은 텃밭도 매고 봄이면 나물도 캐고 집 곳곳을 수리하고 가꾸다 보면 1년이 흐를 거고 그곳은 유 여사에게도, 그리고 리윤에게도 고향 같은 넉넉함과 편안함을 주지 않을까 싶었다. 그리고 씩씩하게 잘 지내고 있다는 걸 리윤 아빠에게 다 보여 주면 하늘에도 마음 편히 내려다보며 흐뭇하게 웃어 주지 않을까, 그런 생각이 들었다. 실컷 그리워하고, 실컷 울고, 실컷 아파하고, 실컷 건강하게 웃으면서 이겨 내고 싶었다. 그러면 엄마 품을 찾아오는 리윤에게도 환하게 웃어 줄 수 있을 것 같았다.

"나 걱정 안 해도 되는 거 맞아?"

"당연하지. 나 공리윤 엄마야."

리윤은 코를 훌쩍이며 유 여사에게 다가가 그녀의 목을 두 팔로 끌어안았다. 무겁다고 난리를 치면서도 유 여사는 싫지 않은 표정이었다.

어색한 공기가 작은 커피숍 안을 가득 메웠다. 먼저 잘못한 걸 알면서도 랑이를 데리고 오라며 생전 처음 보는 여자를 보낸 이준에게 아라는 화가 치밀었다. 엄마인 자신에게는 그렇게나 모질게 굴면서 피 한 방울 섞이지 않은 이 여자는 믿는다는 건지, 더구나 랑이까지도 이 여자를 보자마자 눈을 반짝이며 한걸음에 달려가 품에 안겼다. 그 모습이 아라는 머릿속에서 지워지지 않았다. 지금도 제 옆이 아니라 반대편 의자에 앉아 이준의 여자 옆에 찰싹 붙어 있는 랑이가 아라는 원망스럽기만 했다.

"내가 가겠다고 했어요."

리윤이 먼저 입을 열어 말했다.

"공리윤이라고 해요."

제 소개를 한참이 지나서야 하면서도 리윤은 당당함을 잃지 않으려고 애썼다.

"정아라예요."

아라가 마지못해 제 소개를 하는 듯했다. 아라의 시선은 커피숍에 들어와 자리에 앉는 그 순간부터 랑이에게만 향해 있었다. 당연한 듯이 리윤의 옆에 앉은 랑이는 마음이 놓이는지 발까지 흔들며 원래의 모습을 보여 줬다.

"랑이 어제는 엄마랑 자서 좋았겠다."

그 말에 랑이는 아무런 대답도 하지 않았다.

"랑아."

아라가 랑이의 이름을 부르며 상체를 앞으로 기울였다.

"엄마 옆으로 와."

이번에도 랑이는 아무 말도 들리지 않는다는 듯이 리윤의 옆에서 떨어질 줄 몰랐다. 눈을 질끈 감으며 아라가 화를 참는 듯이 보였다.

"근데 아빠는 어디 있어요?"

"아빠는 차에서 기다리고 있지."

"같이 왔어요?"

아라가 기가 막히다는 표정으로 물었다.

"네."

"같이 왔는데 왜 그쪽을 보낸 거예요?"

"말했잖아요, 제가 가겠다고 했다고."

"왜요?"

앙칼진 톤으로 말해 버린 아라는 랑이를 의식하고는 이내 흠 흠, 헛기침을 했다.

"랑이 보고 싶어서요."

리윤은 랑이와 눈을 맞추며 대답했다. 랑이가 환하게 웃었다.

"둘이 정확히 무슨……."

"랑아, 아이스크림 먹을까?"

"네!"

"그럼 저기 가서 랑이가 먹고 싶은 걸로 골라 봐."

"네."

랑이는 짧은 다리로 의자에서 폴짝 내려와 아이스크림이 진열되어 있는 쇼케이스 앞으로 다다다 달려갔다.

"주기적으로 랑이를 보실 건가요?"

"네?"

"아니면 주기적으로 랑이와 통화를 하실 건가요?"

"무슨 자격으로 그런 걸 물어요?"

"랑이를 많이 아끼고 많이 사랑하는 자격이요."

아라는 아랫입술을 깨물며 화를 참았다.

"다섯 살이지만 랑이는 또래 아이들보다 상당히 많이 똑똑한 아이예요. 제 감정을 확실히 말할 줄 알고, 말을 잘하는 건 아시죠? 가끔은 깜짝 놀랄 정도로 판단도 빠르고 이해도 빨라요."

"그래서요?"

"랑이는 친구들 다 갖고 있는 엄마가 어떤 건지 알고 싶었을 거예요. 그래서 따라갔을 거고 같이 하룻밤을 보냈을 거예요."

아닐 수도 있었다. 하지만 리윤이 느끼기에는 그랬다. 설사 아니라고 하더라도 이준이 차마 할 수 없는 말들을 리윤이 나서서 하고 싶었다. 정아라라는 여자와 아무것도 없는, 애초에 아무것도 없었던 사이니까 배려할 것도 없었다.

"랑이가 하룻밤을 같이 보낸 후로 어떤 감정이 생겼다고 하면 그건 어디까지나 랑이 거니까 터치할 생각 없어요. 하지만 그 감정이 아이를 힘들게 하는 거라면 얼마든지 옆에서 들어 주고 위로해 주고 안아 줄 거예요. 그 부정적인 감정을 주기적으로 아이와 만나서 아니라고 말해 줄 수 있는지 묻고 싶었어요."

"……."

아라는 할 말이 없었다. 그 어떤 것도 약속할 수가 없었다. 제 감정만 우선해서 랑이를 만났었다. 랑이가 느끼는 혼란스러움은 금방 사라지게 할 수 있다고 자부했었다. 아직 어리니까, 고작 다섯 살이니까 하면서 말이다.

"당장 할 수 있는 게 없다면 연락하지 말아 주세요."

"결혼이라도 할 거예요?"

"네."

말이 끝나기 무섭게 단호하게 대답하는 리윤 때문에 오히려 당황한 건 아라였다.

"랑이가 상처받는 거 싫어요."

"내가 상처를 준다는 뜻이에요?"

"네."

"이것 봐요, 나 랑이 엄마예요."

"네."

"엄마한테 애한테 상처를 준다는 게 무슨 말이에요? 그게 말이 되는 소리예요?"

"엄마니까요. 엄마니까 아이가 상처를 받는 거죠. 가장 믿어야 하고 사랑해야 하는 사람이니까요."

할 말이 없었다. 키울 수도 없었고 지금은 랑이를 키우고 싶다는 생각도 솔직히 해 본 적이 없었다.

"나는 다른 건 다 상관없어요, 랑이만 괜찮으면 돼요. 랑이가 원하면 원하는 대로 해 줄 거예요. 그게 내가 랑이를 사랑하는 방법이에요."

사랑한다고 말하면서 가슴에 울컥하는 게 생겨 버렸다. 랑이를 정말 온 마음으로 사랑하고 있었다. 사랑하는 남자의 아이가 아니었다. 그냥 사랑하는 사랑이었다.

리윤이 아라를 만나고 있는 동안 유 여사도 누군가를 만나고 있었다. 생각지도 못한 사람에게 걸려 온 전화에 당혹스러움도 잠시였다. 만나는 순간 눈물이 왈칵 쏟아졌다. 결국 손을 맞잡고 한참을 울어 버렸다. 속이 후련해질 정도로 울고 나니까 나중에는 민망함에 또 크게 웃기도 했다.

"이렇게 보니까 너무 좋네요."

"그러게. 그동안 왜 연락을 못 하고 살았는지 모르겠어."

"서로 사는 게 바쁘니까 그랬죠."

"리윤이가 아주 예쁘게 컸더라."

"언제 봤어요?"

"지난번에 멀리서 나만 잠깐 봤어."

랑이를 봐 주기로 한 날, 장을 봐서 가는 리윤을 길 건너편에서 봤었다. 랑이가 이름을 부르며 달려가려는 걸 겨우 막으며 물었었다. 랑이가 말하는 리윤이 이준이 만나는 그 여자라는 걸 알고 많이도 놀랐었다. 먼저 말해 주기를 기다리고 있었는데 녀석은 아직까지도 입을 꾹 다물고 있었다. 알고 있다고 내색을 하기도 뭐해서 은옥도 모른 척하고 있는 중이었다.

"아시죠?"

유 여사가 먼저 물어봐 줬다. 김 여사는 가만히 고개를 끄덕였다.

"아직 이준이한테 들은 건 아니고 랑이가 하는 말 듣고 짐작만 하고 있는 중이야."

"네."

"미안해."

김 여사가 덜컥 사과를 했다. 미안하다는 말을 하면서 차마 고개를 들지 못했다. 흰머리가 빼곡하게 나 버린 김 여사의 정수리를 보는데 유 여사는 가슴이 싸해졌다. 한동네에 살면서 형님, 동생으로 참 잘 지냈던 사이였다. 정이 많고 고왔던 김 여사는 유 여사에게는 동경의 대상이기도 했었다. 많이 배우고 많이 가졌음에도 단 한 번도 으스대지 않았고, 누군가를 무시하지도 않았다. 항상 다정했고 따뜻한 사람이었다. 그렇게 이사를 가지 않았다면 지금도 누구보다 가까운 사이로 잘 지내고 있지 않을까 싶었다.

"형님."

"응?"

"나도 형님한테 미안해요."

김 여사가 무슨 말이냐는 눈빛으로 유 여사를 쳐다봤다.

"내가 아직 이준이를 받아 주지 못했어요."

"당연하지, 그게 왜 미안해."

"당장 뭘 하겠다는 것도 아니고 지금은 그냥 만나겠다는 건데 나는 둘의 미래까지도 걱정해야 하는 엄마니까 그게 쉽지 않더라고요."

"그래, 나 같아도 그럴 거야."

여전히 고운 김 여사였다. 나이가 들면서 얼굴에 인자함까지 더해졌다. 얼굴엔 주름이 생기고 살은 더 빠졌지만 그 모습마저도 아름다웠다. 사람이 나이를 먹으면 저렇게 늙어 가면 좋겠다 싶을 정도였다.

"근데 또 한편으로는 이준이가 좋아요."

훗, 웃으며 유 여사가 본심을 털어놨다.

"거의 매일 찾아와서 가게까지 같이 걸어가거나 마트 가서 장 보는 거 거들어 주거나 그러는데 그게 싫지 않더라고요."

"이준이가?"

"네."

김 여사는 속으로 놀랐다. 까칠하고 차가운 이준이 리윤의 엄마에게 잘 보이려고 그렇게 한다는 게 믿기지 않으면서도 귀엽고 짠했다. 제 딴에는 엄청난 노력을 하고 있는 거였다. 그만큼 리윤이가 좋다는 거겠지, 그만큼 리윤이를 놓치고 싶지 않다는 거겠지.

"그냥 지금은 이준이도 노력하고 나도 나름대로 노력하는 중이에요."

"고마워."

"뭐가요?"

"우리 아들 모질게 대하지 않아 줘서."

김 여사의 두 눈에 눈물이 고였다. 차마 들킬까 싶어 김 여사는 고개를 돌리고 손가락으로 훔쳐 냈다.

"사실 모질게 해도 할 말이 없어, 나는."

"내가 리윤이 아빠한테 물이 들었나 봐요. 아시잖아요, 사람이 한없이 유했던 거."

"그럼 알지."

"그런 사람이랑 30년 가까이 살다 보니까 누구한테 함부로 하거나 모질게 하는 걸 못 하겠더라고요. 그리고 이준이는……, 이준이니까."

속상해서 소주를 몇 잔을 마시고 땅이 꺼져라 한숨을 푹푹 내쉴지라도 절대 사람에게 상처가 되는 말은 하지 않았을 사람이었다. 혼자 끙끙거리면서도 어떻게든 이해하려고, 껴안으려고 노력했을 거였다. 그걸 지금 유 여사가 하고 있는 중이었다.

"그리고 랑이가……."

"랑이가 걸리지?"

"안 걸린다고는 못 하죠. 그런데 랑이가 또 예뻐요. 그 아이가 너무 예뻐서 그래서 마음이 더 괴롭네요."

눈물이 날 것 같아 유 여사는 입술을 꾹 다물었다.

"미안하다는 말밖에는 내가 할 수 있는 게 없네."

"저도요."

김 여사는 손을 내밀어 유 여사의 손을 잡았다. 테이블 위에 두 개의 손이 따뜻하게 감싸 포개졌다. 서로를 위로하듯이 두 사람은 말없이 눈빛을 주고받았다. 그 눈빛에 마음이 녹아내리는 듯했다.

아이스크림 두 가지 맛을 번갈아 먹느라 입술이 아이스크림으로 범벅이 됐지만 이제야 랑이는 환하게 웃으며 원래의 다섯 살 꼬마로 돌아왔다. 다정하게 눈빛을 주고받고 서로 먹여 주고 하는 두 사람을 보면서 아라는 속으로 눈물을 흘렸다. 인정해야만 했다. 사랑의 마음은 자신에게 닿을 수 없다는 걸, 이미 너무 늦어 버렸다는 걸.

"나 먼저 일어날게요."

아라가 자리에서 일어났다. 키득거리던 두 사람이 고개를 들었다.

"랑아."

"네."

"우리 다음에는 진짜 재미있게 놀자."

랑이는 대답하지 않았다. 아마도 그 다음이 상당히 오랜 시간이 흐른 뒤라는 걸 알아서였던 것 같았다.

"엄마 한 번만 안아 주면 안 될까?"

아라가 두 팔을 벌리고 섰다. 랑이는 쭈뼛대며 선뜻 의자에서 일어나지 않았다. 한참을 팔을 벌리고 서 있던 아라가 이내 포기한 듯 한숨을 내쉬며 팔을 내렸다.

"그래, 갈게."

"네."

"갈게요."

"네, 안녕히 가세요."

리윤이 자리에서 일어나 인사를 했다. 아라가 커피숍을 나가고 리윤은 자리에서 앉으며 랑이를 바라봤다.

"랑이 괜찮아?"

랑이가 작은 고개를 끄덕였다.

"랑아."

"네?"

"랑이 마음이 아프지 않았으면 좋겠어. 아줌마가 랑이 많이 웃게 해 줄게. 약속."

리윤이 새끼손가락을 랑의 얼굴 앞에 들이밀었다. 랑이는 씨익 웃으며 두 번째 손가락을 들어 리윤의 손가락에 걸었다.

"이제 아빠한테 갈까?"

"응!"

가장 큰 목소리로 랑이가 대답했다. 어지간히도 보고 싶었던 모양이다. 리윤은 냅킨으로 랑이의 입에 묻은 아이스크림을 지워 주며 마주 보고 웃었다.

"랑아."

"네?"

"아줌마가 랑이를 진짜 진짜 많이 좋아하는 거 같아."

"나도 아줌마 진짜 진짜 좋아해요."

아이의 거짓 없이 순수한 그 말에 눈물이 핑 돌았다.

"아줌마가 랑이를 더 많이 좋아해."

"아니야, 랑이가 더 많이 좋아해."

"아니야, 아줌마가 더더더 많이 좋아해."

"랑이는 아줌마 사랑해."

결국 리윤의 눈에서 눈물이 쪼르륵 흘러내렸다. 이 아이를 온 마음을 다해 사랑해야겠다 싶었다. 어쩌면 이미 그러고 있는지도 몰랐다.

"아줌마도 랑이 사랑해."

랑이를 품에 끌어안으며 리윤이 속삭이듯이 말했다. 그 말에 랑이가 또 한 번 고개를 끄덕였다. 허리를 감싸 안는 작은 손에 심장마저도 말캉거렸다.

"이제 아빠한테 가요!"

"그래, 그러자."

두 사람은 자리에서 일어나 손을 맞잡았다. 씩씩하게 걸으며 커피숍을 나와 이준이 기다리는 주차장까지 두 사람은 쉬지 않고 웃고 떠들었다.

"예쁘다."

멀리서 다가오는 두 사람을 보며 이준이 나지막하게 말했다. 이미 둘은 닮아 있었다. 어쩌면 처음부터 닮은 사람들이었는지도 모르겠다. 웃는 모습도, 놀라는 모습도, 생각하는 것도, 행동하는 것도, 전부 다 닮아 있었다. 운전석에 앉아 있는 내내 한 곳만 응시하고 있었다. 리윤을 믿었기에 불안하지는 않았다. 그저 빨리 두 사람을 보고 싶을 뿐이었다.

"사랑! 공리윤!"

차에서 내린 이준이 두 팔을 벌리고 두 사람을 불렀다. 리윤과 랑이가 멀리서 웃으며 달려왔다.

11. 가족이 된다는 건.

아침부터 시장으로, 마트로 분주하게 움직이며 리윤과 유 여사는 문득문득 드는 서러운 생각들과 그리움들을 애써 외면했다. 가게 문을 열지 않은 수요일, 아빠가 돌아가신 지 딱 1년 되는 날이었다. 쓸쓸하지 않도록 평소에 좋아하던 음식들을 준비하느라 상다리가 휘어질 정도였다. 보통의 제사 음식과는 다르게 유 여사는 오로지 남편이 살아생전에 좋아하던 것들로만 제사상을 차렸다.

"우리 아빠 김밥 진짜 좋아했는데……."

남들은 소풍을 가거나 나들이를 갈 때만 하는 김밥을 유 여사는 한 달에도 몇 번을 말았었다. 김밥에 어묵국 하나면 입이 귀에 걸리도록 좋아했었다. 그래서 장사를 할까 했을 때 가장 먼저 떠오른 게 김밥집이었는지도 모르겠다.

"오늘 실컷 먹으라고 해야지."

이미 열 줄을 넘게 싸고도 재료가 더 남아 있었다. 가게에서는 주방을 리윤에게 맡기고 홀만 보던 유 여사도 오늘만큼은 김밥도 싸고 불고기도 하고 주방을 떠나지 못하고 있었다. 리윤은 그저 엄마 옆에서 심부름을 하면서 돕는 게 전부였다.

"어머, 사이다 안 사 왔다."

"아까 안 샀나?"

"냉장고 열어 봐, 안 산 거 같은데?"

리윤이 재빨리 냉장고를 열어 확인했다. 하지만 사이다는 없었다.

"안 샀나 봐. 내가 갖다 올게."

"이모한테 오는 길에 사 오라고 해."

"아니야, 내가 사 올 거야."

지갑을 챙겨서 리윤이 현관문을 열고 나왔다. 이미 밖은 어두워져 있었다. 리윤은 빠른 걸음으로 슈퍼를 향해 걸었다. 김밥에는 항상 사이다가 있어야 하는 거라고 입버릇처럼 말했던 아빠였다. 최고의 짝꿍이라면서 그렇게나 좋아했었다. 자칫 방심하면 꾹꾹 누르고 있는 눈물이 쏟아질 것 같아서 리윤은 크게 심호흡을 하며 입술을 늘어뜨려 웃었다.

후다닥 사이다 하나를 사서 품에 안고 슈퍼를 나와 다시 아파트로 걸어가는데 익숙한 뒷모습이 보였다. 혹시나 하는 마음에 리윤이 빠르게 다가가 이름을 불렀다.

"이준 오빠?"

말끔하게 정장을 차려입은 이준이 뒤를 돌아봤다.

"맞네? 근데 어디 가는 거야?"

"너희 집."

"우리 집?"

놀라서 묻는 리윤에게 이준은 넥타이를 고쳐 매며 후, 하고 숨을 내쉬었다.

"뭐야, 왜 그래?"

"아버님 제사라며."

"어."

"어머니가 오라고 하셨어."

"오빠를?"

"어."

눈을 깜박이며 리윤이 잠시 멍해졌다. 이준은 리윤의 옆으로 와서 사이다를 받아 들고 다른 손으로 리윤의 손을 꼭 잡았다.

"우리 엄마가 왜……."

"허락은 아니래."

"응?"

"그래도 오라고 하시더라."

이준이 옅게 웃었다.

"우리 사이는 여전히 허락 못 하신대. 그래도 와서 내가 공리윤을 사랑한다고, 허락해 주실 수 있는지 물으라셔."

"그게 무슨 말이야?"

눈까지 찡그리며 리윤은 못마땅한 티를 여실히 드러냈다. 하지만 그러면서도 얼굴에 살짝 퍼지는 미소까지는 감출 수 없었다.

"나 좀 떨린다."

"떨지 마, 사진 속 우리 아빠는 사람 좋게 웃고 계셔."

두 사람은 마주 보며 웃고는 동시에 후, 하고 심호흡을 하고 손을 꼭 잡은 채 안으로 걸어 들어갔다.

현관 비밀번호를 누르는 리윤 뒤에서 이준은 넥타이를 고쳐 맸다. 긴장한 탓에 넥타이를 만지는 손이 미세하게 떨렸다. 그는 리윤에게 들키지 않기 위해 손을 내리고 힘주어 주먹을 움켜쥐었다 가 폈다.

"왔어?"

문을 열자 유성이 제일 먼저 보였고 그 뒤로 이모부와 막내 이모까지 보였다. 유정과 둘째 이모는 주방에서 목소리만 들렸다. 리윤은 입술을 깨물며 망설이다 뒤로 손을 뻗어 이준을 찾았다.

"이준 오빠 왔어."

"어?"

유성이 놀라서 되물었고 이모부는 덤덤하게 그게 누구냐고 물었다.

"누가 와?"

주방에 있던 유정이 손에 묻은 물기를 슥슥 옷에 닦고 황급히 밖으로 나왔다. 리윤과 함께 나란히 신발을 벗고 안으로 들어온 이준은 가장 먼저 보이는 이모부에게 고개를 숙여 정중하게 인사를 했다.

"안녕하세요, 사이준이라고 합니다. 처음 뵙겠습니다."

손을 맞잡으면서도 이모부는 얼떨떨한 얼굴로 리윤을 쳐다볼 뿐이었다. 리윤이 이준의 소개를 하려고 했지만 재빠른 유정이 먼저 깔끔하게 정리를 해 줬다.

"아빠, 사이준 씨라고 현재 공리윤의 남자 친구야."

"아, 그래? 우리 리윤이 남자 친구야?"

"네."

이준이 매끄러운 목소리로 대답했다.

"그럼 오늘 제사 지내고 술 한잔해야겠는데?"

"아빠."

"응?"

"아직 이모가 둘 사이를 허락한 게 아니라서 아빠가 원하는 그런 기분 좋은 술자리는 못 가질 거야."

"어? 근데 어떻게 왔어?"

다소 실망한 듯한 이모부가 유정에게 물으며 리윤과 이준을 번갈아 쳐다봤다. 유정과 리윤은 입을 다문 채로 어깨를 들었다 내렸다. 죽이 척척 잘 맞는 두 사람이 이준 눈에는 마냥 귀여워 보였다. 고개를 살짝 내리고 이준이 입술을 올리며 설핏 웃었다. 하지만 자리가 자리인 만큼 마음껏 웃을 수는 없어 얼른 표정을 바로잡고 꼿꼿하게 허리를 펴고 섰다.

"왔으면 얼른 상을 차려야지 계속 수다만 떨고 있을 거야?"

주방에서 윤기가 좌르르 흐르는 방금 한 잡채를 커다란 접시에 갖고 나오면서 유 여사가 핀잔 섞인 말을 건넸다. 그래도 고개 숙여 인사하는 이준에게 살짝 곁눈질은 했다.

리윤은 이준에게 눈짓을 하고는 유정과 주방으로 들어갔다. 이준은 유성에게 인사를 하고 그의 옆에 섰다.

"진짜 이모가 오라고 한 거예요?"

"어."

"무슨 생각이신 건지 모르겠네."

"술은 너랑도 한잔해야겠다."

"전 당분간 싫습니다."

딱 잘라 거절하는 유성에게 이준이 팔로 툭 치며 조용히 속삭였다.

"전화하면 나와라."

그리고는 무서운 표정을 지으며 무언의 협박을 했다. 유성은 괜히 시선을 피하며 옆으로 한 발짝 멀어졌다.

가족들이 전부 모인 가운데 제사는 시작됐다. 눈물이 금방 쏟아질 것 같은 눈으로 애써 웃으며 술잔을 따르는 리윤은 너무나 애처로웠다. 어금니를 깨물며 이준은 속으로 리윤의 아버지에게 인사를 드리며 다짐했다.

'정말 죄송합니다. 하지만 약속드리겠습니다. 절대 리윤이 눈에서 슬퍼서, 속상해서, 아파서 눈물 흘리는 일은 없게 하겠습니다. 기뻐서, 행복해서, 좋아서 흘리게만 하겠습니다. 하루하루 사랑한다고 말해 주고 매일매일 사랑하면서 그렇게 살겠습니다. 아버님, 어머님이 걱정하시는 일 없도록 하겠습니다. 한 번만, 이번 한 번만 믿어 주세요.'

어린 시절, 동네에서 소문난 장난꾸러기였을 때 하루는 퇴근하던 리윤의 아버지를 만난 적이 있었다. 인사를 하는 이준에게 리윤 아버지는 눈웃음을 지으면서 별안간 손을 내밀었다. 무슨 뜻인가 싶어서 고개를 갸웃거리며 망설이는 이준에게 리윤 아버지는 이준의 손을 잡아 당신 손과 맞잡아 악수를 하게 했었다. 그리고는,

「우리 리윤이 잘 부탁한다.」

라고 하셨었다.

「뭐를요?」

「우리 리윤이 어떤 놈들이 괴롭히면 네가 책임지고 무찔러 주라고.」

「왜요?」

「우리 리윤이가 믿는 오빠니까.」

믿는다는 말이 그때는 왜 그렇게 가슴에 와서 박혔던지. 그때부터 공리윤은 사이준이 지켜야 하는 존재가 됐었다. 물론 리윤은 전혀 기억하지 못하고 있겠지만 이준은 최선을 다해서 리윤을 지켰었다.

고학년으로 보이는 남자애들 여럿이 짧은 치마를 입은 리윤을 보면서 저희들끼리 속닥거리며 작당 모의를 하고 있을 때도 이준은 리윤의 손을 잡고 달려서 골목길 끝에 숨겨 놓고는 했었다. 그때 그 형들이랑 붙어서 싸우느라 입술이 터지고 나중에는 어른들에게 혼나느라 비록 숨겨 둔 리윤을 찾으러 갈 수는 없었지만 그래도 이준은 리윤을 그 녀석들로부터 끝까지 지켰다며 스스로 뿌듯해하며 집으로 돌아갔었다.

그리고 지금, 이제는 온 마음으로 공리윤을 지키겠다는 약속을 영정 사진 속 리윤 아버지에게 한 번 더 했다.

"술 한 잔 따라."

유 여사가 불쑥 그렇게 말했다. 다들 누구한테 하는지 몰라 두리번거리고 있는데 이준이 앞으로 나섰다. 그리고는 유 여사 옆에 무릎을 꿇고 앉아 잔에 술을 받아 상에 올렸다. 유성은 입술을 구기며 못마땅함을 표했고 다른 가족들은 그저 말없이 그 모습을 지켜보고만 있었다.

"허락 못 받았다며?"

눈치 없는 이모부가 얼떨떨한 얼굴로 옆에 있는 이모의 옆구리를 쿡 찌르며 물었다.

"어."

"근데 왜 술을 따르라고 해?"

"여보."

"응?"

"그냥 가만히 있어."

"어."

둘의 조용한 속삭임에 모두들 키득거렸고 엄숙함마저 느껴졌던 분위기는 한결 부드러워졌다.

"여보."

유 여사가 영정 사진 속 남편과 눈을 맞추며 말했다.

"기억해? 사이준. 이 녀석이 우리 리윤를 좋아한대. 우리 리윤도 그렇고. 당신은 어떻게 생각해?"

다들 유 여사가 하는 말을 들으며 가만히 침묵했다.

"당신은 어떤지 모르겠는데 나는 아직, 아직은 아니야. 내 딸이 아까워."

"엄마."

리윤이 말리려고 했지만 이준이 눈으로 하지 말라는 신호를 보냈다.

"이준이 이 녀석만 보면 좋은데, 그리고 랑이도 너무 좋고 예쁜데……."

"랑이가 누구야?"

"쉿!"

이모부 물음에 성희는 손가락으로 입을 가리며 조용히 하라고 했다.

"아직 둘이 뭘 하겠다고 하는 것도 아닌데 그래도 나는 그 앞일까지 내다봐야 하는 거잖아. 그래서 허락을 못 하겠어. 왠지 애네들은 하겠다고 할 거 같거든. 이준아."

"네."

"너 할 거지? 리윤이랑 하고 싶은 거지?"

"네."

"것 봐, 하겠다잖아."

후우, 유 여사의 깊은 한숨이 영정 사진에까지 가서 닿은 듯했다.

"여보. 나는 어떻게 해야 돼?"

유 여사 눈에서 기어이 눈물이 흘렀다. 리윤이 다가가 그런 엄마를 끌어안았다.

"엄마, 미안해."

"나는 반대할 거야. 언제까지일지는 모르지만 반대할 거야. 그러니까 쉽게 허락했다고 나 원망하지도 말고 비난하지도 마. 당신이 없어서니까, 그건 어디까지나 당신 탓이지 내 탓이 아니야. 나지금 당신 원망하는 거야. 당신이 먼저 가서……. 여보 너무 보고 싶어, 보고 싶어서 죽겠어."

결국 터져 버렸다. 유 여사도 리윤도, 그리고 가족 모두가 그립고 애달파서 참았던 눈물을 터트려 버렸다.

한바탕 울고 나니까 속이 후련해졌다. 언제 그랬느냐는 듯이 식구들은 전부 웃고 떠들면서 이미 과거가 된 옛일을 얘기하며 와자지껄했다. 누가 울기라도 할까 봐 다 같이 작정한 것처럼 그저 즐거웠던 기억들만 끄집어내면서 그렇게 돌아가신 분을 추억하고 살아남은 가족을 지켰다.

"가게는 어떻게, 나갔어?"

막내 이모의 물음에 둘째 이모가 리윤의 눈치를 살폈다. 리윤은 못 들은 척하며 젓가락질에만 열중했다.

"리윤이가 하겠대."

"혼자?"

"어."

"무슨 젊은 애가 혼자 분식집을 해? 이제 그만 회사로 돌아가."

식구들의 눈이 일제히 리윤에게로 쏠렸다. 하지만 그때까지도 리윤은 밥 먹을 때만 입을 벌릴 뿐이었다. 옆에 앉아 같이 시선을 받던 이준이 상 아래로 리윤의 손을 잡으며 말했다.

"제가 도와서 할게요."

"어?"

"리윤이가 그만두고 싶다고 할 때까지 제가 옆에서……."

"오빠가 왜 가게 일을 도와?"

이번엔 식구들의 눈이 리윤에게로 옮겨 갔다.

"글 쓰는 사람이 무슨 김밥을 파느냐고."

"너 혼자 힘드니까……."

"죽이 되든 밥이 되든 나 혼자 알아서 할 거야. 오빠는 글 써."

다부지게 그렇게 말하고는 다시 젓가락을 들어 아빠가 좋아하는 잡채를 크게 들어 입에 넣었다.

"너 엄마 마음 편하게 가지 말라고 그러는 거야?"

"어."

막내 이모의 물음에 리윤은 망설이지 않고 곧장 대답했다.

"애도 아니고 무슨 그런 떼를 쓰냐?"

"엄마도 그러고 있는데 뭐."

"네 엄마가 언제?"

"하루아침에 딸 혼자 두고 시골 가서 혼자 살겠다고 통보하는 건 뭔데? 언제 나한테 그렇게 하면 어떻겠느냐고 상의한 적 있어?"

"그건 그렇지."

둘째 이모가 리윤의 말에 수긍을 하자 그 누구도 선뜻 딴지를 걸지는 못했다.

"그래서 나도 내 마음대로 하려고."

"가게를 계속하겠다고?"

이모부가 물었다.

"네."

"아무리 작은 가게라고 해도 혼자서는 무리야. 그러지 말고 리윤아……."

"이모부."

"어."

"저 결혼할 때 손잡아 주실 수 있죠?"

"어? 갑자기 분식집 얘기하다가 결혼은…… 왜?"

이모부의 시선이 유 여사에게로 향했다. 유 여사는 그때까지도 남의 얘기를 하는 듯이 아무렇지 않다는 얼굴로 부지런히 밥을 먹고 있었다.

"이 사람이 청혼하면 결혼하려고요."

"뭐?"

상에 둘러앉은 가족들 모두가 일제히 목청을 높였다. 그리고는 리윤에게서 이준에게로, 그다음은 유 여사에게로 시선을 옮겼다.

"사이준."

고개를 살포시 숙이고 밥을 먹던 유 여사가 나직이 이준을 불렀다.

"네."

"나 허락 안 했다."

"네."

이준을 부르는 유 여사의 말이 지극히 짧아졌다. 그리고 묘하게 살벌했다. 리윤은 눈을 흘기며 입을 씰룩거리면서도 딱히 반박하지는 못했다.

"치사해."

"밥이나 먹어."

"엄마는 왜 다 엄마 마음대로야?"

"엄마니까."

"저기……. 처형."

유 여사가 얼굴을 들었다. 눈은 웃고 있는데 입은 어딘가 굳은 것 같기도 하고, 살벌한 말이 튀어나올 준비가 되어 있는 것 같기도 했다.

"아니, 국 좀 더 달라고요."

"리윤아, 이모부 국 갖다드려."

세상 다정하게 부르는 이름에 여전히 리윤의 눈썹이 삐죽하게 치솟았다. 하지만 그런 모습이 이준의 눈에는 뭔가 화목해 보였다. 격이 없었고 서로가 서로를 얼마나 끔찍하게 생각하는지 알 것 같았다.

"언니 이번 주말에 나 시간 되니까 그때 내려가자."

"어디를 내려가?"

둘째 이모에게 리윤이 물었다.

"엄마 살 집 알아보러 가야지."

왠지 리윤을 제외한 모두가 유 여사가 시골로 내려간다는 사실을 받아들인 듯했다. 그리고 리윤도 곧 받아들일 거라고 믿는 눈치였다. 사실 리윤도 어느 정도는 포기하고 받아들이는 중이었다. 괜히 이준 앞에서 큰소리 한번 치고 싶었고 식구들 앞에서 이준의 기도 살려 주고 싶었다.

그리고 이런 가족들이 있다는 걸 꾸미지 않고 그대로 보여 주고 싶기도 했다. 그렇게 이준도 가족의 한 사람이 되어 그들과 어울리기를 바랐다. 유 여사가 이준을 부른 것도 그런 이유가 어느 정도는 있지 않을까 싶었다. 혼자 있게 될 리윤을 옆에서 챙겨 줬으면 하는 마음도 그중 하나일 거라고 리윤은 믿었다.

"너무 시골로 들어가지는 마."

울고 짜는 것보다는 툴툴거리는 게 딸을 혼자 두고 떠나야 되는 엄마 마음을 더 편하게 해 줄 거라는 생각도 들었다.

"내가 왔다 갔다 할 거라 괜찮아."

그래도 이모들이 있어서 마음이 놓기는 했다. 동의는 아직도 하고 싶지 않았지만 엄마의 뜻이 그렇다는 걸 인정할 수밖에 없었다. 옆에서 등을 쓸어 주고 외롭지 않게 곁을 지켜 주는 이모들이 있어서 얼마나 다행인지 모르겠다.

"이모가?"

"시골에서 좋은 공기 마시면서 글 쓰면 글이 술술 나올 것 같지 않아?"

"어? 그리고 보니까 이준 씨도 작가고 이모도 작가네?"

"야, 엄연히 분야가 다르잖아."

유정의 말에 가만히 있던 유성이 언성을 높였다. 여전히 이 자리가, 그리고 이준이 리윤의 옆에 있는 게 마음에 들지 않는 유성이었다.

"우리 집에 작가가 둘이나 있네? 뭔가 근사하다."

그러거나 말거나 유정은 제 할 말만 했다. 생각이 많아지는 밤이었지만 다들 각자의 생각을 겉으로 드러내지는 않았다.

적당히 술을 마시고 기분 좋게 취한 가족들이 각자의 집으로 돌아가고 유 여사도 자겠다며 이준에게 인사를 하고 방으로 들어갔다. 리윤은 닫힌 방문에 대고 잠깐 나갔다 오겠다는 말을 하고 서둘러 이준과 함께 집에서 나왔다.

밖으로 나오자 이준은 리윤의 손을 잡았다. 눈을 맞추며 씨익 웃는 이준에게 리윤이 물었다.

"어땠어?"

"뭐가?"

"한꺼번에 인사했잖아."

"떨렸고 좋았고, 감사했어."

"복합적이네?"

"다 좋은 분들이시더라."

이준은 리윤이나 유 여사에 대한 걱정이 가족들을 만난 후로 줄어들었다. 말로 할 수 없던 두 사람에 대한 불안하고 안타까웠던 감정들이 가족들을 보고 나니 사라졌다고나 할까. 두 사람을 사랑하고 걱정하는 사람이, 그리고 지키고자 하는 사람들이 자신뿐이라는 착각은 더 이상 하지 않아도 될 것 같았다. 좋은 사람에게는 좋은 사람들이 주위에 많다는 걸 다시 한 번 더 느낀 저녁이었다.

"나도 좋은 사람인 것 같더라."

"응?"

"공리윤이 있으니까."

"무슨 말이야? 내가 좋은 사람이라는 뜻인가?"

대답 대신 이준은 리윤의 어깨를 감싸 안으며 웃어 줬다.

"랑이 오늘 안 와?"

"어, 내일 유치원으로 바로 데려다주신대."

"난 인사 안 시켜 줘?"

"할래?"

"여자 친구로?"

"아니, 결혼할 여자로."

걸음을 멈추고 리윤이 이준을 보며 섰다. 이준은 손을 들어 가만히 리윤의 머리카락을 귀 뒤로 넘겨 주며 말했다.

"난 결혼도 한 번 했었고 다섯 살 된 딸도 있어. 내 명의의 집이 있고 차도 있고 통장도 있어."

"뭐 하는 거야?"

"프러포즈."

길바닥 프러포즈가 못마땅했던 건지 리윤이 입술을 삐죽 내밀고 무슨 말인가를 하려고 했다. 하지만,

쪽.

그 입술에 이준의 입술이 살포시 닿았다.

"결혼하자, 공리윤."

이런 게 무슨 프러포즈냐고 말하고 싶은데 이상하게 눈이 뿌옇게 변해 버렸다. 눈물이 흐르고 입술을 바르르 떨렸다. 행복했고 행복한 순간이었다. 저녁 내내 불편하고 어려웠을 텐데 내색하지 않고 묵묵히 자리를 지켜 준 것도, 나서서 환영한다고 말해 주지 않는 식구들 앞에서 괜찮은 얼굴로 버텨 준 것도 다 고맙기만 했었다. 아직 사귀는 것도 허락을 받지 못했는데 당차게도 사이준은 결혼을 말하고 있었다. 샛길로 빠지거나 돌아가지 않는 이 남자가 그래서 좋았다.

"어, 하자."

눈물을 머금은 채로 리윤이 환하게 웃으며 말했다. 이준의 손이 리윤의 허리를 붙잡아 제 쪽으로 바짝 당겼다. 눈을 맞추고 그가 속삭였다.

"사랑해."

이준이 미소 지으며 리윤에게로 다가왔다. 그의 길게 올라간 입술이 리윤의 입술 위로 떨어졌다.

"되게 분위기는 없는데, 그래도 좋아."

이준과 입술이 맞닿은 채로 간지럽게 리윤의 입술이 꼬물거렸

다. 그런 그녀를 사랑스럽게 바라보며 이준은 바람에 살랑이는 리윤의 머리칼을 귀 뒤로 넘겨 줬다. 그의 손길 하나하나에, 그의 눈길 하나하나에 애정이 가득 담겨 있다는 게 리윤은 마음으로 느껴졌다.

"우리 세 식구에서 네 식구, 다섯 식구 되자."

"응?"

"랑이랑 똑 닮은 딸 하나 더 낳고 싶어. 그리고 누나들 듬직하게 지켜 줄 아들도 낳을 거야."

"공리윤."

"왜?"

말간 눈을 빛내며 리윤이 이준을 보며 미소를 머금었다.

"방금 청혼 받은 사람이 하기에는 다소 뻔뻔한 말이 아닐까 싶은데?"

"왜? 뭐가? 결혼하면 당연히 아이를 낳아야지. 난 하나는 외로워서 싫어. 랑이한테 자매, 형제 다 만들어 줄 거야."

"우와, 이 여자 자식 욕심 엄청나네."

이준이 다소 과장되게 놀란 표정을 지었다. 리윤은 아랑곳하지 않고 그의 팔에 팔짱을 끼며 걸음을 내디뎠다.

"아이들한테 멋지고 당당한 엄마가 될 거야."

"그리고?"

"사랑 많은 다정하고 따뜻한 엄마도 될 거야."

상상만으로도 벌써 가슴이 벅차올랐다. 이준이 옆에 있으면, 이 사람과 있으면 완벽한 삶을 살 수 있을 것만 같았다. 바라고 원하는 모든 것이 이루어질 것 같았다. 지금처럼 발을 맞춰 걸으면서 하루를 얘기하고, 같이 보글보글 된장찌개를 끓여 먹으면서 내일을 얘기하는 그런 삶을 살 수 있을 것 같았다.

"나 두고 일찍 죽지만 마."

"응?"

"나보다 무조건 하루는 더 살아."

이준은 팔짱을 끼고 있는 리윤의 손을 슬그머니 아래로 내려 꽉 잡았다.

"우리 애들 놀라지 않고 웃으면서 살 수 있게 다독여 주고 그러고 나 따라와."

"어, 그럴게."

"꼭."

"약속할게."

눈물이 그렁그렁하게 차오른 눈으로 리윤이 이준을 돌아봤다. 이준은 단단한 바위처럼 흔들림 없이 리윤의 손을 잡은 채로 옆에서 같이 걷고 있었다.

"사랑해."

"나도 사랑해."

이준의 고백에 리윤이 웃으며 화답했다. 슬프고 그립고, 하지만 낭만 가득한 아름다운 여름밤이 그렇게 물들고 있었다.

여름의 끝자락, 김밥집은 여전히 점심시간이 되면 바빴고 리윤은 종일 즐거운 마음으로 김밥을 말았다. 그리고 드디어 이사 갈 집을 구한 유 여사는 일주일에도 몇 번이나 강원도를 오가면서 짐을 나르고 수리하고 하느라 나름대로 분주했다. 다행스럽게도 둘째 이모가 함께해 줘서 마음이 놓이기는 했지만 여전히 엄마의 독립이 마냥 반갑지만은 않았다.

"김밥 주세요."

닫힌 가게 문을 열고 랑이가 들어와 귀엽게 김밥을 주문했다. 그리고 그 뒤로 이준이 따라 들어왔다.

"김밥 다 떨어졌는데요?"

"어? 그러면 안 되는데?"

주방에서 나온 리윤이 랑이를 향해 두 팔을 벌렸다. 랑이는 그 안으로 쏘옥 들어가면서 귀여운 강아지처럼 물었다.

"그럼 나는 뭐 먹어요?"

"뭐 먹고 싶은데?"

"김밥."

"난 고기 먹으러 가려고 했는데?"

"진짜? 아빠도 같이?"

"어."

랑이가 리윤의 품에서 방방 뛰며 좋아했다.

"나도 아는 척 좀 해 주면 안 돼?"

그때까지 뒤에서 팔짱을 끼고 있던 이준이 기어이 볼멘소리를 했다. 랑이는 키득거렸고 리윤은 이준을 향해 한 손을 내밀었다. 이준이 그 안으로 들어와 두 여자를 와락 끌어안았다.

"아빠 숨 막혀."

랑이가 바둥거리며 이준의 품에서 빠져나왔다. 그리고는 리윤의 허벅지를 두 손으로 끌어안으며 얼굴을 비볐다.

"오늘 하루 어땠어?"

"무지하게 바빴지."

"못 도와줘서 미안."

"어땠어?"

낮에 영화 제작사와 미팅이 있어서 김밥집 일을 도와줄 수 없었다. 하지만 평소에도 리윤은 이준이 김밥집 일을 돕는 걸 달가워하지 않았다.

"나쁘지 않았어. 일단 배짱 좀 부려 볼까 하는 중이야."

"당연히 부려야지."

앞으로 결혼도 해야 했고 랑이가 학교도 가야 해서 돈이 필요했다. 많이 받으면 받을수록 좋은 거라고 리윤은 하루에도 몇 번씩 상기시켜 주고는 했다. 그 말에 자극을 받아 이준도 출판사나 제작사에 충분히 받을 수 있는 제 몫을 달라고 당당하게 어필하는 중이었다. 당연한 그의 행동에 놀란 건 영현이었다. 사실 그 전까지는 구슬리고 귀찮게 찾아가고 하면 알아서 하란 식으로 모든 걸 맡겼는데 이제는 하나부터 열까지 따지고 챙기는 걸 보면서 무서운 놈이라고 혀를 내둘렀다. 그러면서도 그의 옆에 리윤이 있다는 걸 대놓고 좋아하기도 했다.

"먹힐 거 같아?"

"어, 이 사장도 그렇게 하는 게 좋을 거라고 귀띔하더라."

"영현 언니가?"

"이제 회사를 열 단계는 성장시킬 때가 왔다나 뭐라나."

"역시 사업가야."

"배 안 고파?"

"배고파."

"나 계속 눈 감고 있어야 돼요?"

작은 존재를 잠시 잊고 있던 두 사람이 랑이의 말에 화들짝 놀라서는 시선을 아래로 옮겼다. 두 눈을 질끈 감은 랑이가 고개를 들고 있었다. 그 모습이 너무 사랑스러워서 리윤은 얼른 이준을 품에서 떼 놓고 랑이를 번쩍 안아 들었다. 랑이의 목덜미에 입술을 비비는 리윤을 이준은 서운하다는 눈빛으로 쳐다봤다.

"아줌마, 그만해요."

"아주 그냥 예뻐 죽겠어."

"나도 예쁜 거 알아요."

"진짜? 진짜 알아?"

"네."

"어디가 예쁜데?"

"음……."

"어디긴 뭐가 어디야? 전부 다 예쁘지."

자기가 묻고 자기가 답하면서 리윤은 랑이를 물고 빨고 하느라 정신이 없었다. 리윤의 품에서 랑이도 까르르 비명을 지르며 좋아했다.

"이제 그만 가자."

두 여자를 진정시키는 건 오늘도 이준의 역할이었다. 세 사람은 가게 문을 닫고 나란히 손을 잡은 채로 저녁을 먹기 위해 이동했다.

모처럼 근처에 왔는데 저녁이나 먹자는 이준 엄마 김 여사의 연락에 딱히 할 일이 없었던 유 여사는 가벼운 마음으로 약속 장소로 나갔다. 먼저 와서 기다리고 있던 김 여사가 고기를 미리 시켜서는 굽고 있었다.

"아니, 형님이 웬일이에요?"

자리에 앉는 유 여사의 표정이 밝았다.

"웬일은 밥하기도 싫고 보고도 싶고 그래서 연락했지."

김 여사의 연락으로 오랜만에 만났던 두 사람은 그 후로도 꾸준히 연락을 하거나 가끔 만나고는 했었다. 물론 아이들에게는 굳이 말하지 않았었다.

"준비는 다 했어?"

"이제 뭐 몸만 가면 돼요."

"참 멀리도 간다."

"형님 2시간이면 와요. 초대 안 해도 올 거죠? 나 거창하게 초대하고 그런 짓 안 해요. 그러니까 언제든지 오고 싶으면 와요."

"그럼 가야지."

어느새 노릇하게 익은 고기를 유 여사의 앞접시에 놔주면서 김 여사는 전보다 한결 편안해진 얼굴을 하고 있었다.

"리윤이는?"

"잘 지내죠."

"받아들이기는 했고?"

"모르죠, 뭐. 여전히 툴툴대기도 하고 그러면서 이거 가져가라, 저것도 가져가라 챙겨 주기도 하고. 하루에도 몇 번씩 마음이 이랬다저랬다 하는 모양이에요."

"그래도 착하네."

"못난 엄마 만나서 걔가 고생하는 거죠. 형님도 얼른 먹어요."

유 여사는 앞접시에 있는 고기 한 점을 젓가락으로 집어 상체를 일으켜서는 김 여사 입에 넣어 줬다. 오물오물 고기를 씹으면서 김 여사가 물었다.

"뭐 필요한 거 없어?"

"뭐요?"

"뭐라도. 필요한 거 있으면 말해. 괜히 저렴한 거 말고 꼭 필요한 것 중에 값어치 하는 걸로 사 줄게."

"형님도 참."

"진짜로 필요한 거 생각해 봐."

김 여사의 마음 씀씀이에 유 여사는 옅게 웃었다. 예전에 한 동네에 살 때도 언니가 없는 유 여사에게 김 여사는 언니처럼 살갑게 챙겼었다. 동생들에게 퍼주기만 했던 유 여사도 김 여사에게 형님, 형님 하면서 제법 언니처럼 따랐었다.

"기왕 가는 거 여기 걱정은 하지 말고. 다 알아서 살게 되더라."

유 여사의 마음이 그곳에서는 편안했으면 하고 바랐다. 울고 싶을 때 울고 싶은 만큼 울기도 하고, 웃고 싶을 때도 실컷 웃으면서 그렇게 지내기를 바랐다.

"이준이가 잘 챙기겠죠."

불판 위에서 바쁘게 움직이던 집게가 잠시 멈칫했다. 여전히 유 여사 앞에서 이준이 얘기를 꺼내는 게 김 여사는 조심스럽기만 했다. 오히려 유 여사가 이준이 얘기를 하면서 그 불편함을 덜어 주려고 했다.

"거의 매일같이 김밥집을 드나드는 모양이에요."

"어."

"내가 좀 얄밉죠?"

"그게 무슨 말이야?"

"허락은 하지도 않으면서 형님 아들을 부려 먹는 거잖아요."

"믿는 거겠지."

"진짜 그렇게 생각해요?"

"그럼. 그것도 모르면 나이 헛먹은 거지. 그렇게라도 리윤이 옆에 있어 주면 엄마 입장에서는 고마운 거고."

"형님한테는 미안하고 그러면서 고맙고."

"그 속이 어떤지 다는 몰라도 어느 정도는 아니까 괜한 소리 하지 마."

맛있는 소리를 내면서 고기가 불판 위에서 구워지고 있었다. 그걸 사이에 두고 두 사람은 진정으로 마음을 나누고 있었다.

"형님."

"응?"

"나 딱 1년만 더 있다가 허락할게요."

"어?"

불판 위에서 움직이던 집게가 그대로 정지했다.

"나 강원도 내려가고 1년 정도만 지켜보다가 그래도 둘이 마음 안 변하고 여전하다 하면 그때 둘이 결혼하라고 할게요. 그러니까 그때까지만 봐줘요."

"리윤 엄마……."

"1년만 더 봐줘요."

김 여사 눈에 눈물이 고였다. 그 모습을 보면서 유 여사는 덩달아 눈시울을 붉혔다. 이준이도, 그리고 랑이도 이미 유 여사에게는 각별했다. 그런 사람들이 돼 버렸다.

"얼른 먹어, 다 타겠다."

"형님이나 얼른 먹어요. 이제 내가 구울게요."

갑자기 두 사람이 서로 굽겠다고 집게 쟁탈전을 벌였다. 그리고,

"엄마?"

"할머니!"

두 사람의 고개가 동시에 돌아갔다. 놀랄 틈도 없이 랑이가 김 여사에게로 다다다 뛰어와서 안겼다.

"아니, 어떻게 왔어?"

김 여사가 품에 안긴 랑이에게 물으며 아이의 머리를 쓰다듬었다. 고개를 든 랑이가 생글생글 웃으며 앞에 앉아 있는 유 여사를 쳐다봤다.

"할머니도 있네?"

그러다니 이번에는 유 여사에게로 달려가서 안겼다. 가장 반갑고 즐거운 사람은 랑이 혼자인 듯했다. 다들 당황한 얼굴로 두리번거리느라 분주하기만 했다. 그중 리윤이 가장 당혹스러운 얼굴로 김 여사를 바라봤다. 처음에는 누군지 몰라봤지만 이내 그녀가 이준의 엄마라는 걸 알 수 있었다.

"안녕하세요."

어색하면서도 긴장된 인사를 하며 리윤이 고개를 들었다.

"어, 그래, 리윤이 오랜만이다."

집게를 손에 쥔 채로 김 여사가 어쩔 줄 몰라 하며 인사를 했다.

"어떻게, 아니, 언제 오셨어요?"

당황한 건 이준도 마찬가지인 듯했다. 이준은 유 여사와 김 여사를 번갈아 보면서 말을 이었다.

"두 분이 언제부터……"

"우린 뭐 옛날부터 아는 사이지."

유 여사가 랑이를 품에 안은 채로 퉁명스럽게 대꾸했다.

"그건 그렇지만……"

"랑이 고기 먹으러 왔어?"

랑이에게만은 언제나 친절하고 상냥한 유 여사였다.

"네. 아줌마랑 아빠랑 고기 먹을 거예요. 할머니랑 우리 할머니 랑 친구예요?"

"어, 친구야."

"그럼 같이 먹으면 되겠다."

그렇게 말하면서 랑이는 엉덩이를 들썩여 옆으로 가더니 한 사 람이 더 앉을 수 있게 자리를 만들었다.

"아줌마 여기 앉아요."

"어?"

리윤이 이준을 돌아봤다. 그리고 김 여사가 얼른 일어나 유 여 사 옆으로 자리를 옮겨 앉았다. 얼떨결에 두 사람의 맞은편에 자 리가 생겼고 이준과 리윤은 그곳에 앉아야만 하는 상황이 생겨 버렸다.

"다 같이 먹는다."

랑이가 손뼉을 치면서 좋아라 했다. 우는 것 같은 표정으로 어 색하게 웃으면서 리윤과 이준이 눈빛을 주고받았다.

"왜, 우리가 있어서 불편해?"

유 여사가 눈을 흘기며 물었다.

"아니요, 괜찮습니다."

이준의 대답에 유 여사의 눈빛이 리윤에게로 향했다.

"전혀 안 불편해."

손사래까지 치면서 리윤도 괜찮다고 과장되게 대답했다. 하지만 불편하지 않을 수가 없는 자리였다. 오랜만에, 사실은 어린 시절의 김 여사는 잘 기억나지 않았다. 더구나 지금은 이준의 엄마였고 미래의 시어머니였다. 그린 분을 이런 자리에서 그것도 엄마와 함께 대면해야 한다는 게 결코 흔한 일은 아니었다.

"리윤이는 나 기억나니?"

속을 꿰뚫고 있는 것처럼 김 여사가 미소를 지으며 물었다.

"네? 사실 기억이 잘 나지는 않아요."

"그래, 나도 길에서 만나면 못 알아보고 지나칠 것 같다. 어릴 때도 예쁘더니 커서는 더 예쁘네."

"예쁘기는. 형님도 거짓말 잘하시네요."

"형님?"

"왜?"

"아니, 두 분이 지금도 연락하시는지 몰랐거든요."

"우리야 뭐 언제 인연이 끊긴 적 있었나?"

의심의 눈초리로 리윤이 유 여사를 넘겨 봤지만 두 분은 그저 가운데 앉은 랑이를 챙기며 어색함 따위는 없는 듯했다.

"어서들 먹어."

김 여사가 집게를 들고 고기를 구우려고 하자 이준이 그걸 뺏다시피 들고는 고기를 뒤집었다. 하지만 누구도 불판 위의 고기를 먼저 건드리지는 못했다.

"리윤이 많이 먹어라."

김 여사가 젓가락으로 잘 익은 고기를 들어 리윤에게 건넸다.

"네, 먹을게요. 어머니도 드세요."

어머니 소리를 서슴없이 하는 리윤을 보면서 유 여사가 콧방귀를 꼈다. 리윤은 못 들은 척하며 이번에는 고기를 집어 김 여사 앞접시에 놔 줬다. 그러는 사이 이준은 잘 익은 고기들을 골라 유여사의 앞접시를 가득 채웠다. 하지만 그 고기들은 전부 랑이에게로 옮겨졌다.

"우리 랑이 많이 먹어."

할머니들 사이에서 랑이는 고개를 이리저리 움직이며 입안 가득 고기를 먹고 있었다. 꽤나 즐거운 표정이었다.

"랑이만 신났는데?"

"그러게."

두 여사님들 눈에서 아주 꿀이 뚝뚝 떨어졌다. 바라보는 리윤의 눈에는 그저 부럽고 감사할 따름이었다.

"얼른 먹어."

조용히 이준이 리윤에게 고기를 챙겨 줬다. 리윤은 그 고기를 젓가락으로 들어 이준의 입에 쏘옥 넣어 줬다.

"오빠도 많이 먹어."

사랑스러운 눈길로 서로를 보며 웃고 있는 두 사람을 유 여사와 김 여사가 힐끔거렸다. 그리고는 피식 웃어 버렸다.

계획에도 없던 상견례를 한 것 같은 상황이 벌어졌지만 이런 자연스러운 게 다들 좋았다. 약속을 정하고 장소를 정해서 만나는게 아니라 길을 가다가 우연히 만나서 같이 밥을 먹고 낮에 있었던 일에 대해 떠들고 웃고 하면서 밥 한 끼 같이하는 사이, 이런 사이가 진짜 가족이 아닐까 싶었다. 집안과 집안이 아닌 두 가족이 만나 하나의 가족으로 변해 가는 게 진정한 가족이지 않을까. 진심으로 서로를 위하고 걱정하고 챙기면서 그렇게 마음을 나누는 사이가 되어 가는 게 무엇보다 중요했다.

이제는 유 여사에게도 기댈 수 있는 언니가 생긴 것 같아서 그것만으로도 리윤은 좋기만 했다.

"엄마 많이 먹어."

유 여사에게 고기 한 점을 건네며 마음까지 전했다.

"어머니도 많이 드세요."

그리고 김 여사에게도 수줍게 마음을 전했다. 유 여사는 퉁명스럽게 내가 알아서 먹는다고 했고 김 여사는 너그러운 눈웃음을 지으며 고맙다고 했다. 그것만으로도 리윤은 오늘의 이 자리가 참 감사했다.

오전 장사를 끝내고 내리는 눈을 보면서 차 한잔을 하는 여유를 즐기기 시작한 지 겨우 한 달이었다. 유 여사는 가을이 시작될 무렵 짐을 싸서 아예 강원도로 내려갔고 이준은 계약을 함과 동시에 대본을 쓰기 시작했고 리윤은 여전히 김밥집에서 김밥을 싸면서 어제와 다름없는 똑같은 일상을 보내는 중이었다. 엄마를 따라 일주일 뒤에 강원도로 내려간 둘째 이모 덕에 유 여사에 대한 걱정은 덜 수 있었다. 그리고 가게 문을 닫을 때면 어김없이 나와서 도와주는 이준 때문에 리윤은 이 시간이 더없이 좋았다.

"랑이는?"

고깃집에서 인사를 한 후로 리윤은 자연스럽게 이준의 아버지까지 만나서 식사를 하며 인사를 했다. 언제 결혼할 건지 묻는 대신 이준의 아버지 역시 유 여사의 안녕을 바랐고 두 사람의 변하지 않을 사랑을 기원했다. 이해심 많은 부모님 덕분에 리윤과 이준은 조급함을 덜어 놓고 마음껏 사랑하며 그 시간을 즐겼다.

"모레 온대."

"너무 오래 있는 거 아니야?"

벌써 할머니 집에 간 지 일주일이 넘었다. 주말에 잠깐 가 있는 거 빼고는 이번에는 꽤 긴 시간이었다.

"아빠 일하라고 그런 것도 있고 또 할머니, 할아버지가 해 달라는 거 다 해 주니까 더 있고 싶은 거겠지."

"몇 달 사이에 애가 더 큰 거 같아."

"그런 거 같아."

"난 왜 서운하지?"

"뭐가?"

"랑이가 너무 빨리 크는 거 같아서 기분이 좀 그래. 천천히 컸으면 좋겠어."

"엄마 마음이네."

"당연하지 내 딸인데."

아줌마로 불리는 건 여전했지만 마음으로는 랑이는 이미 리윤에게는 딸이었다. 조금만 열이 나도 심장이 덜컥 내려앉았고 아이가 깔깔깔 소리 내서 웃으면 온 우주를 품은 것처럼 가슴이 벅찼다.

"이따가 데리러 갈까?"

"그래도 돼? 시간 괜찮아?"

"어."

"가자 가자."

리윤이 흥분해서는 몸까지 들썩였다. 이런 여자가 옆에 있다는 게, 랑이의 엄마가 되어 준다는 게 이준은 그저 감사하기만 했다. 매일매일 리윤을 어떻게 행복하게 해 줄 수 있는지, 어떻게 하면 이 사랑을 표현할 수 있는지 생각하고 또 생각했다.

"어머니한테 전화 드려서 오늘 오시지 말라고 해."

"어."

"랑이도 우리 보고 싶겠지?"

"그렇겠지."

"어제는 전화해서 보고 싶다고 하기는 했는데."

"전화 왔었어?"

"어, 저녁에 왔더라고."

"나한테는 안 왔는데?"

은근히 아빠에게는 연락하지 않는 다섯 살 꼬마한테 서운함이 느껴지는 건 이준도 어쩔 수 없었다. 요즘은 아빠보다 리윤을 더 찾는 랑이였다.

"원래 여자들끼리 더 잘 통하고 그러는 거야."

"그렇게만 해라."

"어쩔 건데?"

"두고 보면 알겠지."

"두고 보자는 사람치고 무서운 사람 없다더라."

"공리윤."

"왜? 뭐?"

장난스럽게 턱까지 치켜들며 묻는 리윤이었다.

"사랑해."

"어?"

"사랑한다고."

리윤은 조금 전까지 장난치던 스스로를 속으로 욕하면서 금방 얼굴이 빨개져서는 수줍게 아랫입술을 깨물었다.

"사랑해."

"그만해."

"뭘?"

"그 말."

"왜, 난 매일매일 할 거야."

이준이 리윤의 의자를 바짝 당겨 제 옆으로 오게 했다.

"뭐야, 아직 밝은 대낮이야."

"내가 뭘 한다고 했어?"

"하려는 거 아니야?"

"그럴까?"

음흉하게 웃으며 이준의 얼굴이 다가왔다. 리윤은 급하게 주위를 둘러봤다. 하지만 이내 이준의 커다란 두 손에 얼굴이 잡히고 말았다.

"키스할 거야."

"어? 그걸 왜 말을 하고 해? 아니다, 지금 여기서? 밀도 안 돼. 하지 마."

얼굴을 빼내려고 했지만 소용없었다. 그러기 전에 이미 이준의 입술이 리윤의 입을 막아 버렸다.

짧지만 진한 입맞춤이었다. 향긋한 차 향기가 이준의 입에서 가득 퍼져 나왔다. 사이준은 언제나 달콤하고 근사했다. 입안을 돌아다니는 그의 혀를 따라 리윤은 부드럽게 고개를 기울였다.

"사랑해."

"나도 사랑해."

"손님 온다."

씨익 웃으며 이준이 리윤을 놔줬다. 리윤은 느리게 들리던 이준의 목소리에 겨우 정신을 차렸다.

유치원이 끝나기를 기다리면서 리윤은 이준의 손을 잡은 채로 고개를 길게 빼고 설렘을 온몸으로 드러냈다. 항상 아이를 데리러 올 때면 지금 이 순간이 가장 기분 좋게 떨렸다. 환하게 웃는 아이를 상상하며 어떻게 반겨 줄 건지 생각하는 것만으로도 온몸의 세포가 살아서 움직이는 듯했다.

"랑아! 사랑!"

이준보다 빨리 랑이를 발견하고 리윤은 잡고 있던 손까지 가차 없이 놔 버렸다. 한 발 앞에서 손을 흔드는 리윤을 보면서 이준은 그저 헛웃음을 지을 뿐이었다.

"엄마야?"

랑이와 같이 손을 잡고 나오던 남자아이가 고개를 갸웃거리며 물었다.

"아직은 아닌데 이제 엄마 될 거야."

"응?"

무슨 말인지 몰라 아이는 연신 고개를 갸웃거렸다.

"우리 엄마 예쁘지?"

"어, 엄청 예뻐."

랑이는 어깨를 으쓱했다.

"근데 우리 엄마가 더 예뻐."

남자아이의 말에 랑이는 입술을 삐죽거리며 물었다.

"너네 엄마는 어디 있는데?"

남자아이가 손가락을 들어 어딘가를 가리켰다. 아이가 가리키는 곳을 따라 시선을 돌린 랑이는 입을 앙 다물었다.

"봐 봐, 예쁘지?"

"어."

인정하지 않을 수가 없었다. 이서가 가리킨 곳에는 차마 거짓말을 할 수 없는 짧은 머리카락의 여자와 훤칠하게 키가 큰 남자가 서 있었다. 그 둘은 이서를 향해 손을 흔들었다.

"이서야!"

서준과 이재가 아들에게 환하게 웃어 보였다. 이서는 랑이의 손을 잡고 빠르게 달려왔다.

"우리 엄마 예쁘지?"

자랑스럽게 묻는 이서에게 랑이는 응, 이라고 짧게 대답했다. 그리고 리윤과 이준이 그들에게로 다가와 인사를 했다.

"안녕하세요, 랑이 아빠예요."

"아빠!"

랑이가 폴짝 이준에게로 달려가 안겼다. 이준은 랑이를 안고 다른 손을 내밀어 악수를 청했다.

"안녕하세요, 이서 아빱니다."

서준이 이준의 손을 맞잡아 악수를 했다. 인사를 하고 보니 두 사람의 이름이 비슷해 리윤은 속으로 살짝 놀랐다.

"그리고 이쪽은……. 랑이 엄마예요."

리윤을 랑이의 엄마라고 당당하게 소개하는 이준 덕에 리윤도, 그리고 랑이도 입술이 찢어질 듯 올라갔다.

"안녕하세요, 랑이 엄마예요."

랑이가 손을 뻗어 리윤에게 가겠다고 했다. 리윤은 이준에게서 랑이를 받아 들며 싱긋 웃어 줬다. 랑이는 리윤에게 안기자마자 그녀의 목덜미에 얼굴을 묻었다.

"안녕하세요."

이재도 리윤에게 인사를 건넸다. 아이를 사이에 두고 네 사람은 반가운 인사를 나누고 간단히 대화를 나눴다.

"사랑해요."

얼굴을 묻고 있던 랑이가 리윤의 귀에 무언가를 속삭였다.

"응?"

"사랑해요, 엄마."

온몸의 피가 뜨겁게 달아올랐다. 심장이 부서질 듯이 뛰었다. 랑이가 분명히 엄마라고 불렀다. 리윤은 눈물이 맺힌 채로 랑이를 으스러지게 끌어안았다. 그리고 랑이의 귀에 똑같이 속삭여 줬다.

"사랑해, 딸."

속삭이는 두 사람을 보면서 이준은, 그리고 앞에 서 있던 서준과 이재, 이서는 눈만 깜박이고 있을 뿐이었다.

"그럼 다음에 뵐게요."

"네."

"이서 안녕."

"안녕히 가세요. 랑이야, 안녕."

이서의 인사에 랑이는 고개를 들고 손을 흔들었다. 그리고는 다시 리윤에게 포옥 안겨 왔다. 리윤은 랑이를 안고 걷기 시작했다.

"우리 이번 주말에는 강원도 가자."

이준의 말에 랑이가 고개를 들었다.

"할머니한테?"

"어떻게 알았어?"

"나 저번에 할머니랑 갔다 왔어. 강원도에 엄마 할머니 살아."

랑이는 유 여사를 엄마 할머니라고 불렀다. 나름대로 헷갈리지 않게 그렇게 부르기로 결정한 랑이가 두 사람은 마냥 귀여웠다.

"어? 진짜?"

"응, 고기도 먹고 떡도 먹었어."

"알고 있었어?"

이준의 말에 리윤은 고개를 저었다.

"왜 우리가 뒤처지는 것 같지?"

"뒤처지고 있으니까."

"이번 주에 꼭 가야겠다."

투지에 불타듯이 이준은 주먹까지 말아 쥐었다. 아직까지 오라고 부르지는 않았지만 아마도 이준이 간다면 유 여사가 웃으며 맞아 줄 것 같다는 생각이 들었다. 자연스럽게 서로를 받아들이고 있는 두 사람이 리윤은 감사했다.

"어, 가서 닭 잡아 달라고 하자."

"닭도 키우셔?"

"아니?"

"근데?"

"사서 해 달라고 하면 되지."

이준이 싱긋 웃으며 리윤의 어깨를 꽉 안았다. 살랑이며 불어 온 가을바람에 행복의 냄새가 묻어나는 듯했다.

온 세상이 초록으로 물들고 바람에는 꽃향기가 나부끼는 봄날, 하얀 웨딩드레스를 입은 리윤은 그 어떤 신부보다 아름다웠다. 그런 리윤을 이준은 눈물이 날 것만 같은 눈으로 바라봤다.

"준비됐어?"

이준이 내민 손에 살포시 제 손을 올려놓으며 리윤이 수줍게 웃었다.

"예쁘다."

"오빠도 멋있어."

"진짜 예뻐."

리윤에게서 시선을 떼지 못하는 이준이었다. 그런 이준을 보며 리윤은 가슴 벅차게 행복했다. 하지만 유정과 유성은 그런 두 사람을 보며 있는 대로 미간을 좁혔다.

"진짜 이놈의 결혼식 빨리 끝나야지, 내가 눈꼴시어서 못 보겠다."

"나도."

고개를 절레절레 젓는 유성에게 리윤이 금세 달라진 눈빛으로 경고했다.

"얘들아, 오늘도 우리 무사히 보내자."

"야, 너만 오버 안 하면 돼."

"유정아."

"왜."

"나 오늘만큼은 세상에서 가장 아름다운 신부 하고 싶거든?"

유정은 시선을 피하며 입을 다물었다. 드디어 두 사람이 정면을 보며 섰다. 시선을 아래로 내리자 자그마한 바구니를 든 어여쁜 랑이가 꼿꼿하게 서 있었다.

"랑이 안 떨려?"

"네, 안 떨려요."

랑이는 고개도 돌리지 않고 대답했다.

"우리 랑이는 무대 체질이구나."

"네."

랑이의 귀여운 자신감에 준비를 하고 있는 리윤과 이준은 긴장을 풀고 잠시나마 웃을 수 있었다.

"리윤아."

"응?"

"사랑해."

정면을 본 채로 이준이 리윤에게 말했다.

"나도 사랑해."

리윤도 고개를 살짝 끄덕이며 대답했다. 그리고,

"나도 아빠랑 엄마 사랑해요."

앞에 있던 랑이도 카랑카랑한 목소리로 말했다.

"아주 사랑이 넘쳐 나는 가족이구나."

유성은 비아냥거리듯이 말했지만 눈에는 눈물이 맺혔다. 그걸 본 유정이 슬그머니 제 눈에 눈물을 손끝으로 닦아 냈다.

"신랑, 신부 입장!"

사회자의 말에 손을 맞잡은 이준과 리윤이 힘차게 첫 걸음을 내디뎠다. 버진 로드를 걸어가는 걸음걸음마다 함께했던 순간들이 떠올랐다. 돌이켜 보면 모든 순간이 행복했다. 그리고 앞으로도 그렇게 살 수 있을 것 같았다.

마음을 어떻게 달래야 하는 건지, 어떻게 해야 쓰러지지 않고 두 땅에 발을 디디고 설 수 있는 건지 막막하기만 했을 때, 슈퍼맨처럼 짠, 하고 나타났었던 이준이었다. 이준은 늘 리윤으로 인해 자신이 살 수 있었던 거라고, 공리윤을 만난 게 인생의 가장 큰 행운이라고 말하지만 사실 사이준이라는 존재가 리윤에게 그랬다. 그가 아니었다면 지금처럼 한껏 웃으며 살아가지 못했을 거다.

이준 때문에 많이 웃고, 떠들고, 그러면서 잊을 수 있었다. 아픈 걸 치유해 주고 받아들일 수 있었다. 어떻게 해야 하는지 몰라서 멍하게 있었던 리윤을 다시 세상 밖으로 꺼내 준 건 이준이었다.

아빠를 대신해서 공리윤을 지켜 줄 슈퍼맨, 이준이었다.

"내가 행복하게 해 줄게."

리윤의 생각을 읽기라도 한 듯 이준이 그렇게 속삭였다. 리윤은 입술을 깨물며 겨우 울음을 참아 냈다. 온 세상이, 아니 온 우주가 온통 축하를 해 주는 것 같은 날이었다. 어제까지도 내리던 비는 티끌 하나 없이 청명하게 맑은 하늘빛을 선사했고, 흩날리던 봄바람은 잠시 움직임이 멈췄다. 더 바랄 게 없는 날이었다.

어느덧 성큼 다가온 가을, 세 사람은 주말 아침 일찍 유 여사가 있는 곳으로 출발했다. 얼마 전까지도 덥다고 노래를 불렀는데 얄궂은 계절은 금세 가을을 데리고 왔다.

도착하자마자 늘 그렇듯이 오늘도 씨암탉이 떡하니 상 가운데를 차지하고 있는 밥상을 받았다. 고봉밥에 가까운 밥 한 그릇을 뚝딱하는 이준 때문에 흐뭇해진 유 여사는 냉장고 깊숙이 넣어 뒀던 반찬들을 또다시 꺼내며 이것도 먹어라, 저것도 먹어라, 권하느라 바빴다. 그만하라고 리윤이 눈치를 줬지만 유 여사 눈에는 이준과 랑이만 보이는 것 같았다. 사위와 손녀를 양쪽에 앉혀 주고 이쪽저쪽을 오가며 챙기고 먹이고 아주 신이 나는 것처럼 보였다. 입을 떠억 벌리고 있는 리윤의 옆구리를 쿡 찌르며 이모는 냅두라고 했다.

그렇게 장장 2시간 가까운 길고도 긴 점심시간이 끝나고 랑이는 유 여사와 둘째 이모 손을 잡고 앞장서서 노란 은행잎이 흩날리는 호숫가를 돌고 있었다. 그 뒤를 리윤과 이준이 천천히 여유롭게 산책하듯 걸었다.

"여기 참 좋다."

"어, 좋아."

"어머니는 올 때마다 더 건강해지시는 것 같아. 지난번보다 혈색이 훨씬 좋아지셨어.

"그렇지? 내가 보기에도 그래."

다행이었다. 처음 몇 달은 유 여사가 없는 서울이 낯설고 쓸쓸하기만 했었다. 이준이 있는 것과는 또 다른 외로움이었다. 그걸 극복하는 것도 리윤에게는 어렵고 힘들었었다. 보러 올 때마다 조금씩 치유가 되는 것 같았다. 그건 아마 유 여사도 마찬가지였을 거라고 생각했다. 서로 말은 하지 않았지만 마음으로 응원하고 위로했다.

'잘 지내지? 우리 딸 건강하게 웃으며 지내고 있는 거 맞지? 행복하지?'

'잘 지내지? 밥도 잘 먹고 걷기도 많이 하고 아빠 생각해도 이제는 조금 덜 아프지? 행복하지?'

서로의 눈을 보며 묻고 답했다. 시간이 흐르고 이제는 온전한 행복을 느끼며 가족 모두가 웃을 수 있었다.

"내가 며칠 전에 꿈을 꿨거든?"

"무슨 꿈?"

"커다란 나무에 붉은 보석이 주렁주렁 매달린 꿈."

이준은 미간을 좁히더니 뭔가가 생각났다는 듯이 말했다. 리윤은 침 삼키는 것도 잠시 잊은 채로 이준의 말을 기다렸다.

"그거……."

말을 잇지 못하고 이준은 걸음을 멈춘 채로 리윤을 가만히 응시했다.

"그거, 그러니까……."

참지 못하고 리윤이 환하게 웃으며 고개를 끄덕였다.

"맞아? 진짜야?"

"어, 테스트 해 봤어."

이준은 한동안 아무런 말도 하지 못한 채 멍하니 리윤의 눈만 마주했다.

"오빠."

"내가 전생에 우주를 구했나 보다."

"응?"

"공리윤이란 여자를 만나고, 그 여자를 사랑했을 뿐인데……, 그런데 세상이 나한테 자꾸만 상을 주는 것 같아."

"좋아?"

"아니, 그 말로는 부족해."

이준이 리윤을 와락 끌어안았다. 그러고는 리윤의 등을 쓸어내리며 그가 천천히 숨을 내쉬었다.

"내가 살아 있다는 게, 공리윤의 남자라는 게 너무 감사해."

같이 살면서 점점 더 표현력이 좋아지는 이준이었다. 리윤은 그런 이준의 변화에 놀라면서 하루하루를 웃으며 살 수 있었다.

"나도 오빠가 내 남자라는 게 감사해."

"사랑해."

리윤을 안은 팔에 힘을 주며 이준은 뺨을 타고 흐르는 눈물을 손으로 재빨리 닦아 냈다. 가슴이 너무 벅찼다. 이 감정을 어떻게 표현해야 하는 건지 알 수가 없었다. 품에 안고 있는 공리윤이라는 여자가 어쩐지 비현실적으로 느껴졌다. 아름다운 낙엽이 흩날리는 곳에서 사랑하는 사람과 함께 있는 이 순간이, 그리고 그 사랑하는 여자가 자신의 아이를 가졌다는 말하는 게 믿기지 않았다.

"내가 말했지? 둘은 더 낳을 거라고. 우리 랑이 외롭지 않게 해 줄 거라고."

"랑이는 이미 너라는 엄마를 가졌잖아. 그것만으로도 행복할 거야."

멀리서 엄마를 부르며 다가오는 랑이의 소리가 들렸다. 리윤은 이준을 떼어 내고 랑이에게로 얼굴을 돌렸다. 손에 무언가를 잔뜩 들고 다가오는 아이의 얼굴이 햇살보다 더 빛나고 있었다. 리윤은 두 팔을 벌려 아이를 안을 준비를 했다. 하지만 이준이 슬쩍 리윤의 손을 잡았다.

"이제 안는 건 내가 할게."

"왜?"

다가오는 랑이를 이준이 번쩍 안아 들었다. 그러고는 투명하게 빛나는 눈으로 랑이를 보며 말했다.

"랑아."

"응?"

"이제부터 우리는 엄마를 아주 많이 아껴야 돼."

"나는 지금도 아끼는데?"

"알아. 근데 지금보다 더 더 많이 아껴야 돼. 엄마 배 속에 랑이 동생이 생겼거든?"

랑이의 눈이 커다래져서는 리윤의 배를 쳐다봤다. 그러더니 다리를 버둥거리며 이준에게서 내려왔다.

"엄마 고맙습니다."

랑이는 배꼽에 두 손을 나란히 포개더니 고개를 숙여 인사하고는 치아가 보이게 환하게 웃었다.

"응?"

"할머니!"

랑이는 유 여사를 향해 빠르게 달려갔다. 멀어지는 랑이를 보면서 리윤은 속으로 다행이라는 생각을 하며 후, 하고 숨을 내쉬었다. 할머니에게 다가가 뭔가를 속삭이는 랑이의 모습을 보며 이준은 리윤의 어깨를 감싸 안았다.

리윤은 이준의 어깨에 살포시 기댄 채로 떨리는 입술을 가만히 깨물었다. 하루에도 몇 번씩 감동스럽고, 자려고 누우면 가슴이 그득하게 차오르는 것 같았다. 이 행복이 깨지지는 않을까 하는 불안은 없었다. 이준이 분명 자신보다 하루를 더 살겠다고 약속했으니까, 그 약속을 믿었다. 이제는 그냥 주어진 행복을 만끽

하며 살면 될 것 같았다. 사랑하고 사랑받으며 그렇게 살면 될 것
같았다.

"사랑해."

평온한 가을빛이 두 사람 머리 위로 내려앉았다.

『우리 동네, 사이코』 완결